上海对外经贸大学研究生优秀教材建设项目

文学与经济
跨学科研究教程

Interdisciplinary Studies in Literature and Economy:
A Coursebook

王卫新 编著

上海交通大学出版社
SHANGHAI JIAO TONG UNIVERSITY PRESS

内容提要

本教材为上海对外经贸大学研究生教材建设项目成果。本教材主要包括文学基础理论、英国文学的经济学解读、中国文学的经济学解读等三部分内容，共17讲，每讲包括课前必读、课程讲解/作品导读和讨论题目；教材最后附有硕士生学期论文示例及点评。文学与经济跨学科研究为新兴学科，对于文学的全面解读具有重要的参考价值。本教材的主要读者对象是高等院校外国文学专业硕士研究生，也可以作为英语专业本科高年级学生教材使用。

图书在版编目(CIP)数据

文学与经济跨学科研究教程/王卫新编著.—上海：
上海交通大学出版社,2024.12—ISBN 978 - 7 - 313 - 32005
- 6

Ⅰ.Ⅰ;F0

中国国家版本馆 CIP 数据核字第 20240EN349 号

文学与经济跨学科研究教程
WENXUE YU JINGJI KUAXUEKE YANJIU JIAOCHENG

编　　著：王卫新

出版发行：上海交通大学出版社　　　　　地　　址：上海市番禺路 951 号
邮政编码：200030　　　　　　　　　　　电　　话：021 - 64071208
印　　制：上海新艺印刷有限公司　　　　经　　销：全国新华书店
开　　本：787mm×1092mm　1/16　　　　印　　张：13
字　　数：258 千字
版　　次：2024 年 12 月第 1 版　　　　　印　　次：2024 年 12 月第 1 次印刷
书　　号：ISBN 978 - 7 - 313 - 32005 - 6
定　　价：59.00 元

前　言

有从事文学与经济跨学科研究的想法是一回事,真正着手做这项事业是另一回事。其实,从进入上海对外经贸大学(时称上海对外贸易学院)的第一天起,我就有了这个想法,文学研究遇冷了,不管我们愿不愿意、承不承认,这都是难以抗拒的事实。文学研究要想重塑辉煌,就必须另辟蹊径,向目前的优势学科靠拢,哪怕是蹭蹭热度也好。在商科院校,经济学肯定就是优势学科了。可是,多年以来,我一直对经济学有一种恐惧感,若干年前,在一所理工院校教书的时候,一位经济学教授对我说,现在的经济学是以数学为基础的(那时候云计算、大数据、算力这些概念还没有流传开来),数学不好的人,是很难在经济学领域出人头地的。我觉得,这句话就是说给我听的。读中学的时候我数学很好,但是,由于阴差阳错地选择了英语专业,我和数学实在是有缘无分了。就像曾经风靡一时的歌曲《年轮》中所唱的那样:"世间最毒的仇恨,是有缘却无分。"看来,我和经济学之间肯定是有世间最毒的仇恨了。

后来,我忙里抽闲,阅读了《国富论》《政治经济学原理》等书,我惊喜地发现,读这些书不需要数学基础,而且,明明是经济学著作,它们在外文书店却被摆放在文学的书架上,还有马克思的《资本论》最有名的英文版竟然也是企鹅出版社或者华兹华斯出版社的版本,华兹华斯出版社还在《资本论》的封底赫然写着"华兹华斯世界文学典藏"的字样。我对经济学的恐惧感一下子就消失了,原来经济学并不都是以数学为基础的经济学,还有以道德哲学为基础的古典经济学或曰政治经济学,而政治经济学最早是和道德哲学唇齿相依的,从出身来讲,政治经济学是地地道道的人文学科,是文学的亲兄弟、好姊妹。

带着这种狂喜,我又开始阅读马克·谢尔的《文学的经济》以及伍德曼西和奥斯迪恩合编的《新经济批评》等书,对文学与经济跨学科研究开始有了一些初步的想法。后来,我和上海外国语大学张和龙教授谈起这些想法,问他能不能在《英美文学研究论丛》办一次文学与经济跨学科研究的专栏,张教授欣然同意。随后,在《外国文学研究》编辑部、上海市外国文学学会以及上海对外经贸大学国际商务外语学院的鼎力支持下,我和几位同事又开始酝酿筹备文学与经济跨学科研究专题学术研讨会。2018年6月2日至3日,首届文学与经济跨学科研究专题学术研讨会在上海对外经贸大学召开,来自中国大陆与台湾地区高校及研究机构的百余名专家学者参加了这次学术会议。会议规模不大,但议题集中,博得了同行的广泛赞誉。截至目前,文学与经济跨学科研究专题学术研讨会已连续召开了四届,承办单位分别是上海对外经贸大学、对外经济贸易大学、大连外国语大学、中南财经政法大学。

六年来,笔者一直在苦苦探索、苦苦思索。在商科院校,文学与经济跨学科研究肯定能有一席之地,文学研究向学校的优势学科靠拢是大势所趋,说不定也是文学研究和文学教学新的亮点,但是,这种跨学科研究在其他院校是否也会得到同样的重视? 文学与经济跨学科研究到底有多少普适性? 这样的问题目前还很难回答。但是,可能是身处商科院校的原因,笔者对文学与经济跨学科研究的未来一直都是信心满满的。会议开了好几届,研究生课程也开了好几届,无论是学者还是学生,对笔者所提出的文学与经济跨学科研究的思路还是十分捧场的。作为一线教师,笔者的耳边时时会响起美国中佛罗里达大学莫非教授的那句话:"我们的书会蒙上尘土,我们的学生会成长。"作为大学教授,长时间没有书和论文的产出是说不过去的,但是,只有书和论文的产出似乎也是说不过去的。一所大学的声誉好不好,最关键的还是要看它培养出了多少出类拔萃的学生。

要想培养出类拔萃的学生,就得有培养出类拔萃学生的一套机制。对于文学这样并无实用价值的学科而言,除了激发学生读文学的兴趣、鼓励学生多读名著、学会文学批评方法这些常用手段,编写一部能激发学生兴趣的教材也是十分必要的。其实,对笔者而言,编写一部研究生教材并非易事。和本科教材不同,研究生教材尤其是新兴学科的研究生教材,目前并没有一个很好的蓝本可供参照。教材的内容、体例、语言风格都得自己琢磨,虽然有了几年课程实践经验的积累,但这些积累也是远远不够的。此外,据笔者所知,在研究生课堂上使用正式出版的教材的比例应该并不高,许多教师是习惯于使用非正式出版的讲义的。为了吸引学生,担任研究生课程的教师真的是煞费苦心,使尽了浑身解数。笔者至今还清晰地记得在英国爱丁堡大学访学时看到的精彩一幕。一位开设中古文学课程的教师,为了鼓励更多的学子阅读只有大英图书馆或者耶鲁大学善本书库这么高大上的藏书楼才能找到的手稿,竟然为选课的学生在教室里提供了红酒。教文学不容易,教中古文学更不容易,好在笔者主要是教现当代文学,可以少吃不少教文学的苦。

对于笔者而言,编写一部新兴学科的研究生教材尚属首次,一切都是摸着石头过河。为此,笔者想在此把本书的编写理念以及教学思路赘述一下。教材由三篇组成,分别是文学基础理论、英国文学的经济学解读和中国文学的经济学解读。文学基础理论所占篇幅不大,虽然理论超级重要,但在教学实践中,笔者发现,整学期整学期地灌输理论,其实学生是有些吃不消的,学生是来学文学的,不是专门来学批评理论的。英国文学的经济学解读是本书的重中之重,但这并不是说美国文学等其他国家和地区的英语文学就不重要,美国文学名著《了不起的盖茨比》《金融家》等都是分析文学中的经济现象的佳作,但是闻道有先后,术业有专攻,因为笔者的专攻是英国文学,虽然对美国文学也略知一二,但唯恐分析起来贻笑大方,所以只能含泪割舍。中国文学的经济学解读是一种有益的尝试,作为教文学的老师,我们不能对祖国的灿烂文化不闻不问,中国文学为我们提供了一座文学与经济跨学科研究的宝库,中国文学批评界对经济批评的引入也比外国文学界要早一些。而且,对于读着朦胧诗、听着《穆斯林的葬礼》广播节目、唱着《城南旧事》主题曲长大的一代人而言,这一代人对文学那难以割舍的情结,大多是从对中国文学而不是对外国文学的喜爱开始的。中国文学的经济学解读这一部分篇幅也不大,这主要是因为笔者多年没有深入阅读中国文学作品所致,再者是因为笔者的教学对象主要是英语专业的研究生。笔者在这一部分是几经取舍的,不仅选入了《子夜》《林家铺子》《穆斯林的葬礼》《许三观卖血记》等严肃文学作品,也尝试性地选入了《金陵秘事》等通俗文学作品。在这一部分,笔者留有一个最大的遗憾,那就是与目前红极一时的和上海大都市生活息息相关的当代文学佳作《繁花》擦肩而过,不是因为笔者之前没有读过这部作品,也不是因为笔者不想蹭这个热度,而是因为笔者能力所限,短时间之内没有能力把这部作品搬到课堂上给学生讲得头头是道。同样喜欢这部作品的老师,如果也在开设同样的课程,不妨在研究生的课上做一次研讨(seminar),笔者坚信,我们的学生应该懂得比我们更多。教学相长,我们大可不必把研究生课程当成我们教的课程,它也可以成为我们学的课程。文学研究嘛,就是应该永远与时俱进,不能老是用老掉牙的方法去分析老掉牙的作品,平心静气地、认认真真地听一听学生的想法,对我们自己也是个促进。

人类已经进入了云计算、大数据、多媒体和人工智能时代,作为一线教师,我们不能忽略这个事实。哪些东西要拿来在课堂上讨论,哪些东西可以留给学生课前去阅读,哪些东西必须阅读文本,哪些东西可以借助于影视改编,一定要想清楚。这部教材一个最大的改革就是把文学作品阅读交给"课前必读"了,在一个几乎什么都可以在电子文档中处理的时代,把大段大段的文学作品的选段印刷在教材里有时是真的没有必要了。这让人很无奈,但这是事实。用电子版或者复印版就可以解决的问题,再齐刷刷地印制到教材里面,也实在是画蛇添足了,姑且如此吧!其实,"作品导读"部分一般也是课前完成的。那部分凝结着笔者的心血,笔者尽力用最朴实的语言讲最深刻的道理,是不是做到了这一点,只有学生才有评价权。"讨论题目"是研究生课程的重中之重,这些题目是笔者精心编写,大多数都在课堂上实际使用过,之后又根据学生的反馈做了必要的调整。

为了培养学生的论文写作能力,笔者特意在"文学基础理论"部分安排了论文写作专题,并在图书的附录部分附上硕士生学期论文的样稿。论文写作不是一朝一夕之事,不是一本书就能教会的,但是,研究生教材必须担负起这个任务,如果不注重课堂讨论的实效性,不注重论文写作能力的培养,那么,研究生教材和本科教材就没有区别了。此外,在图书申报出版社选题计划时,笔者和编辑也都犹豫过,作为一部教材,《文学与经济跨学科研究教程》这个书名是否合适？初读起来，感觉中文有些不通顺。但是，如果改叫《文学与经济跨学科研究指南》或者《文学与经济跨学科研究入门》，听起来又不像教材，所以，斟酌再三，还是使用了最初的命名。作为一门新兴学科，一开始总会有些不习惯，慢慢会习惯的。本书的整体设计是按照一门课一个学期、总计 16 到 18 周的教学时间来安排的，每周一讲，每讲一个专题，这种设计思路，是基于已有的教学实践的。文学研究要志存高远，但文学教学要脚踏实地、一步一个脚印，不能急于求成，更不能好大喜功。好大喜功的后果是十分严重的，之前经常有人这样批评我们的研究生教育，说我们培养的人才是博士不博、硕士不硕，为了快马加鞭地改变现状，就给我们的硕士和博士开列了长达数十页甚至数百页的必读书单。书是肯定读不完的，阅读能力最差的学生，恐怕是英语书名都没读完就毕业了。这种不切实际的做法，其实是不可取的，与其让学生望书生畏，还不如有目的、有规划地引导学生读书，来不及读全部，就读最精华的部分，这也是本书"课前必读"中设置重点阅读章节的根本原因。十年树木，百年树人，教育是百年大计，不能急于求成。另外，在信息技术高度发达的今天，为了节省篇幅，我们没有在课程讲解之前附上作品原文或译文，这种东西是很容易在互联网上或者图书馆里找到的。为了免去学生的翻检之劳，教师也可以把必读作品编印成册，与本教材配套使用。另外，根据我们的经验，研究生课程必须与时俱进，而且每个学年的教学时长也不是完全相同的，因此，定期地对原有的教学内容进行增加或者删减也是十分必要的。附上作品原文或译文，会增加教师对教学内容调整的难度，在信息技术高度发达的今天，把学生只需举手之劳就能找到电子文本的作品，大段大段地放在文学教材里，似乎是不明智的。再者，虽然教学内容是根据几年的教学经验，认真总结学生反馈之后确定的，但这里边还是有个人的因素，如果使用本书的教师专攻美国文学，就可以自行参照本书的框架，加入一些美国文学作品，替代本教材中的英国文学作品。最后，本教材的目标读者是全国范围的英语语言文学专业或者比较文学与世界文学专业的硕士生，所以，地方性因素不能太强，前文讲过的"中国文学的经济学解读"部分和红极一时的《繁花》擦肩而过也有这方面的原因。说实话，笔者特别喜欢《繁花》这部作品，但作品中上海方言味道比较重，长三角之外的读者能否读懂，笔者不太有把握，因为上海话或者闽南话这些方言，不是像北京话或者东北话那样容易理解。教材不同于专著，专著注重的是专业性，而教材是必须注重可读性的。教材的目标读者是学生，学生不喜欢，我们的教材编写就失败了。没有尽善尽美的教材，但编者必须怀着一种要把教材做得尽善尽美的理想，而衡量教材质量高低的最重要的依据，应该是学生的反馈，再加上使用教材的一线教师的反馈，而不是其他的东西。

　　文学与经济跨学科研究是一门新兴学科，《文学与经济跨学科研究教程》的编写也是一次新的尝试。笔者衷心地希望，希望这本书能够得到读者的肯定，得到学界的肯定，希望能有更多的院校开设这门课程，希望文学与经济跨学科研究能够越做越扎实，越做越深入，希望在不远的将来，文学和经济学学者能够平心静气地平等对话，形成交流和互动。文学没有立竿见影的实用价值，但是，我们也不能忘记，好多的"经济"传奇都是文学创造的，《穆斯林的葬礼》创造了正版书销量突破400万册的奇迹，迪士尼乐园说到底不就是用文学在盈利吗？文学与经济的亲密关系，不是三言两语就扯得清的，更不是三言两语就剪得断的。希望文学与经济跨学科研究能有个美好的愿景，也希望这本书能够成为这个美好愿景的铺路石。

非常感谢上海对外经贸大学研究生院、科研处以及国际商务外语学院，《文学与经济跨学科研究教程》得以顺利出版，是离不开学校研究生教材建设经费的支持的，没有了经济的支持，文学与经济跨学科研究的美好愿景就很难转化为现实。硕士生吴双丽、杜钰婷、周艺贡献出她们的学期论文，收录于本书的附录中，在此对以上同学深表谢意。本书的部分章节曾经以论文形式在《外国文学评论》《外国文学研究》《文学跨学科研究》等刊物上发表过，因为教材的写作风格和论文有很大的出入，收入本书时做了必要的修改，在此对相关刊物的编辑所付出的心血和所给予的指导，也表示深深的谢意。由于编写时间紧迫、笔者能力有限，再加上这部教材目前还没有合适的蓝本可供参照，一切都是从头摸索，所以书中纰漏之处在所难免，敬希读者批评指正。

王卫新

2024年5月

目 录

上篇　文学基础理论

第一讲　文学与经济跨学科研究文献综述　003

第二讲　文学与经济跨学科研究的主要范畴　012

第三讲　文学与经济跨学科研究论文写作指南　021

中篇　英国文学的经济学解读

第四讲　《威尼斯商人》与信贷问题　033

第五讲　《红酋罗伯》与自由贸易　044

第六讲　《董贝父子》与"庸俗"的金钱问题　056

第七讲　《海斯特》与19世纪英国的金融恐慌　067

第八讲　《化身博士》与信用经济　078

第九讲　《瓶中妖魔》:说不尽的经济学　089

第十讲　《声音之岛》:卡拉梅克的钱金灿灿　099

第十一讲　《卡斯特桥市长》:经济市场的运气与天赋　107

第十二讲　《带绿色百叶窗的房子》中的"商业美德"　117

下篇　中国文学的经济学解读

第十三讲　《子夜》中的金融书写　130

第十四讲　《林家铺子》中的商业伦理　140

第十五讲　《穆斯林的葬礼》:玉器商人的心路历程　150

第十六讲 《许三观卖血记》:身上的血就是一棵摇钱树 161

第十七讲 《金陵秘事》与金圆券币制改革 172

附录 硕士生学期论文示例及点评 182

参考文献 189

上篇　文学基础理论

　　文学中的经济书写是一个古老的命题,但文学与经济跨学科研究是一门新兴学科。文学与经济跨学科研究(Interdisciplinary Studies in Literature and Economy)是我们在筹备首届专题研讨会时经过充分酝酿和论证之后确定的名称,这个名称的确定主要基于以下几点考虑:第一,文学与经济跨学科研究的主要关注点是文学与经济的关系,不是文学与经济学的关系。第二,文学与经济跨学科研究属于跨学科研究,在研究中必然要借用经济学术语及研究方法,简单地罗列文学中的经济现象是远远不够的。第三,学科的中文命名必须尊重中文的习惯,不能唯英文马首是瞻,把英文的一些说法生硬地移植到中文中来。目前这个学科最流行的英文说法是:新经济批评(New Economic Criticism)、文学与经济学(Literature and Economics)、文学的经济(Economy of Literature)。新经济批评怎么看都是经济学分支,怎么看都不像是在研究文学;文学与经济学的提法给人一种黏合的感觉,从中看不出两个学科的互动关系;文学的经济会给人一种误导,仿佛这个学科的主旨就是研究如何利用文学来牟利,研究如何运用文学来赚钱。那么,为什么我们使用"文学与经济跨学科研究",而不是"文学与经济学跨学科研究"呢? 这和中文的习惯有关,也和我们研究的对象有关,我们研究的主要对象是文学与经济本身的互动,而不是文学与经济学两个学科之间的互动。

　　文学与经济跨学科研究,是近年来国际学术界的热点话题。它的发轫之作是美国学者马克·谢尔的《文学的经济》(*The Economy of Literature*,1978),谢尔对文学的经济命题进行了谱系梳理,并提出了文学与经济跨学科研究的立论基础:文学和金钱都是一种表征,都是一种交换,书是人类思想交换的最重要载体,而金钱则是人际交往的最重要载体。1994 年秋季,美国学者马萨·伍德曼西和马克·奥斯迪恩组织召开会议,试图让文学学者和经济学学者在同一个平台上对话,他们在会议论文的基础上合编了《新经济批评:文学与经济学交叉研究》(*The New Economic Criticism:Studies at the Intersection of Literature and Economics*, 1999)一书,该书在劳特里奇出版社出版,这是文学与经济跨学科研究领域的扛鼎之作。该书不仅提出了新经济批评这个重要的概念,还就文学与金钱、文学批评与经济、经济伦理学、文学与市场等诸多问题展开了探讨,提出了文学与经济跨学科研究的可行路径。近年来,国外的文学与经济跨学科研究开始呈现快速发展的态势。牛津大学出版社、剑桥大学出版社、霍普金斯大学出版社、芝加哥大学出版社相继推出相关专著,《英国文学史》(*ELH*)、《英国文学研究》(*SEL*)等主流英文期刊也刊发了大量的文学与经济跨学科研究论文。在国内,经济科学出版社、河南人民出版社、中国书籍出版社等也相继推出了文学与经济跨学科研究方面的专著(主要研究对象是中国文学),文学与经济跨学科研究专题学术研讨会已连续召开了四届,《英美文学研究论丛》《山东外语教学》等刊物相继推出了文学与经济跨学科研究专栏。

由于种种原因,文学与经济跨学科研究的理论建构目前尚属于初级阶段,理论体系还不够完备。另外,作为研究生课程,实践证明,整学期地灌输理论,学生是很难消化,所以,我们在此只能提供一个非常简单的理论架构。这个理论架构主要包括三个部分:文献综述(主要是英文文献梳理)、研究范畴,以及论文写作指南。

▶ 第一讲 ◀
文学与经济跨学科研究文献综述

📖 课前必读

(1) Shell, Marc. *The Economy of Literature*. Baltimore, MR: Johns Hopkins University Press, 1978. 重点阅读导论部分以及第 5 章。

(2) Woodmansee, Martha & Mark Osteen (eds.) *The New Economic Criticism*. London and New York: Routledge, 1999. 重点阅读第 1 章和第 20 章。

(3) 张和龙. 文学与经济跨学科研究:理论溯源、历史理据与当下思考,《文学跨学科研究》,2019 年第 1 期。

📑 课程讲解

文学与经济跨学科研究(Interdisciplinary Studies in Literature and Economy),又称新经济批评(New Economic Criticism)、文学经济学批评(Literary Economic Criticism)、文学与经济学(Literature and Economics),是一门新兴学科。它的立足点是文学,它的主要目的是借用经济学理论及方法来分析文学作品、阐释文学现象,通过对虚构世界的经济现象以及经济问题的研究,为研究现实世界的经济现象及经济问题提供有益的启示。在目前的语境中,文学与经济跨学科研究的最重要的任务是尽快建构起一套较为完备的理论体系,为文学研究探索一套新的路径,借助经济学的优势地位,为文学研究注入新的活力。

要想建构一套较为完备的的理论体系,就必须对以往的研究成果进行有效的梳理,这是我们在这一讲中要做的事。在对文献进行梳理之前,我们先说一说硕士生学位论文的文献综述和本书中文献综述的区别。目前硕士生学位论文的标准模式是用一种理论来分析一部作品,所以,硕士生学位论文的文献综述的核心内容应该是总结前人关于作品本身的研究,比如,要研究《长日留痕》中的历史书写,文献综述应该是对已有的关于《长日留痕》的研究的概述,在综述的基础上说明历史书写研究的重要性,进而阐明研究在哪些方面对以往研究进行必要的补充和匡正。按照最正统的模式,在文献综述部分不需要介绍理论(比如新历史主义),而应当另辟章节对其进行描述。本书中的文献综述不可能这么单纯,因为一本书不可能只涉及一部作品,我们的文献综述是针对文学与经济跨学科研究的整体格局的,另外,鉴于现在最迫切的任务是建构理论,所以,我们的主要关注点是那些对理论建构有一定积极贡献的学术著作,而不是具体的文本分析。说来说去,其实,我们写这一段话的目的就是两点:一是嘱咐硕士生,在学位论文写作时千万不要模仿本书的文献综述模式;二是借此机会向本书的读者表白一下,虽然读者希望我们做一个竭泽而渔而且还泾渭分明的文献综述,但是由于篇幅和学养所限,我们所做的也仅仅是一个浮光掠影式的勾勒,在此抛砖引玉,用两句不太工整的诗句来说,就是"无心抛得青砖去,有心抱得碧玉回"。

文学与经济跨学科研究的起点可以追溯到 1978 年,也就是马克·谢尔(Marc Shell)出版《文学的经济》(*The Economy of Literature*, 1978)的那一年。我们没有必要再向前追溯,因为我们不能把零星的文本实践和学科的理论建构混为一谈。众所周知,在精神分析批评诞生之前,早在 19 世纪,就有批评家用心理分析的方法解读过莎士比亚的《麦克白》等戏剧,我们可以十分惊奇地感叹前人的睿智,但是我们不能把这种没有理论自省意识的分析认定为精神分析批评的起点。同样,虽然我们都知道瓦特的《小说的兴起》(*The Rise of the Novel*, 1957)、诺瓦克的《经济学与丹尼尔·笛福的小说》(*Economics and the Fiction of Daniel Defoe*, 1962)里边都提及了经济学问题,而且后者还直接把经济学一词写进了书名,但是,站在理论架构的高度上,我们没有必要把这两本书作为文学与经济跨学科研究的肇端。

马克·谢尔是文学与经济跨学科研究的鼻祖,除了《文学的经济》,他还出版了《金钱、艺术与思想》(*Money, Language, and Thought*, 1982)、《艺术与金钱》(*Art and Money*, 1995)两部著作。除了比较文学教授的身份,他还在哈佛大学担任金钱与文化研究中心主任(director of the Center for the Study of Money and Culture)。在《文学的经济》以及《金钱、艺术与思想》的附录部分,谢尔附上了大量的插图,这其中既有展示其文学经济学批评理论思想的插图(比如,《金钱、艺术与思想》的第 2 幅插图,旨在说明文学和金钱一样都是一种表征),又有世界各地各种珍贵的硬币和纸币的插图,两本书的插图内容丰富,简直就像是一座古钱币博物馆。单凭这一点,我们就可以断定,谢尔是一位文学批评界金钱与文化研究领域的行家里手,他对于金钱的了解,绝不仅限于简简单单的书本知识。

我们不是古物收藏者,更不是古币鉴赏家,我们不关心谢尔书中的古钱币插图,只关心他在书中所提出的那些真知灼见。谢尔开宗明义地提出了文学经济学批评总的纲领:

"文学经济学试图解释文学交换与组成政治经济学的交换之间的关系。它从全局的角度，探究语言学以及经济学的符号化和政治经济学的生产之间的形式近似性。"（Shell，1978:7）由此可见，交换是文学经济学批评的重中之重，那么，文学交换和金钱交换之间是怎样的关系呢？谢尔通过引用德国哲学家康德（Immanuel Kant，1724～1804）的观点，回答了这个问题："书是承担思想交换的最重要的手段，正如金钱是人类相互交际的最重要的手段。"（Shell，1978:9）一个是思想交换，一个是经济交换，正是"交换"这个核心词把书籍和金钱紧紧相连，把文学和经济紧紧相连。谢尔在《文学的经济》中还提出了一个有趣的观点，他认为金钱的来源和哲学的来源互为映衬，暴政和铸币之间也有一种奇妙的偶合："暴政和铸币经常是和某一个人相联系，这意味着，暴政和铸币之间确实是互相依托并互相强化的。"（Shell，1978:13）虽然谢尔在书中引用了许多古希腊的例证，但他的这一段论述到底是否站得住脚，还有待于进一步验证。谢尔的另一个观点我们是十分赞同的，他认为，从词源学的角度考察，经济首先是指"家庭内部的集合和分配。家庭经济涉及家庭内部的生产和分配，涉及主人与仆人、丈夫与妻子、父亲和儿子之间的关系。"（Shell，1978:89）谢尔的观点与布鲁和格兰特在《经济思想史》一书中的观点出奇地一致。布鲁和格兰特在《经济思想史》一书的开篇写道："经济思想的早期源流可以追溯至古代。例如，经济学一词的根源可追溯到古希腊，在那里，oeconomicus 的意思是'家庭管理。'"（布鲁，格兰特，2014:1）将经济的源头追溯至家庭经济，有利于提升女性在经济活动中的地位，因为就家庭经济管理而言，女性的管理能力并不一定比男性差。

文学与经济跨学科研究的勃兴，是从 20 世纪 90 年代开始的。站在理论建构的高度上，我们从诸多的著述当中，选出三部著作来集中讨论。第一部著作是安德鲁·米勒的《玻璃背后的小说：商品文化与维多利亚叙述》（*Novels behind Glass: Commodity Culture and Victorian Narrative*，1995），这本书最重要的贡献是系统阐释了商品文化（或曰消费文化）与文学的关系、消费文化和 1851 年博览会的关系，以及商品文化对价值理论的重构。米勒认为，商品文化之所以盛行，主要得益于 1851 年召开的万国工业博览会，而 1851 年博览会之所以能够顺利召开，主要得益于 19 世纪 30 年代开始的玻璃制造技术。到了 19 世纪 50 年代，英国已经掌握了制造长达四英尺的玻璃的技术，而且，由于英国在 19 世纪 40 年代取消了消费税（excise tax），巨型玻璃的消费市场在扩大，零售商也有财力和能力把他们的商品陈列在商品展示橱窗之内。当然，把巨型玻璃应用到极致的还是 1851 年的所谓水晶宫（Crystal Palace），在水晶宫的外围，站立着对商品充满渴望的人，"这些人生活的唯一目的就是满足愿望"（Miller，1995:4）。玻璃技术的改进，再加上后来的摄影技术，以及再后来的电影艺术，把视觉艺术推向了极致，而视觉艺术的勃兴改变了人们对于商品价值的认识，人们不得不在亚当·斯密所区分的使用价值和交换价值之外，再给商品加上另外一种价值，那就是美学价值。说得通俗一点，所谓的美学价值，其实就是说商品除了拿来使用和交换之外，还必须可以拿来观赏。

米勒用了一整章来阐释 1851 年博览会在商品文化的形成与发展中所起的重要作用。他认为,水晶宫的意义不仅仅在于水晶宫本身,1851 年的水晶宫由于天灾人祸已经不存在了,但水晶宫所带来的商品美学震撼却是影响深远:"然而,水晶宫所使用的陈列技术,以及这些技术支持之下的陈列空间,最终走出了海德公园,造就了现代文化中的商品视觉美学。"(Miller, 1995:90)其实,在 1851 年博览会之前,零售商们就开始运用玻璃技术做橱窗,这可以视为大展之前的小展。但是,这些小打小闹的展出不可能形成商品文化。1851 年博览会是一次万国工业品博览会,是世界各地工业品的展示窗口,法国的萨克斯管、中国的瓷器、俄罗斯的兔皮、苏格兰的野猪皮、英格兰的切萝卜机、美国的假肢、印度的圆形扑克牌、各式各样的商品,琳琅满目,令人目不暇接。用著名作家勃朗特(Charlotte Bronte, 1816～1855)的话来说,1851 年博览会就是一个"巨大的名利场"(Miller, 1995:53)。按照米勒的说法,1851 年博览会改变了人们的消费习惯,许多人由原来的到百货公司买东西变成了即便不买东西也要去逛一逛百货公司,这样就形成了一种被动性(passivity)。被动性不是不消费,被动性是指消费者交出了主动权,一切都以商家的意志为转移。诚如米勒所言:"消费者不再和销售人员讨价还价,这种在买卖当中的积极的社会行为被一种更漠然、更孤寂、更被动的实践行为所取代。在商店和展品之中漫步,成了一种私事。"(Miller, 1995:57)众所周知,在生产、流通等环节,唱主角的一直是男性,可是,到了消费社会,在商品文化的大潮中,唱主角的就应该是女性了。米勒借用美国学者本森(Susan Porter Benson)的观点,将商品文化大潮中的百货商店称为"没有亚当的伊甸园"(Adamless Eden)。在"没有亚当的伊甸园"里,到处都是女人:"买和卖,服务与被服务,全是女人。在每一层楼,在每一个过道,在每一柜台,全是女人。在所有楼层的大多数柜台后面,全是女人。在每一个收银台,在每一个包装台,拿着包裹和零钱跑前跑后的,全是穿着短裙的女人。简简单单地说,这是一个走来走去、找来找去、忙来忙去的女性大家庭。"(Miller, 1995:64)

20 世纪 90 年代第二部重要著作是詹姆斯·汤普森的《价值模型:18 世纪的政治经济学和小说》(*Models of Value: Eighteenth-Century Political Economy and the Novel*, 1996)。诚如这部书的封底所言,汤普森通过 18 世纪两种最重要的话语(政治经济学和小说)重新定义了价值概念,政治经济学涉及金融学,而小说则要涉及罗曼司。同时,金融学和罗曼司分属两个不同的性别,前者属于男性,属于公共领域,后者属于女性,属于家庭领域。图书封底的这种观点很有见地,但也有简单化之嫌。汤普森的著作绝非这么简单,他在书中主要讨论了四位作家,他们是笛福、菲尔丁、伯尼、奥斯汀。通过这四位作家的作品,汤普森的主旨并不是阐述小说兴起和政治经济学兴起之间的关系,他这部著作的着眼点是价值。汤普森认为:"在 18 世纪的英格兰,政治经济学和小说的产生,都是得益于对价值及其变体的关注。"(Thompson, 1996:2)值得注意的是,汤普森并没有套用亚当·斯密的观点,把价值分为使用价值和交换价值,他所谈论的价值,主要是内在价值(intrinsic value)和外在价值(extrinsic value)。内在价值和外在价值的区分可以通过硬币体现出来,具体而言,就是"一个硬币的重量和一个硬币所代表的价值,也就是印在硬币上面的面值"(Thompson,1996:17)。硬币不同于纸币,一般来说,纸币的面值、尤其是大额纸币的面值,应该是大于其内在价值的。但硬币不一定,在许多时候,一枚硬币的面值,并不一定比它的内在价值高,如果再加上人力成本,硬币的面值尤其是小额硬币的面值,可能会远远低于内在价值。这些道理比较好懂,作为一位文学学者,汤普森也不可能在这些细节上浪费太多笔墨。汤姆森把内在价值(亦称真实价值)和外在价值(亦称名义价值)的区分用在了政治经济学和小说的区分之上:

> 其实,经济学可以被描述成是名义价值的理论化,名义价值是指贸易的基本存量。与此相反,小说以及求爱叙述,都是强调内在价值的。因此,小说就可以被解读为是内在价值的意识形态化的重构。对方兴未艾的经济学话语中的价值以及对小说话语中的价值的概念化和运算化的危机,加在一起,就成了一对构思精巧的矛盾——小说中的求爱叙述把个人以及人类价值的概念化和运算化归纳成用想象的方式尽量远离最低工资劳动的东西。从《帕梅拉》《艾米莉亚》《伊芙琳娜》到《爱玛》,每一部叙述作品探索的问题都是到底是什么让女主人公变得更有价值和更得体。简而言之,在整个这个阶段,伴随着各种各样的银行、信用与纸币方面的实验和革新,政治经济学家们慢慢地被迫承认,最后,白银并不总是白银,而小说家则愈发坚持,爱情总是爱情,因为爱情的价值起源于家园以及充满激情的婚姻。(Thompson,1996:21-22)

作为文学学者,汤普森的这段话有点儿罢黜百家、独尊文学的味道,但这种观点也不无道理。随着时间的推移,白银的价值毕竟是外在价值,会不断地发生变化,而文学的价值是内在价值,只要家园永在,求爱叙述的光芒就会永在。同样是 19 世纪中晚期开始勃兴的两样东西,政治经济学和小说,到底谁能够在未来的价值沉浮中胜出,只能留待未来去检验。

文学与经济跨学科研究的一个重要里程碑是 1999 年,也就是我们要谈的第三部著作即马萨·伍德曼西(Martha Woodmansee)和马克·奥斯迪恩(Mark Osteen)合编的《新经济批评:文学与经济学交叉研究》(*The New Economic Criticism: Studies at the Intersection of Literature and Economics*,1999)出版的那一年。伍德曼西和奥斯迪恩在第 1 章中把这本书的来龙去脉交代得很清楚:1991 年,美国中西部现代语言学会的会议上出现了以"新经济批评"(New Economic Criticism)为名的专题讨论,三年之后,伍德曼西和奥斯迪恩又千方百计地将文学学者和经济学学者聚到一处,举行了一次文学与经济的专题会议,并将会议论文结集,于 1999 年在劳特里奇出版社出版。《新经济批评》一书共 23 章,分为语言与金钱、批评经济学、非理性经济学、经济伦理学、作者经济、现代主义与市场、批评交换等 7 个部分,内容丰富,题材多样,可以说是异彩纷呈。

就像建筑学家说错落有致一样,我们说这部书是异彩纷呈,这其中既有夸赞又有困惑。这部书值得夸赞的地方是包罗万象,但让我们困惑的其实也是这个包罗万象,对这部书成就的总结比对谢尔理论的总结更难。不过,这部书的主线还是有迹可寻的。伍德曼西和奥斯迪恩开宗明义地提出了文学与经济跨学科研究的主要问题:"什么是经济批评? 文学和文化批评家能从经济学家那里学些什么? 经济学家能从文学和文化批评家那里学到些什么? 这样的批评交换如何能丰富两个学科的内容?"(Woodmansee & Osteen, 1999:4)接着,伍德曼西和奥斯迪恩又提出了两种经济学的概念:"想象经济学用文学的方法来读经济学,而诗学经济学则是用经济学的方法来读文学。"(Woodmansee & Osteen, 1999:4 – 5)按照上述分类,我们这部教材应该属于诗学经济学范畴,因为我们的基本定调就是用经济学的方法来读文学。《新经济批评:文学与经济学交叉研究》一书中还有一个和我们所持的观点非常契合的地方,那就是,这部书同样认为文学与经济跨学科研究的经济学主要是古典经济学,而不是新古典经济学,主要是理论经济学,而不是应用经济学。此外,两位学者也反对浪漫主义时期将文学和商业对立的做法,他们认为美学价值和金钱价值是可以相通的。两位学者对谢尔的文学经济学批评给予了充分的肯定,他们也十分赞同语言是文学和经济学的共同载体,"如果语言包含经济学,那么,经济学同时也是语言"(Woodmansee & Osteen, 1999:22)。虽然这种观点有些武断,但其中不乏道理,经济学的最重要支撑可以归结为数字或者数据,但经济学最终还是要用语言来说明问题。如果我们用编写数学教材的方式,把经济学教材编写成以数字运算或者数学公式为主的东西,恐怕这样的教材学生是很难忍受的,更别说接受了。

我们认为,《新经济批评:文学与经济学交叉研究》论述得最透彻的问题,不是文学与经济学的关系,而是语言和金钱的关系。在该书的第 3 章,詹妮特·索伦森写道,在 1707 年英格兰和苏格兰联合的时候,著名的文学家丹尼尔·笛福提出了一个十分大胆的想法,他认为要想让联合江山永固,除了经济交换,还必须有语言交换,那就是用英语彻底取代盖尔语,消除英格兰和苏格兰之间的语言隔阂和文化差异,达到重塑政治文化身份的目的。索伦森对此的评价是:"在这种帝国的语境中,商品交换和语言交换都是一种去历史化、普遍化的运动。英语语言所起的作用,就像金钱所起的作用一样,是一种通用的等价物,在其流通过程中,建构差异,并使得差异抽象化。"(Woodmansee & Osteen, 1999:75)索伦森的观点略显偏激,但其中不乏道理。没有统一的语言,没有统一的度量衡,这样的联合是不可能十分稳固的。英语最终成为 1707 年联合之后苏格兰人也广泛接受的语言,联合的基础也因此变得越来越牢靠,这充分证明了笛福的远见卓识。不过,这种语言交换是有一种强迫的味道,它并不是苏格兰民众的自由选择,这一点也值得注意。相比之下,我们觉得理查德·格雷在《新经济批评:文学与经济学交叉研究》第 4

章里提出的观点更令人容易接受："我们把语言视为概念的符号。我们把金钱视为事物价值的符号。"(Woodmansee & Osteen, 1999:97)语言和金钱都是符号,语言和金钱一样,它们的价值都是由公共权力机构(public authority)来认定的。

　　进入 21 世纪以来,国外的文学与经济跨学科研究开始呈现快速发展的态势。牛津大学出版社、剑桥大学出版社、斯坦福大学出版社、约翰·霍普金斯大学出版社、帕尔格雷夫·麦克米伦出版社、劳特里奇出版社相继推出了一系列文学与经济跨学科研究专著,《小说》(Novel)、《小说研究》(Studies in the Novel)、《英国文学史》(ELH)、《英国文学研究》(SEL)等主流英文期刊也刊发了大量的文学与经济跨学科研究论文。同时,文学与经济跨学科研究在国内的中国文学研究领域也大有抬头之势:经济科学出版社于 2011 年推出了陈国栋的《经济视角下的中国现代小说》,河南人民出版社自 2012 年起陆续推出了《中国传统文学与经济生活研究丛书》,中国书籍出版社也于 2013 年推出了周丽娜的《中国现代小说货币叙事研究》。

　　21 世纪以来的文学与经济跨学科研究著述在不断增多,这说明这个学科在不断升温。但是,如前文所言,在这林林总总的著述中,文本研究占了绝大多数,具有理论建构意义的著述仍然是凤毛麟角。为简便起见,我们在此将集中讨论三部具有一定理论建构意义的著作,它们是弗朗西斯·奥高尔曼主编的《维多利亚文学与金融》(Victorian Literature and Finance, 2007)、塔玛拉·瓦格纳撰写的《维多利亚小说中的金融投机:密谋金钱与小说类型》(Financial Speculation in Victorian Fiction: Plotting Money and the Novel Genre, 1815–1901, 2010)以及西力克撰写的《自由贸易罗曼司:英国文学、自由市场与全球化的 19 世纪》(Romances of Free Trade: British Literature, Laissez-faire, and the Global Nineteenth Century)。

　　《维多利亚文学与金融》主要阐述了维多利亚文学中的金钱与投资问题。在该书的第 1 章,尼古拉斯·施蕾普顿系统地阐述了金本位、纸币、金钱、财富之间的关系。总体而言,施蕾普顿还是站在支持金本位的一边,他通过引用莫尔(Thomas Moore, 1779～1852)、皮考克(Thomas Peacock, 1785～1866)等人的诗歌,来说明纸币与金融恐慌的关系,认为纸币充其量不过是一种虚假的承诺。施蕾普顿最后引用了皮考克于 1837 年 7 月 20 日写下的诗歌前言中的话,一语中的地讽刺了纸币的不可靠性:"承诺永远是一种支付,而支付也永远是一种承诺。"(O'Gorman, 2007:23)关于金钱和财富之间的关系,施蕾普顿认为,金钱不等于财富,金钱只是财富的一种记录,他引用《弗雷泽杂志》中的一段话来说明金钱与财富的内在关系:"如果财富增长了,而金钱的数量没有变,那么,金钱价值就提高了;如果金钱的数量增长了,而财富没有相应增长,那么,金钱的价值就降低了。"(O'Gorman, 2007:29)这段话用三言两语就解释了金钱升值和贬值的原因,是一段比经济学更经济学的文学话语。

　　《维多利亚文学与金融》第 6 章重点论述了女性和金融投资的关系。维多利亚时代的女性,包括勃朗特、盖斯凯尔和乔治·爱略特等著名女作家在内,她们为什么会热衷于金融投资呢? 南希·亨利对此的回答是,那是因为"在维多利亚时代的英国,女性无法在政治选举中投票,但是她们可以买股份、做股东、投票选举公司董事"(O'Gorman, 2007: 111)。但是,由于传统观念中金融领域一直被认为是男性的领域,所以,在维多利亚文学中,有金融知识的女性有时会被妖魔化。而且,女性在参与金融投资活动时,一般都会听从男性的意见,这种现象早在 18 世纪就存在了。南希·亨利举了两个例子:一个例子是1710 年斯威夫特(Jonathan Swift, 1667~1745)曾经力劝斯黛拉购买英格兰银行股票,这是一个成功的案例;另一个是 1720 年蒲柏(Alexander Pope, 1688~1744)向玛丽·沃特利·蒙太古夫人建议购买南海股票,结果南海股票大跌,这是一个失败的案例。在着重论述维多利亚时代女性投资者的同时,南希·亨利也对当时主流男性作家的投资倾向进行了说明:"狄更斯偏爱俄罗斯债券,萨克雷偏爱美国证券,而特罗洛普则偏爱殖民地投资。"(O'Gorman, 2007:120)

从某种意义上讲,《维多利亚小说中的金融投机:密谋金钱与小说类型》的书名有些让人匪夷所思,因为在中国读者的眼里,她所论述的 1815 年至 1901 年之间的小说应该称之为 19 世纪英国小说。我们不必为此纠结,我们只管她所论述的问题。瓦格纳的这本书试图揭示金融投机如何被想象、如何被融入维多利亚小说叙述之中,瓦格纳对投资和投机的概念进行了区分,她认为:"投资是这样一个术语,它所代表的是安全的金钱交易;而金融投机的定义应该是一种冒风险的行为。"(Wagner, 2010:8)瓦格纳把金融投机者分为国外投机者(比如柯林斯《月亮宝石》中的投机者)和国内投机者(比如奥利凡特《海斯特》中的投机者)两类,无论是国外投机者还是国内投机者,由于金融投机是高风险行业,许多人都难免会碰上破产的厄运。瓦格纳借用芭芭拉·维斯在《英国人的地狱:破产与维多利亚小说》(*The Hell of the English: Bankruptcy and the Victorian Novel*, 1984)一书中所发表的观点,来说明破产问题,在文学批评家的眼里,破产是"个人脆弱性的最完美的结构隐喻。"(Wagner, 2010:4)

西力克的《自由贸易罗曼司:英国文学、自由市场与全球化的 19 世纪》是一本很有见地的书。在这部书中,作者着重论述了 19 世纪英国小说以及戏剧中的自由市场书写。在全球化自由市场经济成形之前,英国政府一直采取着一种国内商品优先于国际商品的政策,这种贸易保护主义引发了人们关于自由市场经济问题的争论。通过对司各特、马蒂诺、勃朗特、狄更斯等人作品的深入解读,西力克提出了一些非常有意思的观点。她的第一个观点是英国的自由贸易论争并没有随着《谷物法》的废止而结束,因为应该还存在着两个自由贸易的瓶颈:一个是和中国的鸦片贸易,尽管中国官方强烈反对,但英国还是从事着鸦片贸易;另一个是航海法案,它严格禁止别国船只在英国海域活动。西力克还提出了一个关于走私者的悖论:"走私者其实是支持贸易保护主义的,因为如果没有高关税,非法贸易也就没有用武之地了。"(Celikkol, 2011:10)特别值得一提的是,西力克的观点为本书第五讲提供了重要的理论支撑。

目前的文学与经济跨学科研究有以下五个特点：①文本实践明显大于理论建构。在林林总总的专著和期刊论文中，有理论建构意义的著述并不多见。②由于理论体系还不成熟，不仅这个学科的名称五花八门，研究的内容及方法也五花八门。③许多研究还停留在文学作品中的经济现象阐释层面，既没有借用规范的经济学术语，也没有借用经济学的研究方法，只有跨学科之名，而无跨学科之实。④在业已出版的图书中，文集的比重明显大于专著的比重，文集有其优点，比如研究内容和方法会更加多样化，但文集也有明显的缺点，那就是论点不够集中，作者与作者之间关于经济问题的阐述有时还有冲突。⑤虽然国外已有经济学者开始涉足文学研究（比如，剑桥大学出版社出版的《乔治·爱略特与金钱》一书的作者就是基金从业者），但这种现象在国内还十分少见。从某种意义上讲，目前的文学与经济跨学科研究还处于一头热的阶段，文学学者开始向经济学跨越，但反向的跨越尚未起步。当然，这一点是比较好解释的，因为，毕竟如玛丽·普维所言，在如今的美国大学中，"经济学学位能给人体面的职业和丰厚的回报，而文学学位却只能让父母亲都感到绝望"（Poovey, 2008:417）。一个是相对弱势的学科，一个是相对优势的学科，两个学科的有效对接，还是需要时间和耐心的。

讨论题目

（1）有学者说，亚里士多德在其著作中提及了经济，所以，亚里士多德应该就是文学与经济跨学科研究的鼻祖。你同意这种说法吗？为什么？

（2）在目前的语境中，文学与经济跨学科研究的最重要的任务是什么？

（3）马克·谢尔对于文学与经济跨学科研究的最重要的贡献有哪些？

（4）为什么说 20 世纪 90 年代是文学与经济跨学科研究勃兴的时代？

（5）安德鲁·米勒的《玻璃背后的小说：商品文化与维多利亚叙述》一书的主要论点是什么？这部书对于文学与经济跨学科研究的最重要的贡献有哪些？

（6）詹姆斯·汤普森的《价值模型：18 世纪的政治经济学与小说》是如何阐释政治经济学问题的？

（7）为什么说 1999 年出版的马萨·伍德曼西和马克·奥斯迪恩合编的《新经济批评：文学与经济学交叉研究》是文学与经济跨学科研究的一个重要里程碑？

（8）有学者说，经济学或者金融学是男人的领域，是公共领域，不适合女人。你同意这种观点吗？为什么？哪位学者的观点能够为你提供佐证？

（9）投资（investment）和投机（speculation）有什么区别？

（10）目前的文学与经济跨学科研究有什么特点？你如何看待这个学科的未来？

第二讲

文学与经济跨学科研究的主要范畴

📖 **课前必读**

（1）Dick, Alexander. *Romanticism and Gold Standard: Money, Literature, and Economic Debate in Britain 1790 - 1830*. Houndmills: Palgrave Macmillan, 2013. 重点阅读第 2 章和第 3 章。

（2）Michie, Elsie B. *The Vulgar Question of Money: Heiress, Materialism and the Novel of Manners from Jane Austen to Henry James*. Baltimore, MR: Johns Hopkins University Press, 2011. 重点阅读导论部分。

📖 **课程讲解**

在第一讲中，我们对已有的文学与经济跨学科研究成果进行了简单的梳理。在第二讲中，我们将对文学与经济跨学科研究的主要范畴进行描述。由于这个学科目前还不十分成熟，所以，我们在此展示的也许只是冰山一角，而且还有一点点硬性规定的（prescriptive）味道。但是，一个学科或者一种批评方法的确立，一个首要的问题就是回答这个学科应该做什么、不应该做什么。如果连这个问题都回答不了，那么，文学与经济跨学科研究也就成了一纸空文了。

在回答做什么之前，我们想简单地回答一下为什么做的问题。为什么要做跨学科研究呢？ 有人说，这是因为文学本身就是跨学科的。我们不太同意这种观点。文学研究应该是跨学科的，禁锢在文学的自身就会坠入印象式批评的窠臼，这是对的。但是，说文学本身就是跨学科的，这似乎站不住脚。以李白的《望庐山瀑布》为例，谁也不能否定这是文学作品，而且是优秀的文学作品，作品是跨学科的吗？"飞流直下三千尺"中的三千尺是数学吗？"疑是银河落九天"中的银河是气象学吗？ 应该不是。文学就是文学。以科幻作品为例,学生为什么喜欢石黑一雄的《别让我走》? 学生喜欢的是小说中如诗如画而又如梦如幻的校园生活,而不是小说中的克隆技术。如果石黑一雄恶补基因科学之后,用亦步亦趋的方式,搞它个基因工程术语满天飞,也许,《别让我走》就成了"别让我来",学生读完小说的开头,就读不下去了。

文学不是跨学科的,但文学研究应该是跨学科的。我们在此不妨引用一下《外国文学评论》2017 年第 1 期《编后记》中的话:"不是因为文学自身不重要,而是因为文学太重要,以至不能'纯文学地'去研究。"(2017:240)文学越是重要,越不能纯文学地去研究。文学的重要性需要其他学科的认可,而要想得到其他学科的认可,就必须跨学科;纯文学地去研究,会给其他学科的学者造成这样一种错觉:文学研究言之无物,尽是一些咿咿呀呀、无病呻吟的东西。

那么,在林林总总的跨学科研究中,为什么我们会首选文学与经济跨学科研究呢? 这里面有我们本身是商科院校教师的因素,但这并不是决定性因素。跨学科研究的方向选择不应以此为标准,至少是不应以此为唯一标准,否则就会出现"拉郎配"式的跨学科。结合学校特色定位研究方向是值得提倡的,但不能削足适履。要知道,并不是所有的学科都能够很好地和文学研究对接,而且,在能够对接的学科中,也并不是所有的成果都能得到文学学者的认可。此外,就跨学科本身而言,和文学若即若离的那些学科(如医学、法律、经济、教育、人工智能)运用到文学研究时,大家会感觉到这是在跨学科。而有些和文学本来就很亲近的学科(此处不便举例)运用到文学研究领域,大家会觉得理所当然,不觉得这种研究有多少跨学科成分。

我们之所以选择经济学作为文学跨学科的目标,其一是因为经济学与文学有着深厚的渊源,古典经济学的兴起和欧洲现代小说的兴起几乎是同步的;其二是因为对于文学学者而言,经济学尤其是古典经济学和经济史本来就是道德哲学和历史学的分支,比较容易驾驭,而且跨学科之后的研究成果也更容易被文学学者所接受。经济学和文学的深厚渊源在 18 世纪英国体现得最明显,要知道,在亚当·斯密的有生之年,格拉斯哥大学还没有经济学教授职位,斯密是道德哲学教授,和爱丁堡大学的大卫·休谟是同行。我们今天习惯性地认为 18 世纪是理性的时代,其实也不尽然,如果必须给那个时代的文学设置一个核心概念,那这个核心概念应该是美德(virtue)。美德又何尝不是那个时代道德哲学的核心概念呢? 美德这个核心概念,把文学和道德哲学以及道德哲学的一大分支即政治经济学紧密相连。关于古典经济学和经济史的可接受性,我们不妨举一个例子,那就是亚当·斯密的价值论。斯密把价值分为使用价值(value of use)和交换价值(value of exchange)两种,他认为使用价值和交换价值其实是成反比的:"使用价值很大的东西,往往具有较小的交换价值,甚至没有;反之交换价值很大的东西,往往具有极小的使用价值,甚至没有。"(斯密,2015,上卷:24)斯密的说法很好理解,钻石没有什么使用价值,不能吃不能喝,但是它的交换价值极高。反之,水有使用价值,可是它的交换价值极低。斯密的理论一看就懂,比西方文论还好懂。当然,斯密的价值论在应用于文学研究时也必须与时俱进。比如,我们在研究 1851 年万国工业博览会之后的文学作品时,就应该对斯密的价值论略作修正,因为消费主义来临之后,商品开始有了新的价值即美学价值。经济学家以及文学批评家通常是用 1851 年展出的一把瑞士军刀为例说明这个问题:那把小小的瑞士军刀,有数十种小工具,有各种各样的功能,其实许多功能都没有使用价值,但是,因为这把小小的瑞士军刀具有美学价值,所以,它虽然小,却引人注目,而且极有可能具有较高的交换价值。这一点比较容易理解,比如我们要生产一部手机,无论手机的性能多好,如果生产商把它做得很丑,它也不会有什么好的销路,因为,在消费主义大行其道的今天,美学价值比使用价值更受人关注。

下面我们言归正传,有模有样地说说文学与经济跨学科研究的主要范畴。根据我们的经验,目前语境中的文学与经济跨学科研究主要由三个部分组成:文学与市场、文学与商业、文学与金融。文学与经济跨学科研究的第一个板块是文学与市场(literature and the market)。文学与市场主要研究作家与金钱、作家与出版市场、作者与读者之间的关系。关于作家与金钱的关系,我们不妨在此先举一个例子。在尼古拉·巴博尔和帕特里克·里·布朗合著的《查尔斯·狄更斯》(*Charles Dickens*, 2008)一书的开头,作者详细地记述了狄更斯与一幢房子的故事:

> 当查尔斯·狄更斯还是孩子的时候,他经常和父亲一起散步,他们在自己的家乡肯特郡一个叫查塔姆的地方经常会看到一幢又大又气派的房子。"如果你努力工作,"约翰·狄更斯对他的儿子说,"有朝一日你就可以在这样的房子里生活。"这样说过之后,父子俩就会走回家中,回到他们自己那又小又狭窄的遥望着麦德威河的寒舍之中。那幢大房子叫盖德山居,约翰·狄更斯的话后来真的成了现实。查尔斯·狄更斯一生都在勤勉工作,他也真的最终成为了盖德山居的主人。(Barber & Lee-Brown, 2008:6)

作家需要房子,需要金钱。作为英国维多利亚时期的一代文豪,狄更斯在追求精神世界的非物质财富的同时,也无法摆脱物质世界的物质财富的困扰。当然,我们也绝不能据此得出庸俗的结论,认为狄更斯写作的目的就是为了追逐金钱,为了追逐又大又气派的房子。

也许这个例证还不足以证明作家和金钱或者房子之间那爱恨交织的复杂关系,因为没有人能拿出令人信服的证据,说明狄更斯成为盖德山居的主人前后写作风格有什么变化,金钱或者房子到底对他的作家生涯产生了什么样的影响。历史不会给人假设的机会,能给人假设机会的恐怕只有文学。如果狄更斯的例证还不足以证明作家和金钱的相互依赖而又相互排斥的关系,我们不妨再举一个例子。就作家和金钱或者房子的关系而言,在整个英国文学发展史当中,也许司各特(Walter Scott, 1771～1832)的经历最能说明问题。在司各特成为小说家之前,他已经是一个很有名气的诗人,他婉拒桂冠诗人的封号,毅然决然地投身于小说创作,一方面是由于他对新生代诗人拜伦(George Gordon Byron, 1788～1824)等人的敬畏,另一方面也可能是他凭借作家的直觉,已经敏感地嗅出了历史小说勃兴的味道。司各特历史小说的辉煌,是后人无法望其项背的。司各特历史小说的开山之作《威弗莱》虽然是匿名出版,但这并不能蒙蔽文学同行们的慧眼,奥斯汀(Jane Austen, 1775～1817)一眼就看出这肯定是司各特的大作,她曾经十分幽默地抱怨说:"司各特没有义务写小说,尤其是好的小说——这不公平。他作为诗人已经名利双收,不应该再从别人的嘴里抢面包。我不想喜欢《威弗莱》,要是我能把持住——可惜我把持不住,我必须喜欢它。"(转引自 Lauber, 1989:23)司各特小说的风靡程度是超乎人们想象的,英格兰的读者在伦敦的港口翘首企盼,盼望着他们能和苏格兰的读者一样在第一时间就能买到小说的初版。司各特可以和当时威风不可一世的布莱克伍德等出版商讨价还价,不遵循三卷本的出版规约,他的《中洛辛郡的心脏》(The Heart of Midlothian, 1818)就是打破常规的四卷本。司各特发迹之后,他在离苏格兰边区不远的阿博茨福德造了一座豪宅,又对出版业进行了几乎可以说无节制的投资。1825 年英国金融危机爆发,司各特卷入其中,他所投资的出版商不幸破产,他为此背上了沉重的债务。司各特晚年一直在勤奋写作,他"努力摆脱了债务负担,却由于过于努力而累垮了身体"(Wedgwood, 1970:503)。本来,司各特是可以用不必累垮身体的方式还债的,那就是变卖自己的豪宅。可是,对英国法律稔熟于心的他,在自己没有破产之前就把房产记在了女儿和女婿的名下,依据法律规定,任何其他人都无权处置他的房产。他的这套房产不仅成为了女儿和女婿赖以生存的资产,还最终成为了英国文学界最宝贵的文化遗产,也就是今天的司各特故居(The Home of Sir Walter Scott)。

关于作家与出版市场的关系,我们不妨以苏格兰菜园派小说为例。苏格兰菜园派小说在英国维多利亚时期可谓是红极一时,连大名鼎鼎的美国钢铁大王卡耐基都十分喜爱菜园派的作品。菜园派小说的代表人物之一麦克莱伦(Ian Maclaren, 1850～1907)的《在美丽的野蔷薇丛旁》(Beside the Bonnie Brier Bush, 1894)创造了销售奇迹:在英国销售了 256 000 册,在美国销售了 484 000 册,以上销售数据均系正版书销售数据。这样的好成绩在当年是十分显眼的,那么,为什么菜园派小说如此畅销呢? 这主要是由于在那个时期苏格兰方言比标准英语更受出版商欢迎。著名的《笨拙》(Punch)杂志曾经刊登过一则笑话:一位作家把自己的稿子交给出版商,出版商问:作家作品中有没有别人看不懂的苏格兰方言,作家连忙说没有,出版商说那就把稿子拿回去吧,标准英语写的书谁买呀!这则笑话其实很有深意:读者口味决定出版商的取向,而出版商的偏好,又反过来对作家的创作产生影响。在苏格兰方言小说流行的时代,你用标准英语写作,就是无视市场,不想赚钱。

关于作者与读者之间的关系，我们不妨以《福尔摩斯探案全集》的作者柯南道尔为例。柯南道尔写福尔摩斯写得太累了，短篇小说也需要长篇小说一样的情节，而且语言要求又高，再说，他写福尔摩斯赚的钱已经够多了，于是他产生了让福尔摩斯去死的想法。但是，因为他的母亲是福尔摩斯迷，她央求自己的儿子不要杀死福尔摩斯。后来，柯南道尔去旅游，看到一个美丽的瀑布，忽然萌生了一个新的想法：让福尔摩斯死在这么美丽的地方，读者总是可以原谅他了吧。于是他就写了《最后一案》，没敢直说福尔摩斯死了，只是通过叙述者华生之口说福尔摩斯和坏人搏斗，双双坠入水中，应该是再也回不来了。这一下可惹祸了，福尔摩斯迷在伦敦举行追悼会，靠刊登福尔摩斯故事的《海滨杂志》被读者退订，柯南道尔收到读者的大量来信，许多读者都对他出言不逊。柯南道尔见势不妙，于是出面公开道歉，并在《巴斯特维尔的猎犬》《空屋》等一系列小说里让福尔摩斯复活。文学与市场的关系是很复杂的，我们这个时代不喜欢大团圆结局，不等于维多利亚时期的读者也不喜欢，作家安排大团圆结局，不一定是他（或者她）本人心甘情愿，在许多时候是作家和出版商、读者妥协的结果。

文学与经济跨学科研究的第二个板块是文学与商业（literature and commerce）。文学与商业主要研究文学作品中的商业经营，包括成功的范例和失败的案例。失败的案例比如狄更斯小说《董贝父子》中的索尔舅舅，他经营着一家售卖海员用品的小商店，由于观念陈旧、商品陈旧、经营管理模式陈旧，生意非常惨淡。另一个失败的案例比如茅盾小说《林家铺子》中的林老板，他的经营策略比索尔舅舅要好，但是，由于生不逢时，他所经营的日本货遭到国人的抵制，他被迫用赔本赚吆喝的办法甩货，以便筹款应付年底讨债的人以及给腐败的官员们送份子钱，最终入不敷出，只好跑路。在本教材所讨论的作品中，还有一个失败的案例，那就是苏格兰反莱园派小说的代表作《带绿色百叶窗的房子》中的古尔雷。古尔雷用赔本赚吆喝的方式抢夺粮食生意，他拒绝使用代表社会进步的火车，他的乳酪生意也没有竞争力。此外，为了和人攀比，他竟然用抵押房产的方式送儿子去读大学，结果他那个败家的孩子被爱丁堡大学给开除了。他数落了孩子几句，他的孩子竟用拨火棍打他，结果导致他从梯子上摔下来毙命。在本书所讨论的作品中，商业经营的成功案例主要有两个：一个是《卡斯特桥市长》中的法尔夫雷，他掌握着发霉小麦秒变优质小麦的技术，管理粮食生意井井有条，而且天公作美，他趁着天气晴朗、粮价低廉之时囤积居奇，到了阴雨连绵、粮价飞涨之时迅速抛售，结果赚了个盆满钵满，后来又成功地当上了卡斯特桥市长。另一个是《带绿色百叶窗的房子》中的威尔逊，他在苏格兰的城市中历练过，很懂生意经，他有一个善于经营的妻子，他让妻子看着商店，自己给客户送货上门，而且还可以赊账，他很注重商业宣传，而且还注意商品的摆放。他的生意越做越红火，商店经营成功之后，他又开始抢夺粮食和乳酪生意，还试图在煤矿开采、建筑材料运输等领域一展身手。和法尔伏雷一样，他也在发财之后进军仕途，一路顺风顺水，最终也坐上了镇长的宝座。

　　文学与经济跨学科研究的第三个板块是文学与金融（literature and finance）。这个领域的研究课题非常丰富，包括信贷问题、信用经济问题、金融与女性的问题、金融体系问题等。研究信贷问题比较好的文本是莎士比亚的《威尼斯商人》，以往的研究在为犹太人翻案时搬出了夏洛克的那段著名的演讲，也就是"难道犹太人没有眼睛吗"那一段。可是，细读文本的读者应该记得，在这段话之前还有一小段文字，那就是夏洛克控诉安东尼奥用不收利息的方式放贷，夏洛克说安东尼奥的这种做法让他损失巨大。我们在歌颂安东尼奥的美好品德时，不要忘了，作为商人，他的这种哥们义气大于商业规则的做法，其实真的不可取。试想，如果当代社会还有人效仿安东尼奥，为他所谓的朋友提供无息贷款，那么，银行的日子怎么过？研究信用经济问题最合适的文本是史蒂文森的小说《化身博士》，在这部小说中，海德使用支票支付赔偿金是小说预设的最重要的环节。海德形容丑陋，行为诡异，他最擅长的就是昼伏夜出，结果蒙蒙夜色之中撞倒了一个小女孩儿，路人揪住他不放，要他支付 100 英镑赔偿金。海德身上只有 10 英镑，其余的部分必须用支票支付。海德那时候自己没有银行账户，所以，他只好用支票支付，而且必须签署杰基尔的大名。正是因为这一点，人们才有可能把相貌和身份地位有着天壤之别的两个人联系到一起。现金支付有它的好处，也有其弱点，在电子监控尚不成熟的时代，市场上经常会发生一些口角。顾客说已经付过钱了，而商家硬说没付过，因此，打得不可开交。无论是信用卡支付还是今天的虚拟支付，都可以避免这种麻烦。而且，身上少带现金，这样还可以增加安全系数。再者，在目前的语境中，现金交易变得越来越不现实，尤其是巨额现金支付，比如买一套豪宅，如果用现金，那验钞机数钱会数到连电都没了。信用经济对杰基尔而言不是好事，因为支票上的签名让他暴露了身份。但是，对《化身博士》的读者而言，这未尝不是一件好事。如果恶人靠吃吃药、化化妆、弄两撇小胡子或者玩点儿人工智能，就能够装神弄鬼、逃脱罪责，把罪责一股脑地推脱给自己的替身，那么，法律的尊严何在？人类的正义何在？天理何在？

　　研究金融与女性的问题，一个比较理想的文本是苏格兰作家奥利凡特的《海斯特》。《海斯特》的故事不一定真实，但这个故事会让女性主义者为之振奋。在一个普遍认为男性主导的行业，维农银行的男性继承人有负众望，他每天只知道吃喝玩乐，银行陷入危机之后又人间蒸发。他的堂妹凯瑟琳挺身而出，拿出自己的全部积蓄，并请英格兰银行主管帮忙，方使得维农银行幸免于难。从此，凯瑟琳成为了小镇上的圣人。在维多利亚时代，女性的政治权利得不到保障，她们要想出人头地，要么就是勤奋写作，要么就是在金融投资领域大显身手。女性在金融方面并不占优势，金融期刊和书籍都是供给男性看的。但是，女性投资者大有人在。维多利亚时期著名的女性作家当中，有许多人都是金融投资的行家里手。比如在《乔治·爱略特与金钱》一书的附录中，我们可以清清楚楚地看到爱略特的持仓（portfolio）和收益（yield）情况。此外，有学者还说，勃朗特姐妹也是投资高手，尤其是《呼啸山庄》的作者艾米莉·勃朗特，她英年早逝可能也和终日操盘有关，勃朗特姐妹投资的就是当时炙手可热的铁路股票。这种说法有点夸张，但并不是不可信。熟悉这一话题不仅有利于文学研究，也有利于文学翻译。比如，在维多利亚小说中经常可以见到"3％"的说法，尤其是女性人物，她们经常会说"3％"，你如果直译为"百分之三"，读者就会一头雾水。其实，这种说法应该译为"理财产品"，因为当年的理财产品一般就是这个收益。如果承诺的收益过高，比如高于7％，那就可能是金融欺诈（financial fraud）了，而金融欺诈是白领犯罪（white collar crime）最典型的一种。

研究金融体系问题，一个非常好的文本是茅盾先生的《子夜》。我们之前最通常的说法是吴荪甫与赵伯韬之间的斗争，是民族资产阶级和买办资产阶级之间的斗争。其实，我们还可以采用另一种说法，那就是工业资本家（或曰实业家）和金融资本家之间的竞争。吴荪甫也搞金融投机，但他的主业其实是经营纱厂。赵伯韬和他全然不同，赵伯韬没有自己的产业，他是专心致志地做金融投机。但是，在那个年代，做实业虽然有利于国家，有利于为积贫积弱的中国争口气，但不利于自己，因为靠实业赚钱实在是太难了。相比之下，金融投资虽然风险大，但是收益高，而且大资本家还可以操控市场。为了让自己获利，赵伯韬的同伙竟然想出了花钱买西北军撤退的主意，而且居然真的奏效。用今天的观点来看，这和军阀混战时期金融监管不利也是有关系的。《子夜》的故事不可能发生在今天，在金融监管体系越来越完善、金融风险防范手段及措施越来越行之有效的时代，《子夜》中的那种闹剧是不可能成功的，任何形式的金融欺诈都难逃法网。

文学与市场、文学与商业、文学与金融是目前文学与经济跨学科研究的主要范畴，这是基于我们近年来从事文学与经济跨学科研究的经验提出来的，有一定的主观性和片面性，但目前也只能想到这些。就理论与实践的平衡而言，目前更为迫切的应该是理论架构，而不是文本实践。正是因为站在了理论建构的角度，我们才把文学与经济跨学科研究源头追溯到1978年，也就是马克·谢尔《文学的经济》问世的那一年。如果从文本实践的角度重新审视，那么，这个上限恐怕要向前再追溯若干年了，因为，大家都知道，许多马克思主义批评家（如卢卡契）都是以分析文学作品中的阶级矛盾以及经济学问题而见长的。但是，作为一门新兴学科，或者说是一种较为新颖的文学批评方法，我们也不可能把这个上限无限地延伸。另外，我必须再次重申，我写的这本书是一部教材，虽然我高度重视理论建构，但我不能把它写成一本理论书籍，整学期地给硕士生灌输理论，这不是文学教师应该做的事。

最后，我们再用文学思维阐述一下对于当下的一些热点的经济问题的思考，这很有可能成为文学与经济跨学科研究的未来关注点。文学与经济跨学科研究的主要服务对象是文学学者，但是，我们也可以想象，哪一天文学研究又热起来了，也许，经济学学者也想听听我们对于经济问题的看法，这不是不可能的。并不是所有的经济学学者都不关心文学，前文提到的剑桥大学出版社出版的《乔治·爱略特与金钱》一书的作者就是金融学家，而且是金融行业的从业者。也许，在经济学家看来，我们所发表的观点有点小儿科，但这些观点是我们的切身体会，是我们借用文学术语来分析经济问题的一种尝试。

首先，我们用文学和文化中常用的一个术语即返祖现象（atavism）来分析一下炫富现象。我们已经进入了虚拟支付的时代，为什么炫富者还要费尽周折地从银行里取出现金，而且还要崭新的钞票，大张旗鼓地去炫耀呢？这是因为，你拿着手机、信用卡、支票这些现代化的东西，炫富的感觉就没有了，而且，从观众的角度审视，由于现在电子技术太发达了，观众未见得会相信你所展示的那个大数字。这个道理很简单，你的手机屏幕上显示你有一个亿的资产，也许你找一个技术人员把小数点挪一挪就可以了，这和你能够从银行里拿出一个亿是完完全全的两码事。此外，在当代社会，有的时候，越是复古的东西越能激发我们的情感共鸣，就像彩色屏幕上突然出现黑白照片一样。所以，不管支付方式如何变化，要是想炫富，我们就必须返祖。自媒体上宣扬的炫富者，不一定懂这个道理。但是，哪怕我们是经济学家，是大名鼎鼎的经济学家，如果我们想炫富，我们还得回归到现金方式，或者用金本位的方式。当然，金本位的方式其实也不可取，因为黄金的价值太高，除了那些巨富，我们的那一点点财富，根本用不了多少金条，放在车里边别人看都看不见。而且，如果看不到中国工商银行或者中国黄金的标志，恐怕也没有多少观众（或曰看客）会认为我们的黄金是真的。

然后，我们再借用文学伦理学批评的术语，并将其略做修改，造一个术语，把伦理困境改为"金融困境"（financial predicament）。何谓金融困境？简而言之，就是在一种支付模式下无论如何也解决不了的金融问题。一个很好的例证是史蒂文森短篇小说《瓶中妖魔》，在这个故事中，先人设定了瓶子必须越卖越贱的规则，你不按照规则办事，瓶子就会自动跑回到你身边。而且，如果瓶子持有者到生命的最后时刻还没有卖掉瓶子，他（或者她）就要下地狱。关于瓶子的好处，我们在第九讲会详细展开，在此，我们只谈它的坏处。在现金支付的时代，瓶子卖到 3 美分就应该卖不动了，因为 1 美分是最小的货币单位，所以才会有主人公所面临的金融困境。在现金支付的时代，这个金融困境是无法解决的，这也就是小说结尾必须出现为了瓶子的好处而完全忽视它的坏处的人的原因，但这种人出现在基督徒之中，其实是不太可信的。其实，到了虚拟支付时代，这个问题就可以解决了。比如，在法律允许的情况下，我们可以把 1 美分兑换成 100 个 Q 币，然后再用 Q 币支付，这样就不至于瓶子卖不出去，要带着瓶子下地狱了。所以，金融困境是有条件的。在现金支付的时代，它是金融困境；在虚拟支付的时代，它就不是金融困境了。这比在全球范围内寻找比美分小的货币要容易得多，要知道，在不如美元值钱的货币中，并不一定每一种货币中都有分这个单位，而且，按照《瓶中妖魔》所设定的规则，1∶5 这样的兑换率根本解决不了问题，要解决这个问题，恐怕兑换率一定要到 1∶10 甚至更多。如果不是因为读过《瓶中妖魔》这部小说，我们对虚拟支付的认识也不可能这么深刻。而且，我们也可以大胆地推测，如果只关注现实世界，不关注虚构的世界，专门研究金融的人，也未见得能够把虚拟支付的好处给非专业人士讲清楚。或者说，即便他自认为讲清楚了，非专业的人士也未见得听得清楚。所以,我们在此提一个大胆的假设,既然学文学的人开始关注经济了,那么,学经济的人也不妨关注一下文学。有的时候,虚构世界的金融问题也许比现实世界的金融问题更有理论价值。当然,这在目前还只能是一个美好的愿景。

讨论题目

(1) 为什么文学研究要跨学科? 外国文学跨学科研究和"外语+"之间是什么关系?

(2) 文学研究需要跨学科,这是因为文学创作本身具有跨学科属性,任何文学作品都是跨学科的。你同意这种说法吗? 为什么?

(3) 文学与经济跨学科研究,就是商科院校的老师为了迎合经济学等优势学科而突发奇想搞出来的一种新花样。你同意这种说法吗? 为什么?

(4) 文学和经济有着不解之缘,英国现代小说的兴起和政治经济学的兴起是同步的。你同意这种说法吗? 为什么?

(5) 政治经济学(或曰古典经济学)理论读起来比许多西方文论要容易,文学研究者经过努力是可以较好地驾驭政治经济学理论的。你同意这种说法吗? 为什么?

(6) 亚当·斯密是怎样阐述价值理论的?

(7) 文学与经济跨学科研究主要研究什么内容?

(8) 福尔摩斯迷们对柯南道尔《最后一案》的结局表达了强烈的愤慨,为什么? 为什么读者要干预作家的创作?

(9) 你在做文学翻译时,在英国维多利亚小说中见到"3%"的说法,你会如何翻译? 为什么?

(10) 在虚拟支付的时代,为什么炫富还要返祖,要用现金炫富,而不是用手机、银行卡去炫富?

第三讲

文学与经济跨学科研究论文写作指南

课前必读

(1) Çelikkol, Aye. *Romances of Free Trade: British Literature, Laissez-Faire, and the Global Nineteenth Century*. Oxford: Oxford University Press, 2011.

(2) 王卫新. 公平服务与公平贸易:《红酋罗伯》中的自由贸易书写,《外国文学评论》, 2017 年第 1 期。

课程讲解

有许多学生会问:到了 21 世纪 20 年代,不管是学术型硕士,还是专业硕士,现在都开设论文写作课程,而且,论文写作课程大有下延的趋势,本科课程体系中也开设了论文写作课程。而且,有些中学生甚至小学生也写"论文","论文"的开头也要有模有样地写一段摘要,附上 3 到 5 个关键词。在《文学与经济跨学科研究》这种目前还有一点点学科前沿性的课程中单列一讲,专门来讲述论文写作问题是否是画蛇添足,多此一举?

不是的。据我们了解,目前的论文写作课程大多是写作规范教育,主要针对的是学生学位论文的格式以及参考文献的格式。如果该课程讲述的规范和自己学校硬性规定的学位论文规范一致,那么,学生在论文格式方面会受益匪浅。反之,如果论文写作课程讲述的规范和学校下发的文件精神不一致,学生在学位论文写作时还会遇到麻烦。需要说明的是,我们在此不是在否定论文写作课程教师的辛勤劳动,而是在肯定他们辛勤劳动成果的同时,也为自己辩护一下。我们讲述论文写作的目的,不是针对格式,而是针对选题、架构、行文和文献梳理。我们此处所讲的论文,主要针对的是期刊论文和学期论文,当然,我们所讲的内容如果运用得当,其主要原则和方法也适合于学位论文写作。

先讲第一个问题:文学论文的选题从何而来? 或者,论文写作的灵感从何而来? 这是硕士生超级关心的问题。理工科的同行经常嘲弄我们,说他们的硕士生一入学就明确了努力方向,比如研究光纤材料的人,他们的努力方向就是让光纤越来越细巧、传输速度越来越快、抗干扰能力越来越强,而我们学文学的学生可能到了博士阶段还不知道自己到底应该研究什么。这句话不中听,但我们要有涵养,要认真地听。其实,这句话一语中的。若干年前,我们可以理直气壮地说,我们知道自己研究什么,研究一个别人不怎么知道的作家,就可以安安稳稳地过上十几年幸福生活。可是,时代不同了,用大半生的精力去研究一个我们自认为重要的作家,现在可能连两三年的安稳日子都过不了。随着时代的变迁,硕士生阶段日渐成为学生文学兴趣培养以及写作能力培养的攻坚阶段,我们需要平心静气地、推心置腹地告诉学生,文学论文写作的灵感到底来自何方。

　　其实,文学论文写作的灵感,在大多数情况下,既不是来自文本阅读本身的直接体验,也不是来于文学批评方法和文本的硬性对接,而是来于一种"移花接木"式的对接。我们经常打这样的比方:如果把一个文学教授和一个文学硕士生同时放到月球上去,如果月球上还没有 Wi-fi 以及 AI 这些宝贝,那么,我们无法保证,文学教授读《红酋罗伯》就一定比文学硕士生读得更好、读得更专业。不管多么厉害的文学教授,他(或者她)第一次读《红酋罗伯》恐怕都会沉浸在男主人公法兰西斯(现在一般翻译成"弗朗西斯")和女主人公狄安娜(现在一般翻译成"戴安娜")的爱情故事或者侠盗罗伯劫富济贫的英雄故事中,根本不会去思考小跟班儿费尔塞维斯的命运,更不会联想到费尔塞维斯的英文名 Fairservice 竟然能和自由贸易扯上关系。此外,我们也绝不能想当然地认为,能够从《红酋罗伯》里读出自由贸易来的人,一定是因为自己提前学习了文学与经济跨学科研究的理论和方法,把文学与经济跨学科研究应用于文本,然后就产生了写一篇《红酋罗伯》与自由贸易的论文的想法。不是这样的。若干年前,文学批评界确实刮过这么一股风,就是把理论硬生生地读进文本,学了弗洛伊德的精神分析理论,立马就用,不管文本里有没有,先把本我、自我、超我、恋母情结这套术语用一遍,否则理论不是白学了吗?现在这种做法不流行了,而且,文学与经济跨学科研究毕竟不像女性主义批评那么好用、那么具有普适性,没有人敢说什么样子的文本都可以用经济学来解读。比如大家熟悉的"远看山有色,近听水无声",或者"明月松间照,清泉石上流",你用经济学来解读这种诗歌,那就是张冠李戴,那就是"老牛不喝水,你非得强按头"。

　　那么,《红酋罗伯》的自由贸易主题是怎么想到的呢? 我们特别强调一个说法,那就是移花接木。所谓移花接木,就是你在提前已经阅读过《红酋罗伯》的情况下,在翻阅关于司各特其他小说的研究文献时,看到其他学者用其他文本论述到自由贸易问题时,忽然想到,《红酋罗伯》里不是也有自由贸易书写吗? 而且,《红酋罗伯》里的自由贸易主题,不是比司各特的其他小说更具有代表性吗? 这就是移花接木。许多老师在论文写作课程上强调创新,其实,对于硕士生而言,由于没有足够的知识储备,学术创新是很难的。而且,到底什么叫创新呢? 别人都写《傲慢与偏见》的女主人公的婚姻观,你不写,你写

《傲慢与偏见》中的男主人公的婚姻观,这就叫创新吗? 看见文学与医学跨学科研究热了,你就眼红了,不管小说里面有没有疾病,你就来上一通文学与医学跨学科研究,这就叫创新吗? 当然,我们不能否认,在《傲慢与偏见》的女主人公的婚姻观已经成为陈词滥调的时候,研究这部小说中男主人公的婚姻观,肯定比继续研究陈词滥调要受欢迎。如果小说里真的有疾病书写,那研究疾病书写,也肯定比研究婚姻观更有价值。但是,如果这部小说中根本就没有疾病书写,那该怎么办呢? 我们绝不能用身体没病就找精神疾病,精神疾病也没有就找象征性疾病的办法来研究文学,那样做太牵强了。文学研究论文选题一定要学会方法,不能不切实际地高喊学术创新的口号,不能为了创新而创新,为了不重复而杜撰新理论、新方法。学会了移花接木,论文选题也许就不再那么难了。

　　除了移花接木,还有一个策略也很管用,那就是逆向思考。何谓逆向思考? 就是提出一个与固有的观点相背的假设。大家都说 18 世纪小说的核心概念应该是理性,你就可以反其道而行之,诗人蒲伯宣扬理性,可是,怎么评价感伤主义作家呢? 难道他们宣扬的也是理性吗? 他们宣扬的应该是情感吧? 这种做法也适用于《红酋罗伯》,大家都以为《红酋罗伯》是侠盗小说,可是,最先出场的男主人公法兰西斯的父亲是个伦敦大商人,他逼着儿子子承父业,而且,和法兰西斯、侠盗罗伯(此时的他伪装成普通人了)一路同行的还有一个税官,税官每天心神不宁地看护着自己的包包,这部小说会不会和经济或者商业扯上关系呢? 有了这种逆向思维,再配上移花接木的高超本领,做一个文学研究小达人就有希望了。

　　要想做文学研究小达人,还得学会第三招将心比心,明察秋毫。什么叫将心比心呢? 就是多问几个"为什么"或者"为什么不"。比如在研究史蒂文森的《化身博士》时,读完小说的开头,我们就要提出问题"为什么海德要用支票支付赔偿金呢? 为什么海德不用自己的签名,而是用杰基尔的签名来支付赔偿金呢? 如果海德身上有足够的现金,他全部用现金支付了小女孩儿的赔偿金,故事结局将会如何呢?"这些问题提出来了,文学研究小达人就有了雏形。这些问题回答出来了,文学研究小达人的称号就当之无愧了。何为明察秋毫呢? 其实就是文本细读法,文本细读可是一种真功夫,有时候,一点点的蛛丝马迹就会改变我们对于文本的认识,哪怕是一本书的封面,或者是一个插图。《红酋罗伯》里的自由贸易主题这篇论文,就部分地得益于两个版本的封面。华兹华斯出版社的封面是侠盗罗伯舞剑的画面,我们对这个画面有些疑问:罗伯可不是中国武侠小说里边的武侠,使出降龙十八掌中的前三招就能搞得地动山摇、墙橹灰飞烟灭。罗伯没什么大本事,他比一般人强壮,他比一般人手臂更长,他的剑比一般的剑也更长,这样在近距离搏斗时,他就比别人有优势,你的剑够不着他,而他的剑可以够到你。罗伯就这么点儿本事,何必要凸显他的武侠风范呢? 相比之下,还是企鹅出版社的封面更专业,企鹅出版社的封面展现的是红酋罗伯的妻子下令处死前来下战表的税官的场面,税官被绑着石头扔下悬崖,旁边的人都在欢呼雀跃。人们为什么要如此痛恨税官呢? 这里面肯定大有文章。

而且,从装束上看,红酋罗伯妻子穿的是典型的方格呢服装,代表的是苏格兰,而税官应该是英格兰派到苏格兰来的。这样一来,这里边的名堂可就大了。

通过移花接木、逆向思考、明察秋毫这三大绝招,我们终于锚定了"《红酋罗伯》中的自由贸易主题"这个论文的大方向。但是,这还远远不够,因为从选题到确定题目再到论文成文还有很长的路要走。要知道,在千军万马过独木桥的语境中,期刊编辑的手或者期刊盲审专家的手,可不是《女人花》中所唱的"一双温柔手",据悉,国内某知名文学期刊一年发文只有60篇左右,而这60篇竟然是从近3 000篇稿件当中层层筛选出来的,也就是说,绝大部分稿件会石沉大海。但我们千万不要以为,那石沉大海的稿件都是不值得一读的东西,因为没有一点点身手的人是不敢贸然向知名文学期刊投稿的。那么,怎样才能让编辑或者盲审专家不忍心将你的稿件丢弃呢?一个很关键的环节是要好好地打磨题目。打磨题目和自媒体等行业坊间盛传的"标题党"不一样,"标题党"大多只注重标题,正文部分可能言之无物,而我们所说的打磨题目,是说论文再好题目不吸引人也不行。有人说,酒香不怕巷子深,即便这句话有三分道理,我们也必须提醒大家,论文可不是酒。喝酒很容易上瘾,写论文也有上瘾的,可是审读论文恐怕没有人会上瘾吧,哪怕是每天审读的都是好论文,恐怕也不至于上瘾吧?说来说去,其实我们就是想强调一点:论文题目太重要了,选题和题目不是一回事,从选题到确定题目,还是要费一番周折的。题目打磨得好,就有可能把石头磨成玉;题目打磨不好,就可能让美玉沦落为石头。这一点儿也不夸张。我们举一个实例来说明问题。比如,你在读石黑一雄代表作《长日留痕》的时候,忽然发现小说开头时的那一段大有名堂:男主人公史蒂文斯决定,他要穿着旧日的英国主人赠予他的衣服,开着新任的美国主人借给他的汽车,到英国西部去旅行了。开美国主人的车,意味着他向美国霸权无奈妥协;而穿着昔日英国主人赠送的服装,这意味着他对已然沦落的大英帝国的眷恋。这个想法很值得提笔成文,但是,有了想法就可以写文章吗?写好了文章,没打磨好题目,就可以向知名文学期刊投稿吗?如果你不想让你含辛茹苦地写出来的论文石沉大海,你就不能着急,你就得慢慢地想,直到你有了一个经得起学术推敲且颇具吸引力的题目之后,你才能鼓起勇气写作,鼓起勇气投稿。在确定题目的过程中,许多曾经一闪而过的小念头都被淘汰掉了。比如,"论《长日留痕》中的着装艺术",这个题目中的核心概念太模糊,读起来像服装设计专业的论文,而不像文学论文。再如,"论《长日留痕》中的服饰文化",比上一个题目好一些,但也太宽泛,读起来像跨文化交际论文,不像文学论文。又如,"英国性还是英国病:《长日留痕》中的服饰与帝国",这个题目有一定的吸引力,但是太啰嗦,而且服饰和帝国之间的逻辑显得很牵强。那么,到底什么题目更合适呢?我们在百思不得其解的时候,忽然在《维多利亚文学的核心概念》一书中发现了一个绝佳的词汇"服饰政治"(politics of clothing),服饰不仅仅是一种文化隐喻,更是一种政治隐喻,这个词用来分析《长日留痕》再好不过了,于是,我们欣然接受了服饰政治的说法,将论文题目定名为"试论《长日留痕》中的服饰政治",题目打磨好了之后，我们才有勇气把论文打磨出来，然后信心满满地去投稿了。

题目打磨好之后，就要开始冥思苦想，给论文一个合理的架构。我们还是回归到"《红酋罗伯》的自由贸易主题"这个选题上来。这个选题的题目不需要像《长日留痕》那样含辛茹苦地打磨，只需要加一个主标题，然后再在用词方面略做改动就可以了，所以，论文的最终题目确定为"'公平服务'与公平贸易：《红酋罗伯》中的自由贸易书写"，然后就可以为论文构思架构了。这篇论文的架构很简单，架构的形成主要得益于小说中的一段话，这段话是法兰西斯的仆人费尔塞维斯说的。具体语境如下：在赶往格拉斯哥的途中，法兰西斯意外发现，之所以费尔塞维斯对道路如此熟悉，趁着夜色赶路也敢快马加鞭，就是因为他干过走私的活儿。当法兰西斯质问费尔塞维斯为何要走私、为何要偷逃税款时，费尔塞维斯振振有词，不以为耻，反以为荣，他说自己的行为是对古老的苏格兰的一种忠诚：

> "这不过是使那些埃及人遭受损失罢了，"安德鲁回答说，"可怜的古老的苏格兰被那帮收税的和专卖的恶棍欺负得够多的了，自从那倒霉而又悲惨的联合之后，那些家伙像蝗虫一样扑到她的身上；每一个孝顺的孩子都有责任给祖国母亲喝点儿心灵鸡汤，让她衰老的心能够继续跳动，顺便也给那些恶棍们心里添添堵。"（Scott，1995：165，着重号为笔者所加）

这段话超级重要。说句实话，整个论文的灵感和架构主要得益于这段话。不管小说有多长，最终激发出论文写作灵感的其实往往都是很短的一段或者几段文字。所以，从某种意义上讲，文本阅读其实就是一个大海捞针的过程，找到针了，就不负大海捞针之苦，甚至还会有"众里寻他千百度。蓦然回首，那人却在，灯火阑珊处"的狂喜。找不到针，就会有一种"过尽千帆皆不是，斜晖脉脉水悠悠"的失落和惆怅。所以，我们要怀着一颗感恩的心，感谢司各特把小说写得那么精彩。他仿佛在冥冥之中就预测到后世会有人研究他，拿他的小说做材料来写学术论文，所以，他在啰哩啰嗦的叙述中，插上了这么一段精彩绝伦的话。这不是玩笑，费尔塞维斯不过是一个小园丁，他应该没有说这段话的本领，这段话应该是司各特模仿他的口气说出来的。"'公平服务'与公平贸易：《红酋罗伯》中的自由贸易书写"论文主体部分的三个小标题："埃及人的损失""收税的恶棍""可怜的古老的苏格兰"均来源于这段话。"埃及人的损失"，意味着联合之初的苏格兰民众并不认同远在伦敦的英国政府。"收税的恶棍"传递出这样一种信息，那就是苏格兰民众极其痛恨英格兰派来的税官。"可怜的古老的苏格兰"，这意味着苏格兰民众极其怀念过去，怀念那个联合之前的时代。这样串联起来，我们就能深深地感受到联合之初苏格兰民众特殊的心态：在那种特殊的语境中，给英格兰税官找点儿麻烦，就是对可怜的古老的苏格兰的忠诚。这样一梳理，论题就清楚了。这样把架构一搭，论文就成功了一半。

下面再说说文献检索问题。文学与经济跨学科论文,比一般的论文(或者说跨学科性不强的论文)还是要难写一些,因为,毕竟我们是文学学者,我们不是经济学学者,我们对经济学的把握不太可能像经济学者那样娴熟。同时在两个学科游刃有余的学者,应该是为数不多的。所以,架构也搭好之后,还要面临着文献检索的问题。根据我们的经验,文学与经济跨学科论文的文献检索,应该是在架构搭好之后或者至少是在架构有了雏形之后才正式开始的。有许多学生、老师都问过这样的问题:文学与经济跨学科研究,到底应该是从文学文本阅读开始还是应该从经济学文本阅读开始? 其实,这个问题很好回答。根据我们的经验,文学与经济跨学科研究一定是从文学文本阅读开始的。因为,如前文所言,并不是所有的文学文本都包含经济书写,你必须先找到一个包含经济书写的文学文本,然后才能做文学与经济跨学科研究。就这一点而言,反其道而行之是行不通的。你不能先读一本自由贸易理论的书,然后不分青红皂白,拿着你刚刚学来的自由贸易理论,硬套石黑一雄的《长日留痕》,硬说石黑一雄小说中美国商人买下英国贵族的豪宅就是自由贸易,这样是行不通的。文学研究论文的成果应该是从文本里读出来的东西,而不是硬梆梆地读进文本的东西。《长日留痕》中没有经济书写,你就不能拿它来做文学与经济跨学科研究的论文,你就要苦苦地寻觅,一定要找到一个合适的文本。《威尼斯商人》中肯定有经济书写,一看题目就知道,但越是一看题目就知道有经济书写的文本,其研究价值就越低,因为,当你的论文送到期刊编辑手里的时候,他(或者她)可能一看就不感兴趣,大家都知道的东西,还用你再来说一遍吗? 除非你有特别好的想法,否则期刊编辑是不会看你的文章的。《红酋罗伯》为什么有研究价值呢? 就是因为它有经济书写,而且不明显。大多数人都认为这是英国武侠小说,而你意外地发现,它竟然是经济题材小说。这个发现很有价值,而且,就那么一点点经济书写,你能把它写成一篇10 000多字的论文吗? 这可是需要学术功力的。你真写出来了,别人一定会感兴趣的。我们说的这些话不是废话,我们想要表达的意思是,在没有九成把握之前,就信心满满地去搜罗文献,费了大半天劲,写出一篇别人一眼都不想看的论文,那就没有什么意思了。

文献检索的第一步是搜罗司各特研究的相关文献,主要是学术专著和期刊论文。这一步非常重要,因为,在许多时候,当我们满怀豪情地去搜罗资料时,我们忽然变得不兴奋了。如果"'公平服务'与公平贸易:《红酋罗伯》中的自由贸易书写"这样的文章,已经被别人捷足先登了,那我们就只能像泄了气的皮球一样,悻悻而归,再次苦苦寻觅,等着重整旗鼓再扬帆的时刻来临。这句话也不是废话,在一个人工智能时时刻刻地窥视我们的隐私,在一个黑客横行、信息大盗翻云覆雨的时代,我们能想到的东西,别人也可能早就想到了。再说,即便没有信息大盗,在高手如云的文学研究领域,在信息高度发达的今天,我们能想到的东西,别人也可能想得到。之所以"'公平服务'与公平贸易:《红酋罗伯》中的自由贸易书写"之类的文章到发表之时,还没有查阅到题目近似的文献,主要原因应该是外国文学作品琳琅满目,学者的注意力不可能都集中于某个作家,再有就是,国内有许多研究司各特的学者的关注点并不是经济学话题。学术大咖们因为忙于自己手头的项目而无暇东顾,如果他们也研究司各特,感兴趣的也是经济学话题,那么,保不准这个题目就被别人捷足先登了。所以,为了不重复研究,文献检索的第一步一定是搜罗作家研究本身的资料。

　　检索司各特研究的相关文献之后,我们就可以再次确认,放心大胆地去检索相关的经济学文献了。这里需要再申明一下,文学与经济跨学科研究所使用的经济学文献,主要是理论经济学文献,而不是应用经济学文献,或者,说得更明白一点,主要是古典经济学理论以及经济史文献。应用经济学比理论经济学更实用,它和文学也能扯上关系,但是,由于它是以数学甚至是高等数学为基础的,文学学者所学到的那一点点数学知识,实在是应付不了应用经济学这个高大上的学科。我们不是自谦,我们是在说实话,在当下的语境中,数学特别好的人应该不太会投身文学研究的。正是因为看了数学公式就头疼,看了一串 DOS 命令就眼晕,看了同样长度的英文单词不眼晕,我们才投身英语学习,然后又误打误撞地投身文学研究。文学与经济跨学科研究的主要方向是古典经济学和经济史,这些东西对于文学学者而言并不难。如果我们选错了定位,把主要精力投入到以数学为基础的应用经济学上面,这会吓跑一大堆人。有学者担忧,文学与经济跨学科研究,最终会不会搞成文学越来越弱、经济学越来越强,文学学者最后都跨到经济学领域去了。我们觉得没有必要担心,不用怕。经济搞好了,经济学会越来越强,这是毫无疑义的。但是,与此同时,文学越来越弱,文学学者秒变经济学学者,这是不可能的。我们那点数学知识,想变经济学学者,那几乎是不可能的,能跨的早就跨了,最终跨出去的还是发挥英语特长,研究古典经济学和经济史。经济学是我们借过来的,借来的东西总要还回去。文学研究就是文学研究,文学研究不可能秒变经济学研究或者医学研究的,因为道理非常简单,我们想变也变不了。

　　要做好“‘公平服务’与公平贸易:《红酋罗伯》中的自由贸易书写”这篇文章,主要应该查阅以下几方面的经济学资料:其一是自由贸易理论史料,包括《谷物法》的历史、1815年《谷物法》的具体内容以及出台背景、《谷物法》实施所带来的严重后果(1845 年开始的爱尔兰饥荒)等;其二是自由贸易理论,比如亚当·斯密如何论述自由贸易问题,贸易保护主义者如何看待自由贸易问题等;其三是苏格兰史,特别是苏格兰经济史,苏格兰在1707~1815 年之间如何看待联合,如何看待航海法案,如何看待税收和贸易问题;其四是和《红酋罗伯》形成互文或者可以互相参照的同时期的 19 世纪文学文本(比如国内通常被归类为海洋小说的《走私犯》)。有学者说,现在是信息时代,资料不是问题。对此,我们不敢苟同。信息时代,没用的信息不成问题,你想拒收都得找个专业人员帮你做,还可能做不成。有用的信息,依然是个问题。有国家图书馆、上海图书馆这些巨大的藏书库,有中国知网和 Project Muse、JSTOR、EBSCO 等大型数据库,文献检索确实比之前容易多了,但是,有些专业的信息还是查不到。比如,“埃及人的损失”到底是怎么回事? 英国政府承诺给苏格兰的第一笔补偿款什么时候到账的？这些信息，还是得绞尽脑汁去查找。第一个问题是靠请教美国加州大学的苏格兰文学研究专家来解决的，而第二个问题是在国外读书的学生通过查询写在羊皮纸上的档案资料才得以确认的。

文献检索完成之后，文献阅读也需要一段时间。论文写作是一件苦差事，为伊消得人憔悴，有没有减肥效果不知道，但是，古人说，思君令人老，我们可以很有把握地说，写作令人老。那么，到底是先读完资料再一气呵成，还是一边读一边把要引用的部分提前堆砌起来更好呢？我们的经验是后者更好。读英文资料挺费工夫的，有时候读完就忘了，不如边读边输进电脑，把有用的东西先堆砌起来，以备后用。堆砌的资料可能比实际使用的要多，这没什么，多了总比缺了好。如果能够按照拟定好的框架，分门别类地去堆砌，那就是再好不过的。文章是一气呵成的，一气呵成的文章，比断断续续地写出来的文章要连贯，这是毫无疑义的。但是，一气呵成并不等于说，一定要等所有文献都读完了才可以动笔写文章。边读边整理，边读边输入，这要比文献都读完之后再梳理要简便许多。

下面再说说行文问题。文章要写好，除了搭好框架，还要厘清一条主线，就是厘清主要的论述方向。这一点也很重要，它相当于课程与教学论论文的研究问题，研究问题搞不清，论文写起来就会稀里糊涂。研究问题和论题不是一回事儿，论题到最后就是论文的题目，而研究问题不可能只有一个。对于"'公平服务'与公平贸易：《红酋罗伯》中的自由贸易书写"这篇文章而言，研究问题可以草拟如下：①为什么在 1707～1815 年的语境中，苏格兰民众的小规模的走私行为被美化成"自由贸易"？②在《红酋罗伯》中，法兰西斯的仆人费尔塞维斯的那种小打小闹的走私（两小桶红酒）根本不可能给英格兰派来的税官添堵，但他为什么要坚持说自己的行为是在给收税的恶棍们添堵？这种行为是对古老的苏格兰的忠诚吗？③古老的苏格兰是什么意思？古老的苏格兰是自由贸易的天堂吗？④为什么费尔塞维斯将 1707 年联合称为"那倒霉而又悲惨的联合"？⑤为什么苏格兰民众痛恨英格兰派来的税官？为什么连英格兰的军官都痛恨英格兰的税官？⑥《红酋罗伯》和历史上著名的（也可以说是臭名昭著的）1815 年《谷物法》有什么关系？以上这些研究问题搞清楚了，问题与问题之间的逻辑关系搞清楚了，论文写作就容易多了。

下面我们再谈论一个重要问题，那就是文学与经济跨学科研究论文的目标读者问题。论文肯定是写给专业读者看的，那么，这个专业读者到底是文学学者还是经济学学者呢？我们给出的答案是文学学者。如前文所言，文学与经济跨学科研究的立业之本是文学，而不是经济学。当然，我们不排除也有经济学学者用文学来解释经济学原理，但他们的目标读者不一定和我们一样。这一点很重要，文学与经济跨学科论文的目标读者应该是文学学者，而且在目前的语境中，这些文学学者并不一定很熟悉经济学原理。我们在论文写作中，要借用经济学原理，否则跨学科就成了幌子。但是，我们绝不能把我们的目标读者想象成精通经济学原理的文学学者，我们不能把论文写成经济学术语满天飞的文章。在必要的时候，我们应该在论文中把诸如机会成本、稳态经济等经济学者耳熟能详的概念也解释一下，因为我们不能想当然地认为我们的目标读者一定熟悉这些概念。我们在论文写作中，一定要采用一种为用户着想（user-friendly）的态度，借用经济学概念，尽力把文学作品解释清楚。论文所阐发的观点一定要具有文学意义，而不是图解经济学概念。文学与经济跨学科研究论文，或许会对经济学者也会产生一定的影响，但这一点不是我们的主旨，我们的主旨是借用经济学概念，对文学作品进行重新解读。如果有什么创新之处，此类论文的创新点应该是文学批评方面的创新，而不是经济学的创新。

最后，我们还想强调，在目前的语境中，由于文学与经济学之间在研究方法等方面存在很大差异，我们还不能寄希望于经济学学者能对我们的文学作品阅读提供有着文学意义的启示。文学与经济跨学科研究论文的灵感，主要还得依靠我们自己通过恶补经济学知识的同时，通过细读文学文本来产生。你读了一部文学作品，觉得作品中的某个经济现象很值得探讨，但是，你搞不清到底应该应用哪个经济学概念，你去请教经济学学者，希望他（或者她）给你指点迷津，对方往往也是说不清楚的。不是经济学学者在敷衍你，也不是他（或者她）经济学造诣不深，这之间的隔阂其实很简单，就是文学学者是从文学的角度在思考问题，而经济学学者是从经济学的角度在思考问题，经济学学者给我们的建议，对于文学研究未见得有用。如果经济学学者的文学造诣也很深，那会比只懂经济学的学者要好些，但是，在大多数情况下，经济学学者的建议可能还是解决不了我们想要解决的问题。这恰恰证明了跨学科的重要性，在目前的语境中，我们做文学与经济跨学科研究，主要还是为文学服务。但是，在将来，我们希望也能够为经济学服务。我们现在写一篇文学与经济跨学科研究的论文，写完之后去投稿，我们肯定会投稿给文学期刊，所以，我们在把握文学与经济学的平衡时，肯定是站在文学研究的角度考虑问题。如果有一天，我们写完了一篇文学与经济跨学科研究论文，准备投稿给经济学期刊，到那时候，我们这一讲的核心内容就得做些改变了。在目前的语境中，我们在做文学与经济跨学科研究论文的时候，必须时刻牢记，我们是文学学者，我们的论文是写给文学专业人士看的。但是，为了证明跨学科不是幌子，我们就必须恶补经济学知识，在论文写作中使用规范的经济学术语。

讨论题目

（1）学习了文学与经济跨学科研究的理论和方法，又读了一些经济学原理之类的书，然后就可以不加区分地把理论应用于实践，就可以开始放心大胆地写文学与经济跨学科研究论文了。你觉得这种说法对吗？为什么？

（2）为什么在文学与经济跨学科研究的论文写作中，一定要使用规范的经济学术语（比如，gold standard 要译作"金本位"，transaction 在证券交易中要译作"交割"）？

（3）文学与经济跨学科研究论文的灵感从何而来？

（4）在写作文学与经济跨学科研究论文时，到底应该是先恶补经济学知识，还是应该先细读文学文本？

（5）有些文学作品一看题目就知道是可以用经济学来解读的，比如《威尼斯商人》《银行家伯克利》，而有些作品看题目是看不出来的，比如《化身博士》。如果让你去选择，你会优先选择哪个文本？为什么？

（6）你之前读过德莱塞的《金融家》，接触文学与经济跨学科研究之后，产生了写作的冲动，结果却发现你想到的题目早就有人写了。这时你会怎么办？是继续深耕，还是另找文本？为什么？

（7）有学者说，现在是信息时代，文献检索不是问题，资料不是问题。你同意这种说法吗？为什么？

（8）如果让你来写"'公平服务'与公平贸易：《红酋罗伯》中的自由贸易书写"这篇论文，题目确定了，架构搭好了，现在需要你在 Project Muse 以及 JSTOR 数据库里搜索英文资料，你觉得在搜索引擎中，输入哪些关键词比较合适？

（9）在目前的语境中，文学与经济跨学科论文是写给谁看的？是文学学者还是经济学学者？

（10）你读了一部文学作品，觉得作品中的某个经济现象很值得探讨。你去请教经济学学者，问他（或者她）这种经济现象套用哪个经济学概念比较合适，结果对方往往也说不清楚。为什么会出现这种现象？是你没说清楚，还是他（或者她）没听清楚？还是其他原因？

中篇　英国文学的经济学解读

陈嘉先生编写的《英国文学作品选读》第一册的开篇是《贝奥武甫》(*Beowulf*)，第二篇是乔叟的《坎特伯雷故事集》(*The Canterbury Tales*)，除了大家所熟知的"楔子"(The Prologue)(其中最有名的句子应该是 And he would gladly learn, and gladly teach，这句话在该书第 20 页)，还有一篇"赦罪僧的故事"(The Pardoner's Tale)。故事很惊悚，讲的是三个强盗要去和死神决斗，结果路上发现了一大堆金子，老大、老二派老三去买酒祝贺，暗中商量等老三回来就把他杀掉，然后金子两人均分。老三回来了，立刻被杀掉了，老大、老二又吃又喝，不料，老三做事更绝，提前就在酒里下了毒，三个强盗一命呜呼，终于见到了死神(meet their death)。众所周知，《坎特伯雷故事集》总共有 24 个故事，故事题材多种多样，而陈嘉先生独具慧眼，偏偏选了一则和金子相关的故事，这也可以算作是英国文学和经济的不解之缘吧！

英国文学和经济真的是鱼水情深。要想深入地解读英国文学作品，经济话题是绕不开的。在文学的四大文类中，小说和经济的关系最紧密。现代小说兴起的时候，正是古典经济学兴起的时候，在 20 世纪之前，小说的发展和经济学的发展几乎是同步的。除了本书中所涉及的司各特、狄更斯、奥利凡特、史蒂文森、哈代、道格拉斯·布朗等小说家之外，18 世纪的笛福、戈德史密斯，19 世纪的马蒂诺、哈格德、乔治·爱略特、特罗洛普，20 世纪的马丁·艾米斯、韦尔什，都是书写经济题材小说的行家里手。在英国戏剧中，涉及经济题材的作品也可谓俯拾皆是，莎士比亚的《威尼斯商人》《雅典的泰门》、琼生的《福尔蓬奈》、王尔德的《理想丈夫》、萧伯纳的《芭芭拉少校》等都是研究文学与经济的上乘佳作。戏剧如此，诗歌亦如此。英国诗坛不仅出现了大量部分涉及经济题材(比如骚塞的《奴隶贸易之诗》)或者可以用经济学来解读的诗歌(比如华兹华斯的《坎伯兰的老乞丐》)，还出现了艾本奈泽·埃利奥特(Ebenezer Elliott, 1781～1849)的《谷物法歌谣》(*Corn Law Rhymes*, 1831)这种纯经济题材的诗歌。散文作品中涉及经济题材的也很多,比较有代表性的有斯威夫特的《布商书简》、司各特的《马拉奇·玛拉格洛瑟的书信》,前者针对的是英国政府在爱尔兰实施的货币政策,后者针对的是英国政府在苏格兰实施的货币政策。

　　由于篇幅有限,本书只能在英国文学宝库中聚焦冰山之一角。聚焦的主要文类是小说,其次是戏剧,没有涉及诗歌和散文作品。聚焦的主要时段是文艺复兴时期、19世纪和20世纪。涉及的经济话题主要是商业和金融。商业话题主要包括商业经营理念、赊销、自由贸易、国际贸易和商业伦理,金融话题主要包括信用、信贷、金融投机、金融风险、金融恐慌和金融秩序。虽然一部作品并不一定只聚焦一个话题,但是,为了教学需要,我们在作品导读中会尽力在一部作品中聚焦一个问题。希望能够通过一部英国文学作品,讲清楚一个经济话题,这是我们为"英国文学的经济学解读"这一部分设置的最高目标。

> ▶ **第四讲** ◀
《威尼斯商人》与信贷问题

📖 课前必读

(1) Critchley, Simon & Tom McCarthy. "Universal Shylockery: Money and Morality in *The Merchant of Venice*". *Diacritics*, 34.1(2004) :3 - 17.

(2) Shakespeare, William. *The Merchant of Venice*. Beijing: Foreign Language Teaching and Research Press, 1997.

(3) 莎士比亚.《莎士比亚全集》(二),朱生豪等译,北京:人民文学出版社,1994 年。重点阅读《威尼斯商人》第 4 幕。

📖 作品导读

《威尼斯商人》(*The Merchant of Venice*,1596)是莎士比亚最著名的喜剧之一,与《仲夏夜之梦》(*A Midsummer Night's Dream*,1595)、《皆大欢喜》(*As You Like It*,1599)、《第十二夜》(*Twelfth Night*,1600)并称为"四大喜剧"。(刘炳善,2007:67)虽然国外版本的"四大喜剧"(great comedies)与刘炳善所列剧目有些出入,但在各种版本当中,《威尼斯商人》和《仲夏夜之梦》都是必不可少的。不管四大喜剧或者四大悲剧的说法是否科学,这种说法在中文里都是人气满满,因为这种说法在无形之间提升了《威尼斯商人》在莎翁喜剧中的地位,给人一种只有四大喜剧才是当之无愧的莎翁喜剧之王的感觉。

《威尼斯商人》的故事主线非常清晰:威尼斯纨绔子弟巴萨尼奥为了向贝尔蒙特的富家女鲍西娅求婚,又来找他的好友、在威尼斯富甲一方的基督徒商人安东尼奥借钱。由于安东尼奥的钱都被投资到海上贸易,安东尼奥也拿不出现金,于是他就找到放高利贷的犹太商人夏洛克去借贷。夏洛克平时受尽了基督徒们的羞辱,决心借机报复。他答应借给安东尼奥三千块钱,借期三个月,但在经过公证的合同中白纸黑字地写下了一个令人汗颜的条款,即如果安东尼奥不能按时还款,那么,夏洛克就有权从安东尼奥身上割下一磅肉来。安东尼奥富甲一方,如果他的商船能够如期归来,三千块钱对他而言根本算不了什么,所以,他二话没说就在合同书上签了字。巴萨尼奥用安东尼奥的借款买了礼物,来到贝尔蒙特向鲍西娅求婚。鲍西娅的父亲在过世之前早已立下规矩,求婚者必须在金、银、铅三个匣子(相当于中国古代的锦囊)中做出抉择,选中藏有鲍西娅肖像的匣子者即可纳为夫婿,选中其他匣子者则要悻悻离开,选择之前还要发毒誓,选择不中就只能终身不娶。在巴萨尼奥到来之前,摩洛哥亲王、阿拉贡亲王纷纷败北,鲍西娅衷心祈盼巴萨尼奥能够选中正确的匣子,巴萨尼奥不负众望,选中了最朴实无华的铅匣子,里边果然藏着鲍西娅的肖像。有情人终成眷属,但来不及欢庆,巴萨尼奥就被安东尼奥的书信急急地召回到威尼斯。安东尼奥的商船没有及时归来,据说是在海上触礁了。安东尼奥不能按时还款,夏洛克坚持要割他一磅肉,安东尼奥面临着生命危险。鲍西娅聪慧过人,她从鼎鼎大名的法学博士培拉里奥那里讨来一封介绍信,女扮男装来到威尼斯法庭之上。夏洛克得意洋洋,根本不听公爵以及鲍西娅等人的劝阻,也不肯接受巴萨尼奥提出的加倍偿还借款的请求,磨刀霍霍,只等着割肉。鲍西娅抛出杀手锏,说夏洛克可以割肉,但割肉时不能流一滴血,而且必须不多不少刚好一磅,否则就是违约。夏洛克立时崩溃,鲍西娅则是步步紧逼,说夏洛克如果不割肉就是违约,就是恶意陷害基督徒,按照威尼斯的法律,夏洛克的财产应该被罚没,一半充公,一半补偿给安东尼奥。夏洛克悲痛欲绝,多亏安东尼奥大发慈悲,说只要夏洛克皈依基督教,安东尼奥就会给他留些养老的钱,夏洛克死后可以把这部分财产遗赠给他已经嫁给基督徒的女儿杰西卡。

按照最传统的解释,《威尼斯商人》中的商人首先是指基督徒商人安东尼奥,然后才是大名鼎鼎的犹太商人夏洛克。对于基督徒们而言,《威尼斯商人》堪称是一部正宗的喜剧,虽然历经了千难万险、百转千回,基督徒商人安东尼奥最终还是安然无恙,维系着他身家性命的商船也有三艘安然无恙,平安归来。可是,对于犹太商人夏洛克来说,《威尼斯商人》的结局就不是什么喜剧结局了。他机关算尽,本想借机狠狠地教训处处和他做对的基督徒商人安东尼奥,结果却被女扮男装的鲍西娅逼到了墙角,不仅割不到安东尼奥身上的肉,自己的财产还被罚没充公。如果不是因为安东尼奥在法庭上大发慈悲,他连用来养老的钱都被基督徒们合理合法地搜刮干净,而且,就连这一点点养老的钱,也是用被迫皈依基督教换来的。对于夏洛克而言,在这个世界上,也许没有什么东西能比皈依基督教更令他心痛的了。

从某种意义上讲,《威尼斯商人》是有些"名不副实"的。此处的"名不副实",当然不是说莎翁的戏剧盛名难副,莎翁在世界文坛的地位是永远都无法动摇的。我们所说的"名不副实",和中文的"顾左右而言他"意思差不多。细读文本可以发现,《威尼斯商人》最经典的场景不是经商信贷,而是法庭辩论、抽签选婚、月下戏夫,明明是一个大男人的世界,最靓丽的主角却是风流才女鲍西娅。虽然激进的女性主义者可以把莎翁批得体无完肤,可以给莎翁虚构个姐姐妹妹,说莎翁戏剧尽是其姐妹所作,莎翁成名不过是盗世欺名而已,莎翁是个彻头彻尾的男性沙文主义者,鲍西娅出风头时不是在女扮男装吗? 没错,鲍西娅在法庭上确实是女扮男装,而且装扮得天衣无缝,连他新婚的丈夫巴萨尼奥都没认出来。可是,大家不要忘了牛津版《莎士比亚》和刘炳善的《英国文学简史》里都提到的历史事实:在伊丽莎白时代,女性角色通常是由男孩扮演的,戏剧中的鲍西娅是女扮男装,而舞台上的鲍西娅本来就是个男孩,还原成男装之后,戏剧反讽(dramatic irony)效果就被发挥到了极致。而且,大家不要忘了,为了成功地瞒天过海,莎翁剧本中的鲍西娅还特意学会了即将成年的男孩的发音方式。说一千,道一万,莎翁让鲍西娅女扮男装,为的就是个戏剧反讽,为的就是个以假乱真,如果非得搞出个男尊女卑的名堂来,他让鼎鼎大名的法学博士培拉里奥直接出场不就好了吗? 干嘛舍近求远,让鲍西娅女扮男装、拿着法学博士的介绍信出庭,让激进的女性主义者们不开心。

女性主义不是我们关注的焦点,在此不再赘述。让我们回归正题,看看《威尼斯商人》中到底有多少商业元素,到底能学多少经商信贷的知识。为明晰起见,我们把聚焦点放在安东尼奥和夏洛克这两个最具商人味道的人身上。毫无疑问,安东尼奥是《威尼斯商人》中当之无愧的头号人物,要知道,《威尼斯商人》剧名中的商人(merchant)可是单数形式,不是复数,所以,如果我们非得较真的话,在伊丽莎白时代,这个 merchant 唯一的所指应该是基督徒商人安东尼奥,而不是犹太商人夏洛克。不过,从商业经营的角度看,平心而论,安东尼奥实在是有愧威尼斯商人这个称号的。当时的威尼斯是国际贸易的中心,安东尼奥的商船遍布世界各地,他的资产甚至他的身家性命,都和这些航行在世界各地的商船的命运息息相关。安东尼奥投资国际贸易,这是顺历史洪流之举,值得褒奖。但是,像他这样一旦商船不能及时到港,连三千块钱都拿不出来的商人到底有多少呢? 国际贸易再赚钱,像他这样鼎鼎大名的威尼斯商人,也不能把鸡蛋都放在一个篮子里吧? 莎翁的戏剧里说了,航上航行充满了诱惑,也潜藏着各种各样的危险,狂风巨浪不说,单是海里的礁石就让人胆战心惊。安东尼奥把钱都投资到商船之上,他整日为自己的商船而忧心忡忡,闷闷不乐,看到教堂的石头,他也会联想起海里的礁石,听到有船触礁,他就会怀疑是不是自己的商船。作为商人,安东尼奥只想回报而不计风险的做法是不可取的。他的资产很庞大,他真的没有必要把钱全投资到高风险的海上贸易之中去。

此外,作为商人,亲兄弟明算账,不算什么罪过。在商言商,business is business,商人是不能把狐朋狗友这一套凌驾在商业经营之上的。可是,安东尼奥偏偏就犯了这个忌讳,他把纨绔子弟巴萨尼奥当成至交,对巴萨尼奥的借贷请求不问青红皂白,有求必应。就是因为巴萨尼奥的借贷,安东尼奥才差点儿被夏洛克割了肉。别看巴萨尼奥经商不行、理财不行,他忽悠朋友借钱的本领可是独门绝活儿。他有一整套话来套路安东尼奥,他说在他的孩提时代,当他射出一支箭找不到了,他就朝着相同的方向、用差不多的力气,射出第二支箭,这样一来,大多数情况下,他就把两支箭都找回来了。说到这里,他忽然话锋一转，直奔主题，对安东尼奥声情并茂地说：

> 我欠了您很多的债，而且像一个不听话的孩子一样，把借来的钱一起挥霍完了；可是您要是愿意您放射第一支箭的方向，再射出您的第二支箭，那么这一回我一定会把目标看准，即使不把两支箭一起找回来，至少也可以把第二支箭交还给您，让我仍旧对于您先前给我的援助做一个知恩图报的负债者。（莎士比亚，1994：10）

巴萨尼奥的借贷本领，真的是让人叹为观止。对于巴萨尼奥纨绔子弟的本性，安东尼奥是心知肚明的。巴萨尼奥没有稳定的收入来源，家底也不殷实，而且穷大方，好摆阔，花钱如流水。把钱借给这样的哥们儿，肯定是有去无回，他除了一张巧嘴，身上就没有什么值钱的东西，他拿什么偿还安东尼奥的借款啊？对于这一切，安东尼奥知道得比谁都清楚。可是，他无法摆脱那种拿箭找箭的魔咒，万一巴萨尼奥向鲍西娅求婚这件事成功了呢？要知道，拥有了鲍西娅就等于拥有了鲍西娅丰厚的嫁妆，有了鲍西娅丰厚的嫁妆，巴萨尼奥就可以清偿安东尼奥的借款了。虽然只有万分之一的希望，但万分之一的希望也是希望，总比之前的借款都打水漂要好。《威尼斯商人》是喜剧，喜剧要有喜剧的结尾，巴萨尼奥求婚真的成功了，安东尼奥的借款鲍西娅应该是还得起的。笔者认真阅读了全剧，但是没有找到巴萨尼奥清偿安东尼奥借款的明证，因此，笔者不清楚巴萨尼奥到底欠了安东尼奥多少钱，这钱到底是用鲍西娅的钱来偿还，还是用夏洛克赔付给安东尼奥的钱来抵扣。反正有一点是清楚的，鲍西娅很有钱，她应该有能力偿还巴萨尼奥欠下的债务，巴萨尼奥的第二支箭这次真的射成功了。就算巴萨尼奥依旧赖着不还债，那鲍西娅在法庭上救了你安东尼奥的命，你总不能忘恩负义吧？《威尼斯商人》中的安东尼奥很幸运，但现实生活中的"安东尼奥"们恐怕就没有这么幸运了。由于抵不住"巴萨尼奥"们的花言巧语，他们在放贷的路上，就像张学友《情网》里唱的那样，是"越陷越深越迷惘，路越走越远越漫长"，现实生活中的"安东尼奥"们被"巴萨尼奥"们借成了穷光蛋，为了维持生计，他们不得不用同样的手段去向其他的"安东尼奥"们借债，于是就形成了三角债。债务链一旦断裂，后果不堪设想。这让笔者想起了20世纪90年代的一副口口相传的对联："拆东墙补西墙墙墙有洞，借新债还旧债债债难平。"之所以形成这种可怕的债务链，都是因为"巴萨尼奥"们的花言巧语，以及"安东尼奥"们的耳软心活。

其实，用后知后觉的视角看，《威尼斯商人》中还真的出现了债务链。巴萨尼奥向安东尼奥借款，安东尼奥手头没有现金，他必须向其他商人拆借。下面是安东尼奥的一段话：

> 你知道我的全部财产都在海上；我现在既没有钱，也没有可以变换现款的

货物。所以我们还是去试一试我的信用,看它在威尼斯城里有些什么效力吧;我一定凭着我这一点面子,能借多少就借多少,尽我最大的力量供给你到贝尔蒙特去见那位美貌的鲍西娅。去,我们两人就分头打听什么地方可以借到钱,我就用我的信用做担保,或者用我的名义给你借下来。(莎士比亚,1994:11)

这段话是很让人感动的。巴萨尼奥和安东尼奥非亲非故,他竟然为了朋友之情,心甘情愿地去为朋友借钱。但是,我们必须时刻牢记,安东尼奥是个商人,商人不是慈善家,不是傻子,也不是冤大头。他冒着巨大风险,去为巴萨尼奥借高利贷,这其中固然有友情的成分,但更多地是想搏一把,巴萨尼奥借了他好多钱,安东尼奥已经深深地陷了进去,万一他求婚成功了,说不定还款就有了希望。富贵险中求,不冒险,哪来的富贵?再说,要想在威尼斯借钱,就必须要有良好的信用,或者,用今天的行话说,就是征信记录必须经得起检验,没有恶意透支、故意拖延还款等不良记录。巴萨尼奥是威尼斯有名的纨绔子弟,他哪里会有好的信用?除了安东尼奥,谁肯借钱给他?谁敢借钱给他?要想借到钱,就只能安东尼奥去借,因为他家底殷实、信用良好,在向夏洛克借款之前,一直都是债权人(creditor),从来没有做过债务人(debtor)。所以,细读这段文字,让我们感受颇多的不是安东尼奥的慷慨,而是他的无奈。谁让你命不好,摊上巴萨尼奥这么一个老赖皮呢?狗皮膏药贴身上,想撕都撕不下去!像巴萨尼奥这种厚脸皮的借贷高手,我们不妨戏仿一下明代诗人王磐《朝天子·咏喇叭》的最后三句话:"眼见的借垮了这家,借垮了那家,只借的水尽鹅飞罢!"

安东尼奥和纨绔子弟巴萨尼奥交好,而对犹太商人夏洛克嗤之以鼻,这是一种地地道道的种族歧视。犹太商人夏洛克最不讨人喜欢的地方就是他太爱财,爱金钱胜过爱自己的女儿。当他听说女儿和基督徒私奔了,临走的时候还带走了一些财物,他痛心疾首地高呼:"我的女儿!啊,我的银钱!"(莎士比亚,1994:42)这段中文取自鼎鼎大名的朱生豪先生之手,朱生豪译莎翁戏剧的水平绝对是一等一的,无人能敌。但是,再好的译文也代替不了原文。这段话的英文是 My daughter! Oh my ducats! 英文使用了头韵法(alliteration),daughter 和 ducats 是用相同的辅音开头的,读起来很有节奏感。听到前半句时,观众们还以为夏洛克是在心疼女儿,毕竟父女一场,血浓于水,亲情斩不断,砸断骨头连着筋,女儿走了,他怎么能不心疼?听了后半句,一下子心就凉了。原来老家伙丝毫就没把女儿当回事儿,他心疼的是女儿拐跑的那些钱。把夏洛克的话转述(paraphrase)一下,其实就是"哎呦!宝贝女儿啊!你走就走吧,干嘛要把老爸的钱拐走啊!"夏洛克骂女儿没良心,违背他的意愿非得嫁给基督徒,败坏家风。可是,当我们读到戏剧的结尾,就得把夏洛克数落一通了:夏洛克呀夏洛克,你感谢你女儿吧!要不是你女儿嫁给基督徒,你可能早就被鲍西娅逼上绝路了!你以为安东尼奥最后的那点儿慈悲是为你而发的吗?你错了,如果不是你女儿嫁给基督徒,他才不会对你发善心呢!你女儿比你识时务,威尼斯是自由之邦,但这个自由之邦的主宰者永远是基督徒,犹太人永远是低人一等。你就知道守财,可是,你千万别忘了,得罪了基督徒,你的财是守不住的!

安东尼奥借给巴萨尼奥钱时,只讲友情,不谈利息,不明确约定还款日期,也不附带逾期还款的惩罚措施,作为商人,这种做法是不值得鼓励的。就这一点而言,夏洛克做事比他精明得多,也规范得多。放款之前他先仔仔细细地斟酌了一番安东尼奥的征信系统,如果放到今天,说不定就可以看到夏洛克要求安东尼奥提供能显示各种明细的征信记录。确定没有问题之后,夏洛克又和安东尼奥签署了经过公证的正式借款合同,就是在这个合同中,双方约定如果不能按时还款,夏洛克就可以从安东尼奥身上割下一磅肉。夏洛克是用开玩笑的口气说出这个条款的,安东尼奥二话没说就签了字,双方签字之后,不管这个合同合不合理,只要它是合法的,那合同就要生效了。安东尼奥签合同的理由不难猜测,他富甲一方,根本就没把区区三千块钱放在眼里,用今天的话说,就是"不就是三千块嘛,毛毛雨啦! 老子有那么多钱,这三千块钱算得了什么? 如果商船回不来怎么办? 没有如果,老子那么多商船,老子知道海上航行有危险,但人总不会喝口凉水都塞牙吧,那么多商船,总不至于一艘也回不来吧?"安东尼奥太自信了,就是这种过度自信的心理,差点儿毁了他的性命。可是,此处夏洛克不谈利息,按照常理是很难理解的。有学者说,夏洛克的经济学其实是我们今天所说的理财学(chrematistics),这是一种用钱生钱的经济学。放款不收利息,那资产怎么升值啊? 再说,由于此处没有谈利息,我们就光听说夏洛克是个放高利贷的人(usurer),在戏剧中却一点儿证据都找不到了。一个嗜钱如命的人,一个以钱生钱的人,放款时不谈利息,要一磅肉有什么用? 而且,我们时刻都不能忘记,如果安东尼奥按期还了款,夏洛克是什么都得不到的。一贯以精明而著称于世的犹太商人怎么会犯这种糊涂呢?

夏洛克不是不想要利息,他是太想借机报复安东尼奥了。要知道,安东尼奥有的是钱,他从来都是借给别人钱,很少会借别人的钱,无论是要利息还是要一磅肉,安东尼奥给夏洛克的机会看来都只有这一次。错过了这个村儿,就没有这个店儿了,用大家熟悉的英文习语来说,这样的机会真的是 once in a blue moon(千载难逢)。夏洛克和安东尼奥之间更多的不是个人恩怨,而是民族恩怨,是基督徒与犹太人之间的恩恩怨怨。读者们也许会痛恨夏洛克,痛恨他放高利贷,可是大家不要忘了,在当时历史语境中,犹太人不能拥有土地,不能找到一份像样的工作,他们靠什么养家糊口? 除了放高利贷,他们又能做什么? 再说,放高利贷恐怕也只有夏洛克这样的有钱人才能放,如果是没有钱的犹太人,那他们一家老小的生计都会成问题。我们不能饱汉不知饿汉饥,罔顾历史事实,和基督徒站在同一个立场上,把犹太人想象成个个是腰缠万贯的大富豪,个个都是为富不仁的大富豪,他们有着一万种选择,却偏偏选择放高利贷这种最让人唾弃的行业。夏洛克带着满腔的怒火,对基督徒商人的代表人物安东尼奥的累累罪行进行了血泪控诉:

他曾经羞辱过我，夺去我十几万块钱的生意，讥笑我的亏蚀，挖苦我的盈余，侮蔑我的民族，破坏我的买卖，离间我的朋友，煽动我的仇敌，他的理由是什么？只因为我是一个犹太人。难道犹太人没有眼睛吗？难道犹太人没有五官四肢、没有知觉、没有感情、没有血气吗？他不是吃着同样的食物，同样的武器可以伤害他，同样的医药可以疗治他，冬天同样会冷，夏天同样会热，就像一个基督徒一样吗？你们要是用刀刺我们，我们不是也会出血的吗？你们要是搔我们的痒，我们不是也会笑起来的吗？你们要是用毒药谋害我们，我们不是也会死的吗？那么要是你们欺侮了我们，我们难道不会复仇吗？（莎士比亚，1994：49）

这段话应该是整个剧目中引用率最高的一段话了。犹太人在基督徒的世界里受欺负，和我们通常所讲的非裔群体或者亚裔群体受欺负还不一样。不管怎么说，非裔群体或者亚裔群体，混在所谓的纯正的盎格鲁-撒逊血统的美国白人（WASP）之中，通过肤色还是能够分辨出来的。也就是说，歧视非裔群体或者亚裔群体，用肤色去分辨一下就可以了，不用费尽周折地再出奇思妙想。而歧视犹太人还真得动点儿脑筋，《威尼斯商人》的电影里有一个好办法，那就是让犹太人带上一顶红色的无檐帽，否则不允许出门。这真是个好办法，肤色不好区分，戴顶红色无檐帽就解决问题了。有人会问，那要是有不知情的欧洲白人或者美洲白人也戴上红色无檐帽怎么办？应该不会有这种情况吧，一看那帽子的颜色和形状，白人们恐怕立时就明白是做什么用的，还会有人冒天下之大不韪，干这种傻事吗？《威尼斯商人》的电影为我们提供了一个种族歧视的好办法，为了种族歧视或者地域歧视，下这么大的功夫，也算是让人开了眼了。

无名的歧视会带来无名的怒火，这就是这段引文的最后一句"那么要是你们欺侮了我们，我们难道不会复仇吗？"所要表达的意思。基督徒们，你们欺人太甚了，犹太人就不是人吗？我夏洛克赚钱的本领比你们还要高明，你们凭什么瞧不起犹太人？兔子急了还咬人，今天落到我夏洛克的手里，不给你们基督徒点儿颜色看看，就对不起犹太人的列祖列宗。这可能就是当时夏洛克的心态。非常有趣的是，在吉尔（Roma Gill）为牛津版《莎士比亚》所写的导读中，作者是用掐头去尾的方式引用这句话的，从"难道犹太人没有眼睛吗？"引用到"你们要是用毒药谋害我们，我们不是也会死的吗？"，插入好几行文字之后，又引用了"那么要是你们欺侮了我们，我们难道不会复仇吗？"这句话。这种引用方式应该不是随机的，仔细读读就能发现其中深意。中间的这一部分把夏洛克洗白了，他成了一个受难者形象，仿佛他对安东尼奥的报复不是出于个人恩怨，而是出于民族恩怨，他是在为整个犹太民族鸣不平。可是，我们仔细读读前边几句，夏洛克的光辉形象就要大打折扣了，"夺去我十几万块钱的生意"，这哪里是什么民族大义？这就是生意场上的较量啊！商场如战场，你抢我的生意，我就叫你粉身碎骨！千千万万不要忘记，莎翁戏剧的标题是《威尼斯商人》，商人的眼里也有民族大义，但这种民族大义，恐怕是和夏洛克这种嗜钱如命的商人搭不上边的。

我们再说说复仇传统。读过《圣经》的人都知道，《圣经》里边有两种截然不同的复仇传统：一个是"以眼还眼，以牙还牙"（eye for eye, tooth for tooth），另一个则是"把脸的另一边给他"（turn the other cheek）。夏洛克用的是第一种，以眼还眼，以牙还牙，这种有仇必报的心态，其实是不值得鼓励的。如果夏洛克坚持理财学的基本原理，以钱生钱，不计前嫌，那么，说不定在威尼斯这个所谓的自由之邦，他还能多多少少从安东尼奥的借款中赚点儿利息回来。可是，复仇的怒火在他胸中燃烧，他什么都不管不顾了，以致他忘了商人的本分，最后才落得个财产被罚没、被充公的下场。商人需要的是理性、是冷静，不是复仇的冲动，你在某个城市的 CBD 开一家店，你的目的是赚钱，如果运气好的话，可以赚个盆满钵满。反之，如果你的目的是复仇，是和冤家们斗气，那十有八九你的店是做不好的，不落个关门大吉的命运已经算是万幸。简而言之，就是即便是非得复仇，最好也不要通过商业途径，在商言商，商场不是用来复仇的。《圣经》的第二个传统我们也不赞同，它和我们所说的以德报怨不是一回事。人家打你左脸，你就把右脸给他，这样能解决问题吗？他敢打你左脸，就敢打你右脸。如果是个明事理的人，他是连左脸也不会打的。这些事情还是中国人的处理方式最能服众：亲人来了有好酒，若是那豺狼来了，迎接他的有猎枪。当然，中国人的猎枪不是随便用的，我们的首要原则是和为贵，忍为上。忍为上没有什么不好，1840 年以来，中国人备受列强屈辱，但我们忍辱负重，卧薪尝胆，励精图治，发愤图强；我们学习西方，目的是为了赶上西方，超越西方，实现民族解放和经济振兴的宏图伟业。一报还一报也好，打左脸给右脸也好，都解决不了我们的问题。我们受的苦肯定比《威尼斯商人》中的夏洛克要多得多，就是因为我们分得清个人复仇和民族大义的孰轻孰重，我们才有今日的辉煌成就。小不忍则乱大谋，《威尼斯商人》中的夏洛克就是犯了这个大忌。

解读《威尼斯商人》需要跨学科的知识，不仅需要经济学，也需要法学、需要医学，还需要语言学。夏洛克在合同中犯了一个语言学的大忌，他不应该说割一磅肉（one pound of flesh），他应该说割一块肉（a piece of flesh），他应该用模糊语言（fuzzy language）。笔者不是在开玩笑，他在合同中还有一处大大的漏洞，可能英语为母语的人也忽略了，那就是 fair flesh，朱生豪先生注意到了，他把 fair flesh 翻译成了"一磅白肉"，在朱生豪先生生活的那个时代，白肉应该还没有"肥肉"这层意思，应该是指白人的肉。那么，问题就来了，同样是语言学的问题，一个人脸上全是胶原蛋白，全是水嫩肌肤，但你如何保证他的全身都是胶原蛋白，都是水嫩肌肤呢？夏洛克要割的肉，分明是安东尼奥胸口的肉，因为他要钻威尼斯法律的漏洞，致基督徒商人安东尼奥于死地。精明一世的夏洛克啊，你如何能保证安东尼奥胸口的肉是 fair flesh 呢？多亏鲍西娅忽略了这一点，否则，夏洛克会被活活搞死的。语言学有用，如果夏洛克有幸读过模糊语言学理论（这在当时应该是不可能的),或者冥冥之中就懂一些模糊语言学的道理,知道一磅肉太具体了(要知道,就算他真的割了刚好一磅肉,天平称重时也会有误差的),fair flesh 也太具体了,他就可以少一些作茧自缚式的麻烦。

讲完了语言学,我们再讲讲医学。基督徒们都在为鲍西娅欢呼,为她那"不许流一滴血"的杀手锏而欢呼,但是,大家不要忘了,割肉不流一滴血,夏洛克做不到,你鲍西娅同样也做不到。笔者记得在一次中学的语文课上,老师就抛出了这个问题:假如你是夏洛克,你会怎么回复鲍西娅的胡搅蛮缠? 如果激进的女性主义者去听课,这个语文老师一定不敢这样大放厥词,可是,平心而论,这个老师说得没错,鲍西娅就是胡搅蛮缠,好在她还没说割肉的时候不许带下一根毫毛。血也好,毫毛也好,本来就是人的血肉之躯的一部分,不能分开的。那堂课上的学生很聪明,应该不是为了讲公开课提前准备好的,学生说:"我就反问法官,说法官大人,如果列位当中有谁能割下不流一滴血的肉,我就能! 威尼斯是自由之邦,是法律之邦,法律怎么能虚构子虚乌有的东西呢?"听了学生的高论,笔者有些汗颜,中学生的思辨能力真强! 这学生将来考北清复交,应该是一点儿问题也没有的! 这也不是笑话,学生反问得好,割不带血的肉,割不带毫毛的肉,没有人能做得到,鲍西娅这不是胡搅蛮缠还能是什么? 基督徒们都为鲍西娅欢呼,犹太商人夏洛克一下子就被逼上了绝路,这种超级大反转,只能证明威尼斯是一个不平等的世界,基督徒高高在上,犹太人低人一等。

讲完了医学,我们再回归到经济学。克莱西里和麦卡锡在"普适性的夏洛克经济学:《威尼斯商人》中的金钱与道德"一文的结尾讲了一件逸闻趣事:这篇文章的作者之一初来纽约,需要开一张信用卡,但被银行拒绝,理由是他没有信用消费记录。当事人问如何才能有信用消费记录,银行工作人员说有了信用卡,自然就有信用消费记录了。(Critchley & McCarthy, 2004:17)笔者不想对这件事情的本身品头论足,笔者只想借题发挥,对这件事给予我们的重要启示发表几句评论。在经济活动中,信用只代表过去,不代表将来,信用是一回事,偿还贷款的能力是另一回事。在《威尼斯商人》中,安东尼奥的信用是好的,夏洛克是因为相信他的信用才借钱给他的,前面已经讲过这个问题,如果是巴萨尼奥找他来借,十有八九夏洛克根本不会理他,因为他信用不好。信用的问题很复杂,安东尼奥不能如期还款,还真的不是他的信用问题,为了维护他的信用,他宁愿信守合同,坐等着夏洛克来割肉。从信用的角度看,安东尼奥还是值得称道的,他比那些一遇到还款困难就跑路的商人要遵纪守法得多。可是,信用好管什么用? 遇到了不可抗力,商船出事了,或者在路上耽搁了,信用再好,也不可能用信用来还款。我们已经进入了信用经济时代,信用不等于还款能力,这一点必须牢记在心,这也是《威尼斯商人》留给我们的重要启示。

除了信贷问题,《威尼斯商人》还有好多话题值得探讨。比如,价值问题。以鲍西娅赠给巴萨尼奥的指环为例,那东西就是一件定情之物,对于别人而言,也许真的没有什么价值,不过是普通指环一枚。但是,对于巴萨尼奥而言,这枚指环就不一样了,巴萨尼奥把指环送给谁都是不对的,因为这是鲍西娅和他的定情之物。我们不能用简单的使用价值(value of use)、交换价值(value of exchange)这些亚当·斯密时代的经济学术语来解释所有的价值现象,虽然莎士比亚生活的年代比亚当·斯密生活的时代要早,但莎翁的戏剧是十分深邃的,不仅属于他那个年代,还属于所有的年代,许许多多的东西到今天还依然值得探讨。我们可以把定情之物视为一种礼物交换,但这种礼物交换,和一般朋友之间的礼物交换也不尽相同。朋友送你一瓶酒,你确实是只关心它的使用价值或者交换价值,而且,交换价值也不用太关注,朋友送你一瓶 52 度的五粮液,你不一定非得还他一瓶同样的酒,你给他一瓶其他品牌的酒即可。你如果也回馈他一瓶 52 度的五粮液,他还以为是他的酒被转送回来了。情侣之间的互赠,是不能用某些已有的礼物交换理论来解释的。对于巴萨尼奥而言,鲍西娅的指环就是应该比什么都贵重,他把指环送人就是不对的,这是无可争辩的。莎翁戏剧妙就妙在这一点,鲍西娅之所以原谅了巴萨尼奥,是因为那指环其实是物归原主了,是她用女扮男装的方式,把指环骗回来的。并不是所有的交换都是商品交换,商品交换之外,还有礼物交换等多种形式。商业是人类最重要的活动之一,但并不是唯一。

谈《威尼斯商人》的信贷问题,我们自然要关注信贷的双方:安东尼奥和夏洛克,以及那个引发信贷的人巴萨尼奥。其实,他们都不是莎翁戏剧中最靓丽的人物。最靓丽的人物应该是鲍西娅,她是英国文学中的经典女性。经典女性是和新女性相对而言的,新女性的代表人物是简·爱,简·爱相貌平平,家境一般,但她敢爱敢恨,敢做敢当,最终也获得了美满的婚姻。鲍西娅是经典女性,她真的是万千宠爱于一身,貌美如花,家财万贯,博学多识,关键时候还能独当一面,轻轻松松就摆平了安东尼奥的官司,简直就是一位文艺复兴时代政法战线的女中豪杰。但是,大家也不要忘了,如果不是莎翁把《威尼斯商人》写成了喜剧,那鲍西娅的命运其实也是生死未卜。他的父亲决定着她的一切,用三个匣子来选夫婿,这是多么荒唐的事!如果不是她的心上人巴萨尼奥选中了正确的匣子,那将如何是好?再者,如果婚后巴萨尼奥恶习不改,继续靠东挪西借过日子,那鲍西娅空有一身才气,又能到哪里去施展?如果不是因为莎翁怜香惜玉,说不定鲍西娅也和中国古代的许许多多的女人一样"红颜自古多薄命,莫怨东风当自嗟"。莎翁的确是个旷世奇才,他不仅把《威尼斯商人》的商人写得活灵活现,他把每一个人物都写得活灵活现,哪怕是那些只有几句台词的人物。《威尼斯商人》中的信贷问题,是我们关注的焦点。但除了这个焦点,《威尼斯商人》中的每个人物、每段对话,甚至每一个能够引发歧义的词汇,都值得我们去关注,值得我们去探讨。世界上只有一个莎士比亚,他可以让一千名读者读出一千个哈姆雷特,他也能让一千名读者读出一千个《威尼斯商人》、一千个安东尼奥、一千个夏洛克、一千个鲍西娅或者巴萨尼奥。

讨论题目

（1）克莱西里和麦卡锡在"普适性的夏洛克经济学：《威尼斯商人》中的金钱与道德"一文的结尾讲了一件逸闻趣事：这篇文章的作者之一初来纽约，需要开一张信用卡，但被银行拒绝，理由是他没有信用消费记录。当事人问如何才能有信用消费记录，银行工作人员说有了信用卡，自然就有信用消费记录了。你如何理解这种第二十二条军规式的信用游戏规则？

（2）巴萨尼奥为了向安东尼奥借款，讲了一段非常有名的用箭找箭的故事：他说在他的孩提时代，当他射出一支箭找不到了，他就朝着相同的方向、用差不多的力气，射出第二支箭，这样一来，大多数情况下，他就把两支箭都找回来了。你如何理解巴萨尼奥的这段话？

（3）为什么巴萨尼奥不直接向夏洛克借贷，而是由安东尼奥出面去向夏洛克借贷？

（4）你如何理解安东尼奥几乎把全部家当都投资于海上贸易这种行为？

（5）安东尼奥和夏洛克之间的磕磕绊绊，除了基督徒和犹太人之间常有的恩恩怨怨，还有一种关于借贷问题的严重分歧。夏洛克放贷是为了通过贷款得到高额回报，而安东尼奥借款给巴萨尼奥从来都是只谈友情、不谈利息。对于这两种信贷方式，你更赞同哪一种？为什么？

（6）在法庭上，女扮男装的鲍西娅抛出了杀手锏，他提醒夏洛克一定要严格履约，必须准确地割下一磅肉，不能多也不能少，而且，割肉的时候不能流一滴血。如果你是夏洛克，你将如何回应？

（7）你如何理解夏洛克最终财产被罚没的结局？

（8）你如何理解女扮男装的鲍西娅向巴萨尼奥索要指环的行为？

（9）你如何评价鲍西娅父亲用三个匣子（金、银、铅）决定女儿终身大事的举措？

（10）"难道犹太人没有眼睛吗？难道犹太人没有五官四肢、没有知觉、没有感情、没有血气吗？……"对于夏洛克的这段血泪控诉，你如何理解？

第五讲

《红酋罗伯》与自由贸易

课前必读

（1）Lincoln, Andrew. "Scott and Empire: The Case of *Rob Roy*." *Studies in the Novel*, 34.1(2002):43-59.

（2）Scott, Walter. *Rob Roy*. Hertfordshire: Wordsworth Editions Limited, 1995. 重点阅读第18章。

（3）司各特.《红酋罗伯》，李俍民译，上海：上海译文出版社，1983年。

作品导读

司各特（Walter Scott, 1771~1832）是"历史小说的缔造者"（陈嘉,1986:134），他的历史小说可以分为三大类：苏格兰历史小说、英格兰历史小说、欧洲历史小说。我们在这一讲中要重点讨论的《红酋罗伯》（*Rob Roy*, 1817）属于苏格兰历史小说。《红酋罗伯》以1715年詹姆斯党人暴动为背景,真实地再现了当时苏格兰边区（Scottish border）的社会历史风貌,塑造了法兰西斯、狄安娜、赖希利、贾尔维、红酋罗伯等一系列栩栩如生而又性格鲜明的人物。和观众熟知的1995年同名电影（电影名被音译为《罗布·罗伊》）不同,《红酋罗伯》小说的主线并非是侠盗罗伯的复仇故事,而是伦敦富商之子法兰西斯与策划此次詹姆斯党人暴动的特使之女狄安娜之间的爱情故事,以及法兰西斯与其堂兄赖希利之间在商场和情场的殊死搏斗。法兰西斯因为酷爱文学、鄙视商业而和父亲发生争执,被父亲遣送到英格兰北部的叔父那里,他在叔父家与寄居此处的表妹狄安娜相恋,因此遭到堂兄赖希利的妒忌。赖希利和法兰西斯是死对头,他有幸被法兰西斯父亲选作接班人,他趁法兰西斯父亲外出之际,利用职务之便携公司票据出逃,使得法兰西斯父亲的公司濒于破产。幸亏狄安娜、贾尔维以及红酋罗伯及时出手,法兰西斯及时弃文从商,法兰西斯父亲的公司才得以转危为安。赖希利本是詹姆斯党人暴动的主谋之一,却因为嫉妒法兰西斯和狄安娜的爱情等原因而向政府投诚。由于赖希利的告密,詹姆斯党人的暴动因为仓促起事而失败,法兰西斯叔父一家除赖希利之外全部遇难。法兰西斯遵照叔父的遗嘱而接受了他留下的财产,出于同情和爱情,他冒险将参与此次詹姆斯党人暴动的要犯狄安娜及其父亲藏匿于宅邸之内。赖希利带人将狄安娜父女以及法兰西斯逮捕,红酋罗伯赶来营救,赖希利死于非命,狄安娜父女在红酋罗伯的护送下成功地逃往法国。后来,法兰西斯子承父业,经父亲允许,从法国的修道院中迎娶狄安娜为妻,小说给了读者一个有情人终成眷属的大团圆结局。

显而易见,《红酋罗伯》的头号主角应该是法兰西斯和狄安娜,赖希利是他们的敌手,其他的人物都可以划归到配角的行列。虽然大名鼎鼎的苏格兰侠盗红酋罗伯的名字被用作书名,但他不过是小说中有名无实的角色(titular hero),他的主要作用是在适当的时候帮助法兰西斯以及狄安娜父女化险为夷。和罗伯一样,小说中另一个性格鲜明的人物、格拉斯哥的治安法官贾尔维,也只是个不折不扣的配角。贾尔维的最大功绩是帮助法兰西斯父子免遭破产之灾,为了帮助法兰西斯夺回被赖希利卷走的票据,贾尔维冒着巨大风险和法兰西斯一道踏进红酋罗伯的地盘,上演了一幕又一幕的令人捧腹的滑稽戏。首先,他在客栈中和人搏斗时,因为佩剑生锈拔不出剑鞘,而随手抄起被炉火烧得通红的拨火棍,把对手的花方格呢烫了个大洞,搏斗结束之后又十分慷慨地承诺对方,说他将从自己格拉斯哥的商行里调货来赔偿。其次,当前来剿匪的官军和红酋罗伯妻子所指挥的高地武装混战之时,贾尔维为了躲避枪弹而纵身一跳,刚好衣服被树枝刮住而被悬在半空,他被人救起之后第一件事就是夸赞自己衣服的料子多么结实。根据《格拉斯哥的文学地标》一书的记载,贾尔维是维多利亚女王最喜欢的司各特小说中的角色。1849年,维多利亚女王造访格拉斯哥,途径盐市场(Saltmarket)时曾问起贾尔维的住所在哪里,随行官员便将司各特笔下虚构的那个贾尔维和法兰西斯以及欧文共进大餐的地方指给女王看(Kilpatrick, 1898:140)。虽然贾尔维是红遍英伦的角色,但是,如果我们坚持把法兰西斯和赖希利的冲突作为小说的轴心,他也不过就是个最红的配角。而小说中的另一个配角,也就是我们即将浓墨重彩地分析的角色、法兰西斯的仆人费尔塞维斯,在西方学者看来,纯粹就是个画蛇添足的人物,堂吉诃德有个随从叫桑丘·潘沙,所以,法兰西斯也要有个随从叫安德鲁·费尔塞维斯。费尔塞维斯的主要功能就是"用一种看似滑稽、虚伪的方式表达一下低地人对联合的不满,而这种不满的原因和都市里的人不满的原因是大相径庭的"(Lincoln, 2007:122)。

安德鲁·林肯将费尔塞维斯视为《红酋罗伯》中可有可无的人物,这一点我们不敢苟同。林肯的论断似乎是一种典型的英国中产阶级论调。诚然,用中产阶级的视角来看,费尔塞维斯的确是有些俗不可耐。费尔塞维斯是个地地道道的苏格兰草根阶层人士,他来自苏格兰低地地区的底层,在成为法兰西斯的仆人之前,他是法兰西斯叔叔府邸的园丁。赖希利携奥斯巴尔迪斯顿公司票据出逃之后,法兰西斯为了挫败赖希利的阴谋,必须连夜赶往格拉斯哥,他需要一个熟悉路况的土生土长的苏格兰人来做向导,费尔塞维斯自然就成为了不二的人选。费尔塞维斯经过一番讨价还价,觉得给法兰西斯效力比做园丁更合算,于是下定决心和法兰西斯叔叔的府邸不辞而别。为了最大限度地减少从园丁岗位上自动离任的损失,他从法兰西斯叔叔的府邸偷走了一匹马。到了格拉斯哥,他的马被作为赃物扣押,他据理力争,从扣押他赃物的官员那里讨来一匹跛脚的矮种马。他自私自利,时时刻刻都打着自己的小算盘,为了蝇头小利就和人吵个不停。他胆小如鼠,每当面临危险的时候,他总是只顾着自己逃命,置法兰西斯的安危于不顾。然而,每当法兰西斯成功地逃离险境,费尔塞维斯总是第一时间出现在主人面前,吹嘘自己对主人多么地尽职尽责,对主人成功脱离险境有多么大的贡献。然而,就是这么一个吃苦在后、享受在前的小混混,不仅没有被法兰西斯扫地出门,反而成为了他的贴身奴仆,而且还颇得法兰西斯父亲的赏识,俨然一副奥斯巴尔迪斯顿公司未来大管家的派头。

作为一个来自苏格兰社会底层的人士,费尔塞维斯的庸俗是不足为奇的。在出身伦敦富商之家的主人公兼叙述者法兰西斯的眼里,小说中的每一个苏格兰人物都有些庸俗。治安法官贾尔维张口闭口除了账目就是他那过世许久的老爹,和红酋罗伯遭遇时不是首先想到法网恢恢,而是首先想起罗伯欠他的一千英镑。红酋罗伯虽是法兰西斯的恩人,但他那粗俗的苏格兰口音以及莽汉一般的粗俗的行为,和法兰西斯这般儒雅的英格兰绅士也总是格格不入。罗伯的妻子是个地地道道的冷血女魔头,她和罗伯的表亲治安法官贾尔维的临别赠言竟然是:"海伦·麦格瑞戈能够给一个朋友的最好祝愿,就是以后别再碰上她。"(Scott, 1995:340)既然《红酋罗伯》中的苏格兰人物在法兰西斯的叙述中都无法脱俗,那么,费尔塞维斯的庸俗就不是什么大不了的事。法兰西斯既然能够容忍贾尔维等人的庸俗,他就不应该对费尔塞维斯的庸俗采取零容忍的态度。法兰西斯和费尔塞维斯这对主仆之间最大的分歧在于他们对于联合的态度,法兰西斯是一位坚定的联合或曰汉诺威王朝的支持者,得知詹姆斯党人起事的消息后,他立即组织志愿者加入了保卫汉诺威王朝的军队,他的父亲也组织商会为政府慷慨解囊。费尔塞维斯虽然本人并没有参与詹姆斯党人暴动,但和鲁迅先生笔下的阿Q一样,是一个不能打但天天喊打、不革命却天天喊着要革命的无名小卒。费尔塞维斯对可怜的古老的苏格兰情有独钟,而对联合嗤之以鼻,他是一个"把一匹马丢掉一个马蹄铁都归罪于联合所产生的坏影响"的人(Scott, 1995:242)。在穿越边区赶往格拉斯哥的途中,法兰西斯惊讶地发现,之所以费尔塞维斯熟悉路况,是因为他一直是个往来于苏格兰和英格兰之间的走私者。当法兰西斯责问他,为什么像他这样自称恪守原则的人竟然会偷逃国税,费尔塞维斯又是一如既往地把罪责归罪于联合:

"这不过是使那些异教徒们遭受损失罢了,"安德鲁回答说,"可怜的古老的苏格兰被那帮收税的和专卖的恶棍欺负得够多的了，自从那倒霉而又悲惨的联合之后，那些家伙像蝗虫一样扑到她的身上；每一个孝顺的孩子都有责任给祖国母亲喝点儿心灵鸡汤，让她衰老的心能够继续跳动，顺便也给那些恶棍们心里添添堵。"(Scott, 1995:165)

费尔塞维斯的走私行为并不具备跨国性，他只是生活于边区、往返于英格兰和苏格兰之间的小贩，他所走私的商品也仅仅是无关国计民生的小物件，他对自己的走私行为不是感到愧疚，而是满不在乎，甚至可以说是有点儿理直气壮。费尔塞维斯对待走私的态度是和《红酋罗伯》所书写的历史背景密切相关的：1707 年苏格兰和英格兰的联合并非真正的苏格兰民众意愿的表达。1707 年 1 月 15 日，苏格兰国会以 109 票对 69 票通过了联合条约。5 月 1 日，苏格兰和英格兰正式联合。无可否认，从苏格兰国会的投票结果看，联合当之无愧地是少数服从多数，是合理合法的选择。但是，正如历史学家所言："这是一个苏格兰极少数人想要的联合。"(Fry, 1982:183)当时苏格兰没有全民公投体制，有权投票的人还不到两千人，根据历史学家的估算，当时苏格兰只有不到四分之一的人拥护联合。如此看来，当时促成联合的主要因素应该是英格兰的金镑诱惑和对于均等贸易机会的承诺，所以，反对联合的人到处宣称："我们被英格兰的金币给买卖了。"(Fry, 1982:189)用后世的眼光看，这句后来被拿来当作詹姆斯党人向联合发难的借口的话，似乎并非空穴来风。1706 年 7 月中旬，负责联合问题谈判的代表们达成一致，英格兰一方承诺联合之后的苏格兰将享有和英格兰同等的贸易机会，而且苏格兰还将得到 400 000英镑，作为差点儿让整个苏格兰破产的"达连计划"(Darien expedition,亦称 Darien scheme)损失的补偿。众所周知，1690 年代的"达连计划"是苏格兰历史上最有名同时也是最失败的商业冒险，苏格兰人筹集巨资(约占当时整个苏格兰现金的一半)试图在加勒比海地区建立不受英格兰控制的对外贸易通道，数以千计的苏格兰人在达连湾登陆试图开展贸易活动。但残酷的事实却是，达连湾不是贸易的天堂，而是疾病与灾荒的温床。雪上加霜的是，西班牙军队认为苏格兰人此举侵犯了自己的利益，因而对其展开了围攻。可怜的苏格兰人可谓是赔了夫人又折兵，"达连计划"的失败对苏格兰人而言堪称是灭顶之灾，苏格兰经济从此元气大伤。在苏格兰财政捉襟见肘的时刻，英格兰的 400 000 英镑的诱惑力可想而知。此外，为了让联合万无一失，苏格兰的当权者暗中都被英格兰的金钱收买了。根据《苏格兰历史》(*The History of Scotland*, 1982)的记述，苏格兰负责联合谈判的主要代表之一昆斯伯里伯爵就接受了 20 000 英镑的贿赂。联合法案通过之时，昆斯伯里伯爵的马车曾遭到暴徒的投石攻击。如果反对联合的民众当时就知道昆斯伯里伯爵被英格兰收买，恐怕他连性命都保不住。

联合之后令苏格兰人最不满意的就是税收问题。英格兰向苏格兰指派了大量的税官，他们的任务是指导苏格兰人按照英格兰模式对苏格兰人民征税，名目繁多的税收开始被强加在苏格兰人民的身上,英格兰的税官成为苏格兰民众愤恨的对象。用来补偿"达连计划"损失的 400 000 英镑一拖再拖,当第一笔补偿款最终抵达爱丁堡之时,苏格兰民众早已民怨沸腾。更令苏格兰民众愤慨的是,英格兰人违背诺言开始插手苏格兰的宗教事务,英国国会通过法案恢复旧制,牧师不是由会众选举产生,而是由教堂所在地的土地所有者指派。英格兰承诺的贸易机会均等也成了空头支票。在这样的语境中,苏格兰民众对英格兰人以联合名义强加给他们的五花八门的"手续费"(due)是十分不满的。在苏格兰民众的眼里,费尔塞维斯走私(或曰投机倒把)的行为并不是什么弥天大罪,他所逃避的不是《盖伊·曼纳林》中所涉及的海关关税,而是英格兰人依据霸王条款强加给苏格兰人的"手续费"。费尔塞维斯逃避"手续费"的行为非但不被认为是不忠诚,反倒被认为是对可怜的古老的苏格兰的忠诚,它所表达的是苏格兰民众对联合之后自由市场的渴望。这种对自由市场的渴望,和司各特借格拉斯哥商人贾尔维之口所发出的"让格拉斯哥繁荣昌盛"(Let Glasgow flourish!)的呼喊是一致的。格拉斯哥的治安法官贾尔维不仅和伦敦富商有着长期的合作关系,还在西印度群岛有种植园,他希望联合能给自己提供更为广阔的自由市场,让自己的布匹生意更加红火,让苏格兰的产品走向世界。费尔塞维斯没有贾尔维或者和贾尔维合作的伦敦富商的全球资本主义(global capitalism)的视野,但他和他们一样,有着同样强烈的对于自由市场的渴望。作为一名土生土长的苏格兰草根阶层人士,费尔塞维斯对自由市场的渴望也仅限于利用边区山路崎岖之便,逃避一些他认为多此一举的"手续费",顺便给那些在苏格兰横征暴敛的税官们添添堵。从自由贸易的角度看,费尔塞维斯不是西方学界所说的"多余的人物",他是一个典型的非跨国界的陆上走私者(land-smuggler),他所代表的是苏格兰草根一族对联合之后自由市场的渴望。从这种意义上讲,他的英文名 Fairservice(公平服务)也自然而然地成为了司各特小说中公平贸易(fair trade)的代名词。

在 19 世纪的英国文学作品中,将走私称为"公平贸易"、将走私者称为"自由贸易者"(free-trader)、将关税(duty)称为"手续费"(due)的例子比比皆是。在司各特的《盖伊·曼纳林》中,走私团伙的头目哈特利克对自己的走私行为一点儿也不觉得理亏,他说:"我一直在做公平贸易。"(Scott, 2003:29)他的所谓公平,就是在曼恩岛装货,而后在苏格兰乡绅波特兰姆的辖区内卸货,童叟无欺地卖货。由于当地并不富裕,所以哈特利克也并不强求大家付现,而是因地制宜,拿木材、大麦等等都可以和他进行公平交易。哈特利克的公平贸易不仅受到了当地民众的欢迎,还得到了波特兰姆的默许。波特兰姆曾经对曼纳林说:"我想,你肯定知道的,曼纳林先生,这些自由贸易者,法律上管他们叫走私者,他们没有宗教,全靠迷信,他们有许多咒语,还有魔力,还有谁也不懂的话。"(Scott, 2003:29)在自己唯一的子嗣没有被走私者绑架之前,波特兰姆是一直将走私者当作自由贸易者对待的。虽然自由贸易的优势是不言而喻的,但心甘情愿地推行自由贸易政策却是非常难的,关于这一点,自由市场(laissez faire)理论的集大成者亚当·斯密也有清醒的认识,他在《国富论》中写道:"不能期望自由贸易在不列颠完全恢复,正如不能期望理想岛或乌托邦在不列颠设立一样。不仅公众的偏见,还有更难克服的许多个人的私利,是自由贸易完全恢复的不可抗拒的阻力。"(斯密,2014,下卷:45)当自由贸易受阻,贸易保护主义盛行的时候,走私就成了自由贸易的替代品。斯密以英国和法国之间的贸易限制为例,来说明走私和自由贸易的关系:"这种相互的限制,几乎断绝了两国间一切公平贸易,使法国货物运至英国,和英国货物运至法国,主要都靠走私。"(斯密,2014,下卷:48)在贸易保护主义大行其道的时候,高昂的关税会使进口货物的价格偏离正常的轨迹,或者因为进口限制而无法入境,在这种情况下,走私可以满足人们用低廉的价格获取无法通过正常渠道获得的商品,走私确实有点儿自由贸易的味道,或者说至少是披着自由贸易的外衣。但是,不容忽视的是,一旦自由贸易措施得以落实,贸易保护的壁垒被拆除,走私也就会变得无利可图。走私是以自由贸易为名而进行的,但它存在的基础却是与自由贸易格格不入的贸易保护主义(protectionism)。众所周知,贸易保护主义最通常的手段是限制某些商品的进口或者对某些商品课以重税,这种保护性关税在 19 世纪的英国文学作品中通常被表述为 tariff 或者 duty(关税)。非常有趣的是,包括苏格兰人在内的英国民众对于苛捐杂税的称呼是 due(手续费),当以复数形式出现时,duties 和 dues 拼写极为相近,非常容易混淆。西力克在《自由贸易罗曼司》一书中引用英国维多利亚时期著名的通俗小说家乔治·詹姆斯(G. P. R. James, 1799~1860)的《走私者》(*The Smuggler*, 1845)时就误把 dues 拼写成了 duties:

> 那个时候,几乎每个沿海的国家,都有一帮走私者。就算法国不是隔海相望,那荷兰总是离我们不远。即使你不想要白兰地,不想要丝绸,不想要红酒,但是茶叶、肉桂、荷兰杜松子酒……总是英国民众适当盘算的东西,尤其是不缴纳海关关税就可以买到手的时候。(Celikkol, 2011:3,着重号为笔者所加)

西力克的上述引文是非常蹊跷的:首先,作者把 dues 误写成 duties,这一词之差可谓是谬之千里,乔治·詹姆斯原文中那个意味深长的、明显是暗藏着偷梁换柱花招的"海关手续费"(Custom-House dues,原文还故意用了两个大写字母)一词的幽默味道被抹杀了;其次,作者用省略号略去了一段至关重要的原文:"以及各式各样的东印度货物。"(James, 1845, I:5)成立于 1600 年的英国东印度公司,从诞生之日起就以利用特许权进行贸易垄断而著称,是自由贸易支持者的公敌。前文所提到的令无数苏格兰人倾家荡产的"达连计划":1690 年代苏格兰商人开始在美洲、非洲开拓疆土,英格兰商人也开始里应外合,这对东印度公司的海外垄断地位构成威胁,所以,东印度公司游说威廉二世采取非常措施:英格兰商人放弃了与苏格兰商人的合作计划,国王利用自己的影响说服欧洲银行家不给苏格兰商人贷款,他还利用自己同时是荷兰统治者的身份阻止荷兰商船卖货给苏格兰。层层的贸易封锁把苏格兰商人逼上了绝路,所以他们才铤而走险,筹措巨资试图在西印度群岛建立不受英格兰人控制的贸易天堂。在贸易天堂沦为地狱之后,可怜的古老的苏格兰大伤元气,苏格兰人对英格兰怨气冲天。1707 年联合不期而至,那些对英格兰不满的苏格兰民众自然就会把怨气转嫁到联合的头上。在《红酋罗伯》中,费尔塞维斯将收税的和专卖的统称为恶棍,结合当时的历史背景来看,这种称呼或许是最真实地传递了苏格兰民众的心声。

费尔塞维斯对联合说三道四,听到詹姆斯党人起事的消息欢呼雀跃,但他本人似乎丝毫没有投身反对联合的宏图伟业的欲望。无可否认,这和他懦弱的天性有关。但这也同时表明,他对联合的不满主要是来自经济层面,他最痛恨的是英格兰派来的收税的和专卖的恶棍,而不是由西敏寺议会主导的王室之争。这和当时苏格兰历史的真实面貌也是吻合的。苏格兰民众虽然同情詹姆斯党人,但他们对詹姆斯·爱德华的天主教徒身份还是难以容忍的,他们宁愿要一个信奉新教的汉诺威王朝,也不愿意要信奉天主教的斯图亚特王朝,这是 1715 年詹姆斯党人暴动失败的主要原因之一。对联合不满的苏格兰人很多,痛骂收税的和专卖的恶棍的苏格兰人更多,但愿意抛头颅、洒热血去支持一个久居法国、神龙见首不见尾的天主教徒的苏格兰人其实并不是很多。

和费尔塞维斯一样,《红酋罗伯》的有名无实的主人公罗伯也认为联合并非苏格兰的福音,因为联合之后苏格兰人就再也没有昔日那种无法无天的自由了:

> 但愿我的诅咒和上帝的报应统统落到那些市长、法官、治安法官、警长、副警长、警官等等之类的黑心畜生身上! 这一百年来,他们已经像瘟虫一样遍布在我们可怜的古老的苏格兰! 在这以前,每个人都能牢牢地掌握自己的财产,那时候生活多么痛快! 当时我们苏格兰人不知道有什么逮捕证、通知书、告示和种种骗人的花样。(Scott, 1995:222～223)

在罗伯对可怜的古老的苏格兰美好过去的回忆中,或许"每个人都能牢牢地掌握自己的财产"才是他真正留恋的东西。在落草为寇之前,罗伯是个牲口贩子,在高地、低地以及边区贩卖牲口为生,是一个光明正大的贸易者。后来,由于生意失败,罗伯被蒙特罗斯公爵逼上梁山,凭借他超群的武艺和智谋,成为名震一方的绿林好汉。和费尔塞维斯一样,罗伯也对英格兰派来的收税的和专卖的恶棍们恨之入骨,他将税官莫里斯称为"那个收税的畜生"(Scott, 1995:224)。莫里斯是整部小说中最猥琐的形象,法兰克斯在赶往叔父宅邸的途中就遇到了他,那时的莫里斯鬼鬼祟祟,对周围的每一个人都保持警惕,生怕他那个装满了税款的包包不翼而飞。然而,事与愿违,他的那个宝贝包包最后还是人间蒸发了。于是,在赖希利的怂恿之下,莫里斯开始诬陷法兰西斯偷窃,多亏狄安娜搬出罗伯出手相救,法兰西斯才幸免于难。后来,莫里斯又与赖希利合谋给罗伯下套,罗伯被官兵逮捕,若不是他靠老乡关系成功说服负责看管他的士兵放他一条生路,恐怕就要被押回爱丁堡明正典刑了。罗伯留了个心眼儿,他将前来传递假消息的莫里斯扣为人质,当罗伯被捕的消息传到他老婆的耳畔,刚刚大败官兵的她立时将怒气发到莫里斯的身上。可怜的莫里斯被押上悬崖,绳捆索绑拴上石头之后坠入湖中活活溺死。对于莫里斯的死,除了法兰西斯假模假式地表示了同情,其余的人都是觉得大快人心。苏格兰的民众不喜欢税官,苏格兰的地方官员也不喜欢税官,红酋罗伯骂莫里斯是收税的畜生,协助官兵来剿灭罗伯的高地酋长们也巴不得莫里斯早点儿完蛋,以免他收税祸害一方。罗伯被捕时和官兵说,如果自己出事,被扣押的人质莫里斯也性命难保,军官竟然哈哈大笑,说杀了一个强盗,搭上一个税官是再合算不过,因为这样一下子就为地方除掉了两个祸害。在那些军官的眼里,税官和强盗可以画上等号。颇具讽刺意味的是,红酋罗伯本人诅咒税官,而他落草为寇之后所扮演的角色其实也是一个不折不扣的"税官"。莫里斯是依法收税,而他在几乎整个苏格兰地区强行征收黑牒税。所谓的黑牒税,说白了就是黑道的保护费,或者,回归到英语原文,就是 black-mail(敲竹杠)。

罗伯落草之后靠收取黑牒税为生,但他对自己职业是有愧疚的,对于自己职业的非法性也是心知肚明的。贾尔维劝他把儿子送到格拉斯哥做学徒,他表面上不予理睬,但其实还是动了心的。当法兰西斯说可以让罗伯的孩子到自己父亲在海外的公司去谋职时,罗伯更是有一种一句话提醒梦中人的感觉。罗伯征收黑牒税虽然非法,但对他而言,这总比打家劫舍要好。虽然他收黑牒税,但除了官方,地方上的大大小小并不觉得他是祸害。莫里斯收税虽然是合理合法,但包括苏格兰地方长官在内的几乎所有的人都认为他是祸害。非法收税而且支持詹姆斯党人暴动的罗伯平安无事,合法收税而且冒着生命危险协助剿匪的税官莫里斯却死于非命,而且无人怜惜。如此看来,在《红酋罗伯》这部小说中,善有善报恶有恶报并没有应验,至少用政治的眼光看是如此。莫里斯不是在横征暴敛时遇难,而是在协助剿匪的过程中遭遇不测。同样,赖希利在阴谋策划詹姆斯党人暴动时飞黄腾达,却在向政府投诚并率众捉拿叛党时被罗伯刺死。《红酋罗伯》中仿佛有一只看不见的手,在主导着每一个人物的命运,而主导命运的潜规则似乎与贸易相关。自由贸易的支持者,无论是支持联合的法兰西斯、贾尔维,还是对联合颇有微词的费尔塞维斯、罗伯,甚至战斗在詹姆斯党人暴动第一线的狄安娜父女,都得以善终。而阻碍贸易自由的税官莫里斯、卷款潜逃的赖希利、背弃商业盟约的苏格兰商人麦维蒂和麦芬公司的老板,都得到了十分严厉的惩罚。用"应有的惩罚"来描述莫里斯的惨死恐怕是不恰当的,他合理合法地为国家收税,即便有千错万错,总还是罪不该死的,更何况,除了诬陷法兰西斯这一宗罪,他其实也没干过什么坏事,而且,平心而论,在税款被盗的特殊时期,他怀疑与之同行的旅伴法兰西斯偷窃也应该是在情理之中的。

从越界(border crossing)或者流动性(mobility)的角度看,罗伯比贾尔维或者费尔塞维斯要更胜一筹。罗伯"在高地、低地以及英格兰北部随意流动,而他的表亲贾尔维则明显地对这种越界感到不舒服"(Gottlieb，2013:63)。换句话说，其实罗伯比任何人都更有从事自由贸易的潜质，在落草为寇之前，罗伯所从事的牲口贸易也确实有点儿自由贸易的味道。不过，天生适合东奔西走地从事贸易的罗伯，没有成为苏格兰富甲一方的商人，而是成了独霸一方的强盗。相比之下，他的表亲、格拉斯哥治安法官贾尔维虽然大多数情况下是个地地道道的宅男，被美丽贤淑的姑娘梅蒂管得服服帖帖，但他的视野、他的商业智慧却弥补了不爱东奔西跑的缺陷，使他成为了苏格兰商人的杰出代表。贾尔维在西印度群岛有种植园，每次提到他在海外的种植园，他都感到无比自豪。他拿柠檬给法兰西斯的时候，特意炫耀说这"是从海外我那所小种植园里运来的"(Scott，1995:225)。他此处所说的海外是指西印度群岛。贾尔维为英国以自由贸易为名而进行殖民扩张的行径进行辩护，他说："好货往往来自罪恶的市场。"(Scott，1995:226)他在和法兰西斯和欧文一道进餐时，特意展示了自己靠开拓海外贸易而得来的奇珍异宝：

> 他那直接从中国来的茶叶，据说是瓦宾的几个卓越的船舶管理人送他的礼物；他的咖啡，据说是他的一个收入颇丰的种植园的产品——他把这一点告诉我们时眨了眨眼睛——那个种植园在牙买加的一个岛上，叫做"盐市场种植园"；他又提到了他的英格兰吐司和啤酒、他的苏格兰鲑鱼干、他的菲恩湖出产的鲱鱼，甚至提到了他那条双层织花台布，因为这并非出自他人之手，而是由——你也可以想象得到那是谁——他那位已经去世的老父、可敬的贾尔维教长亲自织成。(Scott，1995:214)

贾尔维对商业有着一种比法兰西斯甚至法兰西斯父亲更敏锐的直觉，或许正是这种直觉促使他在法兰西斯父亲的公司面临困境时出手相助，并因此轻而易举地击败了商业对手，包揽了法兰西斯父亲的公司在苏格兰地区的生意。他不仅仅是自由贸易的倡导者，为了让格拉斯哥繁荣昌盛而奔走相告，还是海外自由贸易的实践者。他把种植园开到了牙买加，用格拉斯哥著名商业区的盐市场来命名，真可谓是用心良苦。他是联合的支持者，他支持联合的最重要的缘由是他坚信英格兰在联合时给予苏格兰的贸易承诺，认为苏格兰必将获得和英格兰平等的贸易机会，而一旦机遇来临，他贾尔维必然成为自由贸易的最大受益者。司各特给予贾尔维这个自由贸易的实践者一个超级诱惑的大"红包"，贾尔维不仅明媒正娶地娶了梅蒂为妻，还登上了格拉斯哥市长的宝座。如果还有后文，说不定贾尔维这个海外自由贸易的实践者，真的能在市长的位子上，带领大家让格拉斯哥繁荣昌盛。

安德鲁·林肯在《瓦尔特·司各特与现代性》一书中写道：

> 在《红酋罗伯》中，司各特描绘了一段与以全球交流和全球化市场为特征的

当代世界相隔遥远的历史,但其所聚焦的问题却是和我们这个时代激烈辩论的话题直接关联:用于为商业辩护的崇高理想和商业发展所带来的毁灭性后果之间存在不可逾越的鸿沟;受益于商业和受苦于商业的人无论是在社会空间还是在地理空间都存在着距离;相信资本家的创造性作用以及认为资本主义毁灭性后果无法逆转的观点并行不悖。(Lincoln, 2007:122)

司各特所书写的 1715 年前后的苏格兰,离全球交流和全球化市场时代确实是很遥远的。英格兰给予苏格兰平等贸易机会的承诺,还是一张空头支票,倒是英格兰指派的税官像蝗虫一样扑向苏格兰的大地。不过,在全球化市场时代遥不可及的时代,苏格兰各个阶层对于自由市场的渴望却是十分强烈的,他们对于自由市场的强烈诉求,与其说是来自对于可怜的古老的苏格兰的怀旧,倒不如说是来自对于未来的商业愿景的渴求。在这种特殊的历史语境中,官方所称的非法贸易(contraband trade)被民间美化为公平贸易(fair trade),法律上所称的走私者(smuggler)被民间称为自由贸易者(free trader),名目繁多的关税(duty)被民间称为手续费(due),英格兰指派的税官被苏格兰民众称为收税的恶棍(gauger)。

《红酋罗伯》出版之时,备受争议的谷物法已实施两年之久,用英国经济史学家坎宁汉姆的话说,1815 年的《谷物法》"有助于维护土地所有者的地位和财富,但牺牲了共同体的整体利益"(Cunningham, 1905:35)。需要指出的是,《谷物法》是在英国刚刚经历了拿破仑战争期间的大陆封锁和 1809 年至 1812 年的连年歉收之后实施的,它的直接后果是食品价格飞涨,而国外价格低廉的粮食却被贸易保护拒之门外。诚如英国议员、著名经济学家福西特(Henry Fawcett, 1833~1884)所言:"英国自由贸易运动的导火索是来自于由于贸易保护而导致的食品涨价。"(Fawcett, 1878:5)在众议院旷日持久的辩论中,自由贸易的反对者和支持者们发表了一个又一个的演讲,所有辩论的矛头都指向《谷物法》的废除。《谷物法》不得民心,但这个备受争议的法案却被推行了 30 余年,如果不是因为 1845 年开始的爱尔兰饥荒的缘故,《谷物法》的废止不知要推后多少年。司各特没有活到《谷物法》废止的年份,但他在《红酋罗伯》中关注的问题是很有前瞻性的。虽然苏格兰民众对联合颇有微词,认为联合妨碍了古老的苏格兰的自由,但是,他们强烈的对自由市场的渴望,不可能在回归过去中实现,而只能借助于联合来实现。费尔塞维斯最终还是成为英格兰商人的男仆,贾尔维最终还是和英格兰商人合作才拓展了海外市场,并荣登了格拉斯哥市长的宝座。《红酋罗伯》中费尔塞维斯所代表的将走私视为公平贸易或曰自由贸易、将税官视为恶棍、将给英格兰人添堵视为忠诚于古老的苏格兰的态度,是与特定的历史语境相关的,脱离历史语境将其泛化是行不通的。《红酋罗伯》也触及了一些深层面的问题,比如走私者自诩为地下的自由贸易者,但走私是与贸易保护绑定的,一旦自由贸易全面推开,地下的自由贸易者也就无利可图,这本身就是一个悖论。再有,时至今日，道格拉斯·欧文的《逆流而上：自由贸易理论史》(*Against the Tide: An Intellectual History of Free Trade*，1996)、拉斯·马格努森的《自由贸易的传统》(*The Tradition of Free Trade*，2004)等著作依然把自由贸易的讨论局限于国家(nation-state)层面，而《红酋罗伯》却以超前的视野，提出了区域之间的自由贸易与税收问题。从这种意义上讲，司各特借苏格兰草根费尔塞维斯(Fairservice)所提出的关于自由贸易的思考，既是小说所书写的那个和全球交流时代相隔遥远的历史时期的问题，也是我们这个时代激烈辩论的话题。

最后，我们还要强调一下，《红酋罗伯》中的自由贸易问题是和那个特定的时代紧密相连的。离开了1707~1815年的苏格兰历史语境，再来谈论自由贸易问题，很可能就会偏离正轨。不管如何美化，走私都不可能和自由贸易对等。而且，如前文所言，走私的大前提其实是与自由贸易格格不入的贸易保护主义。国外学者在论述司各特小说中的自由贸易问题时，大多选用《盖伊·曼纳林》《中洛辛郡的心脏》等作品，我们是不赞同用这些文本来讨论自由贸易问题的。《盖伊·曼纳林》中的走私是一种武装走私，走私的主要区域是从曼恩岛到苏格兰西海岸；《中洛辛郡的心脏》中的走私也是一种团伙走私，而且走私犯对税官实施了暴力。这样的走私和自由贸易是背道而驰的，我们不能被小说人物的说法误导，把这种非法贸易和自由贸易联系起来。《红酋罗伯》中费尔塞维斯的走私是一种个人行为，是小打小闹，不是跨境走私，费尔塞维斯的活动区域是从边区到格拉斯哥，他的行为对社会危害不大。细细推敲起来，他的行为到底是走私还是我们若干年前说的投机倒把，我们对此也很难定性。特别值得一提的是，在那个特殊的年代，费尔塞维斯所说的他走私是为了表达对古老的苏格兰的忠诚、是为了给苏格兰民众深恶痛绝的英格兰税官添添堵，应该是肺腑之言，虽然这些话有些言过其实，因为他顺路带的那两小桶红酒所偷逃的税款远远达不到给英格兰的税官添堵的程度。

👥 讨论题目

(1) 在《红酋罗伯》的开头，法兰西斯违背父亲的意愿，不肯经商，执意要做一位诗人，但是，到了小说的结尾，他却成为了一位地地道道的商人。你如何评价法兰西斯的这种口是心非的行为？

(2) 法兰西斯和他的父亲忠于汉诺威王朝，而他的叔父一家则参加了詹姆斯党人起事。谈谈你对司各特如此安排故事情节的看法。

(3) 有人说，1707年英格兰和苏格兰联合的主要原因是因为经济原因，苏格兰人试图独立开拓海外殖民地的"达连计划"的失败，导致苏格兰濒临破产。为了解决经济危机，苏格兰必须获得英格兰的经济援助，因此，苏格兰国会才会那样迫不及待地接受联合法案。你同意这种说法吗？为什么？

(4) 在小说的第 18 章,当法兰西斯发现安德鲁走私红酒,质问他为何要走私偷逃国税时,安德鲁不以为耻,反以为荣,他说自己的行为是对古老的苏格兰的忠诚。请结合1707 年联合之初的历史语境,谈谈你对此事的看法。

(5) 在《红酋罗伯》中,不仅罗伯夫妇痛恨英格兰税官,苏格兰的各个阶层,甚至一些英格兰的低级军官也都痛恨英格兰税官。当英格兰税官被罗伯夫人残忍地杀害时,在场的人无不欢呼雀跃。这是为什么?

(6) 为什么 19 世纪英国小说中(比如著名的通俗小说家乔治·詹姆斯的《走私者》)喜欢把海关关税(duties)故意混淆成"手续费"(dues)?

(7) 安德鲁把 1707 年联合称为"那倒霉而又悲惨的联合",他口口声声说他对古老的苏格兰有一种无限的忠诚,可是,当旨在推翻联合的 1715 年詹姆斯党人起事爆发之时,他为什么采取了敬而远之的态度?

(8) 安德鲁觉得当法兰西斯的仆人比在法兰西斯叔叔家当园丁合算,他临走之时不但卷走了法兰西斯叔叔家的一笔押金,还偷了主人家的一匹马。做了法兰西斯仆人之后,每当主人遇到危难,他总是溜之大吉,而每次主人逢凶化吉之后,他又第一时间赶回来邀功。安德鲁是一位合格的英国仆人吗?为什么?

(9) 在《红酋罗伯》中,安德鲁·费尔塞维斯这个小人物有着举足轻重的作用,他的名字费尔塞维斯(Fairservice)也有深刻的含义。谈一谈你对 Fairservice 一词的理解。在司各特的其他小说中,还有这种类似的命名吗?请举例说明。

(10) 英国经济史学家坎宁汉姆说,1815 年的《谷物法》"有助于维护土地所有者的地位和财富,但牺牲了共同体的整体利益"。你是否同意他的说法?为什么?

> **第六讲**

《董贝父子》与"庸俗"的金钱问题

课前必读

（1）Dickens, Charles. *Dombey and Son*. London: Vintage, 2010. 重点阅读第 8 章、第 58 章。

（2）Hunt, Aeron. *Personal Business: Character and Commerce in Victorian Literature and Culture*. Charlottesville and London: University of Virginia Press, 2014.

（3）Hunter, Leeann. "Communities Built from Ruins: Social Economics in Victorian Novels of Bankruptcy." *Women's Studies Quarterly*, 39.3 – 4(2011):137 – 152.

（4）狄更斯.《董贝父子》，王僩中译，上海：上海三联书店，2015 年。

作品导读

《董贝父子》(*Dombey and Son*，1848)是英国批判现实主义小说家狄更斯(Charles Dickens, 1812~1870)的代表作之一，主要讲述董贝父子公司由盛及衰的变迁史以及在这种沧桑巨变之中人物命运的沉浮。经过几代人的努力，作为一个家族企业，董贝父子公司在董贝先生掌舵期间塑造了新的辉煌，公司总部位于伦敦商业中心区，"伦敦交易所近在咫尺，英格兰银行的雄姿立于附近"(狄更斯，2015:37)，著名的东印度公司大厦也相隔不远。董贝父子公司的主营业务是航运，在一个物欲横飞的年代，董贝父子公司挺立潮头，为大英帝国的消费社会供应商品，批发、零售、进出口，凡是和商品买卖相关的业务，董贝父子公司都是行家里手。

在小说的开头，董贝父子公司的经营可谓是顺水顺风，无人能敌。董贝商业帝国的

辉煌,俨然就是盛极一时的大英帝国的辉煌:

> 大地是董贝父子经营谋利的场所;太阳和月亮给他们带来光明;江河与海洋让他们的舟楫在其上行驶;彩虹向他们预告晴朗的天气;顺风助其前行,逆风阻其行进;星辰夜以继日、周而复始地在它们的轨道上运行,是为了维护一个天经地义的体系,而这个体系的中心就是董贝父子。寻常的缩略词 A. D. 在他的眼里被赋予了新的意义,是专门指董贝父子的。A. D. 与公元无缘,它指的是"董贝父子世纪"。(狄更斯,2015:2)

董贝先生缔造了董贝商业帝国的辉煌,但是,他却永远都无法缔造出一个男性应有的家庭本身的辉煌。在小说的第一章,董贝先生的妻子就为他生下了一个男婴,虽然他的妻子诞下男婴之后就不幸离世,但在董贝先生的眼中,妻子不过是一份资产,他也为妻子的不幸离世而感到难过,可这种难过只是暂时的,因为董贝父子公司的大业是不需要女人的,他的妻子以及他的女儿都不在董贝父子公司的大业之内。儿子保罗出生了,妻子就完成了她的历史使命,她及时地退出历史舞台,这也算是一种天命吧!儿子才是他生命的依托,才是他一切的一切。有了儿子保罗,董贝父子公司就有了传承千秋万代基业的希望。如果保罗能够健康地成长,能够子承父业,那么,董贝父子公司就有希望永铸辉煌。可惜,不幸的是,保罗生在富裕之家,有望继承万贯家财,但他偏偏与健康无缘,生来就是一副赢弱之躯,这似乎是维多利亚小说中铁的定律。诚如学者拜恩所言:"健康与繁衍能力,似乎总是与上层社会无缘,而两者对于经济成功而言,却是至关重要。"(Byrne, 2011:51)

但是,必须指出的是,狄更斯不是哈代(Thomas Hardy,1840~1928),哈代倾向于把人物的悲剧命运归咎于性格和环境因素,他的作品中有着浓浓的宿命论味道,但狄更斯不是这样。虽然董贝父子公司只是一个家族企业,但这个家族企业的命运所代表的并不是某个小家庭的命运,从某种意义上讲,由于董贝父子公司规模极其庞大,经营业务极其众多,所以,董贝父子公司的命运其实也就是资本主义社会的命运。这恰恰就是本书仍然沿用批判现实主义(critical realism)一词的原因所在。时至今日,批判现实主义一词已经不像过去那样流行,许多学者对这一称谓颇有微词,认为这是国内学者盲目追随前苏联学者文学研究套路的结果。其实也不尽然,批判现实主义的说法有它的不足之处,但也有它的优势所在。它的一个最大的优势就是可以把维多利亚时代以及爱德华时代的现实主义和18世纪的现实主义以及20世纪50年代又开始复苏的现实主义区分开来,18世纪的现实主义中散发着浓浓的个人英雄主义的味道,极力宣扬理性,极力宣扬各式各样的美德,而20世纪50年代的现实主义又过于凸显了人性的弱点,它们的主要关注点是个人或者一个特定的小小的群体,而批判现实主义关注的却是整个社会。批判现实主义作家在深入探究资本主义社会的弊端,虽然他们无力改变社会,最终往往陷入改良主义的窠臼,或者干脆就是迷茫困惑,但他们对资本主义社会弊端的探究以及批判本身,就足以证明其存在的价值。

学者亨特将董贝父子公司之类的企业称之为个人公司(personal business),个人公司的所有权是个人的,但他不能脱离社会而存在,个人公司所编制出来的巨大的人际网永远是属于社会的。诚如亨特所言:"个人公司首先是一种历史与社会的现实,通过个人公司的商业交易和交互可以产生复杂的人际网络及人际关系,它的范畴包括小的家族公司和大型复杂的机构,它的关系网包括顾客、合作者、投资人、老板及雇员、银行董事会主席及董事等等。"(Hunt, 2014:3)个人商业一词不太符合中文的习惯表达,如果换成中国人习惯的说法,不管董贝父子公司规模多大,董贝先生都可以被称为"个体户",因为他的公司既不是国有企业,又不是集体所有制企业,也不是公私合营或者合资企业。用后知后觉的视角看,董贝先生其实就是一个无限发达的个体户,业务做得再大,也改变不了它的所有制方式。所以,要想深入探究董贝父子公司兴衰沉浮的原因,还得从董贝先生的家庭关系入手。

通读小说可以发现,《董贝父子》最核心的人物不是父,而是子。虽然小说第1章中的保罗距离出生只有48个小时的光景,而到小说的最后他已经不复存在,但保罗依然是当之无愧的男一号。保罗天生羸弱,虽然董贝先生对他寄予厚望,他的姐姐、他的仆人都对他百般呵护,但他还是未及成年就不幸夭折。保罗的弱不禁风是超乎人们想象的,要知道,在《董贝父子》问世的那个年代,大英帝国正是如日中天的时候,英国学校教育最注重的是对健康体魄的培养,按理说,保罗应当顺应时代潮流,长得膀大腰圆才对。可是,实际情况却是,保罗一生下来就病病歪歪,连去海边都要别人一路呵护,到了海滩上也不去戏水,而只是躺在小床上。保罗是在董贝先生送他到布林伯博士家接受教育之后离世的,布林伯博士的教育到底有多么残酷,狄更斯并没有明确交待。读者所能直接感受到的,其实只有布林伯博士对保罗在校的表现评语写得比较苛刻这一点。如果我们把《简·爱》(Jane Eyre, 1847)中的罗洛伍德学校和《董贝父子》中布林伯博士的学堂做一个对比,就不难发现,《简·爱》中的所谓慈善学校才是人间地狱,布林伯博士的学堂根本算不上什么。保罗的不幸夭折,最主要的原因并不是由于教育的残酷,而是由于他生下来就十分羸弱,失去母亲之后的他又过于多愁善感。保罗在小说的第8章,当他还是一个小孩的时候,他就提出了一个也许成年人根本想都不去想的问题,而这个问题却足以触及资本主义社会的灵魂:

"爸爸,钱是什么东西?"
这个突如其来的问题正好击中董贝先生的心中所思,使他感到十分困惑。
"钱是什么,保罗?"他接着问,"钱吗?"

"对,"孩子把手放在小椅子的扶手上,朝着董贝先生仰起苍老的脸孔问,"钱是什么?"

董贝先生感到有些为难。他本想给他解释一下有关的用语,譬如什么叫通用货币、货币、货币贬值、纸币、金块、兑换率、贵重金属市场价格等,但是低头朝小椅子看了一眼,只见离他十分遥远,便简明地回答了一下,"钱就是金、银、铜。就是基尼、先令、半便士。这些东西你知道吗?"

"哦,是的,我知道它们是什么,"保罗说,"我不是说这个,爸爸。我是问钱究竟是什么东西?"(狄更斯,2015:103)

由于翻译的原因,保罗那个最单纯的问题被复杂化了,其实英语原文超级简单,问题就是:什么是金钱?(What is money?)资本主义社会最核心的问题就是资本,曾几何时,土地在英国也被视为资本,但到了《董贝父子》问世的那个时代,当人们再谈论起资本一词的时候,他们首先想到的应该是金钱,惟有金钱才能被称为资本。生活在资本主义社会,首先必须把什么是金钱这个问题弄清楚。什么是金钱?金钱到底有什么用?这是保罗所提出的问题的关键所在。董贝先生所讲的金、银、铜,是可以用来铸造货币的金属,而他所讲的基尼、先令、半便士,则是当时英国货币的单位,这些东西保罗是懂的。保罗不明白的是,既然董贝先生说,金钱是万能的,那么,万能的金钱为什么无法挽救保罗母亲的生命?保罗过世之后,董贝先生也开始问起了同样的问题:既然金钱是万能的,那么,为什么金钱不能挽救保罗的生命?为什么一个好端端的董贝父子公司,最终要沦为董贝父女公司,或者,比这还惨,最终要走向破产的边缘?

保罗没有能活到他独立执掌董贝父子公司的那一天,他到底有没有子承父业、重塑董贝父公司的才能,这将永远成为一个谜团。但是,在保罗生前,他还是有机会来处理与金钱有关的事情的,其中最重要的一次是董贝先生让他来决定是否借钱给公司雇员盖伊的舅舅,帮他渡过债务难关。保罗很爽快地答应了。此外,当别人问及保罗,他有了钱之后想干什么的时候,保罗的回答是:"把我的钱全部存在一所银行里,不再去挣钱,然后同亲爱的弗洛伦斯一起到乡下去,有一座美丽的花园、田野、树林,在那里和她终生住在一起!"(狄更斯,2015:209)也许有人会说,保罗天生就不会投资,即便他活下来,他也成不了什么大器。其实,如果我们用后知后觉的眼光看,保罗的这两笔感情投资都得到了回报。董贝先生破产之后,他的那些腰缠万贯的商业伙伴们全都弃他而去,不来堵着门口讨债的已经算是好人,而他平时不怎么瞧得起的那些下层社会的人,无论是盖伊的舅舅、老船长,还是曾经在他家做过佣人的土德尔一家,都是尽心尽力地帮助他。再有,就是董贝的女儿弗洛伦斯,她一直被父亲冷落,但是,当父亲蒙难之时,弗洛伦斯和她的丈夫盖伊不计前嫌,董贝先生的晚年就全靠他的女儿和女婿照料。如果董贝先生也能够像对保罗一样,对女儿好一点,对下层社会的人也好一点,那么,他的晚年生活也许会更好一些。

所谓的投资眼光,最重要的是看准未来,而不是看准过去或者现在,从这种意义上讲,如果保罗能够侥幸活下来,说不定他还真的能够成为一个很有眼光的投资者,他生前所做的两笔感情投资,悉数得到了回报,如此高的回报率也是很难得的。其实,在小说世界如此,在现实世界也如此,在许多时候,那些非功利的投资,比急功近利的投资回报还要高一些。

可惜的是,保罗这个很有潜在资质的小投资者,却被可怕的病魔夺去了生命。他所罹患的病症颇耐人寻味,按照学者们的解释,保罗所染上的应该是肺结核,在 19 世纪,肺结核是一种富贵病,它传染到富人身上,比传染到穷人身上的概率高得多。而且,由于当时肺病的英文表达是 consumption,这个词就将肺病与消费(consumption 一词今天的意义)联系了起来。诚如学者拜恩所言:"肺结核的破坏性的经济后果是《董贝父子》中的一个核心关切。《董贝父子》是狄更斯关于消费社会的道德寓言,在这部小说中,资本主义发展进程被消费社会的疾病所破坏,因为疾病导致家族公司男继承人的死亡。"(Byrne,2011:48)保罗是被肺病给害死的,他也是被消费给害死的。如果不是董贝先生为了急于培养在消费社会弄潮的董贝父子公司的继承人,强行将他送到他根本就不喜欢的布林伯博士的学堂去读书,如果董贝先生能够尊重保罗的意愿,让他做一些他想做的事,也许保罗就不会那么快地离开学堂之后就离世。虽然这种将 consumption 的两种含义联系在一起的内在逻辑有些牵强,但是,如果我们细读文本,这两者之间还是能够建立联系的。

如前文所言,保罗是《董贝父子》中当之无愧的男一号,是小说中最最核心的人物。保罗的核心性主要体现在三个方面:一是他提出了"什么是金钱"这个触及资本主义社会灵魂的问题,二是从他身上可以重新认识疾病与经济的关系,三是保罗的健康状况代表着资本主义社会的健康状况。诚如学者拜恩所言:"保罗身体的'每况愈下'为公司的财务状况的每况愈下埋下了伏笔,而且,由于董贝的商业帝国象征着整个经济世界——'大地是董贝父子经营谋利的场所;太阳和月亮给他们带来光明'——这就可以被解读成:疾病具有破坏、威胁和'消费'资本主义力量和发展进程的能力。"(Byrne,2011:52)不管保罗多么弱不禁风,他在世的时候,董贝父子公司总是能够一切如初。他离世后不久,董贝父子公司就被迫宣布破产。董贝父子公司破产有许多原因,下文会详细探讨,但有一点是不容置疑的,那就是,虽然保罗从表面上看在公司里没有发挥什么作用,但是,他出生和离世的时间和董贝父子公司的兴盛与衰亡的时间却是令人吃惊地吻合。所以,从某种意义上讲,保罗的命运沉浮,其实也就是董贝父子公司命运的沉浮。

在《董贝父子》的第 1 章,我们看到了这家巨大无比的家族企业的无限辉煌;在《董贝父子》的第 58 章,我们又看到了这家曾经风光无限的大公司轰然倒塌。董贝父子公司的倒闭来得很突然,由于狄更斯把大量的笔墨用来描写董贝先生的家庭生活,关于公司经营的着墨实在少得可怜,所以,我们很难准确地说出董贝父子公司倒闭的具体原因。狄更斯的写法不是维多利亚时代小说中破产问题的最典型的写法。在维多利亚时代小说中,涉及破产问题的小说可谓俯拾皆是,而小说家对破产原因的交代也都是一目了然的。以乔治·爱略特(George Eliot,1819～1880)的《弗洛斯河上的磨坊》(*The Mill on the Floss*,1860)为例,在这部小说中,杜立弗先生的磨坊破产了,小说家将磨坊破产的原因交代得清清楚楚:杜立弗因循守旧,不肯接受代表着当年先进生产力的机器(蒸汽机);仇家威科姆精通法律,运用法律手段逼他破产,以便完成他自己的并购重组大计;天公也不作美,磨坊水位的下降成为了压垮杜立弗先生的最后一根稻草。对于许许多多的商人而言,破产是一种奇耻大辱,他们要么选择自杀,自证清白,要么选择向仇家寻仇,血债血偿。但《董贝父子》不是这样,狄更斯本人对董贝先生破产的原因一直语焉不详,而破产之后的董贝先生只有惆怅,却没有太多的悔恨。他既没有选择自杀,也没有选择复仇。他的女儿和女婿赶回来帮他,许许多多下层社会的人也都向他伸出援手,董贝父子公司垮了,但董贝先生却还是能够享受一个大团圆的结局。

在《董贝父子》这部小说中,只有两个人是和公司破产能够扯得上关系的。一个人是公司经理卡克尔,这个家伙唯利是图,六亲不认,对他同胞兄弟冷酷无情,而对上司则是极尽阿谀奉承之能事。他是董贝先生最信任的人,但他这个人人品不好,做生意时总是把个人利益放在公司利益之上。要知道,在《董贝父子》问世的那个年代,公司老板选择雇员最重要的标准不是商业才能,而是人品。诚如学者亨特所言,维多利亚时代有许许多多的商业经营指南,"这些指南给予商人们最重要的建议是,雇员们的好的人品才是最值得信赖的保证。实际上,人品是比技巧或者专业性更重要的管理人资质,诚如1844年针对钢铁企业的指南中所言,'在雇员的选择中……人品是第一要素,聪慧以及专业技巧倒在其次'"(Hunt,2014:38)。卡克尔的人品不好,董贝先生却一叶障目不见泰山,偏偏崇信这个势利小人,结果吃了大亏。卡克尔最终竟然和董贝先生的新婚妻子私奔到法国,临走时还卷走了大量钱财,这是导致董贝父子公司倒闭的一个重要原因。

和公司破产能够扯得上关系的另一个人就是董贝先生的新婚妻子伊迪斯。保罗离世之后不久,董贝先生再次续弦,娶了美艳绝伦但出身卑微的女子伊迪斯为妻。伊迪斯并非全无是处,她和母亲不和,和丈夫不和,但她对继女弗洛伦斯却是关爱有加。从她的身上,弗洛伦斯得到了一种久违的母爱,这种真真切切的母爱,自从她亲生母亲过世之后,她就再也没有得到过。她想得到董贝先生的父爱,但在董贝先生的头脑中,男尊女卑的思想根深蒂固,弗洛伦斯想得到真真切切的父爱是不可能的。伊迪斯的母爱,对于弗洛伦斯而言,永远是弥足珍贵的。但是,不幸的是,用宿命论的观点看,伊迪斯却是一个克夫的扫把星。她的第一任丈夫早早地离世,她年纪轻轻就做了寡妇。她天生傲慢,和董贝先生无法融洽相处。董贝先生为了讨好她,不仅荒废了公司的业务,而且引狼入室,把卡克尔介绍给她,希望卡克尔能够讨得美人的欢心。卡克尔渔翁得利,借机上位,他和伊迪斯私奔到法国,之后又被伊迪斯抛弃,最后被董贝先生等一干人等围追堵截,不慎坠入火车轨道暴毙。和伊迪斯有染的男人,个个都没有好下场,董贝先生破产了,但他毕竟还能安度晚年,没有落到伊迪斯第一任丈夫或者卡克尔这样的下场,这也算是不幸中的万幸吧!

对于男性而言,破产是奇耻大辱;但是,对于女性而言,破产却是一种"祝福"(bliss)。当然,此处的祝福是必须加上引号的。在董贝父子公司破产之前,弗洛伦斯是无论如何也得不到真正的父爱的,她在董贝先生家里几乎没有存在感,她不慎走失之时董贝先生也不像别人那么着急。失去保罗之后,董贝先生依然和弗洛伦斯形同陌路。伊迪斯对弗洛伦斯关爱有加,这本来是一件好事,但董贝先生却觉得无法忍受,他最后干脆和伊迪斯摊牌,责令她不许再对弗洛伦斯好。董贝父子公司破产之后,董贝先生才开始有所悔悟,弗洛伦斯回到他身边,他们之间的父女情意才开始慢慢建立起来。诚如学者亨特尔所言:"虽然维多利亚小说很少把金融灾难直截了当地描写成对女性有益的事情,但这些小说确实是用隐含的方式暗示读者,女性是被这样的不幸成功地改造或者解放出来的。"(Hunter, 2011:137)破产不是好事,但如果没有董贝父子公司的破产,就不会有董贝父女的破镜重圆,这对于弗洛伦斯来说不失为一件"好事",当然,我们不能因为破产对于提升弗洛伦斯家庭地位有益,就无视破产对于一个家庭的毁灭性打击。

学者基肯戴尔指出:"正是因为有不能成为对立物的属性,二元对立才有意义。也正是因为如此,《董贝父子》中的二元对立可谓是俯拾皆是:男人/女人,儿子/女儿,成人/儿童,可见/不可见,等等。"(Kikendall, 2011:78)在一个处处都在高喊消解二元对立口号的时代,提倡二元对立是不合时宜的,但是,我们也不能因此就把二元对立视作万恶之源,我们更不能草率地得出所有二元对立都可以消解的结论。许多二元对立是无法消解的,如果二元对立可以轻而易举地消解,那么,许许多多棘手的问题就可以迎刃而解了。以种族问题为例,如果黑人可以不费吹灰之力就变成白人,那么,所有的问题就都好解决了。问题是黑人变不成白人。为了远离种族歧视,黑人是愿意变成白人的,所以才会有听说跳到热水里可以变成白人,黑人就会毫不犹豫地跳下去的玩笑。玩笑终归是玩笑,跳到热水里有性命之忧,但真的跳到热水里,黑人也变不成白人。这就是《董贝父子》中的二元对立问题,弗洛伦斯千方百计地想得到父爱,如果她是男孩,她就可以轻松地得到父爱,但问题是她不是男孩。有人说,当董贝先生唯一的男性子嗣离世之后,董贝父子公司就变成了董贝父女公司,这不是事实,除了盖伊在一次祝酒词中说祝福董贝父子和他的女儿之外,董贝父子公司直到破产之时,都还是董贝父子公司,从来都没有更名过。

《董贝父子》可以用女性主义的方式来读,董贝先生是一个彻头彻尾的男性沙文主义者,为了生养一个男性继承人而耗尽了心血,最终落得个人去财空。如果他能够做到男女平等,能够像对待保罗那样对待弗洛伦斯,说不定弗洛伦斯就能成长为一个出色的女企业家,让董贝父子公司重塑辉煌。但是,在维多利亚时代,这种想法是有些不切实际的。小说里可以塑造女企业家的形象,奥利凡特(Margaret Oliphant, 1828~1897)的《海斯特》(Hester, 1883)就是这种写法,但这种写法仿佛是女性作家的专利。狄更斯毕竟是男性作家,《董贝父子》中的弗洛伦斯和女企业家的形象还是不搭边的。另外,如果我们一成不变地把目光聚焦到董贝父子公司之上,那么,《董贝父子》也算不上是一部纯粹意义上的商业小说。因为,如前文所言,狄更斯把大量的笔墨用在了描写家庭生活之上,他很少近距离地书写公司经营,他对于董贝父子公司破产这样的大事都是惜墨如金,一笔带过之后,迅速就转向了下层社会的人如何懂得感恩,如何竭尽全力地帮助董贝先生渡过难关。其实,《董贝父子》中的生意人不只董贝一个,盖伊的舅舅索尔也是一个生意人,只不过,从一开始,他的名为木质海军候补生的小店经营得就不怎么样。索尔舅舅的那一通抱怨,倒是研究商业经营的绝佳素材:

> 做生意的人同以前做生意的人不一样,学徒同以前的学徒不一样,生意同以前的生意不一样,货物同以前的货物不一样。我店里的货物有八分之七是过时的,我的店铺是过时的,我也是过时的,我住的这条街道已经不是我脑子里还记得的那个样子了。我已经掉在时代的后面了,我年纪太大,再也跟不上了。连前面好远的地方那个嘈杂的声音也叫我莫名其妙。(狄更斯,2015:44)

索尔舅舅是个小小的科学家,善于摆弄各种航海仪器,经营的小店全靠海员们惠顾。由于商品陈旧,市场萎靡,加之索尔舅舅因循守旧,小店经营变得举步维艰。索尔舅舅的这一通抱怨,不禁让人想起著名的柯达公司破产案例。柯达公司由发明家乔治·伊士曼创立,总部位于美国纽约州。公司运营超过百年,其影像产品及相关服务享誉世界,尤其是那简短而又朗朗上口的广告词"留住精彩瞬间"更是让人难以忘怀。但是,由于因循守旧,柯达公司没有跟上数字时代的步伐,这样一家大名鼎鼎的世界闻名的大企业,就只能在2012年1月19日申请破产保护了,这样的结局实在令人痛惜!在经济高速发展、科技日新月异的时代,商人无论大小,都必须紧跟时代的步伐。如果跟不上时代的步伐,就可能被时代的车轮碾压。这就是《董贝父子》中那家名为木质海军候补生的小店所给予人们的启示。

但是,幸运的是,索尔舅舅的小店最终并没有倒闭。盖伊和卡特尔船长去找董贝先生借贷,董贝先生让保罗拿主意,保罗慨然应允。小店的负债不多,填平那一点点负债,对于董贝先生来说不过是举手之劳。但是,问题是,这一切都是发生在董贝父子公司破产之前。如果这一切发生在董贝父子公司破产之后,那么,索尔舅舅也就只能眼睁睁地看着凝结着自己一生心血的小店关门大吉了。索尔舅舅不是一位合格的商人,竟然为了寻找盖伊的下落而置小店于不顾,随随便便地将小店委托给卡特尔船长。不过,不必担心,狄更斯小说中的好人总能得到好报。卡特尔船长虽然之前没有经营经验,但从种种迹象来看,他却是一位很有潜质的经营者:"他开始关心起伦敦市长、司法官以及那些通过证券交易所可以购买其股份的上市公司;他觉得不可不看每日的证券行情,虽然他根据航海的原则无法弄明白这些数字的意义,他认为小数是完全可以略去的。"(狄更斯,2015:392)卡特尔船长的眼界比索尔舅舅开阔,他年纪并不比索尔舅舅小,但他思维比较活跃,之前提到的由盖伊出面向董贝先生借贷的主意就是卡特尔船长提出的,他还知道关心一下资本市场。卡特尔船长未来得及展示商业才能,索尔舅舅就回来了。如果索尔舅舅回来得晚一些,卡特尔船长能够改掉自己身上的那些个毛病,认认真真地管理起小店来,说不定,索尔舅舅的小店还能在他的手上生意兴隆起来。

索尔舅舅的小店是根本无法和董贝父子公司相提并论的,它之所以和董贝父子公司扯上关系,主要是因为沃尔特的缘故。沃尔特是索尔舅舅的外甥,他在董贝父子公司任职。董贝先生不喜欢他,就派他到加勒比海域的巴巴多斯去,这是一次危险的航行,沃尔特差点儿丢了性命,多亏了一艘中国商船路过,他才因祸得福:

> "那次大风暴把船打得落花流水,冲到九霄云外去了。幸亏是一艘中国商船把他救起来了。沃尔特上了这艘中国船继续航行,在船上在岸上都受到人家的喜爱,因为他真是世界上最聪明、最棒的小伙子。当商务负责人在广州去世后,他因为原先做过办事员,便被任命为商务负责人,现在他是另外一只船的商务负责人,船主还是一样的。所以,您看,"船长若有所思地又说了一下,"这位漂亮的人儿就要跟着沃尔特乘风破浪远去中国了。"(狄更斯,2015:848-849)

对于《董贝父子》这部小说而言,沃尔特和弗洛伦斯来不来中国并不重要。狄更斯提及中国商船,应该主要是为了说明当时海上贸易已经相当普遍,世界各国的商船都在海上航行,英国商人有难,和英国商人素昧平生的中国商人也会出手相救。狄更斯为我们勾勒了一幅四海之内皆兄弟的动人画卷,当然,这不一定是历史的真实。《董贝父子》问世于1848年,也就是第一次鸦片战争爆发8年之后,在中华民族积贫积弱的年代,中国商船到底有没有营救英国商人的机会,一切都很难说。之所以附上这个引文,主要是因为,作为中国学者,我们在英国文学作品中读到有关中国的书写尤其是有关中国的正面书写,无论如何都会有些兴奋。

当然,沃尔特被派往巴巴多斯这件事还是非常有意义的。单凭这一点,我们就可以看出董贝父子公司的生意做得有多大,而且不难想象,这家在巴巴多斯还有办事处的大公司破产会给多少人带来不利的影响。作为一家在巴巴多斯这样遥远的地方都有办事处的大公司的老板,董贝先生身上的担子很重,他不能用索尔舅舅经营小店的态度,去经营一家关系着无数人兴衰沉浮的大公司。索尔舅舅的小店破产,顶多也就是自家人受难,而董贝父子公司破产,受到牵连的绝不仅仅是董贝先生一家。董贝父子公司真的破产了,狄更斯对董贝父子公司破产给普通民众带来的伤害几乎是一字未提,而且,颇为令人惊奇的是,和董贝先生有过交往的下层社会民众纷纷向董贝先生施以援手。当然,狄更斯这样写,也许主要是为了展示下层社会民众的善良和质朴,再有就是董贝先生总体而言并不是一个很坏的资本家。但是,这样写到底有多少真实性,那就很难说了。如果下层社会的民众用出卖体力劳动的方式帮助董贝先生,那还是可信的。他们拿钱来帮助董贝先生,就有点儿不可信了,看看索尔舅舅经营的小店就知道了,下层社会的人一年忙到头也赚不到几个钱。董贝先生呼风唤雨的时候,金钱对他而言算不了什么。但是,对于索尔舅舅那样的小商小贩,金钱永远都是一个大问题。所以,同样是金钱,上层社会的人和下层社会的人的反应却是不一样的,董贝先生给保罗解释什么是金钱的时候,他对各种各样的货币如数家珍,但我们看不到他对金币或者纸币有什么特殊的情感。而下层社会的民众却不同,哪怕是看到"暗无光彩的半便士"(狄更斯,2015:534),他们都会用嘴唇去亲吻一下。

最后,我们再来解释一下这一讲的题目:《董贝父子》与"庸俗"的金钱问题。按照学者米奇的说法,"庸俗的金钱问题"这一说法取自英国女作家弗朗西斯·特罗洛普(Frances Trollope, 1779～1863)的一部名为《聪明女人历险记》(*The Life and Adventures of a Clever Woman*, 1854)的作品。在这部作品中,男主人公信誓旦旦地说,他一定要娶一位好太太,好太太不能把"庸俗的金钱问题当成最主要的目标"(Michie, 2011:1)。文人喜欢把金钱说成是"庸俗的金钱问题",但金钱问题并不庸俗。《董贝父子》借保罗之口,提出了"什么是金钱"这个最重要的问题。金钱极其重要,它几乎是无所不能的,但它却挽救不了保罗母亲的性命,也挽救不了保罗的性命,使得董贝父子公司中的"子"永远都是有名无实。由于董贝先生有着根深蒂固的男尊女卑思想,他坚决不肯把董贝父子公司变成"董贝父女公司",所以,无论如何,董贝父子公司都不可能千秋万代地铸就辉煌。

讨论题目

(1) 为什么董贝先生坚持要将公司命名为董贝父子公司,而不是董贝父女公司?

(2) 你如何理解《董贝父子》第1章中"大地是董贝父子经营谋利的场所;太阳和月亮给他们带来光明……"这段话?

(3) 你如何理解小说第1章中"董贝父子公司经常做些皮革生意,至于心灵的买卖是不沾边的"这句话?

(4) 在小说的第8章,保罗提出了一个至关重要的问题:"什么是金钱?"董贝先生是如何回答这个问题的?

(5) 在《董贝父子》这部小说中,有钱人没有健康,而没钱人却有健康。你如何评价这一现象?

(6) 保罗的英年早逝和他在布林伯博士的学堂所受的教育有什么关系?

(7) 董贝先生的新婚妻子伊迪斯为什么会和卡克尔经理私奔？这对董贝父子公司经营有什么影响？

(8) 董贝父子公司为什么会破产？对于突如其来的破产，董贝先生作何反应？

(9) 你如何理解索尔舅舅"做生意的人同以前做生意的人不一样，学徒同以前的学徒不一样，生意同以前的生意不一样……"这一段话？

(10) 沃尔特在去往巴巴多斯的海上航行中遇到风暴，一艘中国商船挽救了他的性命。你如何理解狄更斯的这一段关于中国的书写？

第七讲

《海斯特》与 19 世纪英国的金融恐慌

📖 课前必读

（1）Michie, Elsie B. *The Vulgar Question of Money: Heiresses, Materialism, and the Novel of Manners from Jane Austen to Henry James*. Baltimore, MR: Johns Hopkins University Press, 2011.

（2）Oliphant, Margaret. *Hester*. Oxford: Oxford University Press, 2003. 重点阅读第 1-2 章。

（3）Wagner, Tamara S. *Financial Speculation in Victorian Fiction: Plotting Money and the Novel Genre, 1815—1901*. Columbus, OH: The Ohio State University Press, 2010.

📑 作品导读

玛格丽特·奥利凡特（Margaret Oliphant, 1828～1897）是英国维多利亚时代一位非常出色的女作家，她的写作速度非常惊人，一生共创作了 98 部小说，此外还有数以百计的短篇小说、传记、历史、文学以及社会批评文献。奥利凡特写作的目的非常单纯，由于丈夫英年早逝，她不得不承担起养家糊口的重任，而她养家糊口的唯一的经济来源便是写作。奥利凡特生前就意识到她是不可能和同时代的女作家乔治·爱略特（George Eliot, 1819～1880）相提并论的，爱略特小说写得不多，但部部都是精品。相比之下，她自己的小说写得太多，难免良莠不齐。奥利凡特的预言很准确，她之所以一度被人遗忘，就是因为她为金钱而写作，作品太多，质量参差不齐。但是，我们今天又重新发现了奥利凡特，因为至少她的"卡林福德编年史"系列小说和《海斯特》（*Hester*, 1883）等女性主义小说肯定能够称为文学经典。

《海斯特》是一部关于女性银行家的故事。奥利凡特在小说的开头,向读者有板有眼地夸赞了自诩为"稳定性和实力仅次于英格兰银行的"维农私家银行(类似于 1949 年之前的钱庄)。然而,就是这家在公众的眼里稳定得不能再稳定的银行,在男性继承人约翰·维农掌舵的时候却出现了问题。一大笔钱不知去向,约翰也不知去向,银行的声誉即将毁于一旦。在这紧要关头,故事的女主人公凯瑟琳开始登场,她用从母亲那里继承下来的财产堵上了银行的窟窿,并叫来了当地英格兰银行的主管来帮忙,保住了维农银行的声誉,从此成了维农银行新任的掌舵人。大约 20 年之后,约翰的遗孀带着 14 岁的女儿海斯特回到莱德堡,海斯特也是一位女强人,靠教外语来养家。她和母亲委身在凯瑟琳门下,海斯特对凯瑟琳似乎并无好感。凯瑟琳的银行里又多了两个男性,爱德华和哈利,爱德华向海斯特示好,两个人的感情越来越深,海斯特对商业经营也很感兴趣,但她母亲因循守旧,总是觉得女人学做生意有失体统,而男人给女人讲生意经则是对女性的不尊重。由于爱德华背地里炒股,维农银行又一次陷入了危机,海斯特难当重任,已然年迈的凯瑟琳不得不再次复出,力挽狂澜。

詹妮弗·厄格洛在为维拉格版《海斯特》所撰写的导论中说,《海斯特》是一部将"维多利亚社会两个核心的机构——资本主义和家庭"(Uglow, 1984:xvii)融为一体的小说。这句话说得很到位,在《海斯特》中,资本主义和家庭是无法分开的:维农家族的兴衰取决于维农银行的兴衰,维农家族成员的地位也主要取决于他或者她在维农银行经营中的地位。但是,在小说叙述中,资本主义和家庭并没有平分秋色,小说中家庭叙述的篇幅远远大于资本主义叙述的篇幅。或许正是由于家庭叙述一直在小说中占据主导地位,所以,在以往的研究中,学者们大多倾向于将《海斯特》放在家庭小说(domestic novel)或者社会风俗小说(novel of manners)的框架下进行讨论,对小说中的资本主义话题予以有意或者无意地忽略。菲利普·戴维斯和布莱恩·纳里斯特在为牛津版《海斯特》所撰写的导论中盛赞小说女主人公凯瑟琳的功绩,说她是莱德堡镇的女族长,说她身上有"一种伊丽莎白女王和维多利亚女王气质的接地气的融合"(Davis & Nellist, 2003:viii)。同样,莫妮卡·科恩在"凸显奥利凡特"一文中认为,奥利凡特小说中的女性问题可以归类为"托利党女性传统"(Cohen, 1999:101),她的功绩仅仅在于她意识到了公共生活中的性别不平等。

为奥利凡特贴上托利党女性标签并没有错,她曾多次为持托利党立场的《布莱克伍德杂志》撰文发表自己对女性问题的见解,女性独立也确实是她非虚构以及虚构作品的重要主题,但是,必须指出的是,奥利凡特所谈的女性独立较少涉及政治权益,她谈论得更多的是经济独立。《海斯特》的女主人公凯瑟琳之所以能够成为莱德堡镇的女族长,是因为她在维农银行面临挤兑(a run on the bank)危机之时处事不惊,拿出自己全部积蓄并邀请英格兰银行的主管出手相救,使维农家族转危为安。在银行这个本该属于男性的世界,维农银行的男性掌舵人约翰逃之夭夭,拯救家族的重任阴差阳错地落在凯瑟琳的身上。诚如南希·亨利所言:"在维多利亚时代的英国,女人无法在政治选举中投票,但她们可以买股份、做股东、开公司、投票选举公司董事。"(Henry,2007:111)在女性尚未获得政治选举权的时代,虽然银行业被认为是更为适宜男性的行业,但女性在经济市场并没有被彻底剥夺权利,这是凯瑟琳得以施展才能的社会基础。要知道,在维多利亚时代,女性要想出人头地,她们的首选就是从事文学创作以及经济投资。由于经济市场是《海斯特》中女性施展才能的最重要的渠道,所以,借用新经济批评视角,对《海斯特》进行重新解读就显得尤为必要。凯瑟琳拯救了维农银行,也拯救了整个维农家族。而且,由于维农银行在当地人心目中是"稳定性和实力仅次于英格兰银行的"的行业领军者,保住维农银行也就相当于稳固了英国乡村的金融体系,对 19 世纪反复发生的银行恐慌进行了有效的抵制。

虽然《海斯特》中关于维农银行两次危机的叙述篇幅不长,但它却巧妙地布局在小说的开头和结尾,让小说的读者自始至终都无法摆脱银行恐慌的阴影。此外,虽然小说名为《海斯特》,但海斯特其实只是个有名无实的角色(titular hero),这似乎也在暗示读者,海斯特与爱德华和哈利之间的感情纠葛以及与此相关的一系列家庭琐事并非小说的重心。小说真正的主角是凯瑟琳,她虽然在爱情和婚姻中受挫,但她并未因为婚姻失败而气馁,在维农银行面临危机的紧要关头,凯瑟琳以一种处事不惊的方式从容应对了小说开头(1820 年代末)和结尾(1860 年代)的两次银行恐慌(banking panic)。

《海斯特》开头的那一次银行恐慌发生在 19 世纪 20 年代末期,事件的起因是维农银行的掌舵人约翰·维农挥霍无度,他不听自己母亲苦口婆心的教诲,也拒绝律师所提出的让凯瑟琳参与维农银行管理的动议。在约翰·维农的眼里,银行业务是男人的专利,女人参与银行业务只是添乱而已,"女人怎会懂得银行业务"(Oliphant,2003:8)这句对女性不屑一顾的话即出自约翰之口。颇具讽刺意味的是,就是在约翰·维农这个志大才疏的男性沙文主义者掌舵的时候,莱德堡镇上的农民们开始风言风语,维农银行即将倒闭的消息传遍了大街小巷,最终导致了大集之日(market day)维农银行的挤兑风波(a run on the bank)。

作为维农银行的掌舵人,在维农银行面临挤兑风波的关键时刻,约翰选择了跑路。小说中没有给出确切的约翰的行踪,但从约翰夫人的陈词以及约翰夫人和她的女儿海斯特返回莱德堡之前的住地推断,约翰最有可能去了法国。由于"当时还没有电报"(Oliphant,2003:15),无论是约翰夫人还是银行职员,都无法和约翰及时取得联系。约翰·维农跑路之后,银行高管鲁尔忠于职守,连夜将消息上报给约翰夫人。约翰夫人对银行业务一窍不通,她丈夫的那句名言"女人怎会懂得银行业务"用在她身上倒是十分贴切。她连什么是挤兑都不知道,如何应对挤兑风波更是无从谈起。当鲁尔说银行此时需要准备大量现金之时,她竟然哆哆嗦嗦地拿出 20 英镑的私房钱,问鲁尔这 20 英镑能否派上用场。鲁尔失望至极,但他临危不乱,连夜找到凯瑟琳求救。凯瑟琳不仅拿出全部积蓄,还成功地邀请了英格兰银行的主管出手相救。到了大集之日,当农民们看到维农银行现金充足、所有银行业务都井然有序之时,便纷纷打消了取回存款的念头。凯瑟琳挽救了维农家族的命运,并因此成为莱德堡镇的女族长,"处处都以她冠名,凯瑟琳街、凯瑟琳广场,还有没有编号的凯瑟琳街区"(Oliphant, 2003:23)。莱德堡镇把对凯瑟琳的个人崇拜发挥到了极致。

19 世纪 20 年代末的这场维农银行的挤兑风波之所以有惊无险,凯瑟琳固然是功不可没。但是,仅有凯瑟琳的处事不惊是远远不够的,英格兰银行及时伸出援手、1820 年代农民存款数额不大也是维农银行成功逃过一劫的重要因素。根据《从狄更斯到〈德古拉〉》一书所提供的数据,1840 年英国人均存款只有 13 先令,1820 年代末比这个数据更低。(Houston, 2005:15)而且,按照玛丽·普维《19 世纪英国金融体系》一书中的记述,农闲时节乡村银行的资金会向伦敦的银行流动,而农忙时节资金会从伦敦的银行回流。(Poovey, 2003:2)《海斯特》没有提供挤兑风波是农忙还是农闲时节的线索,所以,我们无从推断当时资金到底向哪一方流动。但是,有一点是肯定的,那就是 19 世纪 20 年代末期,维农银行农民存款的数量肯定不是很大,凯瑟琳拿出的数千英镑的积蓄,在挤兑风波即将爆发之时应该能够及时派上用场。

此外,1825 年至 1826 年期间,英国爆发了 19 世纪首次大规模金融危机,其间 93 家英格兰、威尔士银行倒闭,著名的苏格兰小说家司各特爵士也因此次危机而背上了沉重的债务,沉重的债务最终拖垮了他的身体,为了尽早还债,司各特夜以继日地写作,到他过世之时,大部分债务已被还清。危机暴发之时,英国著名诗人托马斯·皮考克(Thomas Peacock, 1785~1866)曾挥笔写下《纸币抒情诗》,诗中真实地再现了银行倒闭浪潮中人们对纸币的蔑视:

> 乡村银行纷纷崩溃,
> 伦敦银行摇摇欲坠。
> 疑神疑鬼人心难测,
> 连教友派信徒都哆哆嗦嗦。
> 经验似乎一锤定音,
> 纸币永远也成不了黄金。
> 各种各样支付的承诺,
> 顶不了吃的,顶不了穿的。(Peacock 101)

金融危机爆发之后,英国政府痛定思痛,开始鼓励英格兰银行在边远乡镇开办分行,重点支持信誉优良的乡村银行,以备不时之需。(Oliphant, 2003:458)非常幸运的是,《海斯特》中的维农银行恰恰就是 19 世纪首次大规模金融危机之后,英格兰银行愿意重点支持的信誉优良的乡村银行：

> 这附近所有的郡县都知道维农银行的实力和稳定性仅次于英格兰银行。
> 也就是说，凡是知道这件事的人，生意人、职业者以及那些自认为熟悉这个世界
> 的人，都会认为它是银行业的老二。但大部分顾客，莱德堡以及附近城镇的小
> 店主，还有周边许多地方的农民，以及那些许多小钱凑到一起才能变大钱的小
> 人物们却并不认为它是老二。对他们而言，维农银行是稳定的徽标，是不受人
> 力影响的稳定的实在的财富的象征。(Oliphant, 2003:1)

《海斯特》结尾的那一次银行恐慌发生在 1860 年代，"铁路、电报和朝发夕至的邮政
服务意味着爱德华可以几乎同时地和隐蔽的、匿名的经纪人相联系"(Davis & Nellist,
2003:xvi)。作为凯瑟琳最器重的银行高管之一，爱德华·维农利用电报和朝发夕至的邮
政服务的优势，使得遥远的莱德堡可以和伦敦信息同步，但信息的同步并没有给他带来
好处，反倒使他因为屡屡亏损而使维农银行再次陷入危机。爱德华从事股票投机对维农
银行的实际危害比约翰挥霍无度可能更大，但是，由于他的股票投机是秘密进行的，所以
他的股票投机行为引发的银行内部的恐慌尚未蔓延开来，尚未导致银行挤兑。然而，这
种银行内部的危机也必须处理，所以，已然到了退休年龄的凯瑟琳再度出山，再一次扮演
了维农家族救星的角色。

非常有趣的是，爱德华从事股票投机的主要动因，不是因为他缺钱或者寻求刺激，而
是他把股市投机作为男人风范的标志。爱德华的伙伴罗兰德一语道破了其中的奥秘：
"男人可以在爱情、战争、冒险、寻欢中失去头脑，但在股市交易中却绝不可以。"
(Oliphant, 2003:309)翻开英国股票投机的历史，虽然找不到股票投机是男人专利的直
接证据，但关于股市优劣的经典论述主要来自男性，而且女性投资者在许多时候会依赖
男性投资者的建议，这是个不争的事实。18 世纪英国著名作家约瑟夫·艾迪生(Joseph
Addison, 1672～1719)在《观察家》上撰文盛赞股市为"一次盛会，所有的重要的国家都有
自己的代表"，而托马斯·戈登(Thomas Gordon, 1691～1750)则认为股市就是吸血鬼，
股市从业者"不仅骗了我们的钱，还骗了我们的性"(Henry, 2007:116)。1710 年，乔纳
森·斯威夫特(Jonathan Swift, 1667～1745)曾经力荐斯黛拉购买英格兰银行股份，使其
受益；1720 年，亚历山大·蒲伯(Alexander Pope, 1688～1744)曾建议玛丽·蒙塔古购买
南海股票，结果是使其蒙受巨大损失，因为 1720 年恰好就是历史上有名的南海泡沫
(South Sea Bubble)破灭的年份。英国的股市投机延续着一种男性传统，19 世纪中叶又
恰逢英国铁路股票投资的高潮，作为女性的凯瑟琳可以在金融界大显身手，作为男性的
爱德华为什么不可以在股市投机中小试牛刀呢？抱着这样一种挑战的心态，爱德华卷入
股市投机也就不足为怪了。

在《海斯特》中，奥利凡特让约翰和爱德华两位男性在银行业败北，而凯瑟琳则在家族银行面临挤兑风波之时大显身手。用当代的视角审视，我们可以简单地将其归结为凯瑟琳比约翰和爱德华两位男性更具商业才能。但是，在维多利亚时代的语境中，问题似乎并非如此简单。翻开维多利亚时期的历史，我们会惊奇地发现，就在小说结尾的那一次银行恐慌发生的年代（1860 年代），在达尔文的《物种起源》（1859）出版后不久，弗朗西斯·高尔顿（Francis Galton, 1822～1911）就开始在《弗雷泽杂志》和《麦克米伦杂志》上撰文宣扬才能遗传问题。高尔顿认为，就大多数案例而言，男性之间才能的传输和女性之间才能的传输的比率是 70∶30，或者 2∶1 多一点儿。（引自 Hunt, 2014∶160）简而言之，就是男性继承商业才能的概率要远远高于女性继承商业才能的概率。所以，在 19 世纪 20 年代末，当凯瑟琳成功地应对了维农银行的挤兑风波之时，莱德堡镇有人说她是"她曾祖父商业天才的继承者"（Oliphant, 2003∶22），而到了 19 世纪 60 年代，当人们重新议论起这件事的时候，人们几乎众口一词地说："真正拯救了银行的，与其说是凯瑟琳个人的力量和才能，不如说是凯瑟琳的钱。"（Oliphant, 2003∶73）小说中的这种细微变化值得深思。

弗朗西斯·高尔顿的才能遗传论值得商榷，但维多利亚时代民众普遍认为，女性在商业才能遗传方面处于劣势似乎是一种共识，这也是《海斯特》这部小说不断凸显银行是男人的世界这一观点的原因所在。作为一位成功的女性银行家，凯瑟琳选择未来掌舵人的时候，还是选择了爱德华和哈利两位男性，她从一开始就认识到海斯特在性格方面和自己很像，她相信如果条件允许，海斯特或许也能成为一个出色的商业人才，但她坚定地认为条件不允许。奥利凡特的传记作者威廉姆斯对凯瑟琳对待海斯特的态度进行了深入的解读，她认为，凯瑟琳在培养女继承人方面是十分审慎的，她不相信海斯特能像她一样能够成为出色的银行家："在正常情况下，女孩不可能胜任这种职业，因为社会不允许。"（Williams, 1986∶158）小说的结尾用事实证明了凯瑟琳的论断，在维农银行因为爱德华股市投机而再次面临危机之时，已然长大成人，而且几乎可以被视为凯瑟琳翻版的海斯特却无所作为，还得已然年迈的凯瑟琳亲自出马，来应对这一触即发的维农银行内部危机。

既然男性的商业才能更容易遗传，那么，为什么维农银行的先辈成功地躲过金融危机，而凯瑟琳的前任银行掌舵人约翰·维农，面对小说开头的那一次银行恐慌时却束手无策、仓惶跑路呢？艾伦·亨特在《个人公司：维多利亚文学与文化中的人物与商业》一书中给出了令人满意的答案。亨特认为，在《海斯特》的开头，当危机逼近维农银行的时候，维农银行当时的掌舵人（老约翰·维农）逃过了危机，但他所提供的经验却是难以言说而且无法遵循的，"它未能提供实实在在的知识和实践模式，公司现任掌舵人无法遵循，家庭成员之间通过生物传输继承这种才能的可能性非常小"（Hunt, 2014∶154）。

维农家族的两位男性都在银行业败北，这并不意味着弗朗西斯·高尔顿的才能遗传论是荒谬的。即便商业才能可以在男性之间代代相传,说不清道不明的商业才能在银行恐慌来临之际也是无济于事的。这恰恰证明了语言表达的重要性,比如,你是一个成绩优异的学生,你轻轻松松地就考上北京大学,别人请你介绍经验,你就在那里说:"我也不知道我为什么成绩好,反正我就在那里学呀学呀,就考上北京大学了。"你这样子介绍经验,会把其他的考生给气死。你必须总结出一套经验,比如如何合理安排时间,如何查漏补缺、有的放矢,如何临阵磨枪,如何处理学科竞赛和高考之间的关系,甚至具体到一些答题技巧,这样子才能给别人提供可供借鉴的经验。《海斯特》的开头讲了一大堆的话,说维农银行的前辈拥有点石成金的法力,说这种法力是一种特殊天赋,如同一位天赋异禀之人创作了一幅好画或者写出了一首好诗,但就是说不出其中的道理:

> 他的每笔投资都有收益,他的商船总能平安归来,在他主事期间,在人们的想象中,维农银行的地窖里到处是黄金。在他主事期间,曾经有一次银行恐慌席卷全区,由此引发了挤兑风波,别的人肯定是,或者,哦,应该是被拖垮了,唯独维农没有被拖垮。约翰本人都不知是如何死里逃生的,更何况是别人。
> (Hester, 2003:1)

啰里啰嗦的一大段话,其实什么道理也没有讲清楚。这样的经验介绍,是没有任何实际意义的。这就好比一个股市分析师或者投顾(投资顾问),他如果只会说高抛低吸(就是买在低点,卖在高点),而不是实实在在地分析指数上行或者下行的概率,实实在在地分析各个板块之间的优势与劣势,这样的股市分析就没有任何实际意义。我们言归正传,如果说弗朗西斯·高尔顿的才能遗传论聚焦的是可遗传性(heritability),那么,《海斯特》中商业才能聚焦的则应该是可持续性(sustainability)。在商业才能说不清道不明的情况下,即便商业才能真的如高尔顿所说可以在男性之间薪火相传,这种说不清道不明的才能也没有任何实际意义,维农家族的两位男性都在银行业败北即为明证。按照弗朗西斯·高尔顿的理论,凯瑟琳的商业才能是莫名其妙的,它不太可能是祖辈的遗传,也不太可能继续传承下去。在《海斯特》中,凯瑟琳的前任都是清一色的男性银行家,她本人终身未嫁,她精心挑选的两个男性维农家族未来的掌舵人中,爱德华背着她从事股市投机,哈利忠心耿耿但是十分平庸。好不容易有个和她性格最相近的海斯特,也未能继承她的商业才能,未能成功应对小说结尾维农银行面临的又一次危机。凯瑟琳在小说中被叙述者称为枯树(dry tree),从家庭生活方面讲,她虽然终身未嫁,但生活在一大群需要由她供养的维农家族成员中,她并不感到孤寂,但是就商业才能而言,她仿佛是横空出世的人,在维农家族中前无古人,后无来者,而且,像老约翰·维农一样,她成功地应对了银行恐慌,却无法让成功的经验形成可供后人参照的文字,因此,即便女性之间商业才能也可以相传,凯瑟琳的商业才能也无法复制。就这一点而言,凯瑟琳似乎真的就成了一棵枯树。这一点不是空论,它是符合历史事实的,因为,在整个19世纪的经济文献中,几乎清一色都是男性的贡献,女性对政治经济学的贡献主要是她们通过小说形式图解了政治经济学理论。在《海斯特》中,男性对应对银行恐慌的经验总结都是不明不白的,作为女性,凯瑟琳虽有经天纬地之才,但她却没有用语言把经济问题讲清楚的能力,这其实是不足为奇的。

通过对两次银行恐慌以及男性和女性银行家在银行恐慌中的不同表现的书写,《海斯特》真实地再现了19世纪英国动荡不安的金融市场图景,并试图展现职业女性在维多利亚时代难以言说的金融体系中的迷人风采。根据《从狄更斯到〈德古拉〉》一书所提供的数据,银行恐慌乃至金融危机在19世纪的英国简直就是家常便饭,在1825～1826年和1878年两次金融剧震之间,1837年、1847年、1857年、1867年还爆发过四次金融危机,1842年、1864年、1873年还有三次小规模的金融动荡。(Houston,2005:14)基本上是每隔十年,必有一次大难,银行恐慌乃至金融危机成了19世纪英国民众挥之不去的阴影。像1825～1826年和1878年那样的金融剧震是猝不及防的,危机的爆发有着深刻的社会历史原因,但许多像《海斯特》开头所出现的那种小规模的银行恐慌有时是莫名其妙的,一两句谣言就足以让一家小的银行因现金储备不足而陷入绝境。"恐慌是大脑中一系列信念的崩溃"(Houston,2005:9),而信念的崩溃,在很大程度上是由于维多利亚时代人们对金融体系只有一知半解。

实际上,在19世纪的大部分时间,大多数英国公民只能对金融体系的某些部分有所把握,而且他们了解这一部分的金融体系也只能通过文字,但是,"他们所接触到的文字并不总是愿意(或者能够)提供全面而准确的信息"(Poovey,2003:4)。比如,1851年英吉利海峡海底电缆成功铺设,1866年伦敦至纽约铺设海底电缆,这些举措使得英国金融市场扩大,政府的本意是给英国民众拓宽投资机会。但是,当时有些激进人士却坚持认为,包括英国国债在内的证券,都是上层社会给下层社会所精心布置的骗局,英国政府所开拓的金融市场都是用来吸干劳苦大众(the labouring poor)的血汗钱的。此外,由于英国民众了解金融体系的最重要渠道是通过文字,所以,某些媒体的报道有时也会引发民众的恐慌情绪。玛丽·普维在《19世纪英国金融体系》一书中收录了许多案例,她认为,此类恐慌主要是由于主流媒体大量刊载某家银行放账过多(overextended)的消息所致:"连《泰晤士报》这样遵规守据的报纸,由于刊载了愤怒的人群聚集在伦巴第街的报道,也会引发忧心忡忡的投资者向银行索要他们的钱,因此增加了借贷者的烦恼。"(Poovey,2003:5)

为了消除公众的恐慌情绪和普及经济学知识,包括著名经济学家、《经济学人》杂志主编瓦尔特·白芝浩(Walter Bagehot,1826～1877)在内的英国有识之士纷纷著书撰文,就金钱市场、纸币及信用等问题发表各自的见解。白芝浩在《恐慌》一文中强调,1866年的恐慌是信用恐慌,而信用恐慌考验的是整个金融体系,英国的信用体系之间是牵一发而动全身的关系，"没有哪家银行能在其他银行倒掉的情况下独自存活"（Bagehot，2003：324）。与男性经济学家相对高深而枯燥的经济学论述不同，维多利亚时代著名的女作家哈丽雅特·马蒂诺（Harriet Martineau，1802～1876）试图用虚构的文学故事来普及经济学知识，她于 1832 年至 1834 年隆重推出了旨在普及经济学知识的九卷本小说系列《政治经济学图解》（*Illustrations of Political Economy*）。在《政治经济学图解》小说系列之中，《银行家伯克利》直接触及了金本位和纸币问题，马蒂诺在小说的结尾写道："由于纸币发行有利可图，一旦可兑换性的限制被解除，当银行信用没有足够的安全保障，纸币发行自然会变得过剩。"（Martineau，1843：II：190）马蒂诺并不认为金本位的货币（bullion）就一定安全，但纸币和信用失控导致银行恐慌的概率应该更高。艾琳·弗雷德古德将其论述马蒂诺和政治经济学的文章命名为"驱除恐慌"，她通过大量的例证说明，马蒂诺写《政治经济学图解》是因为她坚信来自维多利亚时代统计学家的一句名言，即"知识可以驱除恐慌"（Freedgood，1999：210），而恐慌和风险是现代性的必然产物。

和马蒂诺的《政治经济学图解》不同，奥利凡特写作《海斯特》的目的不是要用普及经济学知识来驱除恐慌，她书写银行恐慌的目的似乎只是为了凸显女性在难以言说的金融体系中的重要作用。在一个普遍认为银行业是男人的世界、商业才能在男性之间传输的几率远远高于女性的时代，凯瑟琳在维农银行出现危机之时挺身而出，力挽狂澜，这是十分难能可贵的。如前文所述，在 19 世纪的英国，政治选举的大门尚未向女性敞开，而投资的大门是敞开的，所以，包括乔治·爱略特（George Eliot，1819～1880）等著名女作家在内的女性，都尝试着在投资市场小试牛刀。但是，必须指出的是，女性投资者（women investors）和女性职业者（women professionals）是两个不同的概念。根据历史学家乔治·罗布提供的资料，在 19 世纪的美国确有少数女性银行家和女性经纪人存在，但在英国的金融体系和教育体制中这是难以想象的。英国男性的教育和社交圈有利于他们成为银行家，《银行杂志》《铁路时报》《经济学人》《金融时报》是男性在酒吧、咖啡馆、餐厅就能读得到的东西，而女性通常是读不到这些杂志的。（Robb，2009：121）

阿尔伯提斯在《玛格丽特·奥利凡特与小说政治史》一文中指出，奥利凡特"努力保持这样一种中产阶级立场，仿佛复杂的家庭管理才能是男性合作者赐予她的，而不是她通过自己的努力获得的"（D'Albertis，1997：811）。这句话用在《海斯特》的女主角凯瑟琳身上也非常合适。和奥利凡特一样，凯瑟琳并不是一个生来就立志要做女性银行家的女强人，她成为女性银行家，是被动的选择，是因为维农银行的前任掌舵人约翰在挤兑风波爆发之前人间蒸发，为了拯救维农家族，她不得不挺身而出。凯瑟琳是整部小说中唯一一位成为银行家的女性，和她性格极为相近的海斯特最终也没有成才，至于她的才能到底是不是从男性先祖那里继承而来，小说自始至终也没有明确的答案。但是，如果我们采信弗朗西斯·高尔顿的才能遗传论的说法，如果商业才能在女性之间很难传输，那么，她的商业才能只能来自男性先祖，因为，这总比说她的才能是从天而降要好。

正是由于女性在银行业以及才能遗传论中处于不利地位,凯瑟琳的胜出才显得更加弥足珍贵。而且,正是由于维农银行是私人银行,维农银行和维农家族的命运是绑定的,凯瑟琳的挺身而出才更加具有可信性。在《海斯特》中,作为私人领域的家庭和作为各个领域的职业生涯是很难截然分开的,作为维农家族的一员,拯救家族命运是凯瑟琳义不容辞的责任,男尊女卑在这种场合恐怕是派不上用场的。莫妮卡·科恩认为,奥利凡特小说中女性书写最突出的特点是"她的家庭书写模式与传统的将家庭和职业分开,男人生产、女人消费的表征方式大相径庭"(Cohen, 1999:99)。在《海斯特》中,男人生产、女人消费的模式被彻底解构,约翰成了过度消费的代表,而凯瑟琳则成了创造财富的楷模,凯瑟琳的职场生涯和她的家庭生活也是密不可分的。特别值得一提的是,凯瑟琳处于一个女性独立和独身已经逐渐被社会所接受或者忍受的时代,在维多利亚时代很有影响的杂志《威斯敏斯特评论》刊载了许多诸如《独身女性的未来》之类的宣扬女性独立和独身的文章,"凯瑟琳既经济独立又选择独身"(王卫新,2017:128),这一点是符合当时女性主义潮流的,这或许就是奥利凡特将小说的副标题定名为"当代生活的故事"的原因所在。

正是由于《海斯特》中家庭和职业密不可分,所以,我们在解读小说中的家庭书写的时候,绝不能将其局限于家庭生活范畴之内。新加坡学者塔玛拉·瓦格纳认为,《海斯特》中的女性书写"是为了逆转人们所熟悉的情节,目的是从新的角度探索女人在商业中的作用"(Wagner, 2010:160)。凯瑟琳拯救了维农银行,也拯救了整个维农家族,但在19世纪特殊的语境中,她所拯救的又不仅仅是维农家族这样一个大家庭。由于维农银行在当地人心目中是"稳定性和实力仅次于英格兰银行的"的行业领军者,保住维农银行也就相当于稳固了英国乡村的金融体系,对19世纪反复发生的银行恐慌进行了有效的抵制。美国学者艾尔西·米奇借用格兰特·艾伦(Grant Allen, 1848~1899)的话来说明18世纪和19世纪英国的巨大差异,她说18世纪人们认为有美德才会有幸福,而19世纪人们认为"有幸福才会有美德"(Michie, 2001:77)。由此足见金钱在19世纪英国公众心目中的重要性,幸福和美德顺序的颠倒,绝不只是一个文字游戏,它所暗示的道理是18世纪的人更重视美德,而19世纪的人更重视财富。19世纪是金融危机频发的时代,在金融体系难以言说、经济学地位尚未稳固、经济学理论特别是周期理论(cycle theory)尚未普及的时代,恐慌是难免的。恐慌有时只是信念的崩溃,有时则可能是信用危机的必然产物。恐慌袭来之时是不分男女的,同样,在应对恐慌的时候,也不应该再讲什么男尊女卑。《海斯特》中凯瑟琳的胜出,以及约翰和爱德华的败北,足以说明女性是可以在银行业大展身手的。正是由于在弗朗西斯·高尔顿的才能遗传论以及在维多利亚人关于银行业和金融体系的意识中女性处于不利地位,《海斯特》中凯瑟琳成为成功的女性银行家才显得愈发弥足珍贵。凯瑟琳的成功范例,既是对才能遗传论的有力回击,又是对女性独立又独身的女性主义思潮的有力支持。文学是人学,我们始终认为,在当下的语境中,文学阅读不应该只沉溺于书斋,文学阅读要为社会提供新的给养,为社会问题的解决提供新的思路。有鉴于此，虽然二者并无关联，但我们还是要郑重地推荐一下，在中国近现代史上，也有和《海斯特》的女主人公一样出色的女性银行家，比如中国大名鼎鼎的现代诗人徐志摩的第一任妻子张幼仪(1900～1988)。

讨论题目

(1) 为什么凯瑟琳所生活的乡村认为维农银行的稳定性仅次于英格兰银行？

(2) 老约翰曾经十分神奇地度过了一次金融危机，但他无法用准确的语言把度过危机的经验讲出来。小说第 1 章中是这样描写的："在他主事期间，曾经有一次银行恐慌席卷全区，由此引发了挤兑风波，别的人肯定是，或者，哦，应该是被拖垮了，唯独维农没有被拖垮。后来人们得知，约翰本人都不知是如何死里逃生的，更何况是别人。"谈谈你对这段话的理解。

(3) 为什么会发生挤兑(a run on the bank)？小说第 1 章中的挤兑风波是怎么回事？

(4) 作为一名男性银行家，约翰·维农挥霍了家里的钱，当银行面临挤兑风险时，他又跑路了。你如何评价约翰·维农这个人物？

(5) 凯瑟琳用什么办法化解了挤兑风波？

(6) 凯瑟琳成功地化解了挤兑风波之后，她所在的乡村的好多地方都以她的名字命名。你如何评价这种把凯瑟琳神化的做法？

(7) 海斯特和凯瑟琳有许多相似之处，为什么她不能像凯瑟琳那样，成功地处理维农银行第二次危机？

(8) 弗朗西斯·高尔顿是如何解释男性和女性之间商业才能遗传差异的？

(9) 你如何理解 19 世纪英国诗人皮考克所说的"纸币永远也成不了黄金"这句话？

(10) 你如何理解格兰特·艾伦所说的"18 世纪人们认为有美德才会有幸福，而 19 世纪人们认为有幸福才会有美德"这句话？

第八讲

《化身博士》与信用经济

📖 **课前必读**

（1）Finn, Margot C. *The Character of Credit: Personal Debt in English Culture 1740 - 1914*. Cambridge: Cambridge University Press, 2005.

（2）Stevenson, Robert Louis. *Dr. Jekyll and Mr. Hyde*. New York: Bantam Books, 1981. 重点阅读第 1 章。

（3）Stiles, Anne. "Robert Louis Stevenson's 'Jekyll and Hyde' and the Double Brain." *Studies in English Literature*, 46.4(2006):879 - 900.

🔒 **作品导读**

对于中国学生而言,史蒂文森(Robert Louis Stevenson, 1850～1894)的名字应该并不陌生。他的代表作之一《金银岛》(*Treasure Island*, 1882)是儿童文学精品,其中文译本被收录到名为"夏洛书屋"的儿童文学精品书系,发行数量相当可观。他的另一部代表作《诱拐》(*Kidnapped*, 1886)的英文简写本被收录到世界图书出版公司出版的"企鹅英语简易读物精选"系列(书名被翻译为《绑架》),许多人在初中时代就读过这部作品。我们在这一讲中要重点讨论的《化身博士》(*The Strange Case of Dr Jekyll and Mr Hyde*, 1886)在中国学生群体中也是广为人知,由于作品短小精悍,读过这部小说的人,也许比观看同名影视改编的人还要多。

在讨论这部小说之前,我们先说说史蒂文森所出生的那座城市,也就是到处充满着文学气息的爱丁堡。爱丁堡有着世界上最高的作家纪念碑,即司各特纪念碑,爱丁堡的中心火车站(威弗莱火车站)也是因司各特的第一部历史小说而得名。爱丁堡是欧洲文学之城,无论你走到哪里,都能感受到一种浓浓的文学氛围,著名的《哈利·波特》书系的作者罗琳成名之后也是选择定居在爱丁堡。以上这些和我们要讲的作品没有直接关系，但下面我们要讲的东西却是和《化身博士》这部作品直接相关。从爱丁堡的土丘(mound)上去，有一个名为"斯泰尔夫人胡同"(Lady Stair's Close)的地方，那里有一座作家博物馆，三层楼分别敬献给三位苏格兰作家(彭斯、司各特、史蒂文森)。在史蒂文森展馆里陈列着一个旧橱柜，许多人可能不知道这是做什么用的。如果你刚好赶上，史蒂文森俱乐部的人会来这里给游客们讲解：这个橱柜可不简单，它什么都是两两相对的，两个柜板，两个抽屉，两个把手(double boards, double drawers, double handles)，就是这种"两两相对"激发了史蒂文森创作的想象，他联想起一个叫威廉·布罗迪的人，白天是绅士，晚上就成了盗匪，是一个具有双重人格的人。于是，史蒂文森得到灵感，他因此而写下了《化身博士》这部旷世佳作。

《化身博士》是一部关于"双重"(double)的故事：杰基尔通过一种神奇的药物可以变身为海德，杰基尔过着绅士的生活，但海德却只能昼伏夜出。有一天凌晨，海德不慎撞到了一个小女孩，好心的路人抓住他，让他支付赔偿金，他身上只有 10 英镑，他必须用支票支付余额。他大摇大摆地进了杰基尔的家门，拿出一张签署着杰基尔名字的支票，一开始，大家都对这张支票将信将疑。天亮之后，大家到了银行，居然真的拿出了现金。人们开始对海德的身份表示怀疑，对杰基尔和海德之间的关系也开始胡乱猜疑。后来，人们又看见海德在深夜残忍地将丹弗斯·卡鲁爵士活活打死，并且还狂怒地践踏死者的遗体，海德被警方通缉，警方还调查了他在银行的户头，但一直未能将其抓捕。奇怪的是，杰基尔先生从此也开始深居简出，后来，杰基尔的朋友发现，海德死了，而且是穿着杰基尔的衣服死去的。大家以为杰基尔被海德谋杀了，但是，到处都找不到杰基尔的尸体。后来，人们才知道杰基尔和海德原来是同一个人。小说的结尾，作者让杰基尔通过忏悔录的方式，在他写给律师的信中，把他可以变身海德这个秘密公之于众。海德不是另外一个人，而是杰基尔的另一个自我。

在《化身博士》出版的当年，史蒂文森的好友、著名的苏格兰文学批评家安德鲁·朗(Andrew Lang, 1844～1912)就一针见血地指出："史蒂文森先生的想法，他的秘密(一个公开的秘密)，是每个人身上都有的双重人格。"(Lang, 1981:200)安德鲁·朗的这句话说得很到位，多少年来，人们只要谈起《化身博士》，首先想到的就是双重人格。当然，双重人格并不等于弗洛伊德的人格理论，海德和杰基尔的关系也绝非本我(id)和超我(superego)那么简单。其实，就在《化身博士》问世的同一年，英美国家就有了麦尔斯(Frederic Myers, 1843～1901)的《多重人格》("The Multiplex Personality", 1886)理论，而且，这个理论并不是单纯的心理学理论，而是我们今天所说的脑科学。19 世纪 80 年代末，医学界就已经开始研究左脑和右脑的分工：左脑善于抽象思维，右脑善于形象思维；左脑代表理性，右脑代表非理性。这种理论在 19 世纪末期就有了。再有就是尼采的《善恶的彼岸》(*Beyond Good and Evil*, 1886)，也是在《化身博士》问世的同一年问世的，尼采的善恶理论和《化身博士》中的善恶也有异曲同工之妙。此外,因为史蒂文森是苏格兰作家,麦克斯维尔(James Clark Maxwell,1831～1879)的苏格兰能源科学学说,也可以拿来解释《化身博士》中的双重人格问题。我们在中学物理课本里学到的知识,在这里可以派上用场。动能可以转化为势能,势能也可以转化为动能,但动能和势能之间的转化并不是对等的,因此,杰基尔转化成海德相对容易,而海德转化成杰基尔则比较难。这种解释略显牵强,但十分有趣。

　　麦尔斯、尼采、麦克斯维尔的理论都很有道理,但是,用这些理论做研究都无法解开《化身博士》中一个最大的谜团,那就是杰基尔和海德之间的双重性和同一性的张力。众所周知,海德的容貌是十分丑陋的,他在厄特森、恩菲尔德等人的眼里是令人生厌的,但在杰基尔本人看来,丑陋但年轻的海德是令他愉悦的。海德比杰基尔更年轻、更有活力,而这正是他自己身上缺少的东西。杰基尔不缺钱、不缺容貌、不缺地位,但他年纪大了、精力不足了,如果不是这样,他也许就不会费尽心机地变身海德。小说中没有直接证据表明,杰基尔变身海德的目的就是为了作恶。但是,到了小说结尾时,杰基尔又异乎寻常地惧怕自己变成海德,这用脑科学、善恶论或者能源科学是无法解释的。特别值得一提的是,根据加拿大学者麦特思的考证,虽然今天的读者想当然地认为杰基尔和海德之间的转换是个虚假的故事(tall tale),但史蒂文森"同时代的读者却将其视作非常可能甚至是已经存在的科学实践"(Matus,2009:168)。维多利亚时代的医学界是相信杰基尔能变身海德这样的故事的,那么,问题就来了,为什么小说开始的时候杰基尔愿意接受海德而到最后害怕变成海德呢?这里只有一种解释,那就是因为海德打死了卡鲁爵士,杰基尔不愿意为他的另一个自我承担罪责,他害怕别人知道他和海德是同一个人这个事实。但是,小说中唯一亲眼见到海德变成杰基尔的兰宁博士被惊吓致死,他将真相写在了只能由厄特森律师亲启的密信中,而且,按照约定,在杰基尔不死的情况下,厄特森是根本无权拆开密信的。也就是说,只要杰基尔不死,他和海德是一个人这个天大的秘密就不可能被证实、被公之于众,杰基尔的担心就是杞人忧天。但是,如果我们换用经济学视角,把小说开头海德用杰基尔签名的支票支付赔偿金这一事实放大一下,杰基尔的恐惧就不再是杞人忧天了。在大多数情况下,通过神奇的药物,杰基尔可以在杰基尔和海德之间自由转换,他可以保持双重性,但银行支票上的签名却意外地将杰基尔和海德的同一性暴露无遗。银行支票必须签名,在海德没有另立银行户头之前,他只能签署杰基尔的名字,在笔迹鉴定专家那里,无论签名是出自杰基尔之手还是出自海德之手,笔迹鉴定专家都能够从签名中认出杰基尔和海德应该是同一个人。双重性和同一性的张力无法弥合,这才是导致杰基尔悲剧发生的根本原因。而这一点,也恰恰就是我们用经济学视角解读《化身博士》的意义所在。

　　按照法国思想家让·约瑟夫·古克斯的说法,支票在零售商业中广泛使用是在19世纪70年代,而目前国际通用的 visa 卡开始于20世纪50年代。(Woodmansee &

Osteen, 1999:114)美国新经济批评的代表人物、纽约大学文学教授玛丽·普维也认为，在英国，支票尤其是银行统一印制的支票，开始广泛使用的时间是19世纪70年代。(Poovey, 2008:52)这个重要的时间节点对于解读《化身博士》意义重大。《化身博士》恰好处于人们开始习惯于用支票支付的信用经济时代，在小说的第一章中，海德被众人围住，要求给被他踩踏的小女孩支付赔偿金。小说浓墨重彩地描绘出海德支付赔偿金的情形：

> 他突然拿出一把钥匙，开门进去，不一会儿就出来了，拿了10镑金币，还有库茨银行的支票，支票是付款给持票人的。支票上签着一个人的名字，我不能说出来，虽然这是我所讲的故事的一个关键点，那是一个大家都非常熟悉的名字，经常见诸各大报端。支票的金额是写多少就是多少，可支票上的这个签名，如果不是伪造的话，那就比支票的数额值钱多了。(Stevenson, 1981:5)

由于当时海德没有自己名下的银行户头，万般无奈之下，他只好使用了杰基尔的签名。而这一看似微不足道的签名，却成了杰基尔秘密败露的最大隐患。必须指出的是，事情过后，杰基尔对于支票上这个签名的潜在危害是心知肚明的。事件刚一平息，他立即着手对此事进行弥补。他在另一家银行以海德为名开立了户头，还用将字母反向倾斜的方式试图衍生出另一种签名。(Stevenson, 1981:71-72)从掩盖秘密的角度看，杰基尔为海德另立户头并创造一种"海德体"签名的做法是十分明智的，虽然人们会对这种开户方式在当时的英国银行是否行得通表示疑惑。美国学者休斯顿不无讽刺地说："海德不可能拿得出出生证明（因为他不是生出来的）。"(Houston, 2005:100)在无法证明自己身份的情况下，去英国银行开户恐怕没有那么容易。直到今天，英国银行工作人员在证件齐全的情况下，有时还会为了英文名字顺序等细节让中国留学生跑断腿、磨破嘴，累得像个大头鬼，一切都符合他们的标准之后，才会慢悠悠地给中国留学生开个户、办个卡。但小说终归是小说，我们不能对虚构世界发生的事情过于较真。按照小说中杰基尔和海德的生活规律，人们应该可以这样推断，应该是海德自己去银行开户才对。如果是杰基尔代为开户，他在银行为海德开户时，签上海德的名字，那不就成了不打自招吗？要知道，杰基尔可是个有钱的绅士，是个响当当的大人物，银行工作人员不会连杰基尔这样的大储户都不认识吧？

如果我们细细品味，就会发现，签名是揭开《化身博士》中海德就是杰基尔这个天大的秘密的关键所在。我们可以做一个大胆的设想：如果不是在信用经济时代，人们家中有足够的黄金或者现金，海德用现金全额支付了小女孩的赔偿金，那么，这之后的故事恐怕就要彻底推翻重写了。小说妙就妙在它发生在信用经济时代，而且那是一个信用卡尚未诞生的时代，最常见的跨国支付方式是汇票（bill of exchange），最常见的国内支付方式是支票(cheque)。根据美国学者玛丽·普维的考据,虽然汇票等的使用1697年就已经开始,但支票开始广泛使用却是19世纪的事。到了19世纪中叶,为了使支票更加安全规范,英国的银行开始印刷统一的空白支票,以便存款者能用于支付。到了19世纪70年代,为了弥补持票就可兑现的弊端,"更通行的做法是用支票支付给特定的人,而不一定是支票持有人"(Poovey, 2008:52)。19世纪英国的汇票和支票有非常严谨的格式:票面左上角是数字标示的汇票金额,右上角是日期,中间是汇票截止日、汇票收款人以及用文字表述的金额和汇票安全信息,接下来是汇票签发人(或公司)的签名处(位于右端),再下方是汇票签收人的签名处(位于左下方)。(Poovey, 2008:37-38)这一套严格而复杂的程序,是防止支票被伪造、被冒领的有效手段。

诚如美国学者休斯顿所言,信用经济时代一个非常重要的特征就是"钱不离开银行就可以发生金融交易"(Houston, 2005:93)。为了保障信用经济的正常运转,签发人和签收人的签名是必须的,而且签名必须签在支票的正面。正是在这样的体制下,海德在拿不出足够现金、必须马上支付赔偿金,而且没有自己银行户头的情况下,才铤而走险,拿着有杰基尔签名的支票付了余款。如果没有这个签名,人们很难把杰基尔和海德这两个不同社会地位、不同容貌、不同品行的人联系到一起,尽管厄特森、普尔等人因为杰基尔遗嘱的条款以及海德自由出入杰基尔家门的特许权等事情,产生了为什么杰基尔事事都要眷顾海德的疑问。签名是很难伪造的,尽管杰基尔用将字母反向倾斜的方式变身出一种属于海德的笔体,这种笔体或许能蒙蔽许多粗枝大叶的路人,但在笔迹鉴定专家的眼里,这两种笔体的同一性是昭然若揭的。当厄特森把杰基尔的请柬和海德的书信交给笔迹鉴定专家做鉴定时,笔迹专家立时断定两种笔体出自同一人之手,两者的区别只是倾斜方向不同而已。维多利亚时代晚期已经进入了专业化和职业化的时代,笔迹鉴定已经成为了一门职业,杰基尔伪造海德笔体这类小把戏是根本逃不出维多利亚时代笔迹鉴定专家的法眼的。

与史蒂文森同时代的著名文学批评家安德鲁·朗指出,《化身博士》的"主人公(这肯定是原创性的)都是功成名就的中年男性职业者"(Lang, 1981:200~201)。这句话和我们在上一段所提出的观点不谋而合,说得简单明了一些,就是维多利亚时代到处都是专家,没有吃闲饭的。杰基尔是个了不起的医学专家,能够开发出能使人变身的神奇药物。同样,《化身博士》中还有重合同、守信用的大律师,恪守职业操守,绝不会偷看客户的私密信函。此外,笔迹鉴定专家和伦敦警察这两个一笔带过的人物,似乎也可以归类为专家之列。笔迹鉴定专家一眼就能甄别出杰基尔的请柬和海德的书信出自同一人之手,伦敦警员发现未被烧尽的支票簿后,立时就想到去银行调查海德的户头,并提出"我们干脆在银行里等他"的想法,这种专业性也不是一般人能比的。伦敦警员的如意算盘最终落空了,但这不是他的错,因为谁也不可能料到,海德杀死凯鲁爵士后并不需要畏罪潜逃,他只需立即变回杰基尔,而海德变回杰基尔是不需要路费盘缠的。如果海德是畏罪潜逃,那他不可能身无分文地亡命天涯。从职业性的角度看,伦敦警员绝对是够格的,他提出的从银行入手侦破海德杀人案的方案是高人一筹的。以上两个例证,体现的是职业性的优点,但小说中的职业性也暴露了职业性的缺点。厄特森请教笔迹专家之后,随即发现了杰基尔的请柬和海德的书信出自同一人之手这个惊天的秘密,但他恪守职业操守,坚决不把当事人的隐私透露给别人,笔迹专家和他有着同样的抉择。更有甚者,兰宁目睹了海德变回杰基尔的奇迹,但同样是由于所谓的职业操守,他至死对此事都守口如瓶。他在致厄特森的信中吐露了实情,但那封信的约定是杰基尔死后才能拆开。兰宁之所以敢把这么重要的书信留给厄特森,就是因为他坚信像厄特森这么遵规守矩的律师是从来不会乱来的。恪守职业操守无可非议,但是,在《化身博士》中,厄特森和兰宁等人的行为客观上无异于窝藏罪犯。

杰基尔能够变身出另一个躯体,另一个躯体能够释放他的另一个自我,但他却没有能力变身出另一个签名。所以,海德在另一家银行开出的银行户头就变成了一个摆设。如果再出现小说开头的那种必须用签名的支票支付的情况,海德虽然可以用反向倾斜的签名蒙骗粗枝大叶的路人,但他还是逃不过笔迹鉴定专家的法眼。在无法伪造签名的情况下,另立银行账户只是解决了不用傻乎乎地直接签上杰基尔大名的问题。治标又治本的方法是永远坚持现金支付,但这在信用经济时代显然不合时宜。即便是海德这样被人认为是定居在 SOHO 地区的人(小说中是这样写的),每天装着大量现金在伦敦东区和西区之间往返也是不可思议的。熟悉历史的人都知道,那个年代的伦敦东区不怎么太平,《化身博士》出版仅仅两年之后,令人闻风丧胆的开膛手杰克(Ripper Jack)就在伦敦东区制造了至今都还是谜团的连环杀人案。再者,我们无论如何都不要忘了伦敦警员的职业性问题,在信用经济时代,如果海德异乎寻常地拿着大量的现金晃来晃去,伦敦警员会盯上他,恐怕最终的结果是他会更早地暴露身份。

海德是杰基尔的变身,没有杰基尔,就没有海德,这一点是无可置疑的。所以,海德的罪恶其实就是杰基尔本人的罪恶。史蒂文森本人对此也早有察觉,他在 1887 年写给波考克的信中写道:"危害在杰基尔身上,因为他是个伪君子。"(McLynn, 1993:264)《化身博士》首先是一个关于双重人格的故事,这是毋庸置疑的。但是,我们不应该只关注双重性,而对小说中所呈现的同一性忽略不计。海德是恶的化身,他不仅作恶,作恶时还有一种狂喜。他不是在漆黑的夜色中行凶,而是"在'一条被灯光照亮的街道上'杀死了丹弗斯·凯鲁爵士,杀人后心中还出现了分裂般的狂喜"(Sandison, 1993:227)。值得注意的是,海德虽然如此之恶,但他和杰基尔却有着许多相同的情趣,他在 SOHO 的家"不是野蛮人的洞穴,而是一个受过良好教育的绅士的栖身之地"(Arata, 2005:187)。他的家中居然有非常高雅的画作装饰,好多人会误以为画作是杰基尔送给海德的礼物,其实不然,画作是海德自己买来的。杰基尔本人"生产出"海德的目的是让后者背负他的另一个自我,但变身之后的海德似乎越来越中产阶级化,而杰基尔本人倒是向着相反的方向发展了。海德不是另一个人,我们不应和杰基尔共谋,把杰基尔洗白,把恶都强加在海德身上。杰基尔"生产出"海德不是为了使自己一心向善,他变身海德只是为了"模糊体面和不体面的分界线"(Dryden, 2003:104)。

如果我们用一句话来说明《化身博士》和信用经济的关系,那么,我们就可以说《化身博士》其实就是信用经济时代的罪与罚。法国思想家让·约瑟夫·古克斯认为,当代美国商家那一句习以为常的提问"现金、支票还是信用卡"忠实地再现了可能的支付方式的顺序,"它是不同形式的金钱使用的历史顺序,从最古老的到最新的金钱使用方式"(Woodmansee & Osteen 1999:114)。《化身博士》与20世纪50年代才开始推广开来的信用卡支付毫无干系,但它和支票支付这一信用经济的产物有着一种密不可分的绑定关系。即便是在信用经济时代,如果海德刚好手里有足够的现金来支付赔偿金,而不是使用必须杰基尔签名才会生效的支票支付,那么,《化身博士》的整个故事就必须重写了。支票支付之后,杰基尔立时意识到问题的严重性,他不久就以海德的名义开立了新的户头。海德杀死凯鲁爵士之后,他所做的第一件大事就是烧毁了银行的账本。从表面上看,烧毁银行账本似乎是海德精神紧张之时的荒唐之举,其实不然。按照发表在维多利亚时期非常重要的杂志《家常话》上的一篇文章的说法,在信用经济时代的大背景下,当时的英国银行愿意"就客户的信用互相交换信息"(Dixon, 1856:432)。海德无端杀害凯鲁爵士的消息早已经不胫而走,即便他不烧毁账本,他的账本也不会再有什么用途,因为他的犯罪记录应该早就在银行业被共享了,海德在任何一家银行都不可能取出钱来。伦敦警员意识到银行账本对于海德的重要性是正确的,但他想在银行里等海德自投罗网却是不切实际的,即便海德缺钱,他也不会在杀人事件满城风雨的情况下跑到银行来冒险。或者,退一万步说,即便海德真的缺钱了,他也会以杰基尔的形体到银行取款,因为杰基尔和海德本来就是一个人。

在《化身博士》中,和银行信用密切相关的是遗嘱问题。诚如美国学者休斯顿所言:"和金融信用一样,遗嘱是主体个人信用的提喻。"(Houston, 2005:111)杰基尔"生产出"海德之后,一直为海德的财产继承问题未雨绸缪。他特意委托厄特森保管自己的遗嘱,遗嘱几乎是无条件地将杰基尔名下的财产赠与海德:

> 亨利·杰基尔一旦过世,他的财产将全部转到他的朋友和恩人爱德华·海德手上,而且,在杰基尔博士失踪或者未加说明地不在家超过三个自然月份的情况下,这个爱德华·海德就可以全面取而代之,除了需要向博士家人支付一些小额款项外,无须承担任何其他的责任和义务。(Stevenson, 1981:9)

一位名叫库克的与史蒂文森同时代的读者对《化身博士》中的遗嘱提出了质疑:"史蒂文森先生忽视了一个重要事实:遗嘱只有当事人死亡才能生效。三个月杳无音信,是不能让遗嘱执行人执行当事人遗嘱条款的。"(Cook, 1981:200)库克的观点有其可取之处,所谓遗嘱,顾名思义,当然是当事人死亡才能生效。但是,库克似乎忽视了一个更为重要的事实,那就是如果只有杰基尔死亡遗嘱才能生效,那么,这份遗嘱在小说中是没有任何意义的。维多利亚晚期的英国人开始接触双重人格以及左右脑理论,人们也开始相信人能够变身另一个自我,但无论是医学界还是普通人,都没有人认为另一个自我能在自我的主体死亡后还能够独活。杰基尔本人也早就认识到了这一点,他和海德要么共生,要么共死。杰基尔死了,海德也就不存在了,杰基尔的财产遗赠给海德也就变得毫无意义。

《化身博士》出版一年之后,苏格兰经济学家麦克劳德(Henry Dunning Macleod, 1821~1902)在其提交给国会的咨文中提出,银行体系越是发达,"交易就越多地通过信用传输来完成,而不是通过黄金货币体系来完成"(Houston, 2005:92)。言外之意,就是说信用经济是社会发展的必然产物。当代英国历史学家玛格特·芬也持有类似的观点,她在《信用的特征》(2005)一书中指出,"从历史的角度看,信用的发展是社会从等级制发展到契约制的最显著的标志"(Finn, 2005:281)。信用经济有其不利的一面,当信用经济无处不在的时候,金钱已经无法转换成如黄金之类的对等的物质,它已经变成了一种符号,而这种符号和物质现实失去了联系。一旦金钱变成符号,失去了其应有的物质基础,金融风险可能就会加大,这确实是信用经济不如黄金货币体系的明证。当然,纸币本身也有这样的缺陷。但是,不容否认,信用经济尤其是只有通过签名才会得到认证的以支票和汇票为交易方式的信用经济,也不乏优点,因为在这种体制下,任何实际发生的交易都会留下难以抹杀的痕迹。正是由于签名这种难以抹杀的交易痕迹,使得杰基尔和海德的同一关系成为无法掩盖的事实。而且,如果我们暂时离开《化身博士》这部作品,回归到我们所生活的时代,就会更加深刻地认识到所有交易都留下痕迹的好处。在现金交易的时代,经常会有客户付款而商家硬说没有收到的案例发生,最后买卖双方各执一词,市场管理人员也是束手无策。信用经济时代这种问题可以迎刃而解,就是因为任何实际发生的交易都会留下痕迹、都会有据可查,谁也无法抵赖。

史蒂文森借杰基尔之口,放大了杰基尔和海德之间的善恶对比:"善照耀在这一位的脸上,邪恶则露骨明显地写在另一位的脸上。"(Stevenson, 1981:68)双重性是《化身博士》的最大亮点,但我们不能据此抹杀小说中所潜藏的同一性。从某种意义上讲,《化身博士》最耐人寻味的恰恰是双重性和同一性之间的张力。诚如史蒂文森的传记作家麦克林所言:"人不能将恶从自己人格中完全排出,只留下善,因为这两者是难解难分的。"(McLynn, 1993:260)如前文所言,海德只是杰基尔的变身,不是分身,杰基尔和海德必须共生共死,虽然在外人的眼里他们可以以两种形体出现,但他们的同一性却也是无法更改的事实。杰基尔和海德之间的纠葛,与其说是善恶分明的两个躯体的纠葛,不如说是一个人内心纠葛的外化形式。美国学者斯戴尔斯试图用左右脑理论来解释杰基尔和海德之间的纠葛:"维多利亚科学家通常会认为,双重(乃至多重)人格紊乱,以及其他形式的疯癫和犯罪,都是由于不断增大的右脑战胜了左脑理性活动的结果。"(Stiles, 2006: 886)这种观点有其可取之处,它有意无意地暗示出杰基尔和海德的同一性关系,因为左脑和右脑是在一个人身上,而不是在两个人身上。但是,左右脑之说似乎并不符合《化身博士》的文本事实,因为杰基尔和海德是能呈现出两种不同形态的躯体,而且他们之间的转换需要服用药物和经历剧痛,远不是左右脑之间的摇摆那么简单。而且,如果我们尊重自然科学的理论,还有一种情况我们不能排除,那就是左脑主导的理性和右脑主导的非理性之间并不总是失衡,有时候也会有一种平衡,而杰基尔和海德之间是看不到这种平衡状态的。

苏格兰物理学家彼得·格思里·泰特(Peter Guthrie Tait, 1831~1901)认为:"当你把高能量向低能量转化时,你可以彻底完成此进程,但是,当你反向操作时——就像上山一样——那么,就只有一小部分低能量可以被转化回高能量。其余的能量将在进程中被消耗。"(Tait, 2013:72)能量转化的说法可以部分地解释海德无法还原成杰基尔的原因,海德无法还原成杰基尔是因为能量转化过程中的损耗。但是,这种解释也有一个与《化身博士》文本事实大相径庭的地方,因为按照这种解释,我们必须把杰基尔视为高能量,把海德视为低能量,而小说的文本事实似乎刚好与此相反。杰基尔之所以能接受奇丑无比的海德,恰恰就是因为海德精力充沛,充满能量。

杰基尔的悲剧是信用经济时代的罪与罚。如果他变身出海德的同时,就想到让海德身边总是带着足够的现金,那么,杰基尔和海德同一性的秘密或许就很难被揭穿。然而,不幸的是,杰基尔生活在信用经济时代。作为一个家财万贯的绅士,虽然他让海德每天带着大量的现金是完全可能的,但每天带着大量现金出门应该是很不合时宜的,对于他变身出的住在 SOHO 区的海德也不例外。而且,如前文所言,当时的伦敦是一个充满罪案的城市,开膛手杰克的阴魂不散,让无数伦敦人毛骨悚然。让海德每天带着大量现金出门,固然可以解决杰基尔的纠结,但小说的读者是否买账就要另当别论。要知道,海德每次出门似乎都是在蒙蒙夜色之中,而且是在伦敦东区和西区之间往返,除非他有天大的胆量,不怕被人打劫,他才敢把大量的现金带在身上。

正是由于那是一个人们习惯于用支票支付的时代,才导致了海德用杰基尔签名的支票支付赔偿金这个无奈之举。这个无奈之举是无法补救的,因为无论如何伪造,杰基尔都不能像变身出海德那样,变身出另外一种签名。他伪造的签名或许能够蒙蔽粗枝大叶的路人,但绝对无法蒙蔽职业者的眼睛。不幸的是,《化身博士》中几乎清一色都是职业者,没有一个粗枝大叶的路人。所以,杰基尔各种各样的花招最终都不可能灵验。如果不是因为职业操守,目睹海德变回杰基尔的兰宁以及早就对杰基尔心生疑窦的厄特森守口如瓶,杰基尔的秘密恐怕隐瞒不到最后。一旦杰基尔和海德的同一性被揭穿,那么,海德杀死凯鲁爵士的罪行也就名正言顺地成了杰基尔本人的罪行,无论是他以杰基尔还是以海德的形体存在,他都最终难逃法网,这一点才是他最害怕的东西。他之所以要想尽一切办法保持杰基尔的形体,是因为此时的双重性是一把最好的保护伞,在杰基尔形体的庇护下,他可以轻而易举地躲避警方对海德的通缉。然而,不幸的是,在一次又一次地变身海德的过程中,杰基尔身上真正的自我越来越少,他变身回杰基尔越来越难。雪上加霜的是,他成功配药必须用的带杂质的药引偏偏在此时断货,所以,可怜巴巴的杰基尔和无法无天的海德之间的同一性最终还是占据了上风,杰基尔和海德之间的双向转换变成了杰基尔蜕变成海德的单向转换。死亡成了摆脱海德困扰的唯一途径,既然杰基尔和海德必须共生共死,海德继承杰基尔财产也就成了空中楼阁,所以,即使在临终之际,杰基尔也没有忘记把遗嘱的受益人改成甘愿为他死守着秘密的律师厄特森。最后,我们还想说明一点,历史就是历史,我们不能对已经板上钉钉的历史做太多的假设。我们不能把今天的科学技术移植到维多利亚时代,比如基因检测、人脸识别,如果维多利亚时代就有了这些技术,那么,无论杰基尔怎样伪装,他和海德的同一性都可以用这些高科技识别出来。但是,我们大家都清楚地知道,在维多利亚时代,这些技术还没有出现。所以,我们能够迅速识别杰基尔和海德同一性的最佳途径,就是根据海德用杰基尔的名字签名的那张支票。支票是信用经济的产物,而这恰恰就是我们用信用经济来解读《化身博士》的意义所在。我们立论的大前提(即信用经济)在史蒂文森的时代是客观存在的,如果那个时代的人沿着我们提供的思路思考下去,那么,无论杰基尔和海德的双重性多么具有欺骗性,甄别杰基尔和海德的同一性都会变得容易许多。

讨论题目

(1) 请从经济学的角度,解释一下什么叫作信用,人们常用的银行卡的英文名称 debit card, credit card, visa 分别是什么意思?

(2) 在小说的开头,海德由于身上没有足够的现金,他被迫使用了杰基尔签名的支票支付了小女孩的赔偿金。为什么海德不随身携带足够的现金呢?

(3) 你如何看待杰基尔为海德开立银行户头的问题?为什么警方认为可以在银行里等候海德的出现?

(4) "亨利•杰基尔有一张和蔼、开朗、诚实的面孔,而海德眼里透出的尽是邪恶的目光。但我并没有觉得不舒服,事实上,我很乐意接受他。"请仔细阅读以上文字,解释一下文质彬彬的杰基尔愿意接受丑陋无比的海德的原因。

(5) 杰基尔通过服用神奇的药物就可以变身为海德,还可以通过服用药物变回杰基尔,你相信这种故事吗?维多利亚时代的人愿意相信杰基尔的这种变身术吗?

(6) 有学者用能量转换学说来解释杰基尔和海德之间的转化:杰基尔好比势能,海德好比动能;势能转化成动能比较容易,而动能转化为势能则比较困难。你同意这种说法吗？为什么？

（7）弗洛伊德是如何解释双重（或多重）人格的？弗洛伊德的理论是否可以用来阐释《化身博士》这部小说？

（8）在《化身博士》这部小说中，笔迹鉴定也成为了一种职业。如果没有笔迹鉴定专家，杰基尔的笔体也许就无法被有效识别。你如何评价维多利亚小说中的这种高度职业化的现象？

（9）《化身博士》中有一段非常有趣的书写：杰基尔之所以配不出和原来的药物一样有效的药物，是因为他原来使用的某种化学品是不纯净的。也就是说，不纯净的化学品在杰基尔的药物中发挥了比纯净的化学品更好的作用。你如何理解这种现象？它和小说情节的发展有着怎样的关系？

（10）除了《化身博士》，你还知道哪些描写双重人格的英国文学作品？它们和《化身博士》有何异同？

▶ 第九讲 ◀
《瓶中妖魔》:说不尽的经济学

📖 **课前必读**

(1) Stevenson, Robert Louis. *South Sea Tales*. Oxford: Oxford University Press, 1996:73 – 102.

(2) McLaughlin, Kevin. "The Financial Imp: Ethics and Finance in Nineteenth-Century Fiction." *Novel: A Forum in Fiction*, (1996):165 – 183.

📇 **作品导读**

　　史蒂文森的小说主要有三类:冒险小说、历史小说、南太平洋小说。冒险小说的代表作是《金银岛》(*Treasure Island*, 1882),这是一部家喻户晓的小说,主要讲述少年英雄智胜海盗的故事,在中国通常被归类为儿童文学。历史小说的代表作是《黑箭》(*The Black Arrow*, 1888),记述的是英国历史上著名的玫瑰战争,小说情节和金庸先生的《射雕英雄传》有许多相似之处。南太平洋小说的代表是《海岛夜娱》(*Island Nights' Entertainments*, 1893)和《退潮》(*The Ebb-Tide*, 1894)。《退潮》主要讲述三个海滩拾荒者(beachcomber)的冒险经历,包括他们在天花肆虐的商船上的意外发现以及商船停泊海岛期间和英国珍珠商人之间的明争暗斗。《海岛夜娱》由三个短篇小说组成,除了我们马上要详细讲述的《瓶中妖魔》("The Bottle Imp"),还有另外两部短篇小说,分别是《法拉赛的海滩》("The Beach of Falesa")和《声音之岛》("The Isle of Voices")。《法拉赛的海滩》主要记述英国商人在南太平洋岛屿上争夺椰肉贸易的商战故事,现实意味较浓;《声音之岛》主要讲述岛民们如何通过魔法把声音之岛上的贝壳变美元的故事,虚幻意味较浓。

　　《瓶中妖魔》是史蒂文森南太平洋小说代表作《海岛夜娱》中的第二篇。和《声音之岛》一样,这部短篇小说的虚幻意味也比较浓:夏威夷(当时的夏威夷还没有被纳入美国版图)土著居民基维从美国旧金山一个白人老人手里买来了一个瓶子,瓶中有个奇丑无比的妖魔,可以满足人的各种愿望。但瓶子的持有者也有烦心事,他必须以低于买入价的价格将瓶子及时卖出,如果他临终之时还没有成功卖出,那他就要下地狱,饱尝炼狱之苦。基维买了瓶子,对着瓶子许了愿,他得到了他想要得到的土地和房产,然而这一切却都是以他叔叔的横死为代价的。基维对此感到愧疚,他迫不及待地想摆脱魔瓶的困扰。他的朋友买走了瓶子,轻轻地许个愿,就实现了自己拥有大帆船的梦想。基维和一个名叫科库娅的女孩热恋,正当他即将走向幸福生活之时,他在洗澡时却猛然发现自己染上了麻风病。麻风病是一种非常可怕的疾病,夏威夷人将其称为"中国恶魔"(Chinese evil)。他必须找回瓶子,只有瓶中妖魔才能治好他的麻风病,否则,他就只能离开科库娅,到遥远的麻风病隔离岛上去生活。他买回了瓶子,治好了麻风病,但他却高兴不起来。因为他买回瓶子时,瓶子的价格已经跌至1美分,在美元作为通用货币的夏威夷,他不可能把瓶子再卖出去了。科库娅在火奴鲁鲁受过教育,她见多识广,她知道世界上还有比1美分更小的货币(比如英国的法寻、法国的生丁),于是,他们来到了有更小货币的法属塔希提岛,但瓶子依然卖不出去。万般无奈之中,科库娅只能铤而走险,她给一位老人4生丁钱,让他从基维那里买来瓶子,然后自己再用3生丁买下来,用自己下地狱的方式换来丈夫的解脱。后来,基维无意之中发现了实情,他以心换心,决定用同样的方式,自己买回瓶子,让妻子得到安宁。他让一位嗜酒如命的美国船老大用2生丁从科库娅那里买回瓶子,然后自己再用1生丁买回来。正当他为自己注定要下地狱的悲惨结局而忧虑之时,美国船老大给他解了围。由于魔瓶能满足船老大嗜酒如命的欲望,他宁肯带着魔瓶下炼狱,也坚决不把魔瓶卖给基维。魔瓶从此从故事中消失,基维欣喜若狂,他像一溜烟似地跑回到科库娅的身边,夫妻俩终于过上了他们向往已久的幸福而平静的生活。

众所周知,史蒂文森是英国新浪漫主义的代表。按照陈嘉先生的说法,新浪漫主义是"另一种方式的逃避主义"(陈嘉 1986：470)。逃避主义最重要的特点就是通过文学的虚幻来逃避现实。就《瓶中妖魔》这部作品而言,魔瓶能够满足人们各种各样的欲望,可以给人土地、给人房产、给人金钱、给人治愈疾病,这显然是一种虚幻,现实世界不可能有这样的魔瓶。即便真的有,在资本主义世界,像魔瓶这样的好东西,也不可能轻易落到基维这种平头百姓的手上。在现实世界里,基维要想得到魔瓶,他就得苦苦地等待,一直等到买主几乎确定无疑地要带着魔瓶下地狱的时刻。可是,小说中的事实却并非如此。魔瓶最初卖得很贵,只有祭祀王约翰(Prester John)那样的大富豪才买得起,但这是很久以前的事了。由于有必须越卖越贱的游戏规则,到了小说开始的时候,瓶子的售价已经跌至50美元。当然,50美元并不是美国旧金山的老人提议的价格,而是基维身上只有50美元。老人为什么肯把瓶子卖给基维呢？小说中没有给出特别明确的答案。但读者不难推测:老人老了,魔瓶虽有千般万般的好处,但不能让人长生不老、万寿无疆,老人有自己的豪宅，有自己的幸福生活，该有的都有了。虽然在售价50美元的时候，不存在瓶子卖不出去的风险，但临终时瓶子卖不掉就要带着它下地狱这个规则永远存在，万一哪天老人没有提前征兆就忽然离世呢？反正瓶子早晚都要卖掉，自己该有的都有了，50美元就50美元吧。再说，像基维这种夏威夷人，他身上只有50美元，多要1美元就可能失去这个主顾。美国人再精明，也总不至于为了区区的1美元而失去基维这个客户吧？再说，基维最初看中的并不是魔瓶，而是老人的豪宅，他是听说魔瓶能够满足他拥有豪宅的愿望，才冒险买下老人手里的魔瓶的。

《瓶中妖魔》从一开始就充斥着浓浓的经济学味道。它的故事十分离奇，离现实很远，但它所讲出的道理却并不离奇，离现实很近。《瓶中妖魔》讲出的道理颇具经济学意味，值得经济学家们深入思考。我们先从瓶子销售的规则讲起。麦克劳林将《瓶中妖魔》中魔瓶的销售规则归纳成三点：①瓶子拥有者必须在某个点将瓶子卖出；②瓶子卖出时必须"亏损"；③瓶子卖出时必须使用"硬币"。（McLaughlin 1996：174）第一点很容易解释，瓶子拥有者必须在有生之年的某个点把瓶子卖掉，否则就要带着瓶子下地狱。在基督教徒的眼里，没有什么比下地狱更可怕的了，所以，任何一个正常的基督徒，都会不惜一切代价地把瓶子在有生之年卖掉。这一点和宗教直接相关，和经济学的关系不大，至少并不直接相关。旧金山的老人把瓶子卖给基维，并不是因为他看中基维的50美元，而只是因为他必须在有生之年把瓶子卖出去，虽然当时他带着瓶子下地狱的风险并不大。同样，基维在治好自己的麻风病之后，也迫不及待地想把瓶子卖出去，基维夫妇为了卖出瓶子可谓是煞费苦心，因为一旦卖不掉，基维或者基维的妻子就得带着瓶子下地狱。他们在乎的也不是钱，因为瓶子越卖越贱，1生丁或者2生丁的钱，对于已经有了房子、有了幸福生活的基维夫妇来说，实在是微不足道。他们卖出瓶子，纯粹是为了免除带着瓶子下地狱的灾祸。卖瓶子不是为了金钱，而是为了免除灾祸，这虽然和经济学并不直接相关，却也是值得经济学家们思考的问题。中国有句老话"人之熙熙，皆为利来；人之攘攘，皆为利往"。多少年来，我们都习惯性地认为，商品交换就是为了金钱。《瓶中妖魔》颠覆了我们的认知，在史蒂文森的笔下，金钱依然是商品交换的载体，但不是商品交换的目的。

我们再来谈第二点，这是瓶子销售规则中最重要的一点：瓶子卖出时必须"亏损"。这一点实在令人费解。因为，尽管瓶子拥有者有带着瓶子下地狱的风险，但这种风险并不是永远存在，只有当瓶子售价到达临界点时才会出现。在绝大多数情况下，瓶子的利是大于弊的。除了不能让人长生不老，魔瓶几乎是什么都能的。如前文所言，它能给人土地、给人房产、给人财富，还能治愈疾病，这么好的东西，在绝大多数情况下，都是能给人带来好运的，失去了它才会厄运连连。就像旧金山的老人所说的那样："拿破仑买了这个瓶子，立刻称霸世界；后来他卖了，就遭遇滑铁卢了。库克船长买了这个瓶子，他就发现了好多岛屿；后来他也卖了，结果被夏威夷土著给杀了。因为，一旦卖了瓶子，瓶子的魔力就消失了,它也就保护不了你了。除非一个人满足于他现在所有的一切,否则,厄运总会降临的。"(Stevenson, 1996:74-75)老人的这段话可以这样解释:他在卖瓶子时编出了拿破仑和库克船长的故事,说明他很会推销,没有人会相信他的故事,但这不意味着没有人相信他所讲的道理,瓶子在大多数情况下是能够给拥有者带来好处的。瓶中妖魔很丑,他一露面就把基维和他的朋友吓得要死,这也是魔瓶的一大缺点。但是,值得注意的是,瓶中妖魔是基维的朋友为了证明瓶中确有妖魔而硬让基维通过许愿的方式把他叫出来的,他们被妖魔吓着是咎由自取,不是妖魔本身的罪过。所以,我们也不能用妖魔的丑陋来解释瓶子必须越卖越贱的动因。在阅读文学作品时,我们一定要采取将心比心的策略才能洞察问题的症结。要知道,在现实世界,让客户知道卖出时必须"亏损"是不利于商品销售的。试想,你用100万元去买一套房产,如果销售人员告知你,你所购买的楼盘有着卖出时必须"亏损"的约定,你还会毫不犹豫地下单吗?应该不会。卖出时必须"亏损"这个规则意味着"你从拿到瓶子的那一刻起,你就欠下了一份你买瓶子和你必须低价卖瓶子之间的差额"(McLaughlin, 1996:174)。按照常理来讲,我们买一样东西,即便不是为了升值,至少也盼着它能保值,最好不要贬值。那么,为什么史蒂文森要冒天下之大不韪,非得要制定瓶子必须越卖越贱的奇葩规则呢?

这个复杂的问题,其实可以用简单的数学来解释:向上是无限的,向下是有限的。如果瓶子越卖越贵,那么,从理论上来讲,瓶子拥有者就永远不会真正承担带着瓶子下地狱的风险,因为瓶子的价格可以无限地涨上去。当然,这在现实世界的商品交易中也是不可能的,因为人的购买力是有限的,价格过高,就会出现有价无市的局面。这个道理很容易解释,因为不存在最大的自然数,所以,商品的价格可以无限上涨。当然,要想达成实际的交易,价格就必须控制在合理的区间。但是,因为世界上存在最小的自然数,价格向下的时候一定是有限的,而且无法再交易的价格区间都是可以预测的。即便没有带着瓶子下地狱的风险,如果当年1美分就是美元最小的单位,那么,用1美分买来瓶子的人也不可能把瓶子再卖出去了,因为在虚拟支付到来之前,1美分不可能再分割了。你把1美分掰成两半,可能会落个蓄意损毁货币的罪名,但你绝不可能把掰开的货币当作半美分去做交易,因为收款方不会接受被你损毁的货币。而且,即便在虚拟支付的时代,如果1美分就是美元最小的单位,你用子虚乌有的0.1美分或者0.01美分来完成交易,应该也是受限制的甚至是要追究法律责任的。当然,虚拟支付在处理此类问题时肯定要比实体货币支付更有优势,在不违反法律的前提下,交易者可以把1美分兑换成等量的虚拟货币,比如1美分兑换1000个Q币,然后再用Q币进行交易,这样基维所面临的困境就可以暂时性地解决了。

一言以蔽之,就是史蒂文森设定瓶子越卖越贱这个规则是很明智的。他要让基维面临窘境,就只有这么个办法。因为还有带着瓶子下地狱的风险,所以,在实际交易中,我们在上一段中所说的价格低至1美分就不可能再有交易了,这也是一厢情愿的说法。实际情况应该是，价格低至 3 美分就卖不动了，因为下家必须 2 美分买，而下下家只能 1 美分买了。按照游戏规则，在美元为唯一流通货币的夏威夷，这个可怜的下下家就只能带着瓶子下地狱了。下下家不会那么傻，正常情况下，他不会用 1 美分买瓶子，这种意识会传导给下家，稍有风险意识的下家就不会用 2 美分来买瓶子。以上这段论述足可以解释基维夫妇在法属塔希提岛卖不掉瓶子的原因。基维的妻子科库娅了不起，在那个年代，在女性教育还没有得到足够重视的时代，她居然能知道英国和法国有比美分更小的货币，这实在是难能可贵。但是，她的国际货币兑换的伟大构想并没有解决实际问题。这里面的道理很简单。1 美元可以兑换 5 个生丁，由于体量太小，基维夫妇回旋的余地太小。要知道，按照《瓶中妖魔》所设定的交易规则，不管是什么货币，价格低至 3 就已经是绝境了。科库娅舍身救丈夫的壮举令人感动，堪与美国作家欧·亨利（O Henry，1862～1910）的短篇小说《礼物》（"The Gift of the Magi"）中的贤惠妻子德拉相媲美。但感动归感动，科库娅的行为不仅于事无补，而且是火上浇油。如果没有她的那次壮举，瓶子的价格停滞在 5 生丁，再次交易的希望总还是有的。科库娅知道自己亲自去买瓶子是行不通的，所以，他委托给一位老者去买回瓶子，她自己再从老人手里买回来，这么一折腾，瓶子的价格就降至 3 生丁了，也就是一下子就到绝境了。这应该都是科库娅冲动的结果，要知道，在她理性的状态下，她是十分聪慧的。她不仅知道世界上有比美分更小的货币，而且在英属岛屿和法属岛屿之间选择法属岛屿，这主要是因为 1 美分只能兑换 2 法寻，这样一来，卖掉瓶子的希望就更加渺茫。科库娅把再卖掉瓶子的希望给断绝了，这时就只能基维铤而走险了。要知道，为了治疗自己的麻风病，基维已经干过一次傻事了，他用 1 美分买回了瓶子，这相当于明知自己要带着瓶子下地狱还要买回瓶子。基维为什么要买回瓶子呢？答案很简单，因为只有瓶中妖魔才能满足他的愿望，为他治愈麻风病。在基维生活的那个年代，麻风病被称为"中国恶魔"，因为西方人固执地认为麻风病是中国劳工带来的，虽然这并没有什么特别可靠的科学依据。而且，非常有趣的是，当时麻风病很难治愈，英国人中间盛传的巴斯温泉对治疗麻风病有效的说法很难得到医学界的认可，真正有疗效的东西是一种树脂，由于这种树盛产于中国，这反倒使西方人更加相信麻风病起源于中国。凡事都是有得必有失，在权衡利弊之后，基维还是决定买下瓶子，他在买瓶子的时候，只想着买瓶子的得（治好麻风病），完全不管买瓶子的失（带着瓶子下地狱）。基维有了第一次用 1 美分买回瓶子的经历，他第二次用 1 生丁买回瓶子时也就不再那么优柔寡断了，但这不意味着他不害怕下地狱。基维从妻子手里买回瓶子这一段还是很让人感动的，他买回瓶子的动机是为了不让妻子替他下地狱。这也是史蒂文森设定瓶子越卖越贱这个规则的高明之处。试想，如果史蒂文森设定的是瓶子必须越卖越贵的规则，那么，因为瓶中妖魔能满足人除了长生不老之外的几乎所有的欲望，所以，瓶子的价格肯定是高得越来越离谱，这样一来，瓶子就永远不可能落到基维这种平头百姓的手中，我们也就再也看不到妻子舍命救丈夫、丈夫舍命救妻子这样感人的故事了。要知道，按照旧金山的那位老人的说法,瓶子在很久以前可是几百万起价的,只有祭祀王约翰那样的大富豪才买得起。

我们再来看第三点:瓶子卖出时必须使用"硬币"。首先,需要说明的是,使用硬币不是说全部使用硬币。其实这一点也很重要,因为必须使用硬币就意味着这是实体货币(或者说现金)交易的时代。在虚拟支付时代,我们似乎应该把同样的规则表述成"交易金额必须有个零头",不能随意舍零取整。硬币和纸币不同,一般而言,纸币的面值是大于其制作成本的,而许多种硬币的面值可能会远远地低于其制作成本。纸不值钱,但纸印成纸币后就值钱了。金属值钱,但金属铸币之后反倒不值钱了。这本身就是值得研究的经济现象。当然,这不是史蒂文森《瓶中妖魔》的主要关注点。为什么必须使用硬币呢? 这个问题不太好回答。目前笔者仅能给出这样一个答案:一是作者在提醒读者,这是一个实体货币交易的时代,1美分或者1生丁就是最小的货币单位了;二是这从一开始就埋下了伏笔,因为有瓶子必须越卖越贱的规则,早早晚晚会有那么一天,交易连小额的纸币都用不上了,用面值最小的硬币交易就可以了。如果史蒂文森设定的是瓶子卖出时必须使用"纸币",那么,基维所面临的窘境恐怕还要提前许多。

亚当·斯密把价值分为使用价值和交换价值两种,他认为,"使用价值很大的东西,往往具有较小的交换价值,甚至没有;反之交换价值很大的东西,往往具有极小的使用价值,甚至没有"(斯密,2015,上卷:24)。斯密给出的例子是水和钻石,水的使用价值很大,但几乎没有什么交换价值,钻石没有什么使用价值,可是人们愿意拿出大量的财物与其交换。斯密对价值的分类一直被经济学家奉为皋臬,但他的说法其实也值得商榷。如果《瓶中妖魔》中的瓶子一直售价很低,那倒是可以作为斯密理论的例证了。瓶子的交换价值低,是因为它的使用价值高。可是,事实并非如此。瓶子的使用价值其实一直变化不大,可是价格却从几百万降低到1美分,最后又降至1生丁,这用斯密的理论很难解释清楚。瓶子不断降价,其实就是因为瓶子必须越卖越贱这个人为制定的规则。用供求关系理论也很难解释清楚,魔瓶不是普通的瓶子,它是独一无二的,物以稀为贵,它最初几百万的售价是物有所值的,但是,几百万的价格必然会把没钱的人吓跑,这样一来,供求关系也会失衡。要想达成实际的交易,光有需求还不行,有需求的一方还必须有这样的购买力。瓶子价格降至一定程度,比如小说开头时的50美元,这是许多人都买得起的,而且还不至于带着瓶子下地狱,这个阶段的交易是最旺盛的。但是,当瓶子的价格降至临界点,比如说1美分或者1生丁,由于人们害怕带着瓶子下地狱,瓶子的交易就成了大问题。如果不是因为美国船老大宁肯下地狱也不肯把瓶子再卖给基维,那么,基维肯定就要带着瓶子下地狱了。《瓶中妖魔》的结局有点儿出人意料,但是,如果我们和小说的开头联系起来,似乎这种安排就有些微妙了。卖给基维瓶子的是旧金山的美国老人,最后为基维解除烦恼的又是美国船老大,夏威夷当年还不是美国领土,但是美元已经主导了夏威夷群岛,反正说来说去,《瓶中妖魔》中夏威夷人的财富都是美国人给的,夏威夷人的烦恼也都是美国人帮助解除的。转来转去,史蒂文森还是站在了为殖民主义唱赞歌的一方,虽然史蒂文森在南太平洋生活期间同情土著居民,为他们做了许多好事,在散文和书信中也表达了对殖民主义的不满,但是,在他的小说中,至少是在《瓶中妖魔》这部小说中,他最终还是用一种十分隐含的方式为美国人唱了赞歌,这和他的妻子是美国人也有一定的关系。要知道,他的南太平洋小说大多是和他的美国继子奥兹伯恩合写的。也许有人会对笔者的上述看法提出异议:财富不是瓶中妖魔给的吗?是的。可是,瓶中妖魔在赐予夏威夷人财富的同时,也给他们带来了烦恼,而且,魔瓶本身解除不了基维所面临的带着瓶子下地狱的烦恼。最终基维的烦恼还是美国船老大帮他解除的,他带着瓶子从故事里消失了,但他并没有从这个世界上消失。

亚当·斯密特别强调劳动与价值的关系,他在《国富论》一书中写道:"只有劳动才是价值的普遍尺度和正确尺度,换言之,只有用劳动作为标准,才能在一切时代和一切地方比较各种商品的价值。"(斯密,2015,上卷:31)斯密的这段话道理很深刻,只有劳动才是价值的尺度,价值是通过劳动创造的。《瓶中妖魔》中的瓶子不是人工制造的,也不是人们从深山中挖出来或者从大海里捞出来的,瓶子有使用价值,但没有劳动附加值。此外,夏威夷人的财富几乎都是魔瓶赐予的,也不是什么劳动所得,这种不劳而获的做法是不利于社会的可持续发展的。瓶子必须通过人的许愿才能兑现财富,当它还可以再交易时,它可以再赐予财富,可是,当它无法再交易时,它就不能为新的人赐予新的财富了。美国船老大解除了基维的烦恼,这对于基维来说是一件天大的好事,他该有的都有了,应该再也不需要魔瓶为他做什么了。可是,这对于那些还没有得到魔瓶恩赐的夏威夷人来说,他们再想不劳而获就不太可能了。即便他们也都像美国船老大那样,要钱不要命,不怕带着瓶子下地狱,他们获得魔瓶恩赐的机会也只有一次。美国船老大是用2生丁买来的瓶子,1生丁是法属塔希提岛最小的货币单位,瓶子再交易的机会只有一次了。

在《瓶中妖魔》这部短篇小说中,魔瓶的交易和伦理问题紧密相连。旧金山的老人把魔瓶卖给基维之后,基维有些后悔,但旧金山的老人也毫不让步,他立时就下了逐客令,此时此刻的老人心里想得就是尽快把瓶子卖出去,买主是不是能真的受益就不关他的事了。同样,基维看见妖魔奇丑无比之时立时就觉得难以忍受,他把买瓶子的朋友连夜赶走,连朋友的性命他都不在乎了。但旧金山的老人也好,基维也好,他们都不会遭受太多的道德谴责,因为他们急于摆脱魔瓶的困扰,而且主观上没有为了自己而毁灭别人的意图。美国船老大或许是整部小说中最不讨人喜欢的人物,虽然他最终为基维解了围,但他并不是出于利他的原因,而是出于利己的原因,他为了喝酒居然连下地狱都不怕了,基督徒们出于宗教信仰原因更会加倍地谴责他。基维和妻子互救的行为令人感动,但从伦理的角度讲,那也不能叫高尚,那只是人之常情而已。真正有点儿高尚意味的是替基维的妻子买回魔瓶的老人,他坚守自己的道德标准,坚决不肯和瓶中妖魔沾边。他宁愿自己咳嗽不止,也坚决不向瓶中妖魔许愿,他甚至还提出他可以牺牲自己来换取基维的妻子的解脱：

> "你给我之前，"科库娅喘着粗气，"先捞点好处吧，让它治好你的咳嗽。"
>
> "我都一把年纪了，"老人回答，"都要死了干嘛还要从魔鬼那获利呢。但你这是干嘛？你怎么不要？你犹豫了？"
>
> "没有！"科库娅大叫，"我只是太虚弱了。给我一点时间，是我的手不听使唤，肌肉因为这个可恶的东西而萎缩了。等我一下，好不好？"
>
> 老人慈祥地看着科库娅。"可怜的孩子！"他说，"你害怕了，你为你的灵魂而忧虑，好吧，我留下瓶子算了。我都这么老了，在这个世上也活不了几天了，至于……"
>
> "给我吧！"科库娅喘着气说。"这是给你的钱，你以为我真的会那么无耻吗？把瓶子给我吧。"
>
> "上帝保佑你，孩子。"老人说。（Stevenson, 1996:96）

老人的精神很可贵，科库娅信守承诺的精神也很可贵。从某种意义上说，基维夫妇之所以会面临带着瓶子下地狱的风险，一则是因为基维为了治好麻风病而用1美分买回了瓶子，二来就是因为他们信守承诺，遵守交易规则。所以，从伦理的角度看，基维夫妇即便不算好人，至少也不是坏人。基维用1美分买回瓶子是有些冲动，但他的冲动也不是纯粹出于利己，其中也有他对妻子的爱。如果基维夫妇像美国作家马克·吐温（Mark Twain, 1835~1910）小说《哈克贝恩·芬历险记》（*Adventures of Huckleberry Finn*, 1885）中的骗子一样，在家骗父母，出门骗朋友，也许他就不会发愁把瓶子卖给下家。需要说明的是，从表面上看，《瓶中妖魔》中的人除了美国船老大，都是很信守承诺的，都是很遵守规则的，这仿佛都是因为道德的约束、因为宗教的约束。其实也不尽然。小说中还有一个在现实世界也许很难做到的约束，那就是瓶子本身的魔力。要知道，如果你不按照规则交易，比如说，你用高于原价的价格卖出了瓶子，魔瓶是会自动回到你身边的。基维从一开始就体验了瓶子的这种威力，所以，无论如何，他也不敢违反瓶子必须越卖越贱这个规则。

《瓶中妖魔》中还蕴含着另一个深刻的道理：一个人的得往往是靠另一个人的失而获得的。基维买了瓶子，他通过许愿的方式得到了土地和房产，因为有了钱而成功地将科库娅追到手，这一切都是以他叔叔的失为前提的。财富不会从天而降，瓶中妖魔自己是既不拥有土地也不会造房子的，他本身并不能满足基维的需求。同样，瓶中妖魔也不会酿制朗姆酒，他满足美国船老大喝酒的欲望肯定也是靠东挪西凑才做得到的。基维夫妇摆脱了痛苦，美国船老大就得替他们承受痛苦。船老大要瓶子不要命，他是咎由自取。但是，如果买主不是船老大呢？要知道，基维夫妇千里迢迢地跑到法属塔希提岛，可不是冲着美国船老大去的。在1美分只能兑换5生丁的情况下,任何一个塔希提岛的人都有可能成为受害者。而且,不难推断,按照史蒂文森所制定的瓶子必须越卖越贱这个规则,在全球货币体系中,在有科库娅这种知道全球货币并不都和美元对等的人的情况下,流通货币兑换价值越高,使用该货币的地区的人越不容易成为受害者,反之亦然。由于在小说中美元兑换价值相对较高,而法币兑换价值较低,所以,法属塔希提岛自然也就成为了最有可能出现受害者的地区。多亏科库娅对中国了解不多,而且当时的中国可能使用最多的是真金白银,如果她知道中国也有比美分更小的货币,如果美分兑换这种货币的数值大于美分兑换生丁的数值,说不定基维夫妇就会跑到中国来寻找魔瓶的受害者。要知道,基维可是有一个中国仆人的。在他所生活的夏威夷岛上,商店里陈列着世界许多国家的古钱币,这说明当时海上贸易已经非常普遍。科库娅在火奴鲁鲁受过教育,她知道英国和法国有比美分还小的货币,说不定哪一天,她就会知道中国或者日本也有比美分更小的货币。

《瓶中妖魔》中还有一个值得深思的问题:像《瓶中妖魔》中这种不经奋斗就得来的财富,能够真正地给人带来幸福吗?答案是否定的。魔瓶所赐予的财富,能够给人带来短暂的快乐甚至是狂喜。以基维为例,就凭他那一点儿本事,想凭借勤劳的双手发家致富几乎是不可能的,魔瓶给他带来的横财确实给他带来了好处。但是,在小说中,他的快乐是短暂的,当他发现自己不幸患上了麻风病之时,他立时就失去了欢乐。他喜欢一边洗澡一边哼小曲,但是,当他发现自己患上麻风病的那一刻,他的歌声戛然而止。善解人意的中国仆人听不到他唱歌了,他立时就能断定有事情发生了。从此之后,基维就又和魔瓶扯上了瓜葛,而此时魔瓶带给他的是无尽的烦恼。他是在最终摆脱魔瓶之后才觉得解脱了。他远离了魔瓶,其实也就是远离了财富。也许有一天,他现有的资产贬值了,他也许还会想起魔瓶所带给他的巨大财富,但是,他是不是还愿意把魔瓶买回来,那就要另当别论了。基维梦想拥有财富,但他用1美分的价格买回魔瓶不是为了追求财富,而是为了尽快治好麻风病,和他心爱的妻子过快快乐乐的生活。当财富和幸福发生冲突时,他应该会毫不犹豫地选择幸福的。因为,经历了那么多磨难,特别是妻子宁愿自己下地狱也要帮他摆脱困难的义举,应该是让他明白了许多事情。他深爱着自己的妻子,他的妻子也深深地爱着他,这才是他应该珍惜的幸福生活,而魔瓶差一点儿就把这一切都毁了。为了让基维之类的夏威夷普通民众能过上幸福生活,还是让那个从美国旧金山买来的魔瓶永远地从故事里消失吧!

讨论题目

(1)瓶中妖魔可以给人们带来无尽财富,但他的长相实在是太丑了,他一露面,就把基维和他的朋友吓得要魂不附体。你如何理解作者的这种书写?他为什么要把妖魔书写成奇丑无比的怪物?

（2）魔瓶可以带给人们财富，本来应该是越卖越贵才对，为什么作者却要设定一个瓶子必须越卖越便宜的规则?

（3）魔瓶有一个最大的缺点：如果瓶子持有人临终前还没有把瓶子卖掉，那么，他就要下地狱，饱尝炼狱之苦。你认为瓶子到什么价格就应该卖不出去了? 在明知买家要饱尝炼狱之苦之时，还要把瓶卖给人家，这是否有违商业伦理?

（4）基维的妻子科库娅非常聪明，她在火奴鲁鲁受过教育，她知道外面的世界有比美分更小的货币单位。更小的货币单位（如英国的法寻、法国的生丁）是否解决了瓶子出售的问题? 为什么?

（5）为了不让丈夫下地狱，基维的妻子通过一位老者把瓶子买了过来。基维知道真相后，又用同样的办法把瓶子从妻子那里买了过来。你觉得他们的这种行为有利于问题的解决吗? 为什么?

（6）正当基维一筹莫展的时候，替他去买瓶子的美国船老大帮他解了围。船老大发现魔瓶能够无限制地满足他喝朗姆酒的欲望，他宁愿将来下地狱，也绝不肯把瓶子卖给基维。你如何评价美国船老大的这种行为?

（7）在史蒂文森的小说中，麻风病被称为中国恶魔。请结合历史语境，谈谈你对这个问题的看法。

（8）基维发现自己得了麻风病后，大惊失色，他习惯于一边洗澡一边哼小曲，但那一天他再也没有心情哼小曲了。这是为什么?

（9）幸福是奋斗出来的，这是颠扑不灭的真理。但在《瓶中妖魔》这部短篇小说中，许许多多的人却有一种不劳而获的思想，他们不是用双手创造财富，而是寄希望于瓶中妖魔的施舍。你如何评价这一现象?

（10）在《瓶中妖魔》这部短篇小说中，替基维的妻子买回魔瓶的老人，坚守自己的道德标准，坚决不肯和瓶中妖魔沾边。他宁愿自己咳嗽不止，也坚决不向瓶中妖魔许愿。你如何评价这位老人的行为?

▶ 第十讲 ◀

《声音之岛》：卡拉梅克的钱金灿灿

📖 **课前必读**

（1）Stevenson, Robert Louis. *South Sea Tales*. Oxford: Oxford University Press, 1996:103 - 122.

（2）Buckton, Oliver S. *Cruising with Robert Louis Stevenson: Travel, Narrative, and the Colonial Body*. Athens, OH: Ohio University Press, 2007.

📖 **作品导读**

和《瓶中妖魔》一样，《声音之岛》（"The Isle of Voices"）也是史蒂文森南太平洋小说代表作《海岛夜娱》中的一个短篇，这部短篇小说的虚幻色彩也比较浓烈。《声音之岛》书写的是一部贝壳变美元的金融传奇。男主人公基欧拉好吃懒做，但他有一个会施魔法的老岳父，名叫卡拉梅克。卡拉梅克经常乘坐飞毯到一个名曰"声音之岛"的地方，每次从那里回来都带回崭新的美钞。基欧拉得知真相后，他便向老岳父索要手风琴，反正他的钱来得那么容易。卡拉梅克非常恼火，他把基欧拉骗到海上，然后把基欧拉丢进大海，自己则化作巨人逃离。幸运的是，基欧拉被一艘路过的船只搭救，他又阴差阳错地回到了声音之岛。他见证了声音之岛上食人族的争斗，也见证了讲着各种各样的语言的淘金者。他的妻子在声音之岛上找到了他，在妻子的帮助下，基欧拉有幸从声音之岛上逃离，而狠心的卡拉梅克则被永远地留在声音之岛上。基欧拉夫妇听了牧师的劝诫，把他们从声音之岛带回来的钱用于慈善事业，以此来换得平静的生活。

《声音之岛》和《瓶中妖魔》有一个共同之处：财富不是用双手创造的，而是靠魔法创造的。借用中国传统的说法，财富这种东西，在《声音之岛》这类传奇故事中，那真的是踏破铁鞋无觅处，得来全不费工夫。只不过，在《瓶中妖魔》中，财富是共享的，所有买到瓶子的人,都如愿以偿地得到了财富。而在《声音之岛》中,财富是被独吞的,卡拉梅克施魔法捞钱,自己富得流油,可是别人都沾不上光。这个老巫师真可谓是铁公鸡一毛不拔,而且六亲不认。他的女婿基欧拉有一次和他一起冒险去声音之岛捞钱,发现他弄钱那么容易,于是斗胆向他索要一架手风琴,这一下子可把卡拉梅克惹恼了。他把基欧拉骗到海上,到了一个被人称作"死亡之海"的地方,把基欧拉丢进大海,自己变身为巨人独自逃离。在丢弃基欧拉之前,他还故意绘声绘色地描述起死亡之海的恐怖:

> 这片海,叫作死亡之海。水很深,海底堆满了白骨,漩涡中全是大妖精和小妖精;海水向北奔流,波涛汹涌,水流湍急,连鲨鱼都无法游过去。任何人驾船至此,都会翻船掉入海中,然后他就像一匹野马一样被卷入海底深处并迅速下沉,骨头被水冲得四分五裂,灵魂也落入鬼神之口。(Stevenson, 1996:110)

这一段话凸显了语言的重要性。语言是用来交际的,但到了巫师那里,语言就成了害人的辅助工具。在茫茫大海之上,在蒙蒙夜色之中,卡拉梅克对死亡之海的绘声绘色的描述,把基欧拉吓得魂飞魄散。他不用施什么魔法,单是这段话就把基欧拉给吓死了。在《声音之岛》这部小说中,巫师和语言是紧密相连的。声音之岛之所以被称为声音之岛,就是因为来岛上淘金的巫师,大多是隐身人,只有声音,没有形体。巫师们搏斗时,也是只闻其声,不见其人。基欧拉看得见板斧在挥动,听得见一声声的惨叫,他知道有人被板斧给砍死了,可是,无论是杀人者还是被杀者,他都是看不见的。史蒂文森的这种写法很有深意,它颠覆了人们关于种族问题的传统认识。理论家们动不动就讲黑皮肤、白面具、香蕉人或者芒果人,仿佛肤色就是种族身份认定的唯一标准。可是,到了声音之岛,来自世界各地的巫师们都成了隐身人,肤色识别已经完全不可能了,只有通过语言才能识别说话者的种族。其实这种识别方法,在现代社会还是很管用的。一个人说着比英国人还流利的英语,一辈子都没有回过日本,甚至日本在哪里都不知道,我们却要根据他的肤色,查他祖宗八代的家谱,硬说他(或者她)是日裔英国作家,这种说法真的站得住脚吗? 在此种情况下,语言识别不是更加有说服力吗?

《声音之岛》中的语言(或曰声音)还有另外一个特色:白人在说话,来自世界各地的巫师们在说话,声音之岛之外的岛民们(包括食人族在内)也在说话,可是,就是听不到声音之岛上土著居民的声音。学者巴克顿认为,"将岛屿和口语对等,这意味着在声音之岛上,语言差异被表述为正在进行的商业交换系统的一部分。岛屿魔幻的方面(具体地说,就是巫师的隐身性)意味着殖民经济实践的潜在可能性,在贸易的不和谐音律中压制住了土著的声音,使其变得沉默"(Buckton, 2007:220)。巴克顿的这段话很有道理,在《声音之岛》这部小说中,声音比形体更重要。巫师们的形体是看不见的,给人一种不在场(absence)的感觉,但实际上他们是在场的(presence),他们的声音宣告了他们的在场。

而且,他们在场的目的就是来获取财富,这些财富本来是属于声音之岛的,但最终却都被来自世界各地的巫师们掠走了。将这种行为称为交换似乎也是一种粉饰,巫师们并没有拿出自己的东西和声音之岛上的人进行交换,他们是来掠夺财富的,他们不是来交换的。

史蒂文森没有将笔墨浪费在这许许多多的巫师身上,他把大量的笔墨留给了巫师的代表人物卡拉梅克。卡拉梅克是夏威夷岛上最有本领的人,他首先是个预言家,"没有人比他更聪明。他能看星象,能用死尸做法,他能借助妖物独自一人登上高山之巅,到那只有精灵鬼怪才到得了的地方。在那里他可以设计捕获远古时代的幽魂"(Stevenson,1996:103)。卡拉梅克还是个有钱人,小说开始的时候,没有人知道他的收入来源,他总是有花不完的钱,而且,每次买东西,他用的都是金灿灿的新钱。"所以,'卡拉梅克的钱金灿灿'也就成了八大岛的另一句传言。此外,他既不买卖、不耕作,也不雇劳工,只是时不时地施一施巫术。他那么多的钱真的没有来由。"(Stevenson,1996:103-104)卡拉梅克还是个为富不仁之人,他是名副其实的一毛不拔,谁敢惹他,他就让谁尸骨无存。基欧拉是他的女婿,虽然这个女婿比较懒,但卡拉梅克的女儿蕾娃还是很爱他的,而且,在小说中,蕾娃应该是卡拉梅克唯一的女儿,就算看在女儿的面子上,卡拉梅克也应当对基欧拉好一点儿。可是,事实恰好相反。如前文所言,基欧拉只不过是向他要了一架手风琴,这点儿开销,对于卡拉梅克而言,不过是九牛一毛。可是,卡拉梅克竟然不顾亲情,欲将基欧拉置于死地。要不是基欧拉命大,恰巧被一艘路过的商船搭救,他真的是要在黑灯瞎火之中葬身大海了。

卡拉梅克的钱金灿灿,这首先是因为他的钱都是新钱。从某种意义上讲,同样是金钱,新钱比旧钱的诱惑力更大。这一点不难理解,家长把实体货币包成红包,送给孩子作压岁钱,一般都是选择崭新的货币,如果货币皱巴巴的,虽然钱的数量一样多,但小孩子们还是看见新钱高兴,这是人之常情。卡拉梅克的钱金灿灿,对人很有诱惑力,他如果乐善好施,能够把他的一部分财富(反正也不是辛勤劳动所得)和他人共享,那么,说不定在夏威夷人民心目中,他的人品也被认为是金灿灿的。可惜的是,卡拉梅克是个纯纯粹粹的利己主义者,他喜欢吃独食,他视财富如生命,谁敢动他的财产,他就要谁的命,连自己的女儿女婿也不例外。这不符合政治经济学原则,按照亚当·斯密的说法,好的商人应该在利己的同时,也为国家积累财富。个人富了不算富,国家富了才算富。追求个人财富没有错,但只追求个人财富是远远不够的,政治经济学的首要原则是富国裕民,"被看作政治家或立法家的一门科学的政治经济学,提出两个不同的目标:第一,给人民提供充足的收入或生计,或者更确切地说,使人民能给自己提供这样的收入或生计;第二,给国家或社会提供充分的收入,使公务得以进行。总之,其目的在于富国裕民"(斯密,2015,下卷:3)。卡拉梅克是个大巫师,他的巫术很有法力;但他不是大商人,大商人应该为国谋财,而他不是,他只为自己谋财,连自己的家人都别想和他分享财富,这种"我花开后百花杀"的财富积累模式是十分不可取的。

　　"卡拉梅克的钱金灿灿"还有另外一层含义,卡拉梅克(Kalamake)应该是夏威夷土语,翻译成英文之后就是"制造金钱"(make money)。(Buckton, 2007:220)卡拉梅克的钱不是夏威夷政府专营的造币厂里印制或者铸造出来的,而是他在声音之岛上用贝壳变来的。在《声音之岛》中,贝壳变美元可以被理解为一种虚幻。但是,这在中国文化中就不是虚幻。在古时候,由于贝壳象征着吉祥,还可以用来计数,而且具有坚固耐用的特点,便于携带,所以,贝壳是真的被当做货币使用的,这就是许多和金钱相关的文字(比如账、财、赊、赎、赔、赚)都有一个贝字旁的原因。但是,由于语境不同,我们绝不能把中国人对贝壳与金钱的关系的理解,生硬地运用于《声音之岛》的文本解读之中。如果贝壳可以直接作为金钱使用,那么,小说中所写的说汉语的巫师,就不用施法术把贝壳变为金钱了。说汉语的巫师,只需要把贝壳直接捡走就是了,这样可以节能高效,比说其他语种的巫师速度更快,成效更高。小说文本中的事实不是这样的,如果贝壳可以直接用来作金钱,那么,卡拉梅克的钱就不可能是金灿灿的了。但问题是,无论卡拉梅克的钱多么金灿灿,那些钱都应当被视为假币,因为它们不是官方的造币厂造出来的。我们绝不能因为卡拉梅克的钱看起来和真钱几乎一模一样,就忽略了假币的实质。甄别假币最重要的标准,不是看它是不是像真币,而是看它的来源。官方造币厂里出来的货币,哪怕有些小的瑕疵,它也应该被视为真币。不是官方造币厂里出来的货币,不管它伪造得多么逼真,它都应该被认定为假币。这可能也是卡拉梅克不肯给基欧拉买手风琴的原因,假币的持有者,交易的次数越少,越不容易暴露;交易的数额越小,越不容易被人关注。基欧拉给卡拉梅克做帮手,卡拉梅克给了他5美元作奖赏。基欧拉拿着5美元去消费,一般情况下别人不会关注他。如果他今天买架手风琴,明天买架钢琴,说不定很快就会被警方给盯上了。一个终日游手好闲的人,哪来的那么多钱买这买那呀!

　　学者埃德蒙对贝壳变美元的故事进行了后殖民主义的解读,他认为,"贝壳变美元意味着西方世界对南太平洋岛屿的经济掠夺,特别是在低地岛屿的语境中(比如《退潮》),类似于珍珠养殖的那种活动"(Edmond, 1997:189)。埃德蒙的话有一定的道理,贝壳属于声音之岛上的岛民,却活生生地被外人掠走、变成金钱(应该还包括美元之外的货币,小说中没有明示),这分明就是一种巧取豪夺,可以被视作一种经济剥削。但是,埃德蒙忽略了《声音之岛》和《退潮》之间的不同之处。《退潮》中的艾特瓦特是典型的英国白人,他垄断着岛上的珍珠养殖业,疯狂地掠夺岛上的资源,使岛民们生活在水深火热之中。再加之天花肆虐,岛上的生活实在是惨不忍睹,难怪小说里用屋子里空空的、坟墓里满满的,来形容被英国商人疯狂掠夺之后的惨状。《退潮》是典型的英国白人压榨海岛土著居民的故事,但《声音之岛》略有不同。小说中确有一艘白人的商船,就是那艘船将基欧拉从大海里救起,并带着他阴差阳错地回到了声音之岛。可是,那艘船上的人命运不济,他们刚好赶上疾病多发的季节,可怜的大副被鱼给毒死了。小说中是这样描写那艘船上白人的悲惨结局的:

一船蠢货！他们的船开到那的时候，正好赶上病变的季节，环礁湖中的鱼都有毒，人吃了会身体膨胀而死。这传言那个大副也是听说过的。他也看见了当时有船只准备离开。那儿的人一到季节就要迁往声音之岛。只是那大副笨得像头驴，从来不信邪。抓着一条鱼烤了就吃，结果把自己吃死了，膨胀而亡。他死了，基欧拉就高兴了。（Stevenson, 1996:116）

白人的商船还没来得及掠夺南太平洋岛屿，可怜的大副就一命呜呼了。所以，用后殖民主义理论解读《声音之岛》并不十分贴切。当然，我们也不否认，大副活着的时候，基欧拉受尽了凌辱，他对其他的岛民们也不够友好。而且，来声音之岛上淘金的巫师们说着各式各样的语言，其中最主要的还是欧洲语种，由此也可以推断出来争夺岛上资源的白人居多。但是，如前文所言，因为巫师们是隐身的，他们的掠夺也是隐身的。相比之下，倒是并不属于欧洲白人的卡拉梅克更显眼。卡拉梅克皮肤很白，但他继承的是莫洛凯和马嵬最纯正的血统，是地地道道的夏威夷人。所以，从表面上看，被史蒂文森凸显出来的来声音之岛淘金的巫师中，还是卡拉梅克这个纯正的夏威夷人。我们可以说声音之岛上的资源是被外来人掠夺走的，但此处的外来人并不完全等于欧洲白人。

随着大量外来人的涌入，南太平洋岛屿上的疾病开始肆虐开来。南太平洋岛屿在18世纪末才开始成为西方列强的关注对象。1779年英国探险家库克在夏威夷遇难，这让西方世界颇感震惊，这也是夏威夷最终没有成为英国殖民地的原因。英国人觉得夏威夷岛不吉利，因此才有美国人最终于1898年将夏威夷纳入美国版图的机会。1795年，以长老会和公理会为主的伦敦传教士协会（LMS）成立，该协会把塔希提作为他们在南太平洋岛屿传教的基地。到了19世纪，南太平洋岛屿逐渐成为帝国主义贸易的必争之地，英国、美国、法国、德国等在这片土地上竞相角逐，争夺人力和物力资源。这使得南太平洋岛屿本身固有的经济遭到严重破坏，麻风病、天花等疾病到处肆虐，许多岛民死于疾病，有幸活过来的人也要承受失去家庭成员的痛苦。虽然在《声音之岛》中，史蒂文森并没有将疾病刻意凸显，但小说的结尾还是以一种隐含的方式告诉读者，夏威夷岛上的麻风病还在肆虐，需要大量的资金救治病人，所以才会有传教士劝诫基欧拉夫妇为麻风病人捐款的情节。基欧拉夫妇真的把他们的钱捐给了麻风病人，他们的慈善之举可圈可点。但是，不管怎么说，他们的钱不是官方造币厂里出来的，可以认定为假币。使用假币是违法的，使用假币会对正常的金融秩序造成干扰，把肮脏的钱用于慈善事业就能洗白吗？这是值得深思的问题。传教士把基欧拉夫妇使用假币的事报告给了夏威夷的警方，警方如何处理，我们不得而知，因为小说写到这里就结束了。我们不仅要对传教士的行为也产生疑问了：他将基欧拉夫妇使用假币的行为报告给警方，这是无可非议的，应该是最正确的做法。可是，他在明知基欧拉夫妇的钱是假币的情况下，劝解他们为麻风病人还有教会基金捐款,这是否有违法律呢? 就算不违法,这是否也是有悖伦理呢?

谈论经济问题不可能离开伦理。所以,下面就让我们来谈谈小说中的伦理问题。众所周知,讨论伦理问题不能离开具体语境。同样的一件事,在不同的语境中,就会出现不同的伦理评判。以弹钢琴为例,在舞台上弹钢琴是一种高雅的艺术,会引起观众的共鸣,并博得观众阵阵的掌声。但是,在居民楼里弹钢琴,尤其是在夜深人静的时候,当居民们昏昏欲睡的时候弹钢琴,那就不是什么艺术了,这样的行为就可能被认定为扰民行为,应该遭受伦理谴责了。《声音之岛》中也有这种伦理问题,而且这个伦理问题和经济问题是紧密相关的。卡拉梅克的女儿到声音之岛上去寻找丈夫,她找到基欧拉之后,两个人乘坐飞毯返回夏威夷岛,他们并没有把卡拉梅克带回来,他们把老巫师一个人丢在了声音之岛上。蕾娃为了自己的丈夫,竟然抛弃了自己的父亲,这种行为应该遭受伦理谴责吗? 如果我们剥离了具体的语境,那蕾娃的行为肯定是要被谴责的。手心手背都是肉,怎么能厚此薄彼呢? 而且,妻子和丈夫之间没有血缘关系,丈夫可以再嫁,可亲生父亲只有一个呀! 蕾娃这样做不对呀! 可是,如果我们想想卡拉梅克的那副凶相,女儿怕她,女婿更怕他,基欧拉因为要一架手风琴差点儿丢了性命,这样的父亲堪为人父吗? 另外,卡拉梅克是小说中夏威夷岛上贝壳变美元的元凶,而且可能是唯一的元凶,没有了他,别人是不可能玩贝壳变美元的巫术的。把卡拉梅克丢在了声音之岛上,也就相当于阻断了夏威夷岛上假币的货源。即便还有一些存货留在夏威夷岛上,没有了新的货源,假币的危害也要小许多。从这种意义上讲,蕾娃真的可谓是大义灭亲了。基欧拉有点儿好吃懒做,但他不会巫术,没有去声音之岛玩贝壳变美元巫术的本领,他对社会的危害不能和卡拉梅克同日而语。所以,蕾娃把丈夫带回来,而把父亲丢在声音之岛上,这是一种符合伦理的明智之举。

小说里还有一个重要的伦理问题,那就是岛上食人族的问题。众所周知,食人族是英国荒岛小说的一个套路,笛福(Daniel Defoe,1660~1731)的成名作《鲁滨孙漂流记》(*Robinson Crusoe*,1719)所书写的那个荒岛上就有食人族,鲁滨孙的仆人星期五差点儿被食人族吃掉,多亏鲁滨孙出手相救,他才免去一死,所以,星期五一直死心塌地地跟着鲁滨孙,为的就是报答他的救命之恩。《声音之岛》的食人族比《鲁滨孙漂流记》的食人族高明得多,复杂得多。他们吃人不露齿,吃出一整套经验来了。他们的吃人经验可以用几句话来总结:假装对你好,让你吃个饱,架锅把你炒。基欧拉阴差阳错地来到声音之岛,误打误撞地落到食人族的手上,食人族对他很好,不让他干活儿,让他饱食终日,无所用心,还免费送他一个温柔善良的老婆。基欧拉不知是计,每日里悠哉悠哉,过得挺快活。多亏他的老婆实言相告,他才恍然大悟。原来,他所遇到的部落是食人族,食人族没有马上吃他,是嫌他长得太瘦,他们想把他养肥之后再饱餐一顿。食人族也不是个个都是凶神恶煞,分配给基欧拉的老婆对基欧拉动了真情,她帮助基欧拉出走,给他足够的钱和食物,让他躲在丛林里才躲过一劫。食人族的伦理问题,其实也是整个人类的伦理问题。如果把人养胖是为了吃人，那么，无论表面上做得多好，最终都掩盖不了吃人的本质。吃人是不应该的，假模假式地对人好，有时比直接吃人还可怕、还可恨！

这其中又涉及重婚问题。不管基欧拉愿不愿意，食人族分配给他的老婆他都必须接受，这样他就犯了重婚罪。他重婚的事情一直隐瞒到小说结束，也就是说，他重婚的事情蕾娃一直都不知道，我们很难想象出蕾娃知道此事会如何反应。不管如何大度，女人得知自己的丈夫重婚，总是不可能高兴的。说不定，如果在声音之岛上蕾娃就知道基欧拉已经另有新欢，她就不会冒着生命危险救他回到夏威夷了。当然，这些都是推测。不管法律是不是惩罚他，基欧拉都会背上沉重的伦理负担。另外，如果我们把《声音之岛》和《法拉赛的海滩》做一个比照阅读，就会发现南太平洋岛屿上的婚姻可不是那么简单，婚姻问题和经济问题也是紧密相连的。《法拉赛的海滩》中的男主人公也被商业对手下套娶了一个土著人的女儿，结婚之后，他忽然发现没有人和他做椰肉贸易了。原来岛上有个习俗，和土著人的女儿结婚的第二天就可以把婚约作废，否则，和土著人的女儿结婚就意味着阻断了自己的财路，没有哪个白人商人愿意和这样的人家做生意。这样，《法拉赛的海滩》中的男主人公就陷入了伦理两难状态。他真心地爱着自己的妻子，他承受了痛苦，他没有抛弃妻子，最终在决斗中杀死了商业对手，垄断了岛上的椰肉贸易。《声音之岛》上的婚姻没有这么复杂，和经济问题也没有直接的关系，但基欧拉的重婚（或曰被重婚），说来说去，还是一个巨大的家庭隐患。

还有一个更重要的伦理问题，这个问题和经济问题直接相关，那就是《声音之岛》中的财富来源问题。和《瓶中妖魔》一样，《声音之岛》中的财富不是劳动所得，而是靠巫术得来的。而且，更为严重的问题是，《瓶中妖魔》中的财富大多是实物（比如房产、大帆船），我们找不到足够的法律依据给这类财产定性，而《声音之岛》中的财富主要是金钱，从法律意义上讲，不是官方造币厂出来的钱都可以界定为假币。靠假币积累财富，能维持多久呢？而且，假币也不是每个人都能获得的，只有卡拉梅克这种法力无边的大巫师才能获得。卡拉梅克被搁置在声音之岛之后，夏威夷岛上的这个"财路"就断了。而且，即便卡拉梅克鬼使神差地回到夏威夷岛上，他也不是什么为国谋财的大商人，他的财富是永远不和别人共享的。财富和财富也不一样，比如《瓶中妖魔》中的大帆船，它对于基维的朋友而言，相当于我们今天所说的生产工具（means of production），他驾着大帆船出海能够再创造财富，也就是说，他享受过魔瓶的恩赐之后，是可以离开魔瓶的，这就相当于我们所说的"授人以渔"，这和直接给一两条鱼吃是不一样的，这是一种可持续发展的模式。而《声音之岛》就不一样了，基欧拉夫妇如果仅凭着卡拉梅克留下来的那点儿金灿灿的钱过日子，那么，这种杀鸡取卵的方式能够维持多久呢，他们以后的日子也能够像卡拉梅克的钱一样金灿灿吗？

讨论题目

（1）在汉语中，许多和金钱相关的文字（比如账、财、赊、赎、赔、赚）都有一个贝字旁，你知道这是为什么吗？

（2）声音之岛上潜藏着大量的财富，因为贝壳可以变为金钱。同时，声音之岛及其周边也潜伏着巨大的灾难，因为在一定的时节，误食海里的鱼就会把人毒死。如果你是基欧拉，你愿意到这样的地方去吗？为什么？

（3）声音之岛上淘金的人来自世界各地，他们讲着各式各样的语言（法语、荷兰语、俄语、泰米尔语、汉语）。人们为什么要远赴声音之岛去淘金，而不在自己的家乡老老实实地靠着劳动赚钱？

（4）卡拉梅克也好，基欧拉也好，他们从声音之岛上带回来的钱都不是印钞厂或者铸币厂里出来的。他们的钱是假币吗？为什么？

（5）在小说的结尾，传教士向基欧拉夫妇建议，说他们应该把钱捐给麻风病人以及教会基金。把不干净的钱用于慈善事业，这样就可以把钱洗白吗？请谈谈你对此事的看法。

（6）卡拉梅克的英文意思是什么？"卡拉梅克的钱金灿灿"是什么意思？

（7）基欧拉向卡拉梅克索要手风琴，卡拉梅克竟因此而将基欧拉骗到海上并把他丢进大海。你如何评价卡拉梅克对待自己女婿的手段？

（8）在《声音之岛》这部小说中，岛民被称为"卡那卡"，声音之岛上的岛民还被描写成食人族。你觉得这种写法可以称为后殖民主义吗？为什么？

（9）在《声音之岛》中，有些白人也不够聪明。比如，将基欧拉救起的那艘商船上的大副，他不听人劝告，误食海里的鱼，结果中毒而死。你如何评价史蒂文森的这种写法？

（10）声音之岛上有一个奇特的现象，那就是许多人尤其是前来淘金的人，是隐身人，只闻其声，不见其人。史蒂文森为什么要这样写？你认为从科学的角度，如何能让一个人隐身？

▶ 第十一讲 ◀

《卡斯特桥市长》:经济市场的运气与天赋

📖 课前必读

（1）Franklin, Michael J. "'Market-Faces' and Market Forces: [Corn-] Factors in the Moral Economy of Casterbridge." *The Review of English Studies*, New Series, 59,240(2008):426-448.

（2）Hardy, Thomas. *The Mayor of Casterbridge*. London: Macmillan and Co. Limited, 1947.重点阅读第26章。

（3）Rivinus, Timothy M. "Tragedy of the Commonplace: The Impact of Addiction on Families in the Fiction of Thomas Hardy." *Literature and Medicine*, 11. 2(1992):237-265.

📋 作品导读

　　哈代(Thomas Hardy, 1840～1928)是英国维多利亚时期最有代表性的作家之一,他的小说和诗歌都十分有名,而且分期非常明显。他的小说可以归到批判现实主义名下,属于典型的维多利亚小说;他的诗歌则可以视作是现代主义诗歌的萌芽,和意象派(Imagism)诗歌有许多相似之处。在《英国古典文学》课程第38讲中,伦敦大学学院的文学教授萨瑟兰(John Sutherland)说哈代是维多利亚时期"伟大的老人"(grand old man),哈代之于文坛,就像格莱斯顿(William Gladstone, 1809～1898)之于政坛一样。这绝非是简简单单的溢美之词,要知道,在维多利亚时期,能同时在小说和诗歌领域独领风骚的作家真的是凤毛麟角了,浪漫主义时期有司各特,他是先诗歌、后小说,维多利亚时期真正数得上的两栖型的大作家应该只有哈代一人,和司各特相反,他是先小说、后诗歌。

　　哈代的诗歌成就不是我们的关注点,我们在此只谈他的小说。哈代的小说有一个特别重要的特点,那就是小说结尾的段落写得特别好。笔者曾经在课堂上说过这样的话:"要想搜寻外国文学作品中的格言警句,一定不要错过的是托尔斯泰(Leo Tolstoy,1828～1910)的开头和哈代的结尾。"学生立时反唇相讥:"不是还有狄更斯(Charles Dickens,1812～1870)的开头[比如《双城记》]和海明威(Ernest Hemingway,1899～1961)的结尾(比如《永别了,武器》]吗?"是的,从修辞学的角度,《双城记》(*A Tale of Two Cities*,1859)的开头和《永别了,武器》(*A Farewell to Arms*,1929)的结尾也确实无可挑剔。但是,从感悟人生的角度,还是托尔斯泰的开头(比如《安娜·卡列尼娜》中的那句"幸福的家庭是相似的,不幸的家庭有着各自的不幸")、哈代的结尾(比如《德伯家的苔丝》中的那句"'典刑'明正了,埃斯库罗斯所说的那个众神的主宰,对于苔丝的戏弄也完结了")似乎更胜一筹。

和《德伯家的苔丝》(*Tess of the D'Urbervilles*,1891)的结尾一样,《卡斯特桥市长》(*The Mayor of Casterbridge*,1886)的结尾同样精彩,哈代通过让女主人公之一伊丽莎白·简顿悟的方式,表达了他对于人生的一种特殊方式的理解:"幸福不过是一场痛苦的大戏剧里不时发生的插曲而已。"(哈代,2015:326)这句话有着浓浓的悲观主义色彩,有着浓浓的宿命论的味道。哈代的这种悲观主义思想,有一定的负面性,不太适合青少年阅读群体。作为文学教师,我们必须时刻牢记,文学经典阅读必须要考虑多方面的因素(包括读者的年龄因素),不能用一以概之的方式去强行推进。哈代的作品再经典,我们也不能把它们列入小学一年级的课外读物,这不仅仅是因为小学生的阅读能力还没有达到阅读哈代作品(此处指中文译本)的水平,这更多地是因为哈代的作品有些悲观色彩,不适合小学生来阅读。但是,针对已经成年的硕士生群体而言,哈代的作品就是很值得推荐的。除了前文提及的《卡斯特桥市长》《德伯家的苔丝》,《远离尘嚣》(*Far from the Madding Crowd*,1874)、《还乡》(*The Return of the Native*,1878)、《无名的裘德》(*Jude of the Obscure*,1895)也都是值得一读的作品。哈代小说最常见的标签是"韦塞克斯小说"(the Wessex Novels)和"性格与环境小说"(Novels of Character and Environment)。韦塞克斯是哈代在小说中虚构的地名,"韦塞克斯小说"一说其实是在强调他小说的地域性特征。与此相对,"性格与环境小说"一说则是在强调哈代小说的悲剧性,哈代笔下的悲剧人物,是和性格与环境分不开的。说得直白一点儿,就是哈代小说中充斥着一种宿命论(fatalism)思想。宿命论思想不值得提倡,但这是哈代小说的重要组成部分,不理解宿命论,就很难深入地解读哈代的小说。

哈代小说最让人印象深刻的部分是结尾,但是,作为读者,我们读一部小说的时候,不可能一下子就翻到结尾。读小说是从头读到尾的,所以,哈代要想吸引读者,小说的开头也必须写得同样精彩。《卡斯特桥市长》就是一部开头和结尾都很精彩的小说。小说刚一开始,男主人公亨查德就犯下了人生当中一个最大的错误:在一个提倡禁酒的时代,血气方刚的他又犯了酒瘾,为了防止他酒后失德,妻子没有让他去可以提供酒的小酒馆,而是让他去吃加了酒精的甜粥。结果他还是吃醉了，他在醉酒的状态下把妻子和女儿给卖了。而且，非常可怕的是，亨查德的妻子和女儿是被用一种拍卖（auction）的方式卖出的：

> "五先令。"一个家伙说。人们报以一阵哄笑。
>
> "别欺负人，"丈夫正色道，"谁肯出一基尼？"
>
> 没有人响应。这时那个卖束腰纽带的女人插嘴道：
>
> "看在老天面上，先生，正经点儿吧！啊，这个可怜的人儿嫁给了个多么残忍的家伙呀！老天呀，食宿费可不便宜哟！"
>
> "把价钱抬高点。"割草人说。
>
> "两基尼！"拍卖人说。可是没人应答。
>
> "要是在十秒钟内，这个价钱还是没人要，那他们就得出更多啦。"丈夫说，"好了，拍卖的，再加一基尼。"（哈代，2015：10）

最后，亨查德的妻子和女儿以五基尼的价格成交，买主是一位名叫纽逊的水手。这段拍卖场景很有分析价值。首先，女性主义者可以把亨查德批个体无完肤，妻子嫁给你，是留着给你用来拍卖的吗？你有什么资格把自己的老婆卖掉？由来只有男卖女，有谁见过女卖男？说来说去，还是性别不平等，男尊女卑就是悲剧根源。其次，亨查德是在醉酒的状态下做出这种荒诞的抉择的。禁酒就应该彻彻底底地禁，为什么要一边禁酒，一边打擦边球，还允许供应酒以及加酒精的甜粥存在？要知道，禁果分外甜。后来的实践证明，亨查德并不是一个完全不能自律的人。他之所以放纵酒瘾，其实跟小说里那种特殊的禁酒方式也有关。如果满市场都不提供酒或者含酒精的食品，那么，亨查德想喝醉也是不可能的。而且，如果天天都能喝到酒，也许亨查德就不会有那种一定要一醉方休的兴致。学者利维纳斯认为，从医学的角度看，《卡斯特桥市长》的悲剧就是成瘾（addiction）造成的，"就像成瘾本身一样，在一个有成瘾的人的家庭中生活，会产生慢性的紧张，它会改变或者加剧孩子的遗传倾向、脾气秉性以及情感反应"（Rivinus，1992：242）。亨查德的妻子和孩子暂时离开他也不是什么坏事，因为如果亨查德不能及时改正成瘾的恶习，他的孩子也会受影响的。再次，如果我们把《卡斯特桥市长》中的拍卖和根据当代英国作家石黑一雄（Kazuo Ishiguro，1954～　）小说《长日留痕》（*The Remains of the Day*，1989）改编的电影《告别有情天》中达灵顿府拍卖的场景做一下对比，就会发现，《卡斯特桥市长》中的拍卖根本就不是拍卖，它充其量不过是一场下层社会民众的"仿拍卖"，没有哪场真实发生的拍卖是用五先令起价，然后再一基尼一基尼地竞价，把竞价这个高大上的商业用语用在《卡斯特桥市长》这种小气得不能再小气的交易行为之上，那简直就是滑天下之大稽。最后，正是因为这场拍卖，即小说开始的这次交易行为，才导致了后来亨查德的奋起。诚如学者英格索尔所言:"'出售'妻子和女儿的玩笑成了他和纽逊的口头'契约',而苏珊误解了两个男人的话,把它当成亨查德和她婚约的'解除'。和纽逊的口头交易也产生了另一个誓言——那就是亨查德发誓要戒酒,不是永远,而是 21 年,因为他那年刚好 21 岁。"(Ingersoll, 1990:300)

《卡斯特桥市长》的开头还透露出一个十分重要的信息,那就是这将是一部较为纯粹的商业小说。婚姻是一种契约,而亨查德将妻子和女儿拍卖出去则是另一种契约,后一个契约让前一个契约荡然无存。亨查德酒醒之后,开始后悔,为此而发下一个毒誓,那就是自己将在 21 年之内禁酒。官方的禁酒令对亨查德起了反作用,但他自己为自己制定的禁酒令却真的起了作用。他真的做到了,他真的在整整 21 年期间滴酒不沾,这对于一个男人而言,是何等可贵!而且,就是在这期间,他成为卡斯特桥名震一方的粮食经销商,并成为了卡斯特桥市长。小说中是这样描写卡斯特桥这个地方的:

> 因此,卡斯特桥在各方面而言,都可算是周边乡村生活的极地、中心或神经枢纽。它与许许多多外国人所建的工业城不一样。这些城仿佛是平原上的漂砾,与周围翠碧的世界判若天渊。而卡斯特桥是以农业为生的,一水之隔的村村落落便是它的源泉根头,再远一些就越出了他的辖区。乡下行情的每一次波动,城里人都了如指掌,因为他们的收入与务农的人的收入一样,都要深受波动的影响。牵动方圆十数英里内名门望族家庭的喜怒哀愁,他们也无不饱尝领受,而个中的原因也毫无二致。即使在一些专门职业的家庭晚宴上,谈话的话题不外乎小麦、畜瘟、播种与收割、保苗和插秧;而谈及政治,他们多半是从郡邻的观点出发,而少有从市民的自身立场来大谈其权利呀、特权呀,等等。(哈代,2015:58)

有人建议把"卡斯特桥市长"改译为"卡斯特桥镇长",这大可不必,因为 mayor 的意思就是市长。另外,我们也不能按照现在的中国人心目中的城市概念去衡量英国的城市,因为如果按照我们的标准来衡量,英国恐怕只有伦敦可以称为城市,连曼彻斯特、伯明翰、格拉斯哥这些英国人觉得挺大的城市也只能屈尊为城镇了。但是,把卡斯特桥视为一个镇的提法也有一定的道理,卡斯特桥不是工业城市,而是农业城市,人们谈论的话题都是农业话题,很有那么一点儿把酒话桑麻的味道,哪有城市人天天议论播种或者收割这些破事儿的呀?

《卡斯特桥市长》用一种极端的方式凸显了卡斯特桥的农业性。连亨查德冒用赞美诗的名义诅咒法尔伏雷的话里,都带着 seed(种子)和 bread(面包)这些词,由此足见农业之于卡斯特桥的重要性。我们先看中文译本:

他的子嗣将沦为孤儿，他的遗孀，

前景暗淡，凄凉哀伤，

那些孩子，生活无着乞讨流浪，

在那无力施舍的地方。（哈代，2015：225）

中文译本有许多可取之处，比如尾韵押得很好，读起来朗朗上口，很像诗歌。但是，从文学阅读的角度看，译文也很值得商榷，因为它把卡斯特桥的农业性给忽视了。哈代应该是有意识地用种子来指代子嗣，用面包来指代食物，我们有必要仔仔细细地阅读一下英文原文：

His *seed* shall orphans be, his wife

A widow plunged in grief;

His vagrant children beg their *bread*

Where none can give relief. (Hardy, 1947：280，斜体为笔者所加)

也许，在其他的小说中，把 beg their bread 用省略法译为"乞讨"并无大碍。但是，在《卡斯特桥市长》中，这一问题就要另当别论了。卡斯特桥最重要的粮食就是小麦，卡斯特桥人的主食就是面包。诚如学者富兰克林所言：

在卡斯特桥的市场关系网中，最重要的"满足需求的物质"就是面包。可是，作为最主要的粮食经销商，亨查德却无法满足好的面包的持续供给。作为最重要的主食，穷人们每人每周要消费 5 磅面包。这个在小说开头拒绝履行婚姻契约的人，如今又无法履行经济和社会契约了。在亨查德作为市长的这个市镇，他把好的面包弄得和"古以色列人经过荒野时的天赐食物"一样稀有。(Franklin, 2008：432)

富兰克林是从民生的角度在谈论卡斯特桥民众与面包的关系，同样，《卡斯特桥市长》中的人物也是从这个角度在谈论面包问题，人们习惯性地把吃不上好面包的责任一股脑地推到了亨查德的身上。下面这段引文是卡斯特桥的民众对亨查德罪行的血泪控诉：

啊，全是那个粮商给一手搞的——我们这儿的磨坊主和面包师都得向他进货。他却把受潮的麦子卖给他们。他们自称当时是给蒙在鼓里，直到面团子像水银似的流得满炉子都是才知道。烤出来的面包像癞蛤蟆样瘪乎乎的，里面又

夹生,像是板油布丁。我在卡斯特桥嫁了人、生了孩子,可从来也没有见过这种破玩意儿面包。(哈代,2015:28-29)

其实,如果我们回归历史语境,就会发现,无论是学者富兰克林的论断,还是卡斯特桥民众的血泪控诉,都是有失公允的。那是一个《谷物法》还未被废止的年代,为了保护英国国内土地所有者的利益,不到极其困难的时候,欧洲大陆的相对低廉的粮食是无法进口的。和英国许许多多的地方一样,卡斯特桥的民众能不能吃上足够的好的面包,主要取决于当地及周边小麦收成的好坏,这和亨查德是否垄断当地的粮食贸易没有直接关系。卡斯特桥的人吃不上足够的好的面包,这和亨查德的关系不大,因为他本人是无法增加或者减少小麦的产量的。卡斯特桥的人吃不上足够的好的面包,这和他倒是有一点儿关系,因为他无法像法尔伏雷那样,掌握着把发霉的小麦改良成不发霉的小麦的工艺。但是问题又来了,法尔伏雷的工艺就好比今天的自行车翻新,翻新的自行车永远都不可能成为新生产的自行车,这种工艺的结果是让发霉的小麦以次充好,混迹于不发霉的小麦之中,这样磨出来的面粉能够做出好的面包吗?好的面包应该是用好的面粉做出来的、不会对身体有害的面包,而不是掺杂着发霉的小麦磨出的面粉,用现代工艺处理之后吃不出发霉味道的面包。

不管人们能否吃上足够的好的面包,反正,在法尔伏雷和亨查德反目成仇之前,亨查德还算是一帆风顺。亨查德成为名震一方的粮食经销商,并当上了卡斯特桥市长,他的妻子还辗转千里回到了他的身边。如果不是宿命论在作怪,也许亨查德从此就可以过上安安稳稳的一生。可是,就像埃斯库罗斯所说的那个众神的主宰捉弄苔丝一样,无情的命运之神也不会放过亨查德。妻子过世之时给他留下一封信,她在信里告诉亨查德,伊丽莎白·简不是当年她们被卖时的那个女孩,而是她和纽逊生的孩子,原来的那个女孩已经死了。亨查德得知真相之后,立时万念俱灰,他对伊丽莎白的父女之情荡然无存了,家庭关系从此陷入僵局。他把法尔伏雷留在卡斯特桥,做他的经理,法尔伏雷一开始是他的福星,把他的生意打理得井井有条。但是,在卡斯特桥民众的心目中,法尔伏雷慢慢成为了他们的偶像,而亨查德做生意时的那个邋遢劲儿,和法尔伏雷的井井有条形成了鲜明的对比:

要不是这个年轻人,他的工作很难说会成什么样子。得到这青年算是亨查德的运气。法尔伏雷先生刚来时,他的账本乱得不像话。他一向用粉笔笔画计算他有多少粮食,划得一排一排的好似花园的栅栏,用两只胳膊测量草堆的大小,草捆的重量用手掂,干草的质量好坏用嘴嚼,而且讲价钱时嘴上还会骂骂咧咧。可是眼前这位有才干的年轻人一切都用计量衡器。还有那些小麦,做成面包后常常有一股极强的老鼠味,人们只要一尝就知道,但经过法尔伏雷处理后,

谁也不会想到四条腿的小动物曾在上面爬过。(哈代,2015:103-104)

法尔伏雷一开始的时候是亨查德的福星,但是,随着时间的推移,两人之间开始出现摩擦。亨查德慢慢地感觉到,法尔伏雷处处都比他强,于是开始心生嫉妒。连卡斯特桥的天气,仿佛都是来为法尔伏雷作美、为亨查德添乱的。有一次,亨查德要举办一场露天舞会,结果舞者们个个都被浇成了落汤鸡,而法尔伏雷仿佛是未卜先知,提前搭好了棚子,舞者们跑到他的棚子里可以继续狂欢。在那个靠天吃饭的年代,天气变化可是粮食经销商最关心的事情,天气的好坏关系到收成的好坏,而收成的好坏有关系着粮食行情的变化:

> 这个时期正好是在外国的竞争革新这儿的粮食交易前的几年,而这儿仍然像最早的时候那样,每个月的粮食行情变化完全取决于家庭收成的好坏。一个坏的收成,或者是预计的坏收成,将会使粮食的价格在几周内翻一番;而一个好收成的希望又会使价格飞速下跌。价格就像这时期的道路一样,坡度很陡,用它们的不同状况来反映出当地的情况,缺乏管理、调整或平衡。(哈代,2015:178)

天气在《卡斯特桥市长》这部小说中扮演着极其重要的角色。从某种意义上讲,亨查德在和法尔伏雷的商战中之所以败北,就是因为天气原因。为了能准确地预测天气,亨查德不惜屈尊到算命先生那里去讨教。算命先生用他的占卜术应付了好多人,他对亨查德的来访早有准备。他摆出一副未卜先知的架势,提前为亨查德准备了餐食,还假惺惺地按照行业规矩又掐指算了一遍:"根据太阳、月亮和星星,根据云彩、风、树木、草、蜡烛的火焰、燕子、草的气味;同样根据猫的眼睛、乌鸦、水蛭、蜘蛛和粪堆,八月的后两个星期将会——多雨和风暴。"(哈代,2015:181)算命先生从来都是瞎子算命两头赌,但这次他算准了,后来的实践证明这次他赌对了,而且,对于粮食经销商而言,亨查德最盼望的就是收割季节暴雨倾盆。暴雨倾盆对农民们不是好事,但对于粮食经销商而言,是一件天大的好事。因为暴雨倾盆意味着今年的收成不好,而今年收成不好就意味着亨查德手里囤积的小麦可以卖个好价钱。如果亨查德赚了大钱,他就可以凭借雄厚的资金,把他曾经的福星同时也是今日的克星法尔伏雷赶出卡斯特桥。

亨查德的如意算盘落空了。收割季节刚开始的时候,每天都是艳阳高照,仿佛是天气又要和他作对了。亨查德沉不住气了,他把囤积的小麦给抛售了。他抛售得差不多的时候,天气就变了,算命先生说的多雨和风暴都来了。而精明透顶同时又运气极佳的法尔伏雷和他做着相反的事情,亨查德抛售的时候,法尔伏雷低价吃进。天气变糟糕的时候,法尔伏雷刚好可以高价抛出。就这么一来一去,亨查德赔得倾家荡产,银行的人天天找他来讨债；而法尔伏雷则是赚得盆满钵满，不仅赚足了钱，还慢慢地爬上了卡斯特桥市长的宝座，把亨查德给取而代之了。

亨查德在和法尔伏雷的商战中败北，其主要原因有三点：一是他在过山车一样的天气变化中沉不住气；二是他在关键时候用错了人；三是他的一个下属在展示粮食样品时错拿了次等货。第一点前面已经详细论述过了，此处不再赘述。第二点是指他把他之前一直看不上眼的约普雇来当助手。约普在之前和法尔伏雷竞争经理职位时被淘汰，后来，亨查德出于嫉妒决定将法尔伏雷扫地出门，并决心通过商战让法尔伏雷彻底滚出卡斯特桥，此时，他应该选一位能征善战的大将军才对。可是，他却偏偏在这个关键时刻选择了约普，虽然他心里清清楚楚地知道，约普根本就不是法尔伏雷的对手。亨查德雇佣约普的唯一的好处，就是他可以在商战失败之后把责任全都推在约普的身上。可是，这有什么用呢？商战失败了，倾家荡产了，谁来承担责任还不都是一回事？

第三点需要先科普一下历史背景知识，学者富兰克林写道：

> 19 世纪初期，戈德勒就用轻蔑的口吻说："通过粮食样品售卖粮食这种现代方式阻断了中下阶层的人，或者说是所有其他人，少量购买粮食的途径。而在之前，在推销普遍盛行的年代，他们是不被卖家拒绝的。"自从埃德蒙·伯克成功地在 1772 年通过都铎王朝立法禁止囤积（在商品到达大众市场之前之买入）、垄断（以哄抬物价为目的之大量买入）、倒卖（以在同一市场再销售为目的之买入）之时起，就出现了一场旷日持久的论争，论争的一方是追随亚当·斯密和曼斯菲尔德爵士，认为运用法律手段干预市场实践的行为过时的自由贸易者，论争的另一方是凯尼恩爵士、艾尔登爵士等法学家，他们极力主张用法律手段限制不道德的投机分子。(Franklin, 2008:445)

我们姑且不管通过样品售卖粮食这种方式的短处，我们只看它的长处。粮食有点儿像今天我们所说的大宗商品，大的经销商不太可能一次只买几公斤，所以运输起来不太方便。如果拉了一大车粮食到市场上去卖，结果没卖出，又整麻袋整麻袋地运回来，这其中的成本可想而知。所以，囤积居奇不是好事，它会加剧粮食价格的波动，但通过样品售卖粮食其实是一个好的举措。一般来说，粮食经销商展示样品时都会带上最好的货，就像现代社会的各种展会一样，展品的质量往往是要优于普通商品的。可是，亨查德的一名下属（学者们一般认为就是那个陪伴他一直到最后的忠实下属）却犯了一个严重的错误：他阴差阳错地把次等货拿去当样品了，亨查德本来名声就不怎么好，这下子名声就更糟了，他的粮食更卖不出高价。亨查德的抛售最终变成了不计成本的甩卖，因此而亏得一塌糊涂，在卡斯特桥的商战中只能甘拜下风了。

亨查德的人生就是这么起起落落，小说开始时他铸成大错；小说中间部分他奋力一跳，铸就了辉煌；小说结尾时他又铸成大错，一败涂地，抑郁而终。他的结局比《董贝父子》中的董贝先生还惨，董贝先生破产之后，她的女儿千里迢迢地赶回来照顾他，亨查德破产之后，伊丽莎白·简也被他拒之门外，他过世的时候身边一个亲人也没有，只有一个二傻不捏的忠诚下属陪伴着他。相比之下，法尔伏雷在小说中的人生轨迹就靓丽许多。法尔伏雷的人生轨迹不是抛物线，而是一根一直向上的大阳线。他本来是一个苏格兰人，他赶上了苏格兰人南下的热潮，来到英格兰的卡斯特桥谋生。他凭借高超的粮食翻新工艺和卓越的管理才能，博得了亨查德的赏识，从此在事业上节节攀升。他不仅有经济管理的天赋，还有着绝佳的运气，好运总是和他形影不离。在亨查德和他决裂之后，他沉着应战，趁着亨查德抛售之际大量囤积粮食，然后又在阴雨天来临之时高价卖出，盈利颇丰。他凭借着雄厚的资本而进军政坛，最终爬上了市长的宝座。他不仅商场得意、官场得意，而且情场得意。曾经一直深爱着亨查德的露赛妲，最终也因为受不了亨查德的冷遇而离开亨查德，义无反顾地嫁给了法尔伏雷。后来，露赛妲因为经受不住漫天飞舞的流言蜚语的打击而不幸去世，一直默默地深爱着法尔伏雷的伊丽莎白·简又重新回到他的身边，最终还是有一个有情人终成眷属的大团圆结局。虽然哈代把话说得很悲观，说幸福不过是痛苦大戏的短暂一幕，但是，无论幸福是多么短暂，幸福终将要来的。伊丽莎白·简最终还是得到了幸福，只是他的父亲（虽然不是亲生父亲）亨查德再也无缘看到这一切了。说起宿命论，人们往往想到的是不好的事，这是人之常情。但是，像哈代这样的大作家，他写悲剧绝不是为了制造悲剧，他写悲剧应该是想警示人们痛定思痛，尽可能地避免悲剧的重演。亨查德的悲剧是命中注定的，难道法尔伏雷的商业成功就不是命中注定的吗？伊丽莎白·简的幸福就不是命中注定的吗？如果有一天，当我们重读哈代的时候，我们能够把幸福和成功也和命运联系起来，那么，或许我们就会有新的发现。

讨论题目

（1）小说刚一开始，亨查德就犯下了人生中一个最大的错误：他在醉酒的状态下把妻子给卖了，而且，非常可怕的是，他是用拍卖（auction）的方式卖的。你如何评价亨查德的这种"拍卖"行为？

（2）亨查德酒醒之后，他立下誓言，说从此之后若干年内滴酒不沾，他真的做到了。但是，值得注意的是，他的滴酒不沾是有年限的。你知道这个年限是多久吗？为什么哈代要设定这个年限？

（3）亨查德把法尔伏雷留在卡斯特桥，法尔伏雷是在为亨查德做经理的时候成长起来的。后来，两个人却成了卡斯特桥最大的商业竞争对手。你如何评价法尔伏雷这个人物？你觉得他是忘恩负义的小人吗？为什么？

（4）你如何评价约普这个人物？你觉得他适合做亨查德的助手吗？

（5）为什么亨查德对天气那么敏感？

（6）为什么亨查德要去算命先生那里占卜？算命先生如何让亨查德相信他的预言是准确的？

（7）在和法尔伏雷的商业大战中，亨查德为什么会败北？

（8）法尔伏雷掌握着一种技术，他能把发霉的小麦处理成和不发霉的小麦一样的味道。你觉得这种技术有悖伦理吗？为什么？

（9）露赛妲一直深爱着亨查德，为什么她最终却嫁给了法尔伏雷？

（10）你如何评价小说结尾"幸福不过是一场痛苦的大戏剧里不时发生的插曲而已"这句话？

▶ 第十二讲 ◀

《带绿色百叶窗的房子》中的"商业美德"

📖 课前必读

（1）Brown, George Douglas. *The House with the Green Shutters*. New York: McClure, Philips and Co., 1901. 重点阅读第 1 章、第 10 章。

（2）Fitzgibbons, Athol. *Adam Smith's System of Liberty, Wealth, and Virtue*. Oxford: Oxford University Press, 1997.

📇 作品导读

在探讨《带绿色百叶窗的房子》（*The House with the Green Shutters*，1901）这部作品之前，我们需要对该书的作者乔治·道格拉斯·布朗（George Douglas Brown，1869～1902）进行简要的介绍。鉴于目前是信息时代，作家生平简介在互联网上一搜即得，所以我们在本教材的其他部分都没有在作者简介上浪费笔墨，但这一讲我们需要破例。苏格兰文学史上有两个布朗，而且都叫乔治·布朗，一个是我们马上要讲的乔治·道格拉斯·布朗，另一位则是来自苏格兰奥克尼岛的诗人兼小说家乔治·麦凯·布朗（George Mackay Brown，1921～1996）。乔治·道格拉斯·布朗是苏格兰文学史上一位不可多得的可塑之才（lad o'pairts）。他出身寒门，却天资聪慧，先是在格拉斯哥大学求学，就读期间又被保送到牛津大学，在牛津大学读书期间即开始从事文学创作。虽然他三十几岁就离开了人世，但仅凭一部《带绿色百叶窗的房子》，就足以让他在苏格兰文学史上名垂千古。

我们先说说乔治·麦凯·布朗的写作动机。19 世纪 90 年代初期，正是苏格兰菜园派小说（Kailyard novel）如日中天的时候，以巴里（J. M. Barrie，1860～1937）、麦克莱伦（Ian Maclaren，1850～1907）和克罗齐特（S. R. Crockett，1860～1914）为代表的菜园派小说在英语国家红极一时,不仅一次次地刷新小说销售记录,而且还博得了出身于苏格兰的美国钢铁大王卡耐基(Andrew Carnegie,1835～1919)的青睐。菜园派用感伤主义的笔调虚构了一个如诗如画的苏格兰乡村世界。苏格兰历史学家、爱丁堡大学历史学教授卡梅伦认为,菜园派展现的是"未受铁路、贫富两极分化和政治争端等现代性象征所侵袭的、小镇和乡村苏格兰的、感伤的和性别化的意象"(Cameron,2010:9)。虽然铁路已经堂而皇之地出现在巴里等人的小说中,但古老的苏格兰乡村共同体依然坚挺,以农业文明为基础的苏格兰乡村顽强地抵制着商业社会和工业社会的侵袭。

菜园派小说对于苏格兰文学的世界传播有着不可替代的作用。但是,我们也不能否认,菜园派笔下的苏格兰有些过于理想化,有些不真实。所以,就在菜园派如日中天的时候,当时还在牛津大学读书的布朗,就对菜园派的理想化书写表达了不满,他信誓旦旦地说:"我要写一部小说,告诉你们所有人苏格兰乡村生活到底是什么样子。"(Veitch,1952:57)1901 年,也就是布朗离开人世的前一年,《带绿色百叶窗的房子》这部现代苏格兰小说的开山之作终于问世。布朗用反菜园派的手法,展现了苏格兰芭比小镇在铁路时代的沧桑巨变,"描述了另外一种农村生活"(王佐良、周珏良,2006:299)。

何谓"另外一种农村生活"? 简单地回答,那就是一种与菜园派笔下的农村生活截然不同的生活。《带绿色百叶窗的房子》中的芭比小镇已经开始阔步迈入铁路时代,芭比小镇附近发现了煤矿,为了开采煤矿,芭比小镇这个在苏格兰也算得上是偏远的小镇,也开始通上了铁路,小镇上两位大商人的商业成败已经成了街头巷尾热议的话题。顺势而为的商人威尔逊从经营小商店做起,积累财富之后又进军运输行业,他最终成为芭比小镇的首富,并成功地登上镇长的宝座。逆流而动的商人古尔雷则因为因循守旧、不善经营,从此一落千丈,不仅财富尽失,而且赔上了全家的性命,象征着他昨日辉煌的带绿色百叶窗的房子最终成了令人恐惧的一座凶宅。布朗笔下的乡村已经不再是远离商业尘嚣的理想化的乡村,而是深受现代性侵袭的以商业成败论英雄的、残忍的和血腥的乡村。

布朗是苏格兰反菜园派小说(anti-Kailyard novel)的代表人物,反菜园派的核心不是反、不是颠覆,而是戏仿(parody)。布朗戏仿菜园派的本领实在是登峰造极,让人叹为观止。如果我们只读小说的开头,还会误以为这分明就是菜园派小说。《带绿色百叶窗的房子》的第 1 章为我们勾画了一幅十分秀美的乡村图景:

> 清新的空气,从红色的烟囱中冒出来的稀薄而遥远的烟,照耀在屋顶和两边山形墙上的阳光,黎明时分玫瑰色的清晰的万物——更重要的是,安宁和平静——使得芭比,一个通常没有什么可看的地方,成为在夏日的早晨非常宜人的、可供俯视的地方。在此刻寻常的景致中有着不寻常的秀丽,有一种清新和纯洁——简直是超凡脱俗——仿佛你是在晶莹的幻梦中在看风景。(Brown,1901:2)

其实,这段风景描写寓意十分深刻。在小说的第 1 章,在铁路尚未进入芭比小镇之时,马车商人古尔雷垄断了全镇的运输生意,他的豪宅(即带绿色百叶窗的房子)也是芭比小镇最靓丽的一道风景线,位置最好,风景最佳。古尔雷每天早晨都要站在豪宅门口,吸着烟,不是为了看风景,而是为了看自己的马车商队从芭比小镇穿过。为了炫耀自己的生意兴隆,他特意安排马车商队同时出发,让浩浩荡荡的车队穿行在芭比小镇的大街小巷,这种炫耀其实是给他的商业对手们的一个下马威。从商业经营的角度看,古尔雷的炫耀其实是一种失误,它未能如愿以偿地压倒商业对手们的气焰,反而助推了他们奋发图强的雄心壮志,让他们自觉地联合了起来,炫耀生意兴隆的结果,其实是使古尔雷成了芭比小镇的众矢之的,成了商业世界的孤家寡人。

从小说的一开始,细心的读者便能发现,古尔雷不是什么特别善于经营的商人。那么,为什么他在小说开始时还能够富甲一方呢? 要知道,商业成功除了有商业头脑、有超人的胆魄、善于把握商业机会,运气也很重要。我们在此先看一看古尔雷的收入来源。虽然他被冠以马车商人(cart merchant)的称号,但他财富的主要来源其实并非马车生意。古尔雷有自己的经营理念,这种经营理念不管对他还是对他的商业竞争对手,都是毁灭性的:为了排挤竞争对手,垄断运输生意,他不惜以零利润为代价运送货物(carry for nothing),直到对手无货可运(have nothing to carry),这种赔钱赚吆喝的做法显然是不可能给他带来多少财富的。再说,在马车运输的时代,用马车运送粮食本来就是又累又不赚钱的活儿。在旧时的中国农村,也曾经有过这种生意,当年的车夫们(俗称车把式)把马车运输的微薄收入称为"车脚钱"。由于时代久远,我们无从知晓当年苏格兰运粮生意的报酬到底是多少,但我们可以推断,单凭运粮生意肯定是造就不出富翁的。古尔雷的财富来源主要是意外之财:一笔是泰姆普莱德缪尔租给他的采石场,另一笔则是他的妻子的丰厚嫁妆。在芭比小镇未通铁路的时候,憨厚老实的农民泰姆普莱德缪尔,出于朋友的义气和对古尔雷的敬畏,答应把采石场租给古尔雷 12 年。由于农村人造房子的热情高涨,古尔雷凭借采石场大发横财,他那座带绿色百叶窗的房子也是用采石场的石料建造的。此外,古尔雷凭借自己气度非凡的男性气概和死缠烂打的求爱技巧,赢得了邻镇富人的欢心,他因此获得了丰厚的嫁妆以及作为粮食经纪人的生意。古尔雷靠着这两笔横财发家,但是不难看出,这种经济收入来源是不能维系长久的。妻子的嫁妆再丰厚,古尔雷也不可能离了又娶、娶了又离,不能靠这种周而复始的婚姻财产来解决经济问题。此外,古尔雷赖以生财的采石场其实是一种借鸡下蛋的游戏,借来的东西最终还是要还回去的。铁路修通之后,芭比小镇的农民也开始有了商业意识,泰姆普莱德缪尔经过精明而泼辣的妻子的一番开导,决定不再和古尔雷续约,采石场这棵摇钱树被收回去了,古尔雷的滚滚财源也就随之轰然倒塌了。

古尔雷租赁的采石场被收回的时间,恰恰就是芭比小镇商议联名向铁路公司请愿、呼吁铁路从芭比经过的关键时刻。正是在这样一个庄严的时刻,已经开始在芭比小镇商圈崭露头角的威尔逊,成功地陷古尔雷于不义,让他陷入一种两难境地。芭比小镇通铁路是大势所趋,是民心所向,顺其者昌,逆其者亡。这是一个谁都明白的道理,可是,古尔雷偏偏就在这件大事上犯了糊涂,他拒绝在请愿书上签名。古尔雷拒绝签名的原因其实非常简单,他就是要跟威尔逊作对,你越是让我签,我就越不签。古尔雷的这种行为一下子激起了众怒,连一向对古尔雷唯唯诺诺的老农民泰姆普莱德缪尔都看不惯古尔雷的这种做派。他有生以来第一次选择不再与古尔雷为伍,他坚定地站在威尔逊一边,痛痛快快地在威尔逊带头发起的请愿书上签了名。泰姆普莱德缪尔知道签名就意味着必须和古尔雷决裂,所以,他干脆就来了个一不做、二不休,壮起胆子,告知古尔雷采石场到期不再续约。

采石场被收回之后,古尔雷就成了真正意义的马车商人。铁路代表的是新时代,马车代表的是旧时代,古尔雷这个旧时代的商人,肯定是要被新时代的火车车轮碾压的。商业竞争是无情的,铁路发展的脚步永远向前,没有人能阻止其前进的脚步。对于维多利亚时代的人而言,"一个更好和更快的铁路系统,是一个更好和更快的不列颠的标志"(Purchase, 2006:xii)。1835 年,连接伦敦和西部港口城市布里斯托尔的铁路开通。到了 1850 年,英国铁路运营里程已接近 6 000 英里。铁路是社会进步的标志,但并非每个人都能从铁路发展中获益。对于未能跟上铁路时代步伐的人而言,铁路就像是一匹冷冰冰的铁马。用殷企平教授的话说:"这种铁制的工具和它们所代表的'进步'话语绝不会顾及人的身体与情感,更没有四条腿的马儿的那种忠诚。"(殷企平,2009:504)马儿是忠诚的,马夫也是忠诚的,但是,在无情的铁马(即铁路)来临之际,谁也挽救不了未能跟上铁路时代步伐的马车商人的命运。众所周知,在《带绿色百叶窗的房子》这部小说中,古尔雷运送的货物主要是粮食和乳酪,再有就是给建筑商吉布森运送建筑材料。乳酪容易变质,是一种更适宜铁路运输的商品,马车运输的速度太慢。芭比小镇进入铁路时代之后,威尔逊借助铁路运输,开始抢夺古尔雷的乳酪生意。由于威尔逊所出的收购价更高,做乳酪的人都愿意把产品卖给威尔逊,古尔雷很快就在乳酪市场败下阵来。粮食保质期相对较长,但利润太低,更何况,如前文所言,古尔雷为了排挤对手不惜削足适履,经常干一些赔钱赚吆喝的傻事,所以他在粮食运输市场上也很快就失去了竞争优势。

中国有句俗话:"贫居闹市无人问,富在深山有远亲。"古尔雷富甲一方的时刻,他多多少少还是有几个朋友的。可是,当他开始没落之时,他的狐朋狗友全都弃他而去,建筑商吉布森就是很好的例证。吉布森是古尔雷的老主顾,从表面上看,他们是地地道道的铁哥们儿。然而,就是古尔雷的这个铁哥们儿,和威尔逊共同密谋,狠狠地坑了古尔雷一把,从而锁定了古尔雷的败局。芭比小镇迈进铁路时代之后,吉布森凭借铁路公司的内线,获得了一大笔建筑材料运输生意。如果他把运输建筑材料的生意留给古尔雷,说不定古尔雷可以从此东山再起。但是,不幸的是,吉布森太精明了,太有眼光了,他看好威尔逊的前程,不看好古尔雷的未来。吉布森两面三刀,他表面上和古尔雷交好,背地里却和威尔逊合谋。首先,吉布森和古尔雷签订合约,让他运送一年的建筑材料到镇上指定的位置,古尔雷傻乎乎地运了许久,才猛然发现他运送的建筑材料都是给商业敌手威尔逊造房子用的。把古尔雷套牢之后,吉布森为威尔逊牵线,帮助他获得铁路公司的大笔建筑材料运输生意,而拿到这笔大单时,运输的回报已经远远高于古尔雷签约时的回报。古尔雷恼羞成怒,狠狠地教训了吉布森,在芭比小镇最热闹的红狮子酒馆狠狠地揍了吉布森一顿。小不忍则乱大谋,这是古尔雷的又一次败笔,发现自己被吉布森耍弄之后,古尔雷单方中止了合同,吉布森到法庭去告他,古尔雷因为违约而付出了沉重的代价,最终沦落到连房产都要抵押出去的境地。

铁路时代让马车商人古尔雷在商界风光尽失。落魄之后的他,开始相信机遇,但"机遇总是背叛他"(Brown,1901:236)。铁路的来临,让他的带绿色百叶窗的房子迅速升值,如果他甘心低头,守着房产过段儿安稳的日子,也许日后还有重整旗鼓的机会。但他为了和威尔逊竞争、为了挽回商业的败局,开始变得越来越疯狂。他大老远地赶到格拉斯哥,把房产做了抵押。为了和威尔逊攀比,他在家庭资产已经捉襟见肘的情况下,把他那个永远也成不了才的儿子送到爱丁堡大学去读书。不幸的是,小古尔雷在爱丁堡大学出人意料地获得了某个校园文学奖之后就开始花天酒地,最终被校方勒令退学。小古尔雷垂头丧气地回到家里,古尔雷因为心情不好,数落了儿子几句。小古尔雷也正在气头上,因为他回到家乡之后被村里人嘲弄,还被一个爱尔兰的小孩子胖揍了一顿。小古尔雷气急败坏,他抄起拨火棍,狠狠地打了古尔雷一下子。古尔雷从梯子上跌落下来,头刚好撞到铁炉子的角上,可怜的古尔雷竟然一命呜呼。小古尔雷东躲西藏了一阵子,受不了风餐露宿之苦,最后还是回到家中,用家里仅有的钱买来毒药,服毒自尽。小古尔雷自杀之后,古尔雷的妻子因为害怕去济贫院,和女儿一起服毒自杀。在服毒之前,她们从来自格拉斯哥的律师信函中得知,古尔雷的房产抵押已经透支,带绿色百叶窗的房子即将被抵押银行没收抵债。

古尔雷不善经营,而且脾气暴躁,不是一个合格的商人。但是,我们不能过度贬低他。古尔雷心高气傲,但他对自己心爱的马儿、对自己的那些马车夫却不乏温情。当他心爱的马儿泰姆死去的时候,古尔雷表现出一种真真切切的怜悯之情。当他遣散最后一个马车夫彼得的时候,已经囊中羞涩的他,还是表现得大大方方,很有人情味儿,彼得走了很远,又回来和主人互道珍重,那种主仆之间依依惜别的样子着实令人感动。古尔雷的这种宁肯自己受穷,也绝不亏待忠诚于自己的仆人的精神,在铁路时代可谓弥足珍贵。

可是,话说回来,在商言商,《带绿色百叶窗的房子》首先是一部商业小说,我们不能动不动就用非商业的标准去评判商人的得失。古尔雷的怜悯之心充其量只是一般意义上的美德,在小说所描绘的那种惨烈的商业竞争中,这样的东西已经派不上用场。资本主义商业竞争中有着另一套美德标准,威尔逊是商业美德的宠儿,而古尔雷则是商业美德的弃儿。所谓商业美德(commercial merits),其实就是商业成功的三大要素:预见计划的想象,改正计划的常识,推进计划的能量。之所以被称为苏格兰商业美德,是因为"苏格兰人,也许比其他人,更多地具有商业成功的三大要素"(Brown, 1901:93)。众所周知,因为英国大名鼎鼎的政治经济学家亚当·斯密是苏格兰人,所以在苏格兰的语境中,商业美德之说很容易让人联想起斯密在《道德情操论》中所列举的四种美德,即精明、正义、自控、善行。菲茨吉本认为,斯密的四种美德,"是传统的斯多葛派美德的别称,它们是(按同样的顺序)智慧、正义、节制、勇气"(Fitzgibbons, 1997:104)。为明晰起见,我们不妨用表格的形式,看一看布朗如何改写了斯密的四种美德:

布朗笔下的苏格兰商业美德	斯密《道德情操论》中的四大美德
想象 imagination	精明(智慧)prudence(wisdom)
×	正义 justice
常识 common sense	自控(节制)self-command(temperance)
能量 energy	善行(勇气)benevolence(courage)

不难看出,布朗小说中的苏格兰商业美德,其实是斯密四大美德的微妙的改写:想象和精明(智慧)、常识和自控(节制)、能量和善行(勇气)基本吻合,而四大美德中的正义却被从中剔除。斯密在《道德情操论》中是这样阐述正义问题的:"当我们禁止对邻居进行任何实质的损害,不直接伤害他,无论是他的身体、他的财产还是他的名声,那就可以说我们对邻居是正义的。"(转引自 Fitzgibbons, 1997:103)如果正义被保留在苏格兰商业美德中,商业竞争的底线被设定为禁止对邻居(或者商业对手)进行任何人身、财产、声誉的损害,那么,古尔雷即便失败,也不至于落得个家破人亡的悲惨结局。

特别值得一提的是,斯密本人特别看中他的《道德情操论》,他在一生当中曾经数次修订这本书,他把《道德情操论》看得比《国富论》还重。与此相反,在《带绿色百叶窗的房子》这部小说中,芭比小镇的人不读《道德情操论》,他们只读《国富论》。小古尔雷被送往爱丁堡大学的时候,有人问他的中学校长小古尔雷是否能够成才,老校长不置可否,一声不吭,默默地"走回他那闷死人的小房间去读《国富论》了"(Brown, 1901:164)。老校长埋头研究《国富论》,芭比小镇上形成了以商业成败论英雄的氛围,斯密本人高度重视的《道德情操论》反倒被抛到九霄云外去了。众所周知,《国富论》的开头有一段经常被人引用的话:"我们期望的晚餐并非来自屠夫、酿酒师和面包师的恩惠,而是来自他们对自身利益的特别关注。"(Smith, 2003:23-24)这段话的意思很明显,屠夫给我们肉吃,酿酒师给我们酒喝,面包师给我们面包吃,不是因为他们乐善好施,而是他们可以从中牟利。商业自有商业的游戏规则,自利就是商业社会的游戏规则之一。

按照布朗笔下的苏格兰商业美德的标准来衡量,威尔逊是商业美德的宠儿,他的商业成功是不言而喻的。威尔逊具有先知先觉的商业想象,阔别15年之后,他从苏格兰东海岸的阿伯丁带着一大笔钱荣归故里,在芭比小镇开办了自己的商店。他从开商店做起,这一点是十分明智的。这叫做错位竞争,如果威尔逊一开始就和古尔雷争夺运输生意,说不定最后惨败的就是威尔逊。他在阿伯丁帮人打理过商店,他有商店经营管理的经验。在开店之前,威尔逊对芭比小镇的商店现状进行了深入调查和细致分析,当时芭比小镇仅有两家邋里邋遢、不死不活的小店,而且地理位置都不怎么好。威尔逊深信自己经营商店一定能成功,他开店的目标十分明确,"不是赚暴利办小企业,而是薄利多销办大企业"(Brown, 1901:82)。商店即将开张之际,他故意吊旁观者的胃口,让他们在街头巷尾议论自己的意图,变相为自己做广告。开业之初,他到处发告示、贴海报、挨门挨户地送宣传品。特别值得一提的是,他经过深入细致的调查,决定让精明透顶的妻子在家卖货,自己去开展送货上门以及分期付款服务。铁路时代来临,许多男人外出务工,送货上门服务让留守家中的家庭主妇感到十分温馨,而分期付款则为暂时囊中羞涩的消费群体提供了便利,女人们手里没钱,但他们的丈夫外出务工回来时,家里就不缺钱了,分期付款的账目到年底一下子就能结清。威尔逊的这种与时俱进的销售策略,博得了广大消费者的赞许,他迅速成为了芭比小镇的商业达人。

更为可贵的是,威尔逊有着超乎寻常的自控能力。他刚一还乡,就碰到了古尔雷,傲慢的古尔雷把他一顿奚落,但他强压住怒火,并未因此而冲动。威尔逊从来不会意气用事,他选择先开商店,积累财富之后在吉布森的帮助下才开始争夺运货生意,最后兵不血刃地将古尔雷拿下。在这一点上,连精明透顶的建筑商吉布森也得甘拜下风。吉布森坑了古尔雷,还洋洋自得地、阴阳怪气地挑衅,所以被古尔雷胖揍了一顿。但威尔逊从来不会故意招惹古尔雷,在无意之中招惹了古尔雷的情况下,他也能全身而退。古尔雷得知儿子被开除之后,十分郁闷,威尔逊恰在此时遇到他,他失口说了一些不该说的话,他觉察到古尔雷有些异样,立刻转换话题,若无其事地从古尔雷身边溜之大吉。等古尔雷觉察到威尔逊冒犯了他的时候,威尔逊早已踪迹不见。

古尔雷的败落和威尔逊的崛起只是芭比小镇沧桑巨变的一面,沧桑巨变的另一面是理想化的乡村共同体的解体以及小团伙(bodie)的兴起。诚如美国学者哈特所言,共同体是苏格兰小说的主导神话,它是"个人价值的基础和救赎的条件"(Hart, 1978:401),是连接国家(或民族)与个人的最重要的纽带。以巴里、麦克莱伦、克罗奇特为代表的菜园派小说,塑造了理想化的苏格兰乡村共同体,共同体不仅有共享的道德和伦理模式,还能够创设促进个体成长的语境,缔造出令人感动的可塑之才的故事。作为反菜园派的旗手,布朗毫不留情地对菜园派笔下的可塑之才神话予以了回击。麦克莱伦小说《在美丽的野蔷薇丛旁》(*Beside the Bonnie Brier Bush*, 1894)中的校长兼牧师多姆西把自己所有的爱和所有的钱都用在了学生的身上,他天生就有一双伯乐的慧眼,"他能够在萌芽之时发现一个学者,从一个看上去只适合做牛倌的男孩那里预言出学拉丁文的品性"(Maclaren,1894:9)。可是,在《带绿色百叶窗的房子》这部小说中,本该好好教书育人的老校长,不认真地教他的希腊文,对小古尔雷等学生逃学的劣迹一无所知,却整日沉湎于在闷死人的小房间里研究《国富论》。此外,作为可塑之才,《在美丽的野蔷薇丛旁》中的豪尔,不仅可塑而且可敬,他在大学期间发愤图强,为乡亲们捧回了一大堆奖品和奖章,在他即将离开人世之时,他还成功地劝诱一位失足青年浪子回头。《带绿色百叶窗的房子》中小古尔雷则是既不可塑又不可敬,他从小就不爱读书,以阅读低俗小说和逃学为乐,被送到爱丁堡大学之后,他变本加厉,被校方开除,最后又背上了弑父的罪名。尤其可气的是,他这样一个烂泥扶不上墙的家伙,竟然厚颜无耻地引用彭斯的诗句"自由与威士忌同行"来为自己酗酒的行为辩护。

布朗对菜园派粉碎性的一击,是他对喜好风言风语的小团伙的书写。小说中是这样描述小团伙的:"在每一个小小的苏格兰共同体中都有一个特色鲜明的种类,叫做'小团伙'"(Brown,1901:33),小团伙可以分为无害的小团伙和肮脏的小团伙,芭比小镇的小团伙属于后一种。芭比小镇的小团伙的核心成员中,居然还有前任镇长、主祭这些重要人物。小团伙其实就是一群喜好风言风语的人,他们的主要职责就是对芭比小镇的大事小情进行评判,他们关注的焦点是古尔雷和威尔逊,评判的标准是商业美德和商业成功。当然,出于对古尔雷莫名其妙的、刻骨铭心的恨,在古尔雷事业辉煌的时候,他们在羡慕嫉妒的同时,也没有忘记诅咒。他们以先知先觉的姿态预言:铁路时代来临,古尔雷必败,古尔雷的儿子更不争气,他是一个木头脑袋,根本成不了才。对于古尔雷来说,小团伙的风言风语是毁灭性的。铁路来临是时代发展的必然,任何人都无法阻挡。但是,小古尔雷被送往爱丁堡大学最终走上弑父之路,小团伙难辞其咎。首先,正是由于他们在公共马车上当着古尔雷的面,夸赞威尔逊的儿子,诋毁古尔雷的儿子,才导致后者做出了强行送儿子去爱丁堡大学的错误决定。其次,当小古尔雷被学校开除之后,正是由于小团伙在集市上的热议,以及主祭在红狮子酒馆对小古尔雷酸溜溜地奚落,才导致后者酒性和兽性发作,进而导致了小古尔雷弑父的悲剧。

《带绿色百叶窗的房子》是苏格兰小说史上承上启下的一部作品,它被认为是现代苏格兰小说的开端。从某种意义上讲,小团伙的出现就是苏格兰小说转型的标志。小团伙的出现,预示着古老的苏格兰共同体的衰微,意味着商业意识的弥散,当商业意识慢慢地侵蚀了苏格兰乡村的时候,苏格兰是否还能称其为苏格兰都成了问题。约翰·斯比尔斯曾经哀叹说,大诗人彭斯之后,就再没有真正意义的苏格兰文学,因为"弗格森和彭斯诗歌中暗含的古老的苏格兰共同体"(Speirs,1962:15)已经被工业革命所破坏。斯比尔斯的话语有些过于沉重,他所设定的时间节点有些过早,因为在维多利亚晚期的菜园派小说中,古老的苏格兰共同体还依然坚挺,它受到了工业社会以及商业社会的冲击,但并没有被完全破坏。但是,到了20世纪之初的反菜园派的笔下,古老的苏格兰共同体再也无法摆脱商业社会的困扰,许许多多像古尔雷一样的人,都在商业大战中败下阵来。如前文所言,在芭比小镇的小团伙中,前任镇长也赫然在目,小镇的居民无论如何也想不到,连镇长大人这样显赫的人物也会加入到终日饶舌的小团伙之中。

小团伙并不持刀行凶,他们身上没有异化青年(alienated youth)的那种身体暴力。他们最大的恶名是制造并传播谣言,谣言是集体行为,所有的制造者和传播者都难辞其咎。这一点很像今天的网络暴力,无数的水军用谩骂侮辱的方式,对某个当事人进行人身攻击,没人拿刀砍他,没人拿剑刺他,可是,网络暴力施加在某个人身上的时候,真的是比刀砍、剑刺还要可怕。古尔雷深受谣言之苦,一贯不善言谈的他,对谣言的评价却是一语中的:"你越是踩踏肮脏的东西,它扩散得就越广。"(Brown, 1901:160)古尔雷懂得谣言越碰越可怕的道理,但是,由于他缺乏自控能力,他一次又一次地踩踏谣言,以至于谣言扩散得越来越广。克劳福德在《苏格兰之书:企鹅苏格兰文学史》中说,布朗小说的希腊悲剧式的结构"部分地得益于托马斯·哈代《卡斯特桥市长》以及《无名的裘德》"(Crawford, 2007:531)。这话很有道理,古尔雷被谣言所害的场景和我们前面讨论过的《卡斯特桥市长》中露赛妲被谣言所杀是如此地相似。另外,细心的读者可能早就注意到了,《带绿色百叶窗的房子》中的古尔雷是粮食商人,《卡斯特桥市长》中的亨查德也是粮食商人,而且他们都是极其失败的粮食商人。《无名的裘德》(Jude the Obscure, 1896)中的核心意象是铁路,铁路代表着进步,这一点是无可非议的,但是,由于种种原因,在资本主义社会,进步的红利并不是每一个人都能享受得到的。诚如殷企平教授所言,在《无名的裘德》中,"备受吹嘘的'进步'并非人类的共同进步,像裘德这样的人就根本沾不上边儿"(殷企平,2009:400)。历史的车轮滚滚向前,谁都无法阻挡,顺其者昌,逆其者亡,这是商业社会的铁一般的定律。威尔逊抓住了商机,所以他就能扶摇直上。古尔雷失去了商机,所以他就一败涂地。我们可以说出一千个理由,为《带绿色百叶窗的房子》中古尔雷的悲剧而扼腕叹息,但是,我们即便再说出一千个理由来,恐怕也难以挽回他失败的命运,因为商业竞争就是这么残酷。

讨论题目

(1)作为粮食经销商,古尔雷为了排挤竞争对手,竟然不计成本地抢夺粮食生意,宁肯运送粮食一分钱不赚,也要让竞争对手们无粮食可运。你如何评价赔本赚吆喝的商业策略?

(2)古尔雷的主营业务是粮食生意和乳酪生意,在小说中,这两种生意各有什么优缺点?

(3)真正让古尔雷发迹的不是他的主营业务,而是无意之中承包的采石场以及他的房产。你如何看待经济市场的"无心插柳柳成荫"现象?

（4）古尔雷为了和威尔逊攀比，他把自己的房产在格拉斯哥的银行做了抵押，用借贷的钱送他那不争气的孩子到爱丁堡大学读书。你觉得他的这笔教育投资会有回报吗？为什么？

（5）和《董贝父子》中的董贝先生一样，古尔雷是一个彻头彻尾的男性沙文主义者。他有一个天资聪慧的女儿，可是他就是不肯花钱把女儿培养成自己的接班人。对此你如何评价？

（6）威尔逊下决心离开阿伯丁这座城市，到相对偏远的芭比小镇去创业。他做出这种抉择的真正原因是什么？

（7）为了实现自己的远大抱负，威尔逊没有采取和古尔雷正面对抗的策略，没有从做粮食和乳酪生意开始，而是选择错位竞争，从开商店开始。你如何评价威尔逊的商业策略？

（8）威尔逊的商店开业之前，他故意不让大家知道他的意图，让大家在街头巷尾饶舌。你如何评价威尔逊的这种吊人胃口的商业策略？

（9）在小说的第10章，威尔逊在自家商店的宣传语中写下了"他要开大店赚小利，绝不会开小店赚大利"这句话。你如何评价威尔逊所推出的薄利多销的经营策略？

（10）除了薄利多销，威尔逊的小商店还采取了哪些现代营销策略？

下篇　中国文学的经济学解读

美国著名汉学家宇文所安(Stephen Owen)在《诺顿中国文学选集》中选入了冯梦龙《警世通言》(*Common Words to Warn the World*)中的名篇《杜十娘怒沉百宝箱》(*Du Tenth Sinks the Jewel Box in Anger*)，与以往的道德批评或者女性主义批评不同，宇文所安没有过多地对男主人公李甲的背信弃义进行口诛笔伐，他把对这部传奇故事的解读重心转移到了经济方面。宇文所安认为，16世纪的中国经历了一场堪与同时代欧洲比肩的商业繁荣，在商业繁荣的大背景下，明朝的传奇故事和之前的唐传奇有着明显的不同：

> 在唐传奇中，经济问题有时也有呈现，但经济问题通常是被隐藏起来；《杜十娘怒沉百宝箱》可以归属为具有悠久传统的佳人传奇(courtesan romance)，但在这部传奇之中，准确的支出、债务、收支账目平衡，却成为了故事的核心。这是一个商业的世界，在这样的世界里，任何物品都是被明码标价的商品——有时不该属于商品交换世界的东西也被明码标价了。(Owen, 1996:834)

诚如宇文所安所言，在《杜十娘怒沉百宝箱》这部佳人传奇中，的的确确是本不属于商品交换世界的东西都被明码标价了。李甲为杜十娘赎身筹措了三百两白银，而他欲将杜十娘转手给孙富的补偿金是千金。《诺顿中国文学选集》将千金译为 a thousand taels，根据陆谷孙先生主编的《英汉大词典》对 tael 一词的解释，我们不妨将此处的 a thousand taels 理解为一千两白银。但是，再好的译文也代替不了原文。众所周知，千金在中文中有着另外一层含义，那就是，虽为风尘女子，杜十娘却在李甲和孙富之间那肮脏得不能再肮脏的交易中被"洗白"了，她从一个"误落风尘花柳中"的堕落女人摇身一变，变成了一位名副其实的"千金"小姐。可惜，这种洗白并不能令人愉悦，因为杜十娘是活生生的人，她不是商品，无论是妓院老鸨，还是书生李甲，他们都无权用明码标价的方式来估量杜十娘的价值。但是,在万恶的封建社会,杜十娘不仅被作为商品定价,而且还被作为商品买卖。为了反抗这种社会不公,杜十娘迫不得已,采用怒沉百宝箱并随百宝箱沉入河底的方式,了却了自己悲惨的一生。值得注意的是,杜十娘的悲剧不是发生在刀兵四起、民生凋敝的时代,而是发生在"太平人乐华胥世,永保金瓯共日辉"的和平年代。个人命运和时代命运的巨大反差,愈发凸显了这部明代传奇故事的悲剧性。如果不是命运的捉弄,在大明朝的太平盛世,杜十娘本来可以过上十分幸福的生活,她的那个价值连城的百宝箱足够她和李甲潇洒一生。可悲的是,李甲因为贪图孙富的千金许诺而背弃了海誓山盟,爱情在金钱面前顿时就显得苍白无力,不堪一击。在杜十娘怒沉百宝箱的时候,李甲又假惺惺地"幡然悔悟",此时李甲的丑恶嘴脸暴露无遗。杜十娘没有原谅他,她心里清楚,李甲表面上是因为怜惜她而幡然悔悟,实际上则是因为看到了他本来有希望得到的价值连城的财富而幡然悔悟。

可以毫不夸张地说,被宇文所安慧眼识珠、欣然纳入《诺顿中国文学选集》的《杜十娘怒沉百宝箱》只是中国文学中涉及经济问题的诸多案例中的沧海一粟,中国文学一直和经济话题有着不解之缘。我们在中学时代就熟稔于心的许多文学作品,都能够和经济搭上边儿。以大家熟悉的《诗经》名篇《氓》为例,就整体而言,这是一首弃妇的怨歌,比较适合作为伦理批评的案例。但诗的开篇"氓之蚩蚩,抱布贸丝"一下子就让人看到了一个商品交换的世界,抱布贸丝是一种易货贸易,通过这短短的四个字,比较专业的读者立时就能推断出主人公的身份:"一般古代妇女普遍养蚕出丝,所以氓只是一个小商贩,女主人公也是平民。"(黄晖,2020:26)再以白居易的名篇《卖炭翁》为例,诗的最后两句"半匹红绡一丈绫,系向牛头充炭直"展现的其实是一种不平等的交易,一车千余斤的炭,竟然被"黄衣使者白衫儿"用"半匹红绡一丈绫"就给打发掉了,而卖炭翁全家的"身上衣裳口中食"全靠烧炭和卖炭维持。《卖炭翁》中还有一种和前面讲过的《卡斯特桥市长》中亨查德一样的心态,那就是"心忧炭贱愿天寒"。为了让自己囤积居奇的粮食能卖个好价钱,亨查德巴不得麦收时节阴雨连绵;同样,卖炭翁为了自己的炭能卖个好价钱,心里也总是想着冬天能更冷一些。俗话说,人病医生喜,但医生绝不能因此而期盼人人都得病,这是有悖于人类伦理的。但卖炭翁的境遇和亨查德不同,亨查德是卡斯特桥名镇一方的粮食经销商,而卖炭翁只是一个无名小卒,卖炭的钱是他唯一的收入来源,虽然他的这种"人病医生喜"的心态不值得褒奖,但我们也不能对他给予过多的苛责。

中国古典诗词中的经济书写不胜枚举，中国古代小说中的经济书写更是俯拾皆是。以大家都非常熟悉的《红楼梦》为例，这部鸿篇巨制堪称是窥探18世纪中国经济的百科全书。对《红楼梦》经济书写问题发表高见的不仅仅是文学学者，也包括著名的历史学家翦伯赞和著名的经济学家王亚南。孙宗美、刘金波在"《红楼梦》的经济叙事及其意义生成"一文中较为详细地列举了《红楼梦》中的隐性以及显性经济书写，其中显性书写包括"秦可卿出殡与元妃省亲等大事的支出耗费、乌庄头的账单、探春兴利除弊的故事等"，而隐性书写则包括"王熙凤的放贷、贾府上下月钱年物的分配等"（孙宗美、刘金波，2022：96）。作者认为，经济书写不是《红楼梦》中的闲笔，而是《红楼梦》意义生成的重要组成部分，是重新解读《红楼梦》的一把金钥匙："不正常的收支、奢靡腐朽的生活，是以贾府为核心的四大家族败落的主因"（孙宗美、刘金波，2022：95），无论是王熙凤，还是探春，无论她们做出怎样的努力，都无法扭转贾府衰败的历史命运。

虽然中国古代文学也是研究文学与经济跨学科问题的一座宝库，但由于学识所限，我们却只能以以上寥寥数语阐发几点愚见，权当是贻笑大方。考虑到自身的学养，以及学生的志趣，我们把讲述的重点放在了中国现当代文学。用学界普遍认为是舶来品的西方经济学理论来解读中国古代文学，是否会有拉郎配之嫌呢？对此，我们始终有一种担忧。无论中国古代文学作品中的经济学书写多么有代表性，在1902年严复先生的《原富》（即《国富论》）出版之前，文学和经济学之间的关系都只可能是单维度的。而现当代文学则不同，虽然不是全部，但中国现当代文学作品中确实存在许多文学和经济学呈现出互动关系的例证，或者，至少我们可以信心满满地说，在中国现当代文学中，文学并非总是在被动地书写经济。以茅盾先生的《子夜》为例，诸如散户、空头、多头、杀多头、交割等今天依然在用的经济学术语在作品中频频出现，而且拿捏得十分准确。这些投资市场的常用语，和小说开头十分醒目的"Light，Heat，Power！"英文广告达成默契，一下子就将读者带入了一个洋里洋气的大上海的现代商业世界。可以毫不夸张地说，以《子夜》为代表的中国现当代文学，是一座无可替代的研究文学与经济跨学科问题的宝库。虽然因为学养所限，我们无法对中国现当代文学的这座宝库进行深挖，但是，从宝库中遴选出若干佳作，用文学与经济跨学科研究的方法小试牛刀，还是我们乐于投身其中的一桩美事。

第十三讲

《子夜》中的金融书写

课前必读

(1) 孔令仁.《子夜》与一九三〇年前后的中国经济,《文史哲》,1979 年第 3 期。

(2) 茅盾.《子夜》,南京:江苏凤凰文艺出版社,2018 年。重点阅读小说的第 1—2 章。

作品导读

《子夜》是中国现代作家茅盾(1896~1981)的代表作,是"一部具有深刻意义的优秀的长篇小说"(孔令仁,1979:60)。小说以 20 世纪 30 年代初期的旧上海为背景,以民族资本家吴荪甫和买办资本家赵伯韬之间的恩恩怨怨为主线,展现了一幅 20 世纪 30 年代生动的生活画卷。茅盾在创作《子夜》之前,曾经做过大量深入细致的社会调查。他经常到一位亲戚的公馆和同乡旧友会谈,这些同乡旧友有的是实业家,有的是银行家,有的是商界精英,其中也不乏资本市场的弄潮儿。为了获得一手资料,亲身体验资本市场的起起落落,茅盾还亲自赶往交易所,在交易所里看人家如何交易,"接触并体察各类企业家到处'奔走拉股子,想办什么工厂'"(李丹,2012:88)。由于提前做足了社会经济调查的功课,茅盾的《子夜》就成了一部不是经济史却胜似经济史的小说,它对于后人研究 20 世纪 30 年代的经济问题有着无可替代的作用。汪昌松曾经这样评价《子夜》的社会经济价值:

> 可以说,《子夜》是一部 30 年代初期半封建半殖民地旧中国条件下,记叙资本主义社会大都会上海的"卓越的现实主义历史"。他汇集了一切现代商品经济形式和金融活动形态,提供了了解和分析中国经济问题的生动素材,是现代

政治经济学、金融史的艺术教科书，也可以被我国经济学家作为研究中国经济问题的参考书。（汪昌松，1992：108）

汪昌松关于《子夜》的论述，绝非是简简单单的溢美之词。细细读来，《子夜》真的像是一部现代政治经济学的教科书。《子夜》的头号主人公是吴荪甫，他是小说中民族资本主义的代表，他游历过欧美，是见过大世面的人，这在以十里洋场而闻名的上海也算是凤毛麟角。他富有冒险精神，又十分能干，他在他的家乡双桥镇开办发电厂、当铺、钱庄、米厂、油坊，积累了一大笔财富之后，又到大上海闯荡，开办了著名的裕华丝厂。他来上海之后，双桥镇一度刀兵四起，地方的富商们惶惶不可终日，我们不得不佩服吴荪甫的先见之明。后来，吴荪甫又和孙吉人、王和甫等人筹措资金开办益中信托公司，公司的最初宗旨是为实业融资，努力让实业家们摆脱金融资本家的控制，同时用近似于行业协会的组织进行大鱼吃小鱼的兼并重组。吴荪甫梦想着有朝一日，他生产的日用品能在中国的广袤大地上畅通无阻，中国的实业家们能够扬眉吐气，能够和以赵伯韬为代表的买办资本家一决高下。

可是，作为民族资本家的代表，吴荪甫最终还是在买办资本家赵伯韬面前败北。这到底是为什么呢？我们绝不能将他的失败简简单单地归罪于吴荪甫本人的志大才疏。吴荪甫志大，但并不才疏。他有着商业精英们特有的敏锐，他能够趁着第一次世界大战到1929年资本主义经济危机之间，帝国主义列强无暇东顾之机，迅速积累财富，及时奔赴中国最繁华的大都市上海扎根。他经营着在整个上海最具竞争力的裕华丝厂，在别人的丝厂纷纷停产倒闭的情况下还能艰难维系。他应对工人罢工的手段也比其他的工厂主要高明得多，他及时了解工人动向，并对工人中间的分歧也了如指掌，他充分利用工人之间的分歧，对工人进行分化瓦解和拉拢利诱。虽然站在工人阶级的立场上，吴荪甫对待工人罢工的态度并不可取，但他处理劳资纠纷的冷静态度，还是比其他资本家、工厂主要高明一些。他胸怀壮志、精明强干、为人谦和，在同行中很有威望，做事雷厉风行，大刀阔斧。我们对他实业救国的梦想钦佩有加，他的商业才能也毋庸置疑，那么，这么一个近乎完美的中国现代民族资本家，到底为什么最终还是无法和失败的命运相抗衡呢？

第一个原因，吴荪甫的失败是由于旧中国的民族资本主义经常遭受帝国主义的打压。如前文所言，第一次世界大战战争正酣之时，帝国主义无暇东顾，这给了中国的民族资本主义以喘息之机，吴荪甫的发迹应该就是在这个阶段。1929年的经济危机给资本主义国家带来了巨大的冲击，为了迅速提振经济、转嫁危机，帝国主义国家又重新将目光聚焦于尚处于半封建半殖民地时期的中国。根据孔令仁在"《子夜》与一九三〇年前后的中国经济"一文中提供的数据，中国在1931年的进口额高达2 233 000 000元，而出口额只有1 417 000 000元（孔令仁，1979：61），贸易逆差达到8亿元以上，巨大的贸易逆差是帝国主义向中国倾销商品、转嫁经济危机的结果。此外，由于当时国际上采用金本位制，而中国采用银本位制,中国货币兑换美元的比例一直在降低,这也给当时中国的民族资本主义发展带来了很大的伤害。《子夜》中的一个次要人物、火柴厂的老板周仲伟对金贵银贱现象对民族工业的伤害进行了控诉,他在众人面前慷慨陈词:"我是吃尽了金贵银贱的亏!制火柴的原料——药品,木梗,盒子壳,全是从外洋来的;金价一高涨,这些原料也跟着涨价,我还有好处么?采购本国原料罢?好!原料税,子口税,厘捐,一重一重加上去,就比外国原料还要贵了!况且日本火柴和瑞典火柴又是拼命来竞争,中国人又不知道爱国,不肯用国货,……"(茅盾,2018:30－31)周仲伟的这段话经常为《子夜》的研究者所引用,因为这段话不仅仅道出了国际货币体系对中国民族工业的冲击,而且还连带透露出另外两个重要信息:其一,由于帝国主义的倾销政策,日本和瑞典的火柴比国产货售价更低,而且质量更好,所以国产火柴根本无力和洋货竞争,吴荪甫家里摆放的也恰恰就是当时最著名的瑞典凤凰牌火柴。其二,在帝国主义国家采取降税甚至补贴的方式向中国倾销火柴的时候,当时的国民政府却采取相反的政策,对民族工业苛以重税,名目繁多的苛捐杂税让民族资本家不堪重负,根本无力和国际同行竞争。

第二个原因,吴荪甫的失败或曰旧中国民族资本家的失败是由于当时的国民政府的政策失误。在《子夜》中,茅盾借小说中的人物杜学诗之口,表达了民众对于一个强有力的铁腕政府的期待:

> 什么民族,什么阶级,什么劳资契约,都是废话!我只知道有一个国家。而国家的舵应该放在刚毅的铁掌里;重在做,不在说空话!而且任何人不能反对这管理国家的铁掌!譬如说中国丝不能和日本丝竞争罢,管理"国家"的铁掌就应该一方面减削工人的工钱,又一方面强制资本家用最低的价格卖出去,务必要在欧美市场上将日本丝压倒!要是资本家不肯亏本抛售,好!"国家"就可以没收他的工厂!(茅盾,2018:41)

平心而论,杜学诗所叫嚣的同时压榨工人和资本家的做法并不可取,这不是一个铁腕政府应该做的事,但他的这番演讲也并非一无是处。他所谓的铁腕政府,核心内容应该是一个统一的强有力的政府。从表面上看,北伐战争结束后,国民政府已经基本完成了统一大业,至少形式上是如此。可是,众所周知,从实质上讲,20世纪30年代初的国民政府还不能真正地号令天下。在《子夜》中,听命于蒋介石的中央军正在津浦线上和阎锡山、冯玉祥等地方军阀的军队进行中原大战。中原大战给尚处于积贫积弱时代的中国带来了不可估量的损失。大战历时7个月,双方投入的总兵力多达110万,死伤30余万,死伤者多为晋冀鲁豫等省的青壮年男子。双方支出军费总计5亿元之多,战火波及20多省。中原大战期间的国民政府,无论如何也称不上是统一的强有力的政府。

虽然当时的国民政府在发展民族工业和改善民生方面不够强有力,但国民政府在对民族工业苛以重税以及滥发公债以弥补巨额军费开支方面却是"强有力的"。根据孔令仁在"《子夜》与一九三〇年前后的中国经济"一文中提供的数据,在1931年的时候,白丝由每担征银十两增至十五两,灰丝由二两五钱增至七两五钱,黄丝由七两增至十两五钱,同宫丝由五两增至七两五钱。(孔令仁,1979:63)如前文所言,在中国的近邻日本采取减税降费甚至财政补贴鼓励日本丝厂出口的大背景下,国民政府却反其道而行之,对当时民族工业的支柱产业蚕丝业苛以重税,中国民族工业哪里还能有蓬勃发展的可能? 根据李丹在"近代经济史视野下的《子夜》文学创作"一文中提供的数据,在1927年至1931年的五年间,南京国民政府等部门共发行"江海关二五附税国库券""善后短期公债""民国十七年金融长期公债"等总计达104 500万元公债债券,"平均每年发行20 900万元,以1931年发行42 100万元为最高数额"(李丹,2012:89 - 90)。国民政府发行的公债没有被用于改善民生、改善基础设施,大部分公债都被用于填充军费开支。其实,就《子夜》而言,不仅仅公债的用途和战争紧密相关,连公债市场的起起落落都和战争胜负息息相关。小说中最经典的一段就是赵伯韬等人委托尚仲礼花钱买西北军败退。为了在公债市场攫取高额回报,赵伯韬之流的投机分子真的是什么都干得出来,他振振有词地和吴荪甫的最重要的合伙人杜竹斋说:"花了钱可以打胜仗,这是大家都知道的。但是花了钱也可叫人家打败仗,那就没有几个人想得到了——人家得了钱,何乐而不败一仗。"(茅盾,2018:57)

我们这一讲的核心话题是《子夜》的金融书写,而公债市场的起起落落是《子夜》最核心的金融问题,所以,我们不妨在此多着一些笔墨。由于《子夜》中公债的起起落落和战争胜负紧密关联,战争的胜负谁也无法准确预测,所以,《子夜》中投资公债的风险就要比和平时期更大。在资本市场,往往是风险和回报呈现出正比例关系,没有风险的高额回报是难以想象的。对于公债市场的投机分子来说,今天一夜暴富,明天一贫如洗,这种大起大落是司空见惯的事。越是这样大起大落,公债的投机分子们就越觉得刺激。和投资实业相比,投资公债收益高,而且回报快。所以,就这么搞来搞去,不仅帝国主义买办阶级的代表赵伯韬爆炒公债,连民族资产阶级的代表吴荪甫最终也不得不在公债市场拼死一搏。吴荪甫最后被赵伯韬搞得一败涂地,吴荪甫不是败在了以裕华丝厂为代表的实业上,而是最终败在了以为实业迅速筹资为名的公债投机市场。

《子夜》中所描写的公债投机狂热是超乎人们想象的。在吴老太爷的灵堂里,人们似乎全忘了死者为大的古训,忘了这里是庄严肃穆的灵堂,他们大声谈论着标金、大条银之类的东西,还不失时机地开起了当时公债投机行业人尽皆知的玩笑:"棺材边! 大家做吴老太爷哪!"(茅盾,2018:29)当时人们炒作最疯狂的三种公债是关税、裁兵、编遣,人们将其戏称为"棺材边",其一是因为三种公债的第一个字合起来的谐音就是"棺材边",其二是因为这三种最热门的公债最难做,投资者往往是今日拥资巨万,明日即身无分文,投资者时时刻刻都被困在棺材边。从伦理的角度看,在吴老太爷的灵堂里开死者的玩笑,肯定是不合时宜的。可是,懂得商业经营的人也应该都懂得,商业伦理不可能和日常的伦理准则一模一样。如果大家都认同并遵守一样的准则,把公众利益放在第一位,那么,像英国作家萧伯纳(George Bernard Shaw, 1856~1950)的戏剧《巴巴拉少校》(*Major Babara*,1905)中的军火商就会为自己制造杀人武器的行为而感到羞耻,而不是为了自己从军火交易中牟取高额利润而感到自豪。我们可以毫无顾忌地批判《巴巴拉少校》中的军火商人,但他绝不是最坏的商人,因为他毕竟还懂得用自己赚来的钱做点慈善。同样,我们尽可以毫无顾忌地批判在吴老太爷灵堂里"谈股论金"的投机分子,但他们其实也只是千千万万投机分子的一部分。在《子夜》中,茅盾借范博文之口,道出了金融投机的狂热:"投机的狂热呦! 投机的狂热呦! 你,黄金的洪水! 泛滥吧! 泛滥吧! 冲毁了一切堤防! ……"(茅盾,2018:29)

范博文的话把我们的关注点引向了吴荪甫失败的第三个原因,那就是投资的狂热席卷了 20 世纪 30 年代的整个上海,以至于金融行业迷失了方向,根本不愿意把钱投向民族资本家赖以生存的实业。诚如《子夜》中的实业家朱吟秋所言,上海的银根并不紧,只是金融界醉心于做公债和炒作地皮,对于上海的金融界而言,做公债和炒作地皮的时候,他们手头阔得很,一千万、两千万对他们而言都只不过是毛毛雨而已。但到了实业家去找他们贷款的时候,他们连十万八万都不肯借,"那简直就像是要了他们的性命"(茅盾,2018:32)。需要说明的是,《子夜》里热衷于做公债可不只是金融界,方方面面、形形色色的人都想在公债炒作中捞一把。赵伯韬和杜竹斋自不必说,连梦想实业救国的吴荪甫最后也被人拉着在公债市场奋力一搏。除了这些买办资产阶级和民族资产阶级的代表,连军官雷参谋、教授李玉亭、交际花徐曼丽、舞女刘玉英、地主冯云卿,最终全都在公债市场一显身手。他们有的只是"套套利",赚些小钱,有的则是把全部资产都拿到公债市场赌博。为了能及时得到公债市场的内幕消息,地主冯云卿还使用了美人计,让自己年轻的女儿到公债大佬们身边去做卧底。可惜的是,这位名字里就带"卿"的地主时运不济,借用《红楼梦》中的话说,就是机关算尽太聪明,反误了卿卿性命,由于冯云卿的女儿年纪尚轻,不懂得公债炒作的专业术语,结果误传了信息,导致冯云卿倾家荡产,可谓是偷鸡不成蚀把米。

孔令仁在"《子夜》与一九三〇年前后的中国经济"一文的结尾写道:"赵胜吴败,说明了在半殖民地半封建的社会条件下,要发展民族资本工业是不可能的,获得胜利的只能是帝国主义侵略势力。要发展民族工业,就必须推翻半殖民地半封建的社会制度——这就是《子夜》这部文学作品利用丰富的经济资料通过纷繁复杂的故事情节的生动描写所要告诉人们的结论。"(孔令仁,1979:67)孔令仁的这段话,把我们的关注点引向了吴荪甫失败的第四个原因,那就是在半殖民地半封建的旧中国,民族工业很难有蓬勃发展的机会,民族资本家无论如何也斗不过有着帝国主义靠山的买办资本家。当然,我们这样说并不等于否定民族资本家的才干。也许,就做实业而言,吴荪甫应该比赵伯韬更胜一筹,他在做实业方面有许多成功的经验,而赵伯韬没有。可惜的是,如前文所言,在半殖民地半封建的旧中国,做实业没有市场,远不及做公债和炒作地皮来钱快,结果是做实业的吴荪甫也不得不投身他曾经不怎么瞧得起的金融投机领域,而这个领域恰恰是"公债魔王"赵伯韬的天下。赵伯韬做公债的本领是吴荪甫无论如何也比不上的。李丹在"近代经济史视野下的《子夜》文学创作"一文中列举了影响公债涨落的主要原因,其中包括"(一)商业之兴替,(二)金融之缓急,(三)市拆之高低,(四)金价之涨落,(五)多空之操纵"(李丹,2012:90)。在《子夜》中,公债的起起落落,在许多时候都与金融巨头之操纵有关,而赵伯韬恰恰就是这样一位能够操纵公债市场的金融巨头。他能够用金钱买通西北军后退三十里,制造中央军大胜的骗局,以此操纵公债的价格朝着对自己有利的方向涨落。他还能靠着帝国主义的后台,以"保全债信,维持市面"的幌子,要挟政府禁止卖空,为他这个债市的多头保驾护航。《子夜》中的人物王和甫的一段话,算是把赵伯韬在债市捣蛋的手段揭露无遗:

> 我先讲老赵跟我们捣蛋的手段。他正在那里布置。他打算用"内国公债维持会"的名义电请政府禁止卖空!秋律师从旁的地方打听了来:他们打算一面请财政部令饬中央、中交各行,以及其他特许发行钞票的银行对于各项债券的抵押和贴现,一律照办,不得推诿拒绝;一面请财政部令饬交易所,凡遇卖出期货的户头,都须预缴现货担保,没有现货缴上去做担保,就一律不准抛空卖出——(茅盾,2018:410)

难怪人们要将赵伯韬称为"公债魔王",而不是公债之神。他做公债靠的不是看得准,或者手气旺,而是靠阴险狡诈,别人想不到、做不到的,他都能想得到、做得到。仗着他背后的帝国主义势力,他连要挟政府禁止卖空的事情都干得出来,还有什么他干不出来的事?是他把吴荪甫诱惑进公债市场,又是他在关键的时刻拉拢吴荪甫最重要的合作伙伴杜竹斋反水,在公债市场把吴荪甫搞得一败涂地。

毛泽东同志在"中国社会各阶级的分析"一文中指出:"在经济落后的半殖民地的中国,地主阶级和买办阶级完全是国际资产阶级的附庸,其生存和发展,是附属于帝国主义的。这些阶级代表中国最落后的和最反动的生产关系,阻碍中国生产力的发展。他们和中国革命的目的完全不相容。特别是大地主阶级和大买办阶级,他们始终站在帝国主义一边,是极端的反革命派。"(毛泽东,1991:3-4)大买办阶级是帝国主义的走狗,是极端的反革命派,而《子夜》中的赵伯韬就是这样的大买办阶级的代表。大买办阶级是人民的敌人,他们必将被历史的洪流所淹没,这是历史的规律。但是,在《子夜》所书写的20世纪30年代,以赵伯韬为代表的买办阶级还没有到被历史洪流冲垮的时候,那个时候的买办阶级正是仗着帝国主义势力呼风唤雨的时候,尤其是在国民政府统治之下的大上海。

虽然在吴荪甫的家乡双桥镇已经有了中国革命的星星之火,但那时的革命之火还没有在上海这样的大都市形成燎原之势。

吴荪甫是个悲剧人物,他的悲剧同时也是旧中国民族资本家共同的悲剧。诚如孔令仁所言,在旧中国发展民族工业是不可能的,要发展民族工业,就必须推翻半殖民地半封建的社会制度。也许会有人认为这是一个把文学读成了政治学之后的结论,其实不然。为了更好地说明问题,我们不妨把《子夜》和前段时间热播的以上海解放为题材的电视剧《破晓东方》中的民族工业发展做一个比较。在上海刚刚解放的时候,由于解放前国民政府滥发金圆券并将上海各大银行的黄金银元储备转移到台湾,加之银元贩子的恶意炒作,导致上海物价飞涨。紧接着,由于国民党空军对上海的轰炸以及海军对长江口的封锁,加之国民党潜伏下来的特务的蓄意破坏,导致上海物资极度短缺。在那样的条件下,以荣毅仁先生为代表的一大批决定留在上海为新中国建设服务的民族资本家,他们所面临的困难并不比吴荪甫面临的困难少。但是,在邓小平、陈云、陈毅、曾山等老一辈无产阶级革命家的领导下,新生的人民政府群策群力,重拳打击了银元投机贩子,稳定了物价,在全国人民支援上海的背景下,粮食、棉纱、煤炭等物资供应迅速跟上,民族资本家们迅速消除了疑虑,用最快的时间复工复产。在共产党所领导的人民政府的帮助下,上海的民族工业迎来了前所未有的发展机遇,迅速实现了从全国支援上海到上海回馈全国的历史飞跃。

为什么没有大城市管理经验的新生的人民政府能够治理好上海,能够促进民族工业的发展,而有着大城市管理经验且还能经常得到欧美国家援助的国民政府却不能促进民族工业的发展,甚至成为民族工业发展的障碍呢?答案是显而易见的。如电视剧《破晓东方》所示,共产党领导下的新生的人民政府是时刻为人民着想,宁肯政府吃亏也不让老百姓吃亏的政府,是一个时时刻刻想着劳资两利的政府,这样的政府能够赢得民心,能够激发民族资本家们实业救国的雄心壮志。而《子夜》中的国民政府永远不可能有这样的作为,为了充实军费,他们不计后果地发行公债。他们根本不管民族工业的死活,就知道一味地提高税收,用雁过拔毛的方式对待民族工业。金融资本控制民族资本,这符合帝国主义国家的利益,国民政府一向对帝国主义唯唯诺诺,明知道金融资本控制民族资本后患无穷,但国民政府在遏制金融资本泛滥方面却无所作为。国民政府从来都是只听到赵伯韬、尚仲礼一类在公债市场狠捞一把的胜利者们的笑,而听不到吴荪甫、冯云卿等千千万万在公债市场一败涂地的失败者们的哭。

蒋晓璐用掐头去尾的方式给她的论文"论《子夜》中的金融与现代性"加了一个主标题:"在金融的上海呻吟"。为了凸显金融在《子夜》中的重要性,她略显夸张地写道:"无论是'工业资本家''地主''知识分子'还是'交际花'都蜂拥着进入这个循环。上海成为'金融的上海',所有人的生活都与'金融'脱不了干系,正如茅盾所形容的——'工业的金融的上海人大部分在血肉相互搏斗的噩梦中呻吟'。"(蒋晓璐,2019:105)如果我们把茅盾的原文和蒋晓璐略加修正的论文标题做一个比较，就不难发现，金融是《子夜》最重要的主线，但它并不是唯一的主线，小说中的人物并不是全部都被卷入到金融的洪流之中，全部人都掉入了金融或者现代性的黑洞之中。吴老太爷就是一个坚决拒斥现代性的代表人物，他毕生只信《太上感应篇》，无论走到哪里，都把裹在黄绫套子里的《太上感应篇》带在身上。他看不惯现代女性的奇装异服，大上海所有的东西他都看不惯，"机械的骚音，汽车的臭屁，和女人身上的香气，霓虹电管的赤光"（茅盾，2018：8），这些乌七八糟的东西就像针尖刺痛了他敏感的神经。他在小说的第一章中就死了，在那些现代性的崇拜者们的眼里，吴老太爷早就该死了，因为即便他活着，他也只不过是古老社会的僵尸。

《子夜》一开头就将人们带入了一个流光溢彩、洋里洋气的大上海："从桥上向东望，可以看见浦东的洋栈像巨大的怪兽，蹲在暝色中，闪着千百只小眼睛似的灯火。向西望，叫人猛一惊的，是高高地装在一所洋房顶上而且异常庞大的霓虹电管广告，射出火一样的赤光和青磷似的绿焰：Light，Heat，Power！"（茅盾，2018：1）除了此处的 Light，Heat，Power，还有 beauty parlour 等一系列的洋文，夹杂在《子夜》的现代汉语叙述之中。这一大串的洋文给人的印象是《子夜》中的上海已经是现代性的上海，谁也阻挡不住现代性的洪流，顺其者昌，逆其者亡。吴老太爷拒斥现代性，他是注定要灭亡的，他连在金融的上海呻吟的机会都没有。

那么，接受了《子夜》开篇这种洋里洋气的所谓现代性的人，就一定得在金融的上海奋力搏击吗？也不一定，金融和现代性和上海紧密相连，但金融和现代性和上海毕竟还不是绑定关系。以小说中本来应该是头号女主角的林佩瑶为例，她是吴荪甫的妻子，她是中国现代文学中最典型的进步女性，她受过良好的教育，顺应五四潮流，乐于接受新鲜事物，在小说里被称为"密司林佩瑶"。她读过莎士比亚的《暴风雨》（在小说中被称为《海风引舟曲》），也读过司各特的《艾凡赫》（小说中沿用了林纾的旧译《撒克逊劫后英雄略》），她最喜欢读的是歌德的《少年维特之烦恼》，这是她和军官雷参谋一段旧情的信物。虽然林佩瑶和雷参谋两情相悦、志趣相投，两个人都特别珍惜他们的青葱岁月，但他们最终还是不能走到一起。密司林佩瑶没有像《玩偶之家》的主人公那样选择出走，她读了一辈子洋里洋气的书，却做出了最"土里土气"的选择，嫁鸡随鸡，嫁狗随狗，嫁给吴荪甫后就老老实实地做他的吴少奶奶了。吴荪甫靠实业起家，而后又在公债市场搏击，围着他转的人不是实业家就是金融家，唯一的一个不问世事、沉溺于书斋、不置身商海的人，就是林佩瑶。和吴老太爷不同，林佩瑶不拒斥现代性，她喜欢洋文，喜欢西方文学作品，有无数浪漫的幻想。吴荪甫投身商界，作为吴少奶奶，林佩瑶也有机会和商界的大佬们接触，但林佩瑶对经商或者金融投机一点也不感兴趣，她身上的现代性永远都是一种五四进步青年式的现代性，她丝毫也没有受到《子夜》中到处弥散的以金融为代表的现代性的侵袭。用近似绕口令的话来说，林佩瑶用她五四进步青年式的现代性（即喜爱西方文学作品）融入了上海，而没有用吴荪甫式的现代性（本来应该坚持实业，却最终被卷入金融大潮)融入商海。从这种意义上讲,林佩瑶这个《子夜》中本来应该是头号女主角却因为种种原因经常被文学批评家所忽略的人物,似乎也应该重新评价了。

当然,我们也可以回归到《子夜》的金融主线,用另一种视角来评价林佩瑶的冰清玉洁。如果她不嫁给大上海名镇一方的吴荪甫,而是嫁给曾经一贫如洗的雷参谋,她或许就不再有不问商海而沉浸于书斋的自由了。林佩瑶之所以能在金融的上海闹中取静,能在宁静的书斋中放飞自己浪漫的幻想,说来说去,还是因为她嫁给了有钱的吴荪甫,而不是没钱的雷参谋。瘦死的骆驼比马大,吴荪甫在公债市场被赵伯韬和杜竹斋等人狠狠地坑了一把之后,他还有钱带林佩瑶到青岛或者秦皇岛去度假,用他们自己的话说,就是到一个远离战火的地方去"吹点海风"(茅盾,2018:421)。像海滨度假这种雅趣,在20世纪30年代,恐怕是只有吴荪甫这样的有钱人才有。像雷参谋那种没钱人,恐怕只能想一想、说一说,永远都没有做一做的机会。作为文学学者,我们绝不能因为自己喜爱文学,就养成一种颂扬文学而贬抑其他的不良习惯,我们应该尽可能地消除偏见,尽可能地站在公正的立场上去评价《子夜》中文学与经济的关系。吴荪甫是资本家,但他是民族资本家的代表,他不像买办资本家赵伯韬那样阴险狡诈,总体而言,他还是一个遵纪守法而且有一份爱国之心的商人,他的失败是值得同情的。吴荪甫是个有钱人,但他并不像英国作家高尔斯华绥(John Galsworthy,1867~1933)《有产业的人》(*The Man of Property*,1906)中的男主人公那样,把妻子当作自己财产的一部分。吴荪甫不是冷血动物,他对妻子还是很爱惜的。他对妻子也很忠贞,他不像旧日大上海的许多有钱人那样,整日花天酒地,妻妾成群,他唯一的不足之处,是因为他太专心于实业和金融,对妻子不够体贴入微。

由陈宝国等人主演的2008年版的《子夜》电视剧对小说进行了改编,有一部分改编内容还是很有意思的。比如,在电视剧的开头,吴荪甫是带着20万银票的巨额资金来上海的,结果刚好赶上激进分子刺杀上海的督军,慌乱中吴荪甫不慎将银票丢失,而他同时也上演了一幕英雄救美的好戏。他将差点儿被人绑架的督军之女林佩瑶成功救出,两人因此而坠入爱河,而吴荪甫丢失的银票刚好是被银根吃紧的赵伯韬获得,赵伯韬一时大喜过望,他又侥幸度过了一次金融危机。这段改编堪称是《子夜》前传,一经改编之后,吴荪甫就成了林佩瑶的救命恩人,而且他们的爱情也得到升华,因为丢失了20万银票之后的吴荪甫已经不再是富甲一方的大亨,林佩瑶嫁给吴荪甫也就顺理成章地成为了爱情而不是金钱的产物。林佩瑶如果在婚后离开吴荪甫而嫁给雷参谋,她就要受到道德舆论的谴责,如此忘恩负义、背弃爱情盟约的人,怎么能说她是冰清玉洁呢?此外,这段精妙的改编,一下子就将观众带入了一个金融的上海。军阀混战,民不聊生,政界也好,商界也好,全都是尔虞我诈,勾心斗角。经济危机肆虐,而能够成功渡过危机者,全凭幸运。如果不是幸运地捡到吴荪甫丢失的20万银票,赵伯韬这个老谋深算的老家伙面对金融危机也只能一筹莫展。当然,这一段改编也有它的不足之处,那就是,它把买办资产阶级的神通广大给淡化了。如前文所言,由于 20 世纪 30 年代的上海是国民政府统治的腹地,帝国主义势力十分强大,所以,像赵伯韬一类的买办资产阶级在上海可以说是横行无阻,他们可以要挟政府,可以施展各种各样常人想都想不到的手段操纵公债市场,他们根本无须靠运气来解决银根吃紧的问题。用靠天吃饭的办法解决银根吃紧问题的,应该是吴荪甫这样的民族资本家。虽然历史的洪流无法阻挡,像赵伯韬这样的在上海金融界横行霸道的买办资产阶级最终要被中国革命所消灭,但在 20 世纪 30 年代,在共产党领导的红色政权还远在江西等地的农村地区的时候,吴荪甫等民族资本家是斗不过赵伯韬等买办资本家的。子夜是深夜,但它也是黎明的前奏,在《子夜》的结尾,我们终于读到了红军打吉安,长沙被围,南昌、九江吃紧的消息,对于这些消息,吴荪甫当时还有些恐惧。但是,作为民族资本家,他不应为此而恐惧,他应该感到高兴才对。因为,后来的历史雄辩地证明,只有共产党领导下的红色政权才是民族资本家的救星。只有等到上海解放的时刻,等到一切为了人民的新的政府成立的时候,上海的民族资本家们才能不在金融的上海呻吟,而在金融的上海迎来民族工业发展的高光时刻。

讨论题目

(1)《子夜》开头的英文广告"Light, Heat, Power!"有什么寓意?

(2)吴老太爷为什么走到哪里都带着包装精美的《太上感应篇》?

(3)吴老太爷对汽车、时装等代表着大上海现代性的东西持什么样的态度?

(4)你如何理解吴老太爷灵堂里的那个关于公债炒作(棺材边)的笑话?

(5)《子夜》中所书写的 20 世纪 30 年代的大学生形象,和你对那个时代大学生的预想吻合吗?

(6)为什么像朱吟秋之类的丝厂老板都在慨叹实业没有前途?

(7)在《子夜》中,为了能使公债涨落朝着对自己有力的方向发展,赵伯韬委托尚仲礼出面花钱买西北军撤退三十里。你认为这个举措明智吗?

(8)《子夜》里大量使用了今天依然在沿用的经济学术语(比如交割、多头、空头等),你对此作何解释?

(9)火柴厂老板周仲伟说,他的火柴厂出产的火柴不如日本火柴和瑞典火柴有市场,这是因为中国人不懂得爱国。你赞同他的结论吗?

(10)在众人皆为公债狂的年代,作为吴少奶奶,密司林佩瑶却沉浸在《少年维特之烦恼》式的多愁善感之中,沉浸在她和雷参谋昔日恋情的温馨回忆之中,你对这个女主角如何评价?

第十四讲

《林家铺子》中的商业伦理

课前必读

(1) 茅盾.《林家铺子》,白烨、秦弓(选编),《二十世纪中国短篇小说精选》,北京:人民文学出版社,2005 年,第 42 - 79 页。

(2) 魏洪丘.林家铺子:旧中国乡镇商业经济的基本模式,《上饶师专学报》,1996 年第 2 期。

作品导读

《林家铺子》是茅盾 1932 年发表的短篇小说,原载《申报月刊》第 1 卷第 1 期,后收入短篇小说集《春蚕》。和《春蚕》一样,小说描写的也是 1932 年"一·二八"事变前后的动乱生活,在离上海不远的一个江南小镇上,一位姓林的老板苦心经营着一个小店铺。林老板老老实实做人,兢兢业业做事,但在那个时局动荡、民生凋敝的时代,好人并没有得到好报,在官府、商会等地方势力的盘剥下,林老板深陷在各种应酬和债务之中,尽管他和他的一位名叫寿生的伙计使尽了浑身解数,但最终还是未能逃过劫难,林老板最终还是选择跑路,留下寿生和他的每日病病歪歪的老婆来收拾残局。小镇上最终关门大吉的商铺绝不只是林家铺子一家,本该是富庶繁华的江南小镇,却呈现出一片萧条的凄凉景象。

值得一提的是,茅盾最初为这部小说起的名字不是《林家铺子》,而是《倒闭》。如果我们按照惯例,将小说的题目默认为名词,那么,"倒闭"一词的英文对应词应该是bankruptcy(破产)。破产一词直接把小说主题指向了经济学的一端。如前文所言,破产是英国文学,尤其是 19 世纪英国文学的核心概念,狄更斯(Charles Dickens, 1812~1870)的《董贝父子》(*Dombey and Son*, 1848)、爱略特(George Eliot, 1819~1880)的《弗洛斯河上的磨坊》(*The Mill on the Floss*, 1860)、特罗洛普(Anthony Trollope, 1815～1882)的《如今世道》(*The Way We Live Now*, 1875)等小说都写到了破产。对于19世纪的英国中产阶级而言,破产是一种奇耻大辱,有许多破产者宁肯自尽身亡,也不愿意选择去济贫院孤老终生,有些人甚至连别人的好心接济也不肯接受。破产者的子孙们一旦能够东山再起,就会选择寻仇,向把他们父辈搞得倾家荡产的大恶人们施加报复。

由于历史背景不同,加之篇幅所限,《林家铺子》没有过多交代林家铺子破产之后的情形,也没有铺设破产者的后人向大恶人们复仇的情节,小说的最核心的聚焦点是林家铺子破产的原因。林家铺子破产的原因非常复杂,我们绝不能用一言以蔽之的方式将其归因于林老板的经营不善。从某种意义上讲,林老板不是不会经营,而是很会经营。首先,在《林家铺子》所书写的江南小镇上,林老板家的店存货最多,可谓是应有尽有,除了农村地区常见的日用百货,还有许多城里人也会看得上的洋货甚至奢侈品。如果不是林老板生不逢时,刚好赶上中国人举国上下抵制日货的风口,林老板的洋货或许就会比那些普普通通的日用百货更能赚钱。细心的读者应该都记得,林老板的店里还有一种在当年还属于奢侈品的缎面洋伞。宋剑华在"'乌镇'上的政治经济学"一文中写道:"缎面'洋伞'本是大城市里小姐太太们的专用物品,普通的城里人一般是用不起的,就连身居大上海的诗人戴望舒,不也只是'撑着一把油纸伞',在那'悠长、悠长'的《雨巷》里,'彷徨'且又'惆怅'吗?"(宋剑华,2017:36)宋剑华将缎面洋伞说成是大城市里小姐太太们的专用物品,这应该是符合实际的,在《林家铺子》这部小说中,一把缎面洋伞的售价是九角洋钱,这应该是日用品中的天价商品了。当然,我们不能因为戴望舒的一句诗,就断言诗人是因为买不起缎面洋伞而退而求其次,买了油纸伞来滥竽充数,浪漫主义诗歌是不能这样来读的。越是写驾一叶扁舟,就越是显得诗人有浪漫情调。如果浪漫主义诗人动不动就写豪华游轮,动不动就写缎面洋伞,那浪漫主义诗歌也就不复浪漫了。林家铺子的伙计试图把缎面洋伞推销给乡下人,这纯属对牛弹琴。但是,我们也不要忘了,由于上海发生战事,也确实有许多大上海的人逃难到江南小镇,在这逃难者当中,谁又敢担保没有大城市里小姐太太们呢? 如果小店里尽是缎面洋伞,我们可以说林老板是好高骛远,但这明显不是事实。小店里备上一两把缎面洋伞,以备不时之需,这不是很好的经营之道吗? 小店要想红火,就要笑迎八方来客,这八方来客中,为什么不能有大上海的小姐太太们呢? 要知道,《林家铺子》中的江南小镇,离上海其实只有一步之遥。

其次,林老板的促销手段也有许多可取之处。我们不赞同林老板的"大放盘",认为那是林老板为了尽快回笼资金而采取的权宜之计,商业经营的最终目的是为了盈利,赔本赚吆喝的促销手段不值得提倡,关于这一点,我们在下文还会有更为详尽的分析。林老板有三种促销方式是值得肯定的。第一种促销方式是广告宣传,他在红纸绿纸上写上"大廉价照码九折""大廉价一元货"的字样,把宣传品贴在自己店铺的显眼位置,还特意把"大廉价一元货"的宣传品贴在上海难民的聚集地——西栅外茧厂,因为一元货的主要消费群体就是上海难民。第二种促销方式是打包销售,这种销售方式有点儿像今天的"盲盒",他将脸盆、毛巾、牙刷、牙粉绑定在一起,以一元货的方式进行销售,这种做法还是他和伙计从上海大商场学来的。第三种促销方式是舍零取整,小说中详细地描写了林老板舍零头时的"慷慨大方":

> 在价目上,林先生也格外让步;遇到哪位顾客一定要除去一毛钱左右尾数的时候,他就从店员手里拿过那算盘来算了一会儿,然后不得已似的把那尾数从算盘上拨去,一面笑嘻嘻地说:
>
> "真不够本呢! 可是老主顾,只好遵命了。请你多作成几笔生意罢!"(茅盾,2005:50)

林老板很会察言观色,见风使舵,他不会为了一毛钱的零头而失去一个顾客,他说的那句"真不够本呢"不过是商场的套话,但这种话顾客们爱听。借用中国的古话说,林老板舍零头的把戏,其实就是刘备摔孩子——收买人心。许多读者都和顾客一样,被林老板舍零头、让小利的把戏给蒙骗了。他的老实巴交其实是装出来的,通读小说之后就不难发现真相:一个在全民抵制日货的背景下,把日本货标签撕了就充当国货的商人,能有什么诚信可言呢?

再次,林老板还比较好地处理了他和顾客、伙计、同行、债主、地方势力之间的关系。林老板对顾客总是笑脸相迎,遇到比较精明的顾客总是能舍零取整,让小利,明大义,还能够察言观色,揣度出顾客的所需。他还时常把女儿唤出来叫顾客一声伯伯,和顾客拉近关系。他还时常叫伙计送上一杯便茶,或者递上一支香烟。林老板和伙计亲如一家,尤其是对一个叫寿生的伙计,寿生最后成了他的乘龙快婿,但这是后话。国内有学者将《林家铺子》和美国作家马拉默德(Bernard Malamud, 1914~1986)的《伙计》(*The Assistant*, 1957)相比较,其实,马拉默德笔下的伙计和老板的关系,是完全无法和寿生与林老板的关系相比的。在战火纷飞的年代,寿生冒着生命危险去上海帮老板讨债,回到家乡后又差点儿被抓了壮丁,但他对林老板无限忠诚,其忠诚程度堪与石黑一雄(Kazuo Ishiguro, 1954~)《长日留痕》(*The Remains of the Day*, 1989)中的男管家史蒂文斯相媲美,连卖一元货给上海难民的好主意都是寿生替林老板想出来的。虽然同行是冤家,林老板和同行尤其是林家铺子斜对面的裕昌祥竞争十分激烈,不管裕昌祥多么不仁,哪怕是趁火打劫来林家铺子挖货,林老板凡事都是和为贵、忍为上,不与同行争锋。在处理和债主的关系上,林老板大多时候都是先人后己,处处为别人着想,把方便让给别人,把困难留给自己。上海来的收账客人用无理取闹的方式,坐在他铺子里要钱,林老板在已经捉襟见肘的情况下,还是硬着头皮给了他"大洋十一元,小洋二百角,钞票四百二十元,外加即期庄票两张"(茅盾,2005:61),客人嫌庄票太麻烦,请求林老板兑换成现金,林老板又是硬着头皮去恒源钱庄兑换。恒源钱庄以银根吃紧为由拒绝兑换，林老板又赶忙来找上海的客人赔不是。朱三阿太来讨还存款利息时，林老板也是苦着自己，把东拼西凑的八块大洋、十角小洋、四十个铜子交付给朱三阿太。在处理和地方势力的关系时，林老板也总是诚惶诚恐，舍得钱财，以免招灾。虽然灾难最终还是降临在林老板头上，但平心而论，这不是林老板本人的罪过。他对商会会长毕恭毕敬，有钱出钱，没钱出力。他对各种硬性摊派也是满口应允，从不驳人面子。他对卜局长也是当祖宗一样供着，直到卜局长要纳他女儿为妾，他实在无法答应时，才慢慢学会了找借口推诿。为了疏通关系，他向党部一下子就孝敬了四百大洋，这四百大洋对于林老板这样的小商户而言，真的是比割肉还心疼。

如前文所言，林老板一辈子老老实实做人、兢兢业业做事，最终却落了个曲终人散的下场，这就是《林家铺子》的悲剧所在。那么，为什么林家铺子无论如何都无法逃脱倒闭的厄运呢？李岫在"马拉默德的《伙计》与茅盾的《林家铺子》"一文中将林家铺子倒闭的原因归纳为四点：一、经济凋敝、农村破产；二、日本帝国主义的军事侵略；三、国民党反动势力的敲诈勒索；四、同业间的倾轧排挤。（李岫，1986：41）这四点总结得非常到位，也非常符合小说文本中的现实，对此我们深表赞同，下面分而述之。

第一点，经济凋敝、农村破产。林家铺子坐落在江南小镇，离上海不太远，所以战事一起，会有上海难民逃到小镇上来。但是，众所众知，像林家铺子这样的小商户，它的主要消费群体是小镇上的农民。农民们实在是太穷了，他们辛辛苦苦地劳动，最后却一无所有，连自己辛辛苦苦种的粮食都被地主和高利贷者盘剥一空，到头来还得买米吃。小说中是这样描绘农民们的困境的：

> 一群一群走过的乡下人都挽着篮子，但篮子里空无一物；间或有花蓝布的一包儿，看样子就知道是米；甚至一个多月前乡下人收获的晚稻也早已被地主们和高利贷的债主们如数逼光，现在乡下人不得不一升两升的量着贵米吃。这一切，林先生都明白，他就觉得自己的一份生意至少是间接的被地主和高利贷者剥夺去了。（茅盾，2005：49）

从表面上看，农民被地主和高利贷者盘剥似乎是和林家铺子倒闭风马牛不相及，其实不然。按照经济学的解释，消费是要分层次的。所谓消费层次，是指根据满足消费需要的顺序对消费需要所进行的分类。消费资料可以分为三个层次：生存资料、发展资料与享受资料。生存资料用来维持劳动力简单再生产，是最基本的消费层次。发展资料用于提高人的劳动技能，获取个人进一步发展的机会，属于更高层次。享受资料用于提高生活质量，是消费的最高层次。民以食为天，如果《林家铺子》中的农民们粮食能够自给自足，那么，他们或许就可以剩下一部分钱用于其他消费。如果生存资料都消费不起了，那么,发展资料和享受资料就无从谈起。这也就是前文提及的镇上的年轻人无论多么喜欢,都不肯下单买缎面洋伞的原因。消费是分层次的,如果自家的钱连最基本的消费层次都满足不了,就不可能有人在发展资料或者享受资料上浪费金钱。

第二点,日本帝国主义的军事侵略。《林家铺子》中的日本帝国主义侵略主要是指"一·二八"事变,这是日本帝国主义蓄意发动的侵略事件。1932 年 1 月 28 日,日本海军第一遣外舰队司令盐泽幸一指挥海军陆战队分三路突袭上海闸北,中国守军第十九路军在总指挥蒋光鼎、军长蔡廷锴指挥下奋起抵抗,给日军以迎头痛击。日军对我军阵地以及民宅、商店等进行狂轰滥炸,蒋光鼎指挥军队在闸北、江湾、吴淞等地带进行阻击,日军先后四次更换主帅,死伤近万人。战争进行了数月,最后,在国联的调停下,中日双方于 5月 5 日签订了《淞沪停战协定》。由于林家铺子所在的江南小镇离上海还有一段距离,所以,战火并没有烧到林家铺子所在的小镇。此外,由于大量的上海难民的涌入,林老板在伙计的帮助下及时捕捉到了甩卖一元货的商机,林家铺子还多了一份在乱世存活下来的希望。导致林家铺子倒闭的原因不在于"一·二八"事变本身,而在于"一·二八"前后的抵制日货运动。尽管《林家铺子》中的抵制日货运动有点儿过于极端,比如林老板女儿所在学校的同学扬言要把林小姐穿的东洋货衣服给烧掉,但从本质上讲,抵制日货运动是一场正义的爱国行动。1931 年 7 月,吉林长春爆发了著名的万宝山事件,这是日本帝国主义在长春制造的流血事件。为抗议日本领事支持承租万宝山村稻田公司经理郝永德转手的土地的朝鲜人违约强挖壕沟、建筑高坝、淹没中国农田的恶行,万宝山的农民集合500 多人实行填壕。日本警察竟公然开枪射击,打死中国农民数十人,并煽动中、朝之间的仇视情绪。为声援长春人民的正义斗争,东北的一些城市举行了示威游行,抗议日本帝国主义制造万宝山事件。随后,一场轰轰烈烈的抵制日货运动在全国如火如荼地展开。在国民政府的首都南京,爱国商人们以商会名义电告政府,希望能够对日经济绝交,停止日货贸易,上海、杭州等地也纷纷效仿。需要说明的是,抵制日货运动,尤其是"九·一八"和"一·二八"事变之后的抵制日货运动,绝不是仅仅停留在喊口号的层面。全国许多地方都出现了以学生为主体的抵制日货的看护队,监督商家的抵制日货落实情况,对阳奉阴违的奸商进行惩罚。在全民抵制日货的背景下,林家铺子的东洋货就成了烫手山芋。卖东洋货,就会背上卖国贼的骂名;不卖东洋货,满铺子的东洋货就都成了积压产品,会严重地影响资金周转。林老板用贿赂党部的办法,求得官方的默许,把东洋货标签撕下来,当成国货出售。宋剑华在"'乌镇'上的政治经济学"一文中指出:"'日货'撕掉标签照样可以出售,那显然是作者自己的艺术想象。"(宋剑华,2017:31)言外之意,就是如果不是在文学作品中,林老板的这种做法根本行不通。要知道,抵制日货运动是一场全民运动,并不是党部的几个大小官员就能左右的。林小姐身上穿的衣服都是东洋货,她的同学们都看见了,她没法抵赖,林家铺子里有东洋货,这已经是一个不争的事实,林老板想瞒也瞒不住。另外,如前文所言,林小姐的同学给林小姐捎信,警告她说如果林小姐再敢穿着东洋货的衣服上学,他们就要把她的衣服烧掉。由此可见,乡村地区抵制日货运动的激烈程度一丁点儿都不比城市里差。林老板想浑水摸鱼,用东洋货充当国货,那是根本不可能的,更何况,知道他铺子里有东洋货的,恰恰就是在抵制日货运动中最激进的学生。《林家铺子》中有着这样一种关于东洋货的窘境:如果林老板不卖东洋货,他的资金周转就成了问题,林家铺子随时都可能倒闭;如果他卖东洋货,他随时都有可能被抵制日货运动的看护队发现,他的店铺就有可能被查封。拿东洋货充当国货,是一种比直接出售东洋货还可耻的行为,即便是鬼使神差地得到了官方的默许,林小姐的同学们也不会答应。

第三点,国民党反动势力的敲诈勒索。这一方面最极端的例证就是卜局长看上了林小姐,执意要纳林小姐为妾。卜局长年近四十,家里已经有了两个老婆,只是两个老婆都不争气,没为他生下一男半女。在那个年代,卜局长纳妾并不违法,如果他和林小姐是你情我愿,林小姐真的肯嫁给他,这对林家铺子来说也未尝不是一件好事。有了卜局长的关照,林家铺子即便不是吉星高照,至少也不会落得个曲终人散的下场,毕竟,在那个朝里有人好做官的年代,有把大大的保护伞不是什么坏事。可事实是,林小姐还在读书,她根本就不愿意攀高枝,嫁给年龄是自己的两倍的卜局长,林老板和他的太太也不愿意。卜局长委托商会会长来提亲,商会会长十分精明,他趁着林老板有求于他的时候,说出卜局长的心思,这分明就是趁人之危,威逼利诱。对于这桩婚事,林老板极力拖延,但无济于事。没等他把话说明,他就被两个穿制服的人带到党部去问话了。我们不敢断言,说这一切都是卜局长指使,因为党部放出的口风是:林老板低价甩货,有卷款潜逃之嫌。乍听起来,这话让人感动得落泪。国民政府时时处处都在为百姓着想,远在乡村的党部也不例外。他们凭借职业的敏感,总是能防患于未然,在林老板出现跑路苗头的时候,就将他扣押起来,以免百姓财产蒙受损失。可真正的事实却是,党部在收受了寿生东拼西凑的两百元打点后,林老板就被赎了回来,他最终还是在未能偿还张寡妇等人的本金及利息的情况下跑路了。党部的官老爷们,口口声声说要保护穷人,可是,那可怜兮兮的张寡妇,不仅本金和利息没了,她的孩子也被慌乱的人群给踩踏致死了,而这一切都是因为林老板跑路,债主们奔向党部去说理,而警察给了他们一顿棍棒所致。我们没有证据说这一切都是卜局长恼羞成怒所致,但那种时间上的奇妙巧合,又不能不让读者往这方面想。不管怎样,反正林家铺子是为了救回林老板花了两百元的冤枉钱,加上为了默许撕掉标签用日货充国货的四百元,再加上商会摊派的补充军饷的钱,林家铺子实在是不堪重负了。党部是爷,商会是爷,大小官员都是爷,林老板在他们面前永远是孙子,孙子动不动就得孝敬孝敬爷。如果生意兴旺,林老板还能勉强撑着。一旦年景不好,生意清淡,这些个孝敬爷的钱,也就成了压折牛背的最后一根稻草。

第四点,同业间的倾轧排挤。林家铺子所在的江南小镇虽小,但和林家铺子不相上下的店铺却有很多,这从一个侧面反映了小镇曾经有过的繁华,但小镇的消费群体就那么大,店铺多了势必会带来一种僧多粥少的尴尬局面。如果小镇的商家能够齐心合力、互帮互助,众人拾柴火焰高,也许店铺多了不一定就有什么恶果。但是,事实却是,小镇上的店铺私底下较劲,谁也不让谁。和林家铺子几乎是水火不相容的店铺就是斜对面的裕昌祥,林家铺子甩货的时候,裕昌祥的老板和伙计们冷眼旁观,巴望着林家铺子因为越卖越亏而倒台,这样他们就又少了一个竞争对手。在林老板被带到党部问话的关口,裕昌祥老板趁火打劫,派伙计到林家铺子来挖货,而且专挖林家铺子最畅销的一元货。恒源钱庄是林家铺子的老搭档,在林家铺子危难的时刻,恒源钱庄不是施以援手,而是落井下石,以战事突起、上海和小镇之间的金融通路被阻断为由,坚决不肯为林家铺子兑现庄票,而且还催促林老板年底前清还债务。在那个年代,像林家铺子这样的小本经营,本来就是靠你欠我、我欠你的模式生存的,每家小店铺都有可能是债务链条上的一根链。本来,林家铺子的窟窿不算太大,"人欠我欠之间尚差六百光景"(茅盾,2005:59),如果大家都遵守年底还八成的默认规约,林家铺子年底要还的债务五百还不到,林家铺子也就可以免于破产之灾。但是,裕昌祥也好,恒源钱庄也好,上海的收账客人也好,个个都像催命鬼一样挖货、讨债,连朱三阿太等相当于私人入股分红的人都来釜底抽薪,在这种墙倒众人推、破鼓万人捶的恶劣环境中,林家铺子倒闭也就在所难免了。

以上所阐述的四点原因有一个共同的特点,那就是它们都是外因。按照辩证唯物主义的观点,外因最终还是通过内因发生作用,所以,我们不妨在此再分析一下林家铺子倒闭的内因。为了能够更好地分析内因,我们需要借用文学伦理学批评的观点和方法。文学伦理学批评认为,伦理是文学的核心价值,人在完成了自然选择或曰进化之后就要面临伦理选择,谈论伦理问题不能脱离历史语境,"文学伦理学批评要求批评家能够进入文学的历史现场,有时要求批评家自己充当文学作品中某个人物的代理人,做人物的辩护律师,从而做到理解人物"(聂珍钊,2014:15)。此外,伦理价值判断还和具体的语境相关。比如,在舞台上弹钢琴,那就是一种艺术;但是,如果在夜晚大家都要入睡的时候,忽然有人弹奏钢琴曲,把大家吵醒,此时的弹钢琴就不再是什么艺术,而是有悖伦理的行为了。《林家铺子》中的林老板面临着十分艰难的伦理选择,这是因为伦理和商业毕竟不是一回事,伦理上行得通的东西,在商业上未必奏效。而且,在许多情况下,越是伦理上行得通的东西,在商业上越是行不通。我们还是以林家铺子里的东洋货为例,林老板明知道卖东洋货不对,拿东洋货混充国货更不对,他为什么还要撕掉日货的标签冒充国货呢?这里边主要有两点原因:其一是在当时的情况下,他不卖东洋货就可能没有多少货可卖,林家铺子倒闭的进程就会加快;其二是因为小说中没有任何证据表明,林老板的东洋货是顶着抵制日货运动的风头进货的,他的东洋货应该是抵制日货运动爆发之前进的货,从时间上讲,林家铺子里的这批货本身是清白的。可是,林老板刚好赶上了抵制日货运动的高潮,不管货的来源多么清白,出售东洋货甚至购买东洋货,都是不合时宜的,都是不爱国的行为,都是不符合那个时代的伦理的。林小姐那么喜欢东洋货,她都能做到不再穿着东洋货的衣服上学,林老板有什么理由不去抵制东洋货呢？说来说去,林老板本质上是个商人,为了林家铺子的生存,他把商业利益凌驾在那个时代的伦理之上了。但是,一旦我们回归到历史语境,我们也就不能过分地苛责林老板,因为不管什么原因,林家铺子一倒,就会殃及好多人,比如他的伙计以及他的债主们,这些人当中有许多也是穷人,比如那个可怜巴巴的、到最后人财两空的张寡妇。

除了伦理角度,我们还可以从阶级的角度对林家铺子倒闭的内因进行分析。按照毛泽东同志"中国社会各阶级的分析"一文的分类,林老板这类小商人属于小资产阶级。破产之前的林老板应该属于小资产阶级中的第二类人,这类人具有如下特点:

> 他们也想发财,但是赵公元帅总不让他们发财。而且因为近年来帝国主义、军阀、封建地主、买办大资产阶级的压迫和剥削,他们感觉现在的世界已经不是从前的世界。他们觉得现在如果只使用和从前相等的劳动,就会不能维持生活。必须增加劳动时间,每天起早散晚,对于职业加倍注意,方能维持生活。他们有点骂人了,骂洋人叫"洋鬼子",骂军阀叫"抢钱司令",骂土豪劣绅叫"为富不仁"。(毛泽东,1991:5)

宋剑华在"'乌镇'上的政治经济学"一文中引用了茅盾本人关于林家铺子破产原因的分析:"小市镇的小商人不论如何会做生意,但在国民党这大鱼吃小鱼、小鱼吃虾米的社会里,只有破产倒闭这一条路。"(转引自宋剑华,2017:32)宋剑华在文中引用了大量的历史资料,试图说明茅盾的《林家铺子》只是一种艺术真实,而不是历史真实,因为当时国民党党部主要是建立在城市,在农村地区则相当薄弱,所以,作为小资产阶级的林老板,他备受国民党党部等地方势力的压榨不太符合历史事实。宋剑华所提供的历史资料部分可信,但我们不能忽视这样一个事实,那就是连西栅外茧厂这样有地方特色的词都出来了,我们不妨把《林家铺子》所书写的江南小镇就说成是乌镇,乌镇位于浙江省嘉兴市,离上海不过是一步之遥。另外,单从小镇上的店铺和钱庄的数量和规模来看,这个小镇也算是富庶之地。在这样一个离上海只有一步之遥的地方,在一个到处是店铺和钱庄的富庶之地,国民政府连个党部或者行政机构都没有,这实在是令人难以置信的。《林家铺子》是一部短篇小说,我们暂且不管什么历史真实,我们只管艺术真实。作为小说中小资产阶级的代表,林老板在面对强权的时候是十分软弱的,他只知道孝敬达官贵人们,而达官贵人们却丝毫不管他的死活,只知道雁过拔毛,能敲多少就敲多少。

林老板是一个规规矩矩的人,但他不是完美的人。他有两个行为是要遭受伦理谴责的:其一是他在全民抵制日货的背景下,撕掉日货标签冒充国货,这一点在前文已有论述,此处不再赘述;其二是当他被从党部赎出来之后,他选择了跑路。在面对债务危机的时刻,英国的司各特爵士(Walter Scott, 1771～1832)选择了勤奋写作,用辛辛苦苦赚来的稿费去清还债务,最终他积劳成疾,不幸于 1832 年离世,在逝世前他清偿了大部分债务,余下的部分由他的女儿和女婿继续偿还。这种直面危机的还债方式,是值得肯定的。而像林老板这样一走了之,无数的债权人一夜之间就坠入地狱,像张寡妇那样的可怜人恐怕连活下去的勇气都没有了。不管林老板以前多么老实,他在小说结尾时的表现实在是令人失望。他把体弱多病的妻子和寿生留下来收拾残局,这一点似乎更加有悖伦理。值钱的货卖得差不多了,留下一个空空荡荡的林家铺子去应付那么多的讨债者,这显然是不负责任的。当然,我们也可以辩解说,林老板跑路主要是为了把女儿带走,让女儿免受卜局长的纠缠。这种托词其实是站不住脚的,如果单纯地就是为了女儿的前程,林老板完全可以让寿生和林小姐一起走,因为林老板和林太太已经答应把林小姐托付给寿生。如果真的是为了林家铺子的声誉着想,林老板就应该勇敢地面对现实,千方百计地想办法偿还债务。林老板跑了,在 20 世纪 30 年代的中国,他不可能像 19 世纪英国小说中的套路那样,男主人公神秘消失几年或者远赴印度一次就可以腰缠万贯,即便林老板哪一天回来,他恐怕还是原来那副样子。

我们且不管林老板未来如何,林家铺子未来如何,我们还是回归到小说本身吧。《林家铺子》篇幅虽小,但它内容丰富,"它将民族战争、城乡经济、社会政治投影在一个小小的店铺上"(杨帆,2014:41),它把主要的笔墨都集中在林老板这个小资产阶级的形象上。林老板是个十分复杂的人物,他的商业经营之道有许多可取之处,但他的命运是悲惨的,他在债务面前的最终抉择是令人失望的。小小的林家铺子,折射出这一个大大的世界。林家铺子的起起落落,其实就是 20 世纪 30 年代数以万计的中国小商人命运的真实写照。

👥 讨论题目

(1)你如何理解林小姐既爱东洋货、又恨东洋人的心态?

(2)林小姐所在学校的抗日会,扬言要把林小姐所穿的东洋货衣服烧掉。你对此有何看法?

(3)你如何看待林老板撕掉日货标签冒充国货的行为?

(4)为了尽快卖出商品,林老板用红色纸条写了"大廉价照码九折"的宣传标语,贴在玻璃窗户上。对于这种促销手段,你如何理解?

(5)你如何看待林老板卖货时舍零取整的举措?

(6)有学者说,朱三阿太、张寡妇放在林家铺子的钱,不是存款,而是入股。因此,朱三阿太等人应当和林老板共渡难关,而不应该在年底前讨要利息。你同意这种说法吗?为什么?

(7)上海收账的客人为了讨债,干脆坐在林家铺子里看他们卖货,货款全部用来抵债。对于这种讨债方法,你有何看法?

（8）上海难民涌入林家铺子所在的小镇,林家铺子的伙计寿生打起了卖一元货给上海难民的主意。对此你有何看法?

（9）林家铺子最终关门大吉,林老板和女儿选择了跑路,留下体弱多病的林太太和寿生来收拾残局。你认为林老板的行为合乎商业伦理吗?为什么?

（10）请简要总结一下林家铺子倒闭的外在原因。

▶ 第十五讲 ◀

《穆斯林的葬礼》：玉器商人的心路历程

📖 课前必读

(1) 霍达.《穆斯林的葬礼》,北京：北京十月文艺出版社,2015 年。重点阅读小说的第 1 章、第 3 章、第 5 章。

(2) 杨慧莹,吴艳.论《穆斯林的葬礼》的"纯美与纯情"——"玉"的延续与"月"的重构,《大理大学学报》,2022 年第 5 期。

📑 作品导读

《穆斯林的葬礼》是当代回族女作家霍达的代表作,原载于《长篇小说》季刊第 16、17 期,《中国作家》杂志 1987 年第 6 期转载,1988 年北京十月文艺出版社出版单行本。1989 年,中央人民广播电台小说连播节目全文播出了这部小说,中国国际广播电台和许多地方电台也数次转播,深深地打动了千千万万的听众。1991 年,《穆斯林的葬礼》荣获第三届茅盾文学奖。2009 年,《穆斯林的葬礼》被收入人民文学出版社"新中国 60 年长篇小说典藏"以及作家出版社"共和国作家文库"。《穆斯林的葬礼》自出版以来,一直畅销不衰。可以毫不夸张地说,《穆斯林的葬礼》创造了当代中国文学史上严肃文学的商业奇迹。笔者购买到的这部小说是 2019 年 3 月第 35 次印刷的版本,在这个版本的环衬上,赫然写着"正版销量突破四百万册"的字样。这也就是说,截至 2019 年 3 月,仅北京十月文艺出版社一家出版社,《穆斯林的葬礼》一书的销量就突破了四百万册。

一部严肃文学作品,为何能有如此大的销量,这本身就是一个很好的文学与经济跨学科研究的课题。但是,文学与市场的研究属于文本外的研究,而文本外的研究并不是我们关注的焦点,我们关注得更多的是文本内的研究。就《穆斯林的葬礼》这部小说而言,我们研究的主要关注点是小说文本如何呈现了经济话题,而不是这部小说如何赢得了读者的青睐、如何引得读者争相购买这种经济现象。

诚如小说的题目所示,《穆斯林的葬礼》最感人的部分真的就是那两场葬礼,一场是名冠京城的琢玉高手梁亦清的葬礼,另一场则是小说的女主人公、北京大学西语系高材生韩新月的葬礼。这两场简朴至极的葬礼,尤其是韩新月的葬礼,真的是催人泪下。作为当年中央人民广播电台小说连播节目的忠实听众,笔者至今还能清晰地记得当年听到韩新月葬礼,尤其是听到楚雁潮为韩新月试坑的片段时,一下子就为之动情,一下子就泣不成声的场景。在那个讲故事就讲才女,讲才女就讲北京,讲北京就讲陶然亭的年代,尚处于青葱岁月的笔者,虽然心知肚明这是文学的虚构,楚雁潮不过就是中国版的多愁善感的哈姆雷特,而韩新月就是才貌双全却命运多舛的莪菲利亚,但这些都不足以止住夺眶而出的眼泪。

诚如学者王新惠所言,《穆斯林的葬礼》中两个最核心的意象就是月和玉。小说前有序曲,后有尾声,中间有 15 章,全书章节采用月玉交替的方式命名,分别为:月梦、玉魔、月冷、玉殇、月清、玉缘、月明、玉王、月晦、玉游、月情、玉劫、月恋、玉归、月落、玉别、月魂。月和玉形成两条平行的主线,"两条线索平行却互不游离:玉是昔,月是今;玉阳刚,月阴柔;玉主事业,月主情感。玉中有月,月中有玉,犹如两条河流相融相会,相彰相衬"(王新惠,2011:136)。月的主角是韩新月,她自幼聪慧过人,用只填第一志愿、不填第二志愿的冒险方式,如愿以偿地考取了北京大学西语系,在入学之后的第一个学期,又以第一名的好成绩独占鳌头,她十分仰慕刚刚毕业留校的班主任楚雁潮翻译鲁迅小说的那份情愫,两人日久生情,决心在翻译事业上大展宏图。然而,厄运不幸降临在韩新月的头上,她得了严重的心脏病,被迫休学,动不动就要被送到医院急救。她再没有机会回到她所心仪的北京大学西语系,可怕的病魔无情地夺去了她年轻的生命。

韩新月的故事感动了一代又一代的读者,她一口流利的英文,对楚雁潮所从事的英语教学以及中国文化外译事业顶礼膜拜,她虽然英年早逝,但她的倩影仿佛永远永远地留在了北京大学的未名湖畔。20 世纪 80 年代,当大学生还被称为天之骄子的时代,北大是无数莘莘学子梦寐以求的最高学府,而英文则是最受学生热捧的专业。虽然小说中把韩新月入学的时间安排在 20 世纪 60 年代,但笔者相信,在小说刚刚问世的时候,许多读者是把时间推延到 80 年代来读的。韩新月的梦想,其实就是 20 世纪 80 年代一代人的梦想,无论他们最终和北大有缘或者无缘,他们对北大、对英文的梦想都是发自肺腑的。从某种意义上讲,读文学作品就是在品味生活,阅读《穆斯林的葬礼》就是用一种沉浸式的体验,来感受 20 世纪 80 年代莘莘学子们美好的憧憬和不懈的追求。

一旦我们重新回到 20 世纪 80 年代的历史语境,就会发现,韩新月那感人至深的故事,和当年在英文系学生中间广为流传的、美国作家西格尔(Erich Segal,1937~2010)的《爱情故事》(Love Story,1970)有许多相似之处。和韩新月一样,《爱情故事》的女主人公詹妮弗也是一个很有文艺天赋的女生,她和银行家的孩子奥立弗坠入情网,但因为詹妮弗是有着意大利血统的面点师的女儿,奥立弗的父母坚决反对这桩婚事。奥立弗违背父母意愿和詹妮弗结了婚,正当他们满怀憧憬地享受新生活的时候,詹妮弗不幸身患绝症。爱情故事还在,但爱情故事的女主人公却永远离开了这个世界。《穆斯林的葬礼》中最让人留恋的场景是北京大学校园,而《爱情故事》中最让人难忘的场景就是哈佛大学校园。除了《爱情故事》,当年还有一部和《爱情故事》情节十分相似的电影,那就是 20 世纪 70 年代由巴基斯坦出品、之后由长春电影制片厂译制发行的《永恒的爱情》,故事的结局也是女主人公罹患绝症,爱情可以永恒,而生命却是那样短暂。

《穆斯林的葬礼》中提到了好多西方文学名著:《哈姆雷特》《简爱》《热爱生命》,但作品中不可能提及《爱情故事》,因为在月的故事的背景时间(20 世纪 60 年代),西格尔的《爱情故事》还没有问世。《穆斯林的葬礼》最煽情的部分应该是月的故事,这是毫无疑义的,月的故事曾经感动过千千万万的莘莘学子。但是,我们不能以此为由来忽略玉的故事。月的故事凄凉哀婉,荡气回肠,月的主角韩新月清新雅致,超凡脱俗,但是,如前文所言,仅就故事情节而言,月的故事并没有超越 20 世纪 80 年代英文系学生耳熟能详的美国小说《爱情故事》的俗套。如果我们过于关注月的故事,就无法正确估量《穆斯林的葬礼》在当代中国文学史中的重要地位。就小说的结构而言,玉的故事和月的故事所占的篇幅几乎是平分秋色,而且,玉的故事比月的故事历史时间跨度还要更长。诚如学者杨慧莹和吴艳所言:"韩新月,作为小说《穆斯林的葬礼》中的女主人公,她在美丽皎洁、清冷脱俗的外表下隐现着'月'的光辉与'玉'的使命。"(杨慧莹、吴艳,2022:70)

既然女主人公韩新月身上兼有月的光辉和玉的使命,我们就不能只见月的光辉,而不见玉的使命。当然,玉的主角不是韩新月,而是她的父亲韩子奇。特别值得一提的是,被辑入熊猫丛书的《穆斯林的葬礼》的英文版译名是 *The Jade King*(玉王),而玉王的称号非韩子奇莫属。虽然韩新月的身上或许也真的肩负着玉的使命,但真正一生钟情于玉的主角是韩子奇,韩新月一生钟情的应该是书籍,尤其是文学书籍。学者王新惠认为,"韩子奇一辈子被'玉'捆绑,在芸芸众生的世俗世界里滚打摸爬,忘了真主,忘了穆斯林。这时候,玉象又成了一种相对于民族信仰的对立象征物"(王新惠,2011:136)。说韩子奇一生被玉捆绑、被玉所困,这是符合小说文本中的事实的。但是,小说中的玉象真的是民族信仰的对立象征物吗?答案似乎是否定的。

我们先从韩子奇的师傅、名冠京城的琢玉高手梁亦清说起。《穆斯林的葬礼》中是这样称颂梁亦清的琢玉技能的:"瓶炉杯盏、花鸟鱼虫、刀马人物、亭台楼阁、舟车山水,无一不精。寻常一块璞料,他能一眼看穿藏于其中的玉质优劣;剖开之后,因材施料,随形而琢,每每化腐朽为神奇。"(霍达,2015:12)梁亦清是一等一的琢玉艺人,但他不是一等一的玉器商人,他秉性木讷,不善言辞,不善于应付生意场中的尔虞我诈。他一辈子都在辛辛苦苦地琢玉,家境却并不富裕,因为他一辈子都在为玉器商人打工,他只能赚到一些琢玉的工钱,根本赚不到玉器买卖的高额利润,高额的利润全被精明透顶的汇远斋老板蒲寿昌赚走了。和韩子奇一样，梁亦清一生也是被玉捆绑、被玉所困，但他更珍视的是民族情谊。当年幼无知的韩子奇（当时叫易卜拉欣）不慎摔碎了他精心雕琢的玉碗时，梁亦清表现出了一种难能可贵的大度和宽容，小说中是这样描写梁亦清当时的反应的：

> 不料梁亦清却一笑置之，对璧儿说："瞧你这一惊一乍的，我当是什么大不了的事儿呢！"就走过去，抚着易卜拉欣的肩膀，爽快地说："不碍事！这件小玩意儿毁了就毁了吧，赶明儿我加几个夜作就又出来了，误不了货主来取。"（霍达，2015：24）

结合当时的语境，不难看出，此时的梁亦清也有些言不由衷。不是他不心疼钱，不是他不心疼自己的宝贝，而是他把民族情谊看得比什么都重。对梁亦清而言，琢玉不仅仅是为了养家糊口，琢出精美的玉雕，这本身就是对祖祖辈辈的生活在中华大地上的穆斯林先祖们的献礼。他之所以慨然应允仿照《郑和航海图》制作郑和宝船的大玉雕，这其中最主要的原因是郑和这位中国航海史上的大英雄是一位穆斯林。对于郑和的穆斯林身份，许多读者在阅读《穆斯林的葬礼》之前也许并不太在意，但是，我们在英国皇家海军退伍军官加文·孟席斯（Gavin Menzies）所撰写的历史著作《1434：一支庞大的中国舰队抵达意大利并点燃文艺复兴之火》（*1434: The Year a Magnificent Chinese Fleet Sailed to Italy and Ignited the Renaissance*，2008）一书中却看到了国外学者对此的凸显。在书的第一章，孟席斯引用了国际知名的历史学家蔡石山（Henry Tsai）关于明朝永乐皇帝一生功绩的总结："他是一个成就非凡的人。富丽堂皇的北京紫禁城的建设应该归功于他，时至今日，紫荆城依然巍峨耸立，吸引着无数远道而来的参观者。他应当被人铭记，是他资助穆斯林三保太监郑和作为使团主使下西洋，这次航海的伟大壮举，至今依然留在许多东南亚以及东部非洲人的心目中。"（Menzies，2008：4，此处译文为笔者所译，着重号为笔者所加）和西方历史上麦哲伦、哥伦布、库克等为西方列强开疆拓土探路的大航海不同，就像他的名字所昭示的那样，郑和下西洋不是为了开疆拓土，而是为了"和"，也就是用孔子的大同思想来感召世界。除此之外，郑和下西洋的另一个主要目的就是和所到之处互通有无。根据孟席斯的记述，郑和的宝船上还特意带着中国文化的知识宝库《永乐大典》，所以，郑和的船队其实是"半个世界的知识的宝库"（Menzies，2008：16）。

按照学者李晓峰的说法，玉文化不是穆斯林特有的文化，而是整个中华民族的文化，是一种华夏文明的遗产："对以汉文化为主体的中华文明而言，玉在中国传统文化中的地位是月所不能比的。中国的玉文化有八千多年的历史，玉文化不仅与中国传统的社会政治制度、国家意识形态密切相关，而且也与个人的地位等级、权力层次以及人的道德、情操、人格密切相关。"（李晓峰，2016：135）这种说法很有道理，作为中国几千年的封建社会统治的标志的和氏璧，其实也是一种玉文化的传承。但是，这种把玉文化泛化为整个中华民族文化的说法,并不符合《穆斯林的葬礼》的文本事实。对此,学者李晓已、肖振宇有不尽相同的看法,他们认为,"'玉'在中国传统认知中以圣洁纯粹被人们所尊崇和珍爱,对'玉'的特殊感情也为中国人建立起一条独特的情感纽带。在传承千年的中国玉文化中,人们不仅有对生养土地的崇拜,还有对生命赐予的珍视和守护;在穆斯林文化中,穆斯林对'玉'也有着同样的情感"(李晓已、肖振宇,2018:71)。玉是中华文化最重要的组成部分,中华大地上的穆斯林也早已融入到玉文化之中,因此,玉文化必然也是生活在中华大地上的穆斯林文化的一个重要组成部分。因此,梁亦清苦心孤诣地制作郑和宝船的壮举,既是琢玉艺人向穆斯林先祖的敬献,也是对中国历史上最伟大的航海家的敬献。郑和是穆斯林的大英雄,但他同时也是整个中华民族的大英雄。当然,就梁亦清本人而言,他主要是把郑和作为穆斯林的大英雄来敬拜的。其实,《穆斯林的葬礼》中的一个人物早就把这种关系梳理清楚了,这个人就是执意要到麦加去朝觐的那个吐罗耶定。吐罗耶定对梁亦清说:"穆斯林和美玉珍宝有缘啊!和田玉出在新疆,绿松石产于波斯,猫眼石源于锡兰,夜明珠来自叙利亚……"(霍达,2015:16)吐罗耶定的话有一点儿圣人面前卖字画的味道,他说的这一切,梁亦清应该是早已了如指掌。但不容否认的是,吐罗耶定说的句句都是大实话,玉器也许哪里都有,但玉石并非处处都有,因此,如果溯本求源的话,玉和穆斯林是永远也分不开的。

梁亦清是琢玉高手,但他不是一位成功的玉器商人,他甚至根本就称不上是一位商人。他把穆斯林之间的情谊看得比金钱还重,单就他处理韩子奇摔碎玉碗这一件事而言,我们就可以断定他不是一位合格的商人。商人的眼中只有利润,而梁亦清的眼中只有民族情谊。当韩子奇和他说应该仿效汇远斋那样做生意时,梁亦清自甘认命,说自己命中注定就是个工匠,只能赚一些玉器加工的辛苦费,没有能力赚取玉器买卖中的高额利润。梁亦清的结局是悲惨的,在京城已是洋人遍地走的时代,他还固守着艺人的传统,丝毫不懂现代社会的经营之道。汇远斋的老板蒲寿昌正是抓住了他的这一弱点,把制作郑和宝船这项最冒险的手艺活儿交给他,这一套就是三年。如果不出意外,梁亦清可以赚到一大笔工钱,也算是一笔大单。可是,天不作美,由于日夜劳作,梁亦清的身体撑不住了,他不幸吐血而亡,而且还把即将完成的宝船毁了。蒲寿昌趁火打劫,假惺惺地来参加梁亦清的葬礼,实则是为了索要赔偿,一下子就把梁亦清的祖业奇珍斋给搞了个倾家荡产。

在《穆斯林的葬礼》中,真正称得上是玉器商人的只有三个人:蒲寿昌、沙蒙·亨特、韩子奇。单从经商的角度看,蒲寿昌似乎比亨特和韩子奇更像商人。蒲寿昌不会琢玉,也没有作坊,但他是个鉴玉高手,他的货要么是从民间搜集而来,要么就是找琢玉艺人加工,再将玉器卖给洋人,从中赚取高额利润。他做买卖从来不讲道义,一直是在商言商,六亲不认。他拿着一份莫须有的合同就把梁亦清搞了个倾家荡产,韩子奇假意投奔他门下之后,才发现了郑和宝船事件的原委:

原来,蒲寿昌根本不曾和洋人沙蒙·亨特签订什么合同,也没接受任何条款的协议,只是借了亨特的那张图,答应依图琢玉,几时完工,几时面议价钱。梁亦清家破人亡,倾家荡产,并未损害蒲寿昌一根毫毛,甚至还得到了一大笔"赔偿",这宗买卖是再合算也不过的了。至于宝船,原图还在,偌大的北京城有几千名琢玉艺人,还怕无人敢接吗? 即便梁亦清比别人的手艺略高一筹,已是人亡艺绝,也无法较量高下了。(霍达,2015:109)

在郑和宝船这桩生意上,蒲寿昌的账算得真是令人叹为观止。首先,他有商业风险意识,知道这样大的一项工程难免百密一疏,所以,他就不和洋人亨特签订正式的合同。其次,蒲寿昌非常有法律意识,他把玉雕工程交给梁亦清,并和梁亦清签订了合同,交付定金,约定交货日期和尾款付款事项,成功地将商业风险转嫁到梁亦清的身上。最后,他只讲利益,不讲情面,打着参加梁亦清葬礼的幌子来履行所谓的合同,逼着梁亦清的妻子变卖家产来还债。蒲寿昌假仁假义,好话说尽,坏事做绝。为了把商代玉玦卖个好价钱,他竟然把已经谈好价钱的三块玉玦中的两块给摔得粉碎。物以稀为贵,他用仅存的一块玉玦卖出了比三块玉玦加在一起还要高的好价钱。他故意毁坏文物,这是一宗弥天大罪,他的这种罪行如果被抓个正着,判个十年八年的徒刑也不为过。除了以上两宗大罪,蒲寿昌还趁着韩子奇远赴英国之机再次搞垮了奇珍斋,他还模仿奇珍斋管家侯凤山的笔体,伪造了一封书信,骗韩子奇说奇珍斋已经倒闭,博雅宅已经被日本人强占,他的妻子和孩子已经不知去向。就是这封在第二次世界大战期间还能被阴差阳错地寄到英国的书信,毁了韩子奇一世的清白。在战争阴霾之下,在万念俱灰之中,他接受了结发妻子的亲妹妹梁冰玉的爱情,有了他们爱情的结晶、女儿韩新月。这对小说情节发展而言是一桩好事,因为没有韩新月,或许就不会有《穆斯林的葬礼》的无限辉煌。但是,这对一直清清白白的韩子奇来说,当他第二次世界大战之后再次返回北京并发现事情真相之后,这种命运的捉弄,对他来说简直就是晴天霹雳。而且,到了一切真相大白的时候,蒲寿昌早已逃之夭夭了。在中国革命的曙光即将照亮古老的北京的时候,蒲寿昌这个一直在玉器买卖行业呼风唤雨的大商人早早地就逃遁到香港去了。

和蒲寿昌不同,英国商人沙蒙·亨特更像是一位爱玉之人,而不是卖玉之人。他是一位中国通,他的太太是中国人。亨特对中国的玉文化熟稔于心,对中国的琢玉艺人们也有应有的尊重。他不像一位把美玉从中国买走的商人,倒像是一位在英国传播中国玉文化的使者。小说中对他经营中国玉器的收益一直是语焉不详,但对他和韩子奇的深厚友谊倒是大书特书了一番。亨特因为在郑和宝船玉雕的隐秘处发现了梁亦清和韩子奇的署名后而产生了好奇心,他通过蒲寿昌认识了韩子奇,两人从此结下了深厚的友谊。亨特之所以和韩子奇交好,就是因为他们都是爱玉之人。蒲寿昌充其量只是个卖玉之人,而亨特和韩子奇才是真正的爱玉之人。亨特是一个和中国有缘的人,他在中国的时候一直生意兴隆,人丁兴旺,而他返回故土的时候,却刚好赶上了伦敦轰炸,他的爱子奥立弗也在伦敦轰炸中丧生。总体而言,亨特是一位遵纪守法而且重情重义的英国商人,和蒲寿昌相比,他的人品不知道要好上多少倍。

当然,蒲寿昌也好,亨特也好,他们都不是我们要重点关注的玉器商人。因为在《穆斯林的葬礼》中,我们只能领略两位商人的经营或者处事之道,而看不到他们两位的心路历程。无论我们怎么谈商业、谈经济,我们都不能忘记,《穆斯林的葬礼》首先应该是一部书写人类情感的小说。作为玉器商人,韩子奇有他的经营之道,他经历了琢玉、卖玉、藏玉的心路历程,玉成了他生命的一部分,没有了玉,他的生命价值就会大打折扣。所以,从本质上讲,韩子奇是一位爱玉之人。韩子奇原本是个小流浪汉,被吐罗耶定带着云游四方,因为不慎摔碎了梁亦清的玉碗,梁亦清没有责怪他,他知恩图报,决心留下来做梁亦清的学徒。他本来是要跟随吐罗耶定到麦加朝觐,却中途改弦更张,另谋他就,我们可以批评他信仰不坚定,放弃了去麦加朝觐的伟大事业,而加入到琢玉艺人的行列。但是,我们同时也不能忘记,就《穆斯林的葬礼》这部小说而言,朝觐是一种使命,玉也是一种使命,而且,从某种意义上讲,两者都是穆斯林的使命,难道梁亦清和韩子奇费尽千辛万苦完成的郑和宝船玉雕不是一种向穆斯林的先祖的敬献吗?

虽然韩子奇经历了琢玉、卖玉、藏玉的心路历程,但书中对琢玉和卖玉的着墨并不多。韩子奇从师傅梁亦清那里学到了琢玉的本领,但梁亦清在世之时,他一直只是个默默无闻的小跟班。后来,师傅不幸离世,为了完成梁亦清未竟之事业,韩子奇假意投奔到蒲寿昌门下。他在蒲寿昌那里完成了郑和宝船的伟大工程,还从蒲寿昌那里学会了鉴玉和卖玉的本领。他带着这些本领回到了奇珍斋,梁亦清的长女梁君璧以身相许,韩子奇凭借着鉴玉和卖玉的本领让奇珍斋起死回生,奇珍斋成了京城里惟一能和汇远斋相抗衡的玉器商行。奇珍斋名冠京师之后,韩子奇做的第一件大事就是购置了博雅宅,因为博雅宅是他最崇拜的玉魔老先生的宅邸。当时的博雅宅已经易主,主人是一位和玉无缘、和博雅宅的雅号极不相称的一名侦缉队长。为了让玉魔老先生的宅邸重回爱玉之人之手,韩子奇一改商人的讨价还价传统,连侦缉队长所提出的黄杨影壁另外加钱的无理要求都满口应允。小说中是这样书写博雅宅的交易的:

> 他观察着对方能不能接受这个数目,并且准备讨价还价。
>
> 没想到对方二话没说,回答得爽快,只有一个字:"成。"
>
> 侦缉队长又是一愣,想再抬价,已是不可能了,灵机一动,又补充说:"可有一条,韩先生! 我卖的只是房子,二道门里的那四扇黄杨影壁,可没打在里头,我得搬走!"
>
> "这……影壁也是房子的一部分嘛,"买主沉吟着说,"我买这房,也买这影

壁，价钱可以商量。"

"那您就再出两千！"侦缉队长摸透了对方的心理，自然就不客气了。

"成。"买主儿一言为定，"您就准备乔迁吧！"（霍达，2015：9）

　　这段文字也许是《穆斯林的葬礼》中最值得做文学与经济跨学科研究的片段。为了买回博雅宅，让玉魔的宅邸重回爱玉之人之手，韩子奇不惜血本。这位名冠京城的玉器商人，大名鼎鼎的奇珍斋老板，此时已经毫无商人风范，倒像是一个任人宰割的冤大头。相比之下，那个和商人八竿子都打不着的侦缉队长，此时此刻倒成了一个活脱脱的精明透顶的商人。一幢房子要了一万块袁大头，他还不知足，一看韩子奇那架势，侦缉队长就知道是个有钱的主儿，而且，博雅宅他是志在必得，要多少给多少，根本不还价。所以，侦缉队长就开始胡搅蛮缠，硬说黄杨影壁不包含在房子的报价之中，要想留下，就必须再加两千现大洋。他的这种影壁是影壁、房子是房子的荒唐说法，不禁让人想起莎士比亚戏剧《威尼斯商人》中血和肉的关系，鲍西娅说夏洛克的合同里说的是他要割安东尼奥一磅肉，因此割肉的时候如果流下一滴血，那就是违约。基督徒们为鲍西娅的智慧而欢呼，其实这是因为基督徒们痛恨犹太商人夏洛克的结果。如果人们能够冷静下来，消除种族偏见，立时就会明白这种要求其实是胡搅蛮缠，血和肉是融为一体的，没有人能割下不带血的肉，夏洛克不能，鲍西娅本人也不能。

　　买博雅宅不讨价还价，不是因为韩子奇傻，而是因为他对玉太痴迷，但这并不妨碍韩子奇发挥他的商业天赋。奇珍斋在梁亦清的手上时只是个小作坊，到了韩子奇手里就成了名冠京城的玉器商行。韩子奇的成功经验主要有以下几点：一是他从蒲寿昌那里学来了经商之道，而且结识了最重要的英国客户亨特；二是他天资聪慧，很快就学会了鉴玉以及卖货给洋人所必须的英文，这对于一个曾经做过流浪汉的琢玉艺人的学徒而言，是十分困难的；三是他能够及时跟上潮流，不惜重金收购美玉珍宝，并通过展览的形式，让人知道他有绝世珍品，但并不急于出售；四是他信守商业道德，尽力做到童叟无欺，当他得知他付给一位丈夫刚刚离世的老太太变卖的美玉价钱偏低时，他多方寻找试图给老太太补偿，虽然因为战争等多种原因并未找到，但他的这颗心是难能可贵的；五是因为他也十分看重民族情谊，他家里的姑妈本来是一个从东北逃难过来的人，韩子奇好心地将其留下，还不把她当成仆人，让儿子天星管她叫姑妈。虽然韩子奇的客户并不都是穆斯林，但他对姑妈的好，也能够感召好多人对他忠诚，这其中当然也包括奇珍斋的那些伙计们。相比之下，他的妻子梁君璧就没有这种笼络人的本领，韩子奇远赴英国的时候，梁君璧因为店里丢失了一枚戒指而和管家侯风山闹了矛盾，结果导致全体伙计集体辞职，奇珍斋毁于一旦，第二次落入了奇珍斋的仇敌蒲寿昌之手。

　　作为一名出色的玉器商人，韩子奇做得最多的是藏玉。他从来不像蒲寿昌那样唯利是图，为了卖高价不惜毁坏中华文物，他出高价把亨特手里的商代玉玦买回来，从此不再出售，让家中的藏玉能够展现中华民族玉文化的历史长河。抗日战争期间，他为了保护他的那些稀世珍品，远赴英国避难，不幸又赶上了伦敦轰炸，他冒着生命危险守护着他的那些玉，因为那些玉是中华五千年文明的载体。第二次世界大战结束后，他又不远万里回到了祖国，把那些玉也完整地带了回来。他的妻子梁君璧为了给儿子办婚事，卖了他的一块乾隆玉佩，他在工作单位里意外发现了这块玉佩，因为心烦意乱，他不慎摔倒，就是这次摔倒导致了一系列的悲剧。当他的美玉被侯凤山儿子带头的造反派们给抄没时，他万念俱灰，时隔不久就离开了人世。到了落实政策的时候，政府主动提出要给韩子奇的儿子天星经济补偿，但天星继承了韩子奇的优良品质，婉言谢绝了政府的补偿，这相当于把那些稀世珍品无偿地献给了国家。

韩子奇一生钟情于玉，他有着玉一般高贵的心，他是一个玉器商人，但他更是一个爱玉之人。他一生被玉捆绑，但他追求的并非只是财富，他把玉称作是华夏文明的一条长河。他并没有因为玉而淡化了民族情谊，他对姑妈的好就是明证。在琢玉、卖玉、藏玉的心路历程中，他的眼界开阔了，他的心胸也更加宽广了。诚如学者杨秀明所言："当韩子奇与梁冰玉在北平时，他们自然持有回回的民族认同，但是当两人远赴伦敦，见到祖籍漳州的亨特太太，韩子奇立刻感到福建同乡的亲切情谊，同是中国人且源于闽南一带的中华民族认同在此掩盖了民族内部的回汉差异。"（杨秀明，2013：84）是玉让韩子奇踏出了国门，更新了韩子奇的民族认同，他不仅能够和天下的穆斯林亲如一家，他也能够和中华民族所有的人亲如一家。

说完了韩子奇，我们还得再说说让韩子奇一直魂牵梦萦的栖身之地北京的重要意义。为什么《穆斯林的葬礼》一书要把故事的场景设在北京呢？这固然和前文所说的讲故事就讲才女、讲才女就讲北京、讲北京就讲陶然亭的特殊时代有关，但更多的应该是与北京这座既古老又年轻、既开放又包容的城市的氛围有关。按照韩子奇的说法，北京、上海、南京、泉州等地是穆斯林人口相对较多的城市，20 世纪 80 年代的城市或许比乡村更能承载民族寻根之重任。诚如学者杨秀明所言："霍达的'寻根'叙事并非发生在固守地缘和血缘的传统乡土社会，而是以更贴合回族流散特性的城市为语境。城市的含义在于不仅可以承载特定历史时期的宗教文化和民族历史，人口、资源和信息的高速流动、编遭是其更为突出的特点，尤其是在全球化浪潮之下。"（杨秀明，2013：83）值得注意的是，寻根的标签不是我们根据那个时代的文学潮流随意贴上的标签，寻根确实是《穆斯林的葬礼》的一个重要特征，小说的开头和结尾都是梁冰玉到博雅宅寻根的场景。学者杨秀明对此的评价是："梁冰玉'寻根'或归家是小说的第一个镜头，此时的家已镶上了一块刻着'北京市重点文物保护单位'的汉白玉标志。一道家门原本是她余生的归宿，或是通往天国，或是坠入火狱，但是'家'向'文物保护单位'的转化清除了'家'对个人的情感意涵。家或曰根在梁冰玉的眼前都已成为难以挽留的历史和记忆。"（杨秀明，2013：84）对于必须承受丧女之痛的梁冰玉来说，博雅宅被立上"北京市重点文物保护单位"的牌子，也许是让她有些意外。成了文物保护单位，家的感觉就被淡化了。但是，最初属于玉魔的博雅宅，最终被人民政府精心地保护起来，而且韩子奇的儿子天星依然住在其中，这不也是玉器商人韩子奇心中的夙愿吗？

最后，笔者还想用三言两语再说说《穆斯林的葬礼》的销量问题，因为这也是一个文学与经济跨学科研究的命题。20 世纪 80 年代，是一个文学很热很热的年代，《穆斯林的葬礼》赶上了文学热的时代，所以它畅销，似乎这是天经地义的。而且，《穆斯林的葬礼》获得了一系列的奖项，其中包括大名鼎鼎的茅盾文学奖，有了茅盾文学奖的光环，它自然也就成了图书市场上的香饽饽。但是，以上推论似乎都不能回答最关键的问题：《穆斯林的葬礼》是地地道道的严肃文学作品，时至今日，当年那些最吸引读者的东西（才女、英文、大学校园、爱情故事）恐怕已经失去了当年那种磁石般的吸引力，那么，《穆斯林的葬礼》为什么还能畅销不衰呢？作为文学学者，我们也不能过度吹捧文学，说凡是文学类的图书都会畅销不衰，这种说法是不切实际的。笔者认为，之所以《穆斯林的葬礼》能够一直畅销不衰，是因为它是一本能够触及一代人心灵深处、能够深及人类灵魂的书。虽然我们在这一讲中把关注点放在了玉的故事上，但小说最吸引人的亮点似乎永远应该是月的故事，因为月的故事能够触及一代人心灵深处、能够深及人类灵魂。我们今天看到的销售数据是正版销量突破四百万，也许明天这个数据还会被刷新，因为无论是过去、现在还是将来，能够触及一代人心灵深处、能够深及人类灵魂的书，就一定能创造图书市场新的奇迹。

讨论题目

（1）刘白羽先生在 1990 年 7 月 29 日的《光明日报》上撰文，说霍达的《穆斯林的葬礼》"通过一个玉器世家几代盛衰，唱出一曲人生的咏叹"。你如何理解这句话？

（2）在小说的第一章，侦缉队长在和韩子奇谈论博雅宅售价的时候，竟然蛮横无理地说二道门里的四扇黄杨影壁不包括在房子中，要买的话，需要额外支付两千大洋。你如何评价这种近似于敲竹杠的销售行为？

（3）韩子奇的师傅梁亦清是琢玉高手，但他秉性木讷，不善言辞，不善于应付生意场中的交际和争斗倾轧。他只能赚些琢玉的工钱，而销售所得的巨额利润均被汇远斋老板蒲寿昌拿走。你如何理解小说中玉器的生产（或曰加工）和销售之间的利润分配？

（4）韩子奇（教名易卜拉欣）没有跟随吐罗耶定巴巴去麦加朝觐，而是选择留在奇珍斋做梁亦清的徒弟。对于他的这种人生选择，你如何理解？

（5）阅读小说的第三章之后，我们知道，无论是回族艺人还是汉族艺人，北京玉器行业的人都尊奉长春道人（丘处机）为"丘祖"。回族艺人和汉族艺人唯一的不同是因为隔着教门，回族艺人无法去朝拜丘祖。你如何理解回族艺人和汉族艺人都尊奉长春道人为玉器行业祖师爷的现象？

（6）梁亦清为何对制作《郑和航海图》大玉雕呕心沥血？那仅仅因为郑和是一位穆斯林吗？

（7）梁亦清病故后，蒲寿昌趁火打劫，借机把奇珍斋的存货、存料洗劫一空。你如何评价蒲寿昌的这种行为？

（8）为了把商代玉玦卖个好价钱，蒲寿昌竟然把三块玉玦中的两块给摔得粉碎。你如何理解这种故意毁坏文物的行为？

（9）在《穆斯林的葬礼》中，韩子奇经历了琢玉、卖玉、藏玉的修炼过程。为了保存中华文化瑰宝，在抗日战争期间，他不远万里，远渡重洋，携带着心爱的美玉到英国避难。在伦敦轰炸期间，他又冒着生命危险，悉心看护着那些稀世珍宝。你如何评价他的这种对玉的迷恋？只有藏玉才是真正的对玉的迷恋吗？

（10）你如何理解琢玉艺人不在玉器上留名的习俗？

第十六讲 ◀

《许三观卖血记》:身上的血就是一棵摇钱树

📖 课前必读

(1) 李今.论余华.《许三观卖血记》的"重复"结构与隐喻意义,《中国现代文学研究丛刊》,2013 年第 8 期。

(2) 宋剑华,詹琳.《许三观卖血记》:荒诞而真实的苦难叙事,《齐鲁学刊》,2012 年第 2 期。

(3) 余华.《许三观卖血记》,北京:人民文学出版社,2004 年。重点阅读第 1 章、第 2 章、第 29 章。

📖 作品导读

在当代中国文坛,浙江作家余华堪称是一位当之无愧的无冕之王。虽然迄今为止,他和诺贝尔文学奖、茅盾文学奖等著名文学奖项还有缘无分,但他在当代文坛的地位确是无法撼动的,他在国内外的巨大影响也是无法低估的,他的作品被翻译成 40 多种文字,在美国、英国、法国、德国、意大利、日本、韩国等国家拥有广大的读者。在英语世界,虽然余华的文学声望还不能和鲁迅、张爱玲等中国现代文学巨匠相比,但他的知名度其实是远远超过一些有着文学大奖光环的作家的。余华的英文译者总喜欢把他和鲁迅放在一起来讨论,其一是因为他们都出生在浙江,用英文译者们的话说,那是一个离上海不远的地方,而且,他和鲁迅一样,都有一段弃医从文的经历。只不过,鲁迅弃医从文是因为他认为医生只能挽救几个病人的生命,而文人则可以通过自己的笔挽救民族的危亡。余华的志向没有鲁迅的志向那么远大,他弃医从文主要还是当年的牙医太辛苦也太痛苦,每天听着病人们痛苦的呻吟,心里实在难受。与其这样每天听着这么痛苦的呻吟,还不如用自己的笔来记录下这种痛苦的呻吟,留给后世的人去慢慢地品味。

　　文学可以假设，但历史不容许假设。余华从牙医变身为作家，这对于当代中国文坛而言，绝对是一件好事，因为我们的文坛上又多了一颗璀璨的明星。但是，如果余华哪一天看到今天牙医们的风光无限，不知道这位大作家会作何感想？笔者的这句话并非闲话，笔者此处想说的话非常简单：我们不能背离历史语境去评价作家的转型，不能虚构历史语境来阅读文学作品。如果余华当年也能和今天的那些著名的口腔科专家那样风光无限，即便他天生就是当作家的命，他弃医从文的决心恐怕也要大打折扣。文人可以自命清高，但自命清高的文人也得活着，为了活着本身而活着，而不是为了活着之外的事情而活着。文人要活着，就不能对经济一无所知，更不能把对经济的一无所知当成文人的品格。这是余华最负盛名的小说《活着》给我们的启示，也是今天我们要讨论的另一部小说《许三观卖血记》给我们的启示。

　　《许三观卖血记》是余华1995年出版的小说，原载于当年《收获》杂志第6期。三年之后，《中华人民共和国献血法》颁布施行。根据中国新闻网2024年1月8日的报道，自1998年《中华人民共和国献血法》施行以来，中国全面确立了自愿无偿献血制度，形成了政府领导、全社会参与的无偿献血工作机制。经过数十年的努力，目前中国已经实现临床用血全部来自公民无偿捐献。《许三观卖血记》出版在《中华人民共和国献血法》颁布之前，它所设定的历史时间是从20世纪50年代开始，因此，我们不能用今天的无偿献血制度来评价小说中的卖血行为。同样，我们也不能把我们的阅读感受强加给下一代年轻的读者，因为在21世纪长大的孩子也许根本不知道血还可以卖钱这回事。另外，笔者清晰地记得，即便在卖血可以换钱的时代，无偿献血也是存在的。农村的无偿献血者得到的报偿是可以休息几天，或者给记上几个工分，还可以得到一包在当年弥足珍贵的红糖，而不是像《许三观卖血记》中所描写的那样，可以到胜利饭店来上一壶黄酒和一盘炒猪肝，因为无偿献血者的报偿中不包括钱，他们大多是没有财力去享受温热的黄酒和炒猪肝这种美味的。

　　笔者不是说余华写得不真实，恰恰相反，笔者想说的是余华写得很真实，当然，此处的真实是指小说中的真实。小说中的真实可以和现实略有出入，但是不能和现实的出入过大。余华笔下的许三观是很真实的，许三观的生命轨迹中留存着他所生活的那个时代的深深的印记。根据学者林静声的说法，余华这部小说的创作灵感来自于他和妻子在北京王府井逛街的一次经历。在尽显都市繁华的王府井，他看见了一个相当可怜的老者，老者衣服敞开，泪流满面，和王府井大街上尽情享受生活的人显得极不协调。余华心中一震，他仿佛忽然明白，不管在多么繁华的地方，都还有可怜人的存在。作为一名作家，他有责任、有义务记录下这一切，让人们知道这些可怜人的存在。余华有他自己独特的创作理念，他坚定地认为，"作家并不是要发明这个世界上没有的故事，而是要把这个世界上存在已久的故事写出来，因为他存在得越久，它就越有价值"（转引自林静声，2018：45）。余华的这句话意思很明确，小说是虚构，但虚构不等于胡说八道，小说不是在编造故事，而是在书写世界上真实存在的故事，故事存在得越久，它的价值就越高。王府井的那位老人不叫许三观，许三观是余华虚构出来的人物，但是，虚构出来的许三观却和王府井的那位老人有着千丝万缕的联系，他们都是苦命人，他们都在演奏着一曲命运交响曲。

　　学者王达敏说："《许三观卖血记》是苦难交响曲，写身份卑微的工人许三观以卖血抗争苦难而凄惨地活着，体现出世俗化的民间叙事的特点，具有形而下的生活哲学的韵味。"（王达敏，2005：54）对于这一论断，笔者深表赞同。许三观是个普普通通的丝厂送蚕茧的工人，处于社会的底层，他的生活境况比远在乡下的爷爷和四叔或许会好些，但在那个物质尚不充裕的年代，许三观一家日子过得紧巴巴，一分钱掰两半，省吃俭用，一旦遇到为难招窄的事儿，家里就要为钱犯愁，除了小说的最后一章，许三观家里的钱从来就没有宽裕过，这或许就是苦难交响曲的根源。除了给《许三观卖血记》贴上苦难交响曲的标签，王达敏还有模有样地对苦难进行了分类："苦难有很多的表现形态，其常见的表现形态主要有三：一是由物质性匮乏引起的物质性苦难；二是由不幸的命运或种种权力迫压造成的生存性苦难；三是由价值失范、意义虚无和精神焦虑造成的精神性苦难。"（王达敏，2005：60）王达敏认为，《许三观卖血记》中的苦难主要是前两种，即物质性苦难和生存性苦难，精神性苦难几乎是不存在的。这种论断也基本符合文本事实，纵观全文，我们似乎真的找不到像《活着》《兄弟》的主人公所遭遇的那种精神痛苦，《许三观卖血记》中的苦难更多地应该是物质方面的痛苦。

　　但是，就物质方面的痛苦而言，我们也需要适度地区分一下物质性苦难和生存性苦难，不能草率地将二者混为一谈。学者张均对《许三观卖血记》中的卖血进行了很好的梳理，他说："许三观一生12次卖血，有9次是为了抵抗各种生存难关，如第二次卖血是为赔付医药费，第四次卖血是为度饥荒，第五次卖血是为改善一乐的处境，第六次卖血是与二乐插队的生产队长搞关系，第七至十一次卖血是为给一乐筹集巨额治疗费用。"（张均，2010：84）在12次卖血（最后一次没成功）中，真正触及生存性的是第七至十一次卖血，许三观为了筹集巨额医疗费，拯救本来不是他亲生儿子的一乐的性命，从家乡一路卖血卖到上海，险些丢了自己的性命。这一段是十分让人感动的，如果他不卖血，一乐的生存就成了问题。因为他无节制地卖血，他自己的生存又受到了威胁。他差一点儿就丢了性命，但他还用近乎经济学的方式来为自己的行为辩护。他坚定地认为，他自己已经饱尝了人间的苦辣酸甜，而一乐还年轻，还没有娶女人，他还没有真正地体验人生。因此，虽然一乐不是他的亲儿子，但父子之情难以割舍，而且，一乐的命比他自己的性命值钱，所以，即便他卖血把命卖掉了，也值得，因为他是在用一条贱命换一条贵命，或者，更通俗地说，他是在用一条老命换一条年轻的生命。

　　除了救一乐性命的这几次卖血，许三观的其他卖血行为都称不上是为了度过生存性苦难。以第四次卖血为例，那时正是饥荒的年代，但是，由于许玉兰家里私藏了一点儿米，许三观一家的日子比其他家庭还要好些。他卖血不是因为饥荒危及了家人的生存，而是他觉得家人天天喝稀粥实在可怜,想通过卖血改善一下家里的伙食。所以,虽然在文本中说这也是生存难关并没错,但此处的生存难关其实并非实指。因此,如前文所言,我们在充分肯定《许三观卖血记》是苦难交响曲的同时,不能肆意夸大小说中的苦难,更不能罔顾事实地把苦难归结于某个时代,用背离历史语境的方式,硬说许三观卖血全是因为苦难所致,全是因为生存需要。许三观12次卖血的目的不尽相同,其中,第七次至第十一次是为了挽救并非亲生儿子的一乐的性命而卖血,这种行为是高尚的,这比第六次卖血(为了与二乐插队的生产队长搞关系)的行为要高尚许多。但是,我们也必须尊重历史事实,不能无限地夸大许三观的高尚,因为,其实在卖血可以换钱的时代也有无偿献血者,许三观的行为再高尚,恐怕也是和那个时代的无偿献血者无法相比的。再者,在艾滋病流行而且逐渐成为媒体热词的时代,人们还曾经一度把艾滋病传播和卖血联系在一起,不管这种宣传是否具有科学性,我们在阅读《许三观卖血记》这样的作品时,都不能忘记,无论在什么时候,我们都不能把卖血和献血混为一谈。我们不能错误地认为卖血的时代就没有献血,卖血和生存之间有关系,但它们之间永远都不是绑定关系。作为《许三观卖血记》的读者,我们和小说中的人物一样,对卖血这种行为永远都是有着一种五味杂陈的心态。

或许今天的人们会众口一词地说:血是神圣的,受之于父母,人类是靠血脉相传的,因此,血是不能买卖的。这和许三观的妻子许玉兰父亲的观点不谋而合。在小说的第十三章,许玉兰和许三观争吵时说:"从小我爹就对我说过,我爹说身上的血是祖宗传下来的,做人可以卖油条、卖屋子、卖田地……就是不能卖血。"(余华,2004:68-69)在许玉兰的眼里,卖血比卖身还可怕。卖身只是在卖自己,而卖血相当于是在卖祖宗。可惜的是,许玉兰的话说得太晚了。在小说的第一章,许三观爷爷和四叔的观点就为许三观卖血定下了基调,卖血不是卖祖宗,而是在为祖宗争光,卖血意味着身体健康,或者,用许三观四叔的话来说,就是身子骨结实。下面引用的是小说第一章中许三观四叔和他的一段对话:

> "什么规矩我倒是不知道,身子骨结实的人都去卖血,卖一次血能挣三十五块钱呢,在地里干半年的活也就挣这么多。这人身上的血就跟井里的水一样,你不去打水,这井里的水也不会多,你天天去打水,它也还是那么多……"
>
> "四叔,照你这么说来,这身上的血就是一棵摇钱树了?"
>
> "那还得看你身子骨是不是结实,身子骨要是不结实,去卖血会把命卖掉的。你去卖血,医院里还先得给你做检查,先得抽一管血,检查你的身子骨是不是结实,结实了才让你卖……"(余华,2004:3-4)

就是在这段对话中,许三观说出了"身上的血就是一棵摇钱树"这句最朴实而且最具经济学意味的话。对于许三观、阿方、根龙等卖血者而言，他们微薄的工资或者种田的收入，顶多也就是维持个温饱，一旦家里有个大事小情，需要筹措资金，就只能靠卖血来解决。根龙的一句话，算是把什么都说明白了："我们娶女人、盖房子都是靠卖血挣的钱，这田地里挣的钱最多也就是不让我们饿死。"(余华，2004:11)在《许三观卖血记》中，血不仅可以解决金钱问题，而且还是可以像井水一样取之不尽用之不竭的资源，借用学者申霞艳的话说，就是"在许三观四叔、根龙他们眼里，血降低为纯物质。它比肉更轻，来得更容易，它就是力气，犹如井水一样源源不绝；同时，它也是乡下人身上不多的可以用于交换的有利资本，于是，血就具有了一般商品的属性"(申霞艳，2009:94)。血和生命不一样，生命只有一次，是不可再生的，而血是可再生的，像井水一样，不用也不见增多，用了也不见减少。卖血者们还创造了一套他们自己认为"科学"的再造血理论，那就是卖血之后，吃一盘炒猪肝，喝一壶温热的黄酒，这种卖血后进补的习惯几乎成了一种仪式，以至于许三观在炎热的夏天卖血之后进补时还让饭店服务员把黄酒温一温，闹出了一个不大不小的笑话。有学者说肝有造血功能，卖血后补肝是科学的，但这种结论恐怕经不起推敲。献血者从官方得到的报偿是休息，物资紧缺的年代还发给一包弥足珍贵的红糖，恐怕这才是真正的科学的补血之道。就算补肝是科学的，卖血后喝黄酒也是补血吗？有人会说卖血后身体会发冷，需要补充热量，那大夏天的时候总不至于再补充热量吧？许三观闹的那个笑话，足以说明了这个问题。我们最好还是把吃猪肝、喝黄酒理解为一种仪式，或者卖血者拿到钱后对自己的一次补偿，不管这种补偿是不是起到了补血的作用。

许三观和四叔的对话中还有一个重要信息，那就是，卖血可以证明身子骨结实，只有身子骨结实才可以卖血，身子骨不结实，卖血会把命卖掉的。在《许三观卖血记》中，卖血可是一门大学问。卖血就像美国作家海勒(Joseph Heller, 1923～1999)《第22条军规》(Catch-22, 1961)所写的那样，用存在主义的视角看，生活中到处都是陷阱，到处都是解不开的结。你要证明自己疯癫，就必须向上级打报告，可是，你若是把报告写得清清楚楚、明明白白，那不就等于自己抽自己嘴巴，哪有疯癫的人还能写这么明明白白的报告的？同理，你要想知道自己身子骨是否结实，就得去卖血。可是，如果你身子骨不结实，卖血会把命卖掉的。你身子骨结实，一切还都好，可是如果你身子骨不结实，那就惨了。等你知道自己不适合卖血，你已经把命卖掉了。所以，虽然我们在这里讨论经济问题，我们也不能一叶障目，只看到许三观卖血换来的钱，而不去关心卖血者的高风险。好在许三观身子骨结实，而且运气极佳，连续卖血还能侥幸生存，这可能都是因为他是故事主人公的缘故。要知道，在小说中，阿方和根龙可是许三观卖血道路上的师傅，他们比许三观卖血还早，还有经验，但他们命运却非常悲惨。阿方残了，根龙死了。所以，我们需要在此修正许三观四叔的话，身子骨不结实，不能卖血；身子骨再结实，卖血也要有节制，过度卖血会要人命的。

在《许三观卖血记》中，卖血是一门大学问，而且还是相当麻烦的事，卖血需要一系列的前提。学者李今对此有很好的总结:"卖血故事的发生,要有两个必要的前提:一是劳动力价格的低微,卖血者不能靠出卖劳动力养家糊口;二是卖血价格的高昂,能够一举解决卖血者(如许三观所说)的'大事情'。"(李今,2013:120-121)卖血者不能光想美事,不要以为身子骨结实就一定能够卖成血,身子骨结实只是具备了卖血资格而已,能不能卖成血,还要看血头要不要你的血,所以,"卖血的人尽管做的是损命的事,却还要巴结贿赂血头"(李今,2013:121)。用经济学的行话说,就是光有卖血资格还不行,卖血者之间还要有竞争、有淘汰,而掌握着卖血生杀大权的人,就是负责血浆买卖的血头。

在《许三观卖血记》中,和许三观打交道最多的是李血头。李血头掌握着血浆买卖的生杀大权,许三观对他是毕恭毕敬,通过阿方和根龙的关系认识了他,每次都把卖血的钱的零头孝敬给他,把家里所有的供应白糖的票换成白糖去孝敬他。李血头知恩图报,给许三观卖血大开绿灯,所谓的卖血前的检查也就成了走马观花:

> 让我看看你的眼睛,看看你的眼睛里有没有黄疸肝炎……没有,再把舌头伸出来,让我看看你的肠胃……肠胃也不错,行啦,你可以卖血啦……你听着,按规矩是要抽一管血,先得检验你有没有病,今天我是看在阿方和根龙的面子上,就不抽你这一管血……再说我们今天算是认识了,这就算是我送给你的见面礼……(余华,2004:10)

李血头的这段话,让我们看到了卖血的"黑幕"。无论是卖血还是献血,血浆的质量都应该是第一位的,所以,无论认识与否,对血浆的来源都应该严格把关。可是,到了李血头那里,人情世故战胜了行业规则,卖血之前先抽一管血检验的规则被无情地抛弃了,许三观卖血之前的体检变成了望闻问切的模式。这眼前发生的一切,令人难以置信。这到底是中医在给病人看病,还是负责采集血浆的人在做卖血之前的检验?

学者石佳和田泥试图用马斯洛的需要层次理论来解释许三观的卖血行为,马斯洛认为,人的需要可以分为若干个层次:最底层的是"温饱和安全等维持人生存"的基本需要;中间层是"爱和相属关系"的需要;最上层是"尊重"和"自我实现"的社会需要。在《许三观卖血记》这部小说中,"许三观卖血主要是为了满足自己和家人最底层的生存需要,即'温饱和安全等维持人生存'的基本需要"(石佳、田泥,2018:146)。这种说法有一定的道理,《许三观卖血记》是一部苦难交响曲,既然是苦难交响曲,许三观卖血就一定是苦难所致,他的需要自然也就是最底层的需要。但是,细读文本可以发现,其实问题没有那么简单。许三观第一次卖血明明是出于好奇,那时的他本来是没有什么实际需要的。此外,许三观为了二乐能得到生产队长的关照而卖血,似乎也和生存需要无关。如前文所言,真正和生存有关的,恐怕只有为了挽救一乐性命的那几次。

非常有趣的是,《许三观卖血记》的英文版被译作 *Chronicle of a Blood Merchant*,翻译回来就是"卖血商人纪事"。许三观明明是受生活所迫而卖血，为什么英文译者非得说他是卖血商人呢？这一点颇耐人寻味。国内学者倾向于把许三观说成是苦难者，把血被商品化的现象归罪于城市化、商品化或者消费社会。学者李欢认为：

> 在身体逐渐成为苦难的载体，成为生活资料的极端化来源和满足肉体与精神享乐的工具时，血作为身体的一部分来进行买卖交换金钱，事实上是身体的血被商品化的体现，这里的商品化是指血这一原本不属于买卖流通和通过货币实行交换的事物，在对传统神圣身体观的背离下，在商品化身体观的形成中成为可以进行买卖和货币交换的东西。（李欢，2006：64）

血本来是神圣的东西，血被商品化就意味着人对神圣身体观的背离，这是李欢的基本论点。但到底谁是血被商品化的元凶？李欢对此语焉不详。学者宋剑华和詹琳将其归因为许三观的草根身份，许三观处于社会的底层，他不卖血，就没法生存。宋剑华、詹琳在"《许三观卖血记》：荒诞而真实的苦难叙事"一文中写道："用生理磨难去遮蔽人生苦难，用出卖生命去维系生命，作者似乎是在告诉读者：这些身处下层社会的草根人物，他们虽然并不懂得什么是人生哲学，却深刻地诠释了什么叫做人生：'活着'你就必须卖血，卖血你就必须付出，付出你就必须忍受！"（宋剑华、詹琳，2012：136）这种说法也有一定的道理，但是，我们如何用这种论断去解释同一篇文章中提出的问题，那就是，当许三观失去卖血资格以后，他觉得"同时也就失去了'活着'的意义和价值！"（宋剑华、詹琳，2012：136）如果许三观失去卖血资格是在困难时期，那还可以解释，可是，文本中的事实却是，许三观失去卖血资格的时候，已经是家里不怎么缺钱的时候。所以，当他的三个孩子被告知许三观失去卖血资格之后变得疯疯癫癫，三个孩子都为他感到羞愧。许玉兰骂三个孩子没良心，但她自己也感到羞愧，不就是馋了想吃炒猪肝了吗？干吗要卖血呀？拿钱去买不就好了吗？也就是说，在此时此刻，吃炒猪肝和卖血已经脱离了关系。只有许三观还认为，卖血和吃炒猪肝之间互为因果，和以前不同的是，以前是卖血之后吃炒猪肝进补，而这次卖血纯粹是为了吃炒猪肝。那么问题就来了，既然最后一次卖血未遂，其目的是为了吃炒猪肝，那么，仅就这次而言，卖血还是因为许三观是草根，是为生活所迫吗？

高亚萍在"关于中国经济体制变迁的思考——从《许三观卖血记》透视经济体制改革"一文中写道："许三观为了摆脱面临的困难，他以自己的生命作为资本来承受苦难的袭击。在这些袭击中他并没有被击垮，反而习惯了这一种生活方式，并在一次次卖血中成长。"（高亚萍，2010：102）高亚萍的这段话很有道理，在《许三观卖血记》中，血这种本来很神圣的东西不仅被商品化，而且还被当成了资本。也许有人会提出疑问：这是不是有点儿太小题大作了，许三观卖一次卖血的收入只有三十五块钱，三十五块钱就可以被称为资本吗？放在今天，区区的三十五块钱确实微不足道，恐怕连三个新西兰的阳光金果都买不到。可是，一旦我们回归小说中的历史语境，就会发现，三十五元可以买很多东西，我们只要看看许三观送给林芬芳的礼物就明白了，而且，根据根龙的说法，在当时的农村，连盖房子、娶女人这样的大事情都可以用卖血的钱来解决。所以，在当年，三十五块钱不是一笔小钱，即便许三观本人没有意识到，但他卖血的钱还是可以堂而皇之地被称为资本。但是，笔者不太赞同这段文字中许三观"并在一次次卖血中成长"的说法。的确，许三观在卖血的过程中越来越"专业"了，他学会了卖血之前喝水，卖血之后喝黄酒、吃炒猪肝，他也亲身体验了过度卖血的危害，还在小说结尾时体验了因年迈而失去卖血资格的那种失落感，我们可以说他越来越成熟了，可以说他人生感悟越来越多了，但这种成熟和感悟不是成长。在余华的小说世界里，像《活着》的主人公福贵的那种人是为了活着而活着的感悟，才是名副其实的成长。

或许是因为小说题目的缘故，《许三观卖血记》的读者和批评家们过多地关注了卖血，而对小说中唯一的一次"买血"关注不够。学者李今的文章中提及了这件事，许三观"因为卖血昏倒，被医院抢救过来后，竟不依不饶让医生把输给他的血再收回去。余华所追求的'叙述中的理想'，的确在《卖血记》中达到了'含着泪笑'之'写实的辉煌'"（李今，2013：127）。李今从叙述学的角度对此进行了解释，认为这是一种含着泪笑的写法，和美国的黑色幽默味道差不多。其实，我们可以把问题再简单化一点儿，许三观的这种举措很像当年英文系耳熟能详的一则故事：有这样一个人，他一生只知索取（take），从不给予（give）。有一次他落水了，好心的路人和他说："把你的手给我！"他没有任何反应。一位熟悉他的朋友对他说："抓住我的手！"他立时就抓住了。路人不解，朋友和他解释说："他不理你，是因为你用词不当。我的这位朋友，他从来都是索取，从来不会给予。"最后一句话还原成英文，其实就是"He never gives, he only takes！"。一个人宁肯被淹死，也不肯伸出手给别人，这是一种什么精神？许三观和他刚好相反，他一辈子习惯了给予（虽然这种给予是有偿的），从不索取。不是他不想活命，是他输了别人的血就觉得浑身不自在。仅就这一次而言，我们倒是看不出许三观有什么守财奴的品性，当然，他请求医生把血退回去也有考虑金钱的因素，但此时的他筹措资金是为了给一乐治病，而不是为了他自己如何如何，所以，我们也不能把此时的许三观和英文故事中的那位从来不肯给予的家伙相提并论。

学者申霞艳对此给出了一个很好的解释，她认为输血之后的"许三观的身体既是血的生产者，又是血的消费者。《许三观卖血记》形象地寓言了血/身体在一个消费时代的处境。"（申霞艳，2009：97）申霞艳的第一句话笔者深表赞同，许三观输血的行为让他秒变消费者，从"血浆供应商"变成了"血浆消费者"，但我们不能据此将许三观生活的时代称为消费时代。消费时代最主要的特征是"买买买"，物质充裕了，什么都有的买了，手里也有钞票了，才能"买买买"。买到手痛，买到心痛，买到想都不去想。和消费时代最契合的口号是"Just do it"或者"Just eat"这些口号。余华的小说写到了消费时代，《兄弟》就是这样一部作品。李光头发家致富之后，金马桶都用上了，还在幻想着到太空去消费，顺便把好兄弟的骨灰也带上，让他也到太空遨游一把。李光头在刘镇搞得那场选美大赛，更是拉动了消费，什么乌七八糟的产品都拿来卖，为了促销，卖乌七八糟产品的人还别出心裁，让李光头的好兄弟宋刚男扮女装，把俄罗斯文艺理论的热词"陌生化"和"狂欢化"都用上了，虽然他们并不知道这些概念，但笔者在此也并非信口雌黄。细心的读者一定还记得，李光头幻想着登太空，心里想的可是俄罗斯的宇宙飞船，谁敢说余华的主人公不知道俄罗斯呢？可是，许三观生活的时代还在一个"卖卖卖"的时代，连血这种神圣的东西都被当成商品来换钱了，这不是消费时代，这是和消费时代格格不入的时代。

《许三观卖血记》中有两种最朴实也最适用于草根阶层的经济学：一种是许三观式的男性经济学，另一种是许玉兰式的女性经济学。许三观是一家之主，是名副其实的breadwinner（养家糊口的人），在物质尚不充裕的年代，虽然人们嘴上说面包会有的，一切都会有的，但是，单凭微薄的工资就想买到足够的面包其实是很难的。在许三观生活的那个年代，靠脑力赚钱的机会不多，单凭体力赚钱是远远不够的，为了赚钱，为了养家糊口，为了应付家里的大事情，许三观只能靠出卖本不该属于商品的血。从某种意义上讲，许三观是幸运的，因为他身子骨结实，有卖血的资格，可以靠卖血贴补家用，他比没有卖血资格的人日子好过一些，而且，他虽然为了救一乐的性命过度地卖血，但他真的很幸运，他没有像根龙那样丢掉性命，也没有像阿方那样卖坏了身子。简而言之，就是许三观卖血还是有回报的，虽然卖血存在着高风险，但他还是幸运地化解了风险。

学过经济学的人都知道，经济学其实有双重目的：一是教人怎么赚钱，二是教人怎么花钱。许三观的经济学主要是第一种，为了养家糊口，钱是必须要赚的，脑力不行，就拼体力，体力不够，卖血来凑。许玉兰的经济学主要是第二种，花钱也是一门学问，省下一分钱就等于赚了一分钱。许玉兰买菜时那讨价还价的本领，以及她挑选菜的本领，都是经济学家应该仔细研究的课题。小说里是这样描写许玉兰买菜的：

> 她和卖菜的说话时声音十分响亮，她首先在声音上把他们压下去，然后再在价格上把他们压下去。她买菜的时候不像别人那样几个人挤在一起，一棵一棵地去挑选，而是把所有的菜都抱进自己的篮子，接着将她不要的菜再一棵一棵地扔出来，她从来不和别人共同挑选，她只让别人去挑选她不要的那些菜。
> （余华，2004：73）

许玉兰还有一种看家本领，那就是废物利用再循环，手套变毛衣。因为工厂里经常发手套，而手套太多又没有太大用处，许玉兰就打起了手套的注意："把手套放到箱子的最底层，积到了四副手套时，就可以给三乐织一件线衣；积到六副时能给二乐织一件线衣；到了八九副，一乐也有了一件新的线衣；许三观的线衣，手套不超过二十副……"（余

华,2004:35)

其实,许三观卖血也好,许玉兰精打细算也好,说来说去都是为了一个家,用一句最平常不过的感叹,就是可怜天下父母心!学者林静声是这样解读《许三观卖血记》中的父亲形象的:"余华认识到生活现实的残酷本质是改变不了的,而时代的好坏更迭和生活的磨难一样都是不可避免的。由残酷的'先锋父亲'到应对残酷的'民间父亲',余华走出了狂热'弑父'的文学怪圈,把文学与建立在构建文学权威之上的极端书写撕裂开来。"(林静声,2018:43)何谓先锋父亲?这不是我们关注的重点,笔者此处不敢妄言。何谓"民间父亲",恐怕朴实二字就足以概括。许三观是真实的、是朴实的,虽然他身上也有不少缺点,但他是一个合格的丈夫、是一个合格的父亲。其实,小说中的"民间父亲"不只许三观一个,方铁匠也算一个。他的孩子被一乐打坏了,方铁匠并没有借机狠狠地敲许三观一把,而是老实巴交地在医院等着许三观来处理问题,他说话的态度也十分诚恳。方铁匠说:"我也是没有办法,我们都认识二十多年了,平日里抬头不见低头见……我也是没有办法,我儿子在医院里等着钱,没有钱医院就不给我儿子用药了……我儿子被你们家一乐砸破脑袋以后,我上你们家来闹过吗?没有……我在医院里等着你们送钱来,都等了两个星期了……"(余华,2004:57)

《许三观卖血记》还有一个值得注意的地方,那就是,小说里几乎都是柔弱者,没有多少地位或者等级的差别。卖血者许三观、根龙、阿方都是柔弱者,许玉兰是柔弱者,连一乐的生身父亲何小勇也是柔弱者。李血头有点例外,但他充其量就是贪点小便宜,许三观不孝敬他的时候,他看在老熟人的面子上也能网开一面。这其实也是许三观愿意去卖血的原因之一。试想,如果李血头贪得无厌,每次和卖血者都来个见见面儿分一半儿,那么,卖血者或许就会因为卖血成本太高而望而却步,或者因为卖血实际得到的钱太少而增加卖血的次数。果真如此的话,卖血者的风险恐怕就会更高了。余华小说的忠实读者应该都记得,《活着》中的人物就是有三六九等的。福贵的孩子有根,本来是个运动健将,但因为被迫给县领导的孩子输血而死于非命。《活着》中的输血不是卖血行为,是为了救人而献血的高尚行为,但是,不管行为多么高尚,抽血过多都是会有生命危险的。我们不能望文生义,不能因为余华的小说题为《许三观卖血记》,就把风险和卖血绑定起来。无论是卖血还是献血,从科学的角度看,都要考虑身体素质,都要把握好抽血的量。所以,说句公道话,《许三观卖血记》中阿方和根龙两位卖血者的悲剧,并不是单纯的经济因素所致,要想合理地阐释两位卖血者的悲剧根源,恐怕还得诉诸于医学科学本身。

许三观在"第十一次卖血后,他把当年阿方、根龙教给他的卖血/喝酒经验,教给了两个年轻的许三观——来喜、来顺。他不仅传递了一种仪式,也以感恩之心传递了'柔弱者的哲学',一种流传于大地上的贱民'细语'"(张均,2010:87)。在许三观卖血的道路上,阿方和根龙是他的师傅,阿方残了、根龙死了之后,他又带出了两个徒弟。到了小说的结尾,许三观老了,他再也没法卖血了。这其实是一件好事,生活富裕了,他其实也不需要卖血了。小说没有继续写下去,我们不知道许三观的徒弟将来还会不会卖血。应该不会吧! 因为随着《中华人民共和国献血法》颁布施行,临床用血都是靠无偿献血来解决了。血是神圣的,无偿献血是高尚的,献血和神圣身体观是吻合的。血不应该被当作商品用来换钱,卖血是对神圣身体观的一种背离,因此,不管出于什么原因,卖血都是不值得鼓励的。但是,我们不能否认,由于特殊的历史原因,卖血确实曾经在中国大地上存在过。如今,《许三观卖血记》所记述的历史已经成为过去,21 世纪成长起来的青年学生恐怕根本就不相信血还可以卖钱。但是,我们最后还是要说,《许三观卖血记》所记述的历史是真实的,正是因为这种现象不存在了,我们才更有必要重温历史,从历史中汲取经验和教训。从这种意义上讲,我们今天重读《许三观卖血记》,就是为了让中国大地上不再有为了筹集巨额医疗费用而连续卖血的许三观。

讨论题目

(1)《许三观卖血记》的英文版被译作 *Chronicle of a Blood Merchant*,你如何评价这个英文译名? 许三观真的是卖血的商人吗?

(2)许三观的爷爷对许三观说:"你没有卖血,你还说你身子骨结实? 我儿,你是在骗我。"为什么许三观的爷爷把卖血和身体健康联系了起来?

(3)为什么许三观说"这身上的血是一棵摇钱树"?

(4)为什么根龙、阿方等人卖血之前都要喝大量的水?

(5)你如何评价李血头这个掌握着卖血生杀大权的角色?

(6)你如何理解许三观每次卖血之后都要喝黄酒、吃猪肝的习惯?

(7)一乐不是许三观的亲生儿子,许三观为什么还要冒着生命危险,卖血换钱给他治病?

(8)许三观老了的时候,家里日子好过了,他不需要卖血换钱了,但他为什么还想去卖血? 当他卖血被拒时,他为什么会那么伤心?

(9)在小说的第十三章,许三观的妻子许玉兰和许三观争吵时说:"从小我爹就对我说过,我爹说身上的血是祖宗传下来的,做人可以卖油条、卖屋子、卖田地……就是不能卖血。"你赞同许玉兰父亲的观点吗? 为什么?

(10)高亚萍在"关于中国经济体制变迁的思考——从《许三观卖血记》透视经济体制改革"一文中写道:"许三观为了摆脱面临的困难,他以自己的生命作为资本来承受苦难的袭击。在这些袭击中他并没有被击垮,反而习惯了这一种生活方式,并在一次次卖血中成长。"许三观真的是在一次次卖血中成长吗? 为什么?

第十七讲

《金陵秘事》与金圆券币制改革

📖 **课前必读**

（1）郑凯南,胡强.《金陵秘事》,深圳:海天出版社,2011 年。重点阅读小说的第 35—38 章。

（2）郑会欣.金圆券出台与金融泄密案,《社会科学》,2021 年第 12 期。

📑 **作品导读**

在当下的语境中,作为一种较为新颖的文学批评方法,文学与经济跨学科研究主要有两项重要任务:一是用经济学理论(目前主要是古典经济学理论)重新阐释文学经典,二是试图发现一些用经济学视角来考量或许可以被称为经典的文学作品。至于这些作品最终能否成为(而不是仅仅地被称为)经典,那只能留待时间去检验了。单从纯文学的角度看,无论是楼健导演的电视剧,还是郑凯南、胡强创作的小说,《金陵秘事》都算不上是"金陵风"的巅峰之作,因为根据严歌苓同名小说改编、张艺谋导演的电影《金陵十三钗》似乎永远无法超越,而且"金陵风"的刮起其实就是从张艺谋的电影开始的。就《金陵秘事》的两种文本而言,似乎是电视剧更胜一筹,楼健导演的电视剧于 2010 年 7 月杀青,比同名小说的出版时间(2011 年 4 月)早 9 个月,这部电视剧刚好赶上"金陵风"以及谍战剧、悬疑剧的热潮,2011 年 11 月在央视八套播出之后,虽然受到每晚播出集数太多等不利因素影响,但还是得到了观众的普遍赞誉,赢得了千千万万粉丝的追捧。但是,同名小说恐怕就没有那份幸运,笔者购买到的这部小说是 2011 年 9 月第 2 次印刷的版本,印刷总数是 9 000 册,这个印数在根据电视剧改编的同名小说中,可能还是略显寒酸的。

作为一门研究生课程,无论电视剧导演得多么成功,无论作为女一号的秦海璐演得多么好,我们都不能拿电视剧来说事,因为无论媒介怎样变化,文学研究的主要文本依托都应该是文字构成的文本,至少目前这还应该是学界的共识。以小说文本形式出现的《金陵秘事》和电视剧的故事主线没有太大差异,小说中所谓的金陵秘事,其实是故事的男主角之一秦兆旭用棋谱方式记录的亚东银行总经理侯安平向政府高层行贿的黑幕。小说以 1948 年国民政府垮台前的金圆券币制改革为背景,所有的故事主线都紧紧围绕着这一话题展开。为了得到除中央银行之外唯一的一家金圆券发行及金银外汇收兑银行的资格,亚东银行总经理侯安平使尽了浑身解数,他不仅指派秦兆旭用各种见不得人的方式去向有资格投最终表决票的金融委员会委员们行贿,还昧着良心把自己深爱的女人、越剧皇后白艳艳送给手握金融改革生杀大权的主任委员南侧海做情人。侯安平为了掩人耳目,特意举行了一场白艳艳告别酒会,对外宣称白艳艳即将赴美国生活,暗地里却把她囚禁在南京郊外一所名为静一斋的深宅大院里,供南侧海私人享用。白艳艳寂寞难耐,于是便养成了偷拿南侧海的不义之财以及偷窥南侧海随身携带的公文包中文件的习惯,不想却因此惹来了杀身之祸。白艳艳的离奇死亡,立时就成了人们议论的焦点。由于这桩命案可能牵扯到南侧海以及侯安平等人,经济督查大队也介入了调查。令人惊讶的是,南侧海的秘书杨奇峰竟然是杀人凶手,而最早向警方报案的秦兆旭却因为有口难辩而选择了逃亡。南侧海因为白艳艳的死而伤心欲绝,但他依然强打精神为党国的金融改革大计奔波劳碌。到了投票表决的关键时刻,南侧海由于受到了蒋经国亲自委派给他的金融委员会副主任委员乔瑞年的胁迫,没有投票给他一直心仪的亚东银行,而是投给了由乔瑞年亲戚担任董事的美旗银行。金圆券发行及收兑指定银行的大事尘埃落定,南侧海终于长出了一口气,觉得一块石头落了地。但是,令他始料不及的是,侯安平的弟弟、亚东银行副总侯锦华竟然找上门来,逼他透露了金圆券发行具体日期这个最高机密。得知机密后,侯锦华连夜赶到上海,疯狂抛售了 2 400 万股纺织股票,狠狠地捞了一把大钱。经济督察大队的督察郭智仁,在他最得意的门生、督察大队队长龙正(中共地下党员)以及另一名颇有正义感的副队长欧阳清的配合下,终于侦破案件,揭开了南侧海、乔瑞年、侯安平、侯锦华等人的真实面目,还了秦兆旭等普通人一个清白。然而,就在南京特别法庭开庭的关键时刻,全面负责国民政府"打虎行动"的蒋经国却给郭智仁打来了电话,贪赃枉法、徇私舞弊、结党营私的官员南侧海、乔瑞年等逍遥法外,巨额行贿的侯安平,恶意抛售股票、严重扰乱金融秩序的侯锦华,竟然都能全身而退。而风清气正、有勇有谋、为整饬国民政府金融秩序呕心沥血的龙正,却因为中共地下党员身份暴露,被送上了刑场,被反动派无情杀害。

金圆券币制改革是《金陵秘事》历史叙事的核心。要想深入解读《金陵秘事》,就必须对 1948 年国民政府金圆券币制改革的来龙去脉有所了解。1948 年 8 月 19 日,蒋介石以总统命令的形式颁布了《财政经济紧急处分令》,同时发布了《金圆券发行办法》,决定用金圆券取代已经濒临崩溃的法币,同时强行收兑金银外币,登记外汇资产,并采取严格限价、银钱业临时休业三天等紧急措施,试图平抑物价,保证金圆券的顺利运行,这就是著名的 1948 年金圆券币制改革的核心精髓。国民政府在军事上节节败退、政治上危机四伏、经济上千疮百孔的危机时刻,贸然抛出币制改革大计,真可谓是用心良苦。金圆券币制改革绝非是时任财政部长的王云五的突发奇想所致,为了推出一份尽可能让大家满意的金圆券改革方案,曾经在商务印书馆经营中叱咤风云的王云五不仅使尽了浑身解数,而且可以说是为此事而殚精竭虑。他之所以没有广泛征求意见,主要是出于保密的考虑,在当时特殊的背景下,少一个人知道就少一分泄密的风险。虽然王云五不是经济学科班出身,但他在之前出任商务印书馆总经理期间表现出了卓越的管理才能,在出任经济动员策进会滇黔区主任以及经济部长职务时又积累了大量的经济管理经验,所以,金圆券币制改革也绝非是外行领导内行的结果,因为王云五根本就不是财政经济方面的外行。另外,从政治倾向角度看,王云五一直就是个彻头彻尾的拥蒋派,币制改革关系到国民政府的存亡,作为蒋家王朝的财政大员,王云五不可能不知道其中利害。他之所以苦心孤诣地推行金圆券改革,一是要实现自己的远大抱负,二是以此来报效蒋介石的知遇之恩,抱着拼死一搏的理想和信念,试图通过币制改革来挽回蒋家王朝的败局。

　　然而,历史给了踌躇满志的王云五当头一棒。金圆券非但没能挽回蒋家王朝的败局,还在一定程度上加速了蒋家王朝的灭亡。王云五在筹划金圆券币制改革的具体方案时,把保密工作切切实实地放在了第一位。为了防止金融泄密,"所有关于币改的方案、政策、组织等机密事项,能接触的只有财政部部长、次长和相关司局首长,就连王云五的心腹、主任秘书徐百齐也未曾与闻"(郑会欣,2021:146)。然而百密一疏,就在《财政经济紧急处分令》正式颁布的头一天,政务次长徐柏园觉得令银钱业临时休业三天的文稿不够精炼,将文稿交由徐百齐重拟,虽然这一文稿并没有直接透露币制改革的具体时间及细节,但徐百齐的亲信陶启明无意中得知此事后,还是凭借敏锐的嗅觉嗅出了其中的味道。陶启明连夜从南京赶赴上海,让其妻李国兰一大早就去交易所抛售股票,李国兰闻讯后,立即伙同其兄李伯勤于 8 月 19 日上午在华美证券号抛售永纱股票 200 万股,从中牟利 240 亿元。当日抛售永纱股票的绝不仅仅是李国兰一人,由于疯狂抛售,导致永纱股票剧烈下挫,这种行为严重干扰了正常的经济秩序。如果发生在其他时间,也许陶启明金融泄密案算不得什么大事,因为国民政府每次有重大金融政策出台,几乎无一例外地都有提前走漏风声的情况发生。可是,陶启明真的是时运不济,他的这桩金融泄密案刚好赶上了风口浪尖。永纱股票被大量抛售的时间刚好是《财政经济紧急处分令》颁布之日,上海《大公报》在 21 日以《币制改革的事前迹象》为题对此进行了报道:"十九日上午,有某隐名之人,从南京乘夜车抵沪。下车后,不洗面,不吃东西,就匆匆赶到某熟悉证券号。一个上午向市场抛售三千万股永纱,照昨天股票惨跌的行市计算,此人大约可获利四、五千亿元。"(郑会欣,2021:140)《大公报》的这种有鼻子有眼儿的报道,立时就引发了一场轩然大波,一时谣言四起,小道消息漫天飞舞。有人说是王云五的挚友、鼎鼎大名的会计师潘序伦,潘序伦闻讯后赶紧出来辟谣。有人说是前财政部钱币司司长戴铭礼,有人说是经济部长陈启天,还有人说是上海金融界闻人盛升颐。《财政经济紧急处分令》颁布之后,蒋介石于次日向各省省主席、特别市市长发电,号召全国人民上下一心,拥护币制改革,维护经济秩序。在蒋介石的眼里,胆敢在此刻违反法纪者与汉奸卖国贼无异:"倘有投机囤积、怙恶不悛,敢于违反法令,以图自私自利者,则是自绝于国家民族,无异为奸匪作伥,其罪行即等同于卖国之汉奸,无论其凭借何种势力地位,各级地方政府应即当机立断,执法以绳,严加惩办,不容稍有宽假。"(郑会欣,2021:139)为了整顿经济秩序,蒋介石还委派蒋经国到上海坐镇,展开打虎行动。蒋经国得到了蒋介石的"尚方宝剑",不仅统帅着戡乱建国大队,还招募一部分笃信三民主义的青年组成了上海青年服务总队,下决心要整顿金融秩序,打击扰乱金融的不法分子。正是在这样的大背景之下,陶启明金融泄密案就被当作了金融泄密案的典型。上海市警察局、上海金融管理局、上海交易所等单位通力协作,在规定期限内成功破获陶启明金融泄密案,也算是给了人们一个满意的交代。从破案的效率来讲,人们或许还算满意。但是,人们对于除陶启明本人以外其他人所受到的那种敷衍了事的刑罚,恐怕就不那么满意了。

虽然金圆券币制改革的初衷是好的,但结果却是糟得一塌糊涂。原本说好的发行20亿元的上限很快就被突破,最后干脆取消了限额。1948年12月底,金圆券发行超过了80亿元。1949年1月,突破200亿元,到了五月底,金圆券发行量已经接近64万亿元。金圆券的滥发导致了国民党统治地区物价的飞涨,各地区反通胀、反饥饿的游行示威活动此起彼伏。借金圆券发行之机,国民政府强行收兑了人民手中的黄金、白银和外币。到1948年年底,根据中央银行的统计,"共计收兑黄金165万两,白银900余万两,银元2300万枚,美钞、港币各数千万元,总共合计约值近2亿美元"(洪葭管,1989:61)。国民政府强行收兑的这些金银外币,最终没有用于稳定物价、造福民生,国民党在大陆的统治即将垮台时,大部分金银外币被运往了台湾。诚如学者何扬鸣所言:"没有这2亿美元,就像王云五日后所说的那样,台湾恐怕就要吃香蕉皮了。没有这2亿美元,就没有20世纪70年代台湾经济起飞的物资基础。"(何扬鸣,1994:107)当然,这一切都是后话,在没有确凿证据的情况下,我们不能说王云五推行金圆券的本意就是借机收兑金银外币,为蒋家王朝败走台湾做准备。文学研究可以适度地推论,但历史研究尤其是近现代史研究,是容不得这种主观推论的。但不可否认的是,后来的事实已经证明,金圆券币制改革中的金银外币收兑确实是掠夺性的。首先,按照学者吴景平的说法,"中央银行对金银外汇的收兑、持有与保管权是绝对的,包括政府行局在内的其他银行有关金银外汇的经营、持有都是相对的,都出自于中央银行的委托"(吴景平,2004:102)。中央银行一家独大,这不是历史的选择,而是《财政经济紧急处分令》等系列文件中明文规定的,而且,按照中央银行总裁俞鸿钧召集各行局首长开会所商定的办法,各行局所有外汇都必须移转到中央银行,并在中央银行开立外汇存款户头。别看国民党政治上派系林立,军事上山头众多,经济上却是中央银行一统天下,至少形式上还是如此。特别值得一提的是,金圆券发行之初,上海金融界也好,国统区的普通民众也好,大家还都是积极配合的。1948年8月23日,也就是银钱业休业三天后第一天开市的日子,"上海四行二局一库及上海市银行收兑黄金300余条,美钞100万元,港币数十万元,白银2000多两,银元5000多元。南京市中央银行当日收兑黄金2000余两,美钞50000余元,白银100市两,银元2000余枚"(吴景平,2004:104)。收兑金银工作开局良好,但是,好景不长,由于物价飞涨,市场失控,蒋介石又以总统命令的形式颁布了《修正金圆券发行办法》和《修正人民所有金银外币处理办法》,修订办法和《财政经济紧急处分令》出台间隔不到三个月时间,修订办法规定,除银元外,其他金银外汇禁止流通买卖,但准许人们持有。这种朝令夕改的做法让人不知所措,而且,由于民众之前已经把手中的金银兑换成了金圆券,要想持有金银,就必须以高于当时兑换价格十几倍的价格兑换回来。此外,由于收兑上来的金银大部分没有被用来作为金圆券发行的准备金,而是被运往了台湾、广州、厦门等地,所以,对于这三地以外的民众而言,要想通过赎回的方式持有金银,简直是比登天还难。

楼健导演在谈及《金陵秘事》电视剧制作时说了一句很有哲理的话:"在正史与野史的结合上,我更愿意奉行'大事不曲,小事不具'的原则。"(钱力,2011:1)很显然,这不仅是导演楼健对待历史的态度,同时也是小说以及剧本创作者郑凯南、胡强对待历史的态度。小说巧妙地将金圆券发行、金融泄密案以及蒋经国在上海的打虎行动等真实历史事件与虚构的大大小小的人物命运串联在一起,展现了一幅20世纪40年代末期金陵古都的生活画卷。值得注意的是,金圆券币制改革并非国民政府唯一的一次币制改革,国民政府总共进行了三次币制改革:"1933年的废两改元、1935年的法币政策、1948年的金圆券政策。"(吴景平,2005:69)之所以历史学家几乎众口一词地认为金圆券币制改革是个巨大的失败,其中最主要的原因恐怕是因为金圆券的存活时间太短,金圆券的贬值来得太快。而法币则不同,它存续了13年之久,在法币刚刚推行的时候,法币改革整体上还是成功的。但是,到了1948年,法币已经濒临崩溃,"通货膨胀已经达到法币贬值连本身纸张价值都不如的程度,广东一家造纸厂竟然买进800箱票面100—2000元法币当作造纸原料"(张皓,2008:66)。《金陵秘事》的开篇就给读者如实地展现了法币贬值进而引发抢米风潮的可怕图景:"大米在一个月内涨了三千万法币,大兴、永昌等几家米店的老板伙计都被狂暴的市民用瓶子砸破了头,如今更发展到运粮的汽车刚刚接近南京城郊,就被拦路抢劫一空……"(郑凯南、胡强,2011:3)正是在这种抢米风潮的背景下,身为亚东银行小职员的秦兆旭,为了给已经病入膏肓的老母亲抢购一点点米,被一直就看他不顺眼的银行副总侯锦华以及银行会计主管廖福人抓住了把柄,以他上班迟到为名将其列入裁员名单。可怜的秦兆旭丢了工作,又不敢跟老母亲说,每天瞒着母亲假装去上班,走在大街上就像个孤魂野鬼。如果不是因为阴差阳错,因为他的血型和银行总经理侯安平的罕见血型一致,他在侯安平遇刺之后为侯安平输血救了总经理一命,侯安平为了报恩,又将秦兆旭召回银行,并做了自己的贴身秘书。如果不是有这种奇遇,可怜巴巴的秦兆旭也许早早地就在法币贬值所引发的抢米风潮中饿死街头了,他也许就和小说最主体的叙事部分即金圆券币制改革扯不上关系了。

苍天有眼,也许是秦兆旭命不该绝,他有幸又回到了亚东银行,而且还从小职员升任总经理秘书。本来一个无足轻重的小人物,就因为成了侯安平的心腹,秦兆旭也就鬼使神差地和金圆券币制改革扯上了关系,而且深陷其中,不能自拔。他不仅要昧着良心代表侯安平向金融委员会的委员们行贿,用小说里的行话说,就是充当侯安平的白手套,还必须按时潜入静一斋,去伺候越剧皇后白艳艳,让她开开心解解闷,以便更好地伺候手握金融大权的南侧海。侯安平费尽心机地巴结南侧海,目的只有一个,那就是巴望着能拿到除中央银行之外唯一的金圆券兑换指定银行的资格,这样不仅可以收兑金银外币,而且还可以免交一大笔银行准备金。这种好事虽然在金圆券币制改革真实的历史中没有,因为只有中央银行才有这样的资格,但在小说里却是有鼻子有眼儿的事儿。在真实的历史中,积极推动金圆券发行的是财政部长王云五,在小说中,王云五的名字也被提及,但真正唱主角的是主计部副部长(小说文本出现了前后不一致的现象,有时又将其称为部长)南侧海。虽然南侧海是个反面人物,贪赃枉法,贪恋美色,泄露机密,还敢雇凶杀人,但是,和历史上的王云五一样,他是蒋介石的亲信,为了蒋家王朝甘愿肝脑涂地。他为了金圆券方案的出台而呕心沥血,他唯一的一点儿私心就是希望能够让多年关照他的亚东银行能成功入选,其实,这一点我们也不应过于苛责,因为,在小说中,就实力而言,确实没有哪家银行能和亚东银行相媲美。和王云五一样,南侧海明知战局对国民党不利,国民政府败亡只是迟早的事,但是,作为一任经济大员,南侧海还是梦想着蒋总统的金圆券改革大计能够收到奇效。当然,南侧海也有自己的小算盘,他的孩子早早地就在美国定居,他把这当成自己的后路,希望自己在金圆券改革大计靴子落地之后能够到美国和孩子们团聚。

在小说中,经济督察大队的督察郭智仁和南侧海是针锋相对的两个人物。郭智仁一身正气,两袖清风,信守一无所有、一无所求的三民主义式的信条。但他和南侧海也有共同之处,那就是对蒋家王朝心存幻想,幻想着能凭一己之力力挽狂澜。南侧海效忠的是老蒋,郭智仁效忠的是小蒋。小蒋坐镇上海打虎,整顿南京经济秩序的重任就落在了小蒋十分器重的郭智仁的身上。郭智仁把握着首都经济督察大大权,但他从来不肯以权谋私,所以生活十分清苦。郭智仁在首次出场时,就对督察大队进行了训诫,他嘱咐所有队员一定要报效党国,担负起整顿首都经济秩序的重任。越是在金钱至上的时代,越是在和金钱打交道的领域,就越要洁身自好。郭智仁引用了民间的一句俗话:"有条有理,无法无天。"(郑凯南、胡强,2011:16)这可能是之前最流行的行话,意思是说有钱能使鬼推磨,条指的是金条,法指的是法币。在郭智仁讲这句话的时候,前半句依然成立,而后半句已成过眼烟云。金条是硬通货,什么时候都能派上用场。而法币不过是一堆纸,纸币永远也代替不了黄金,到了剧烈通货膨胀的时代,法币的价值甚至还不如造币用的纸值钱。有金条永远有理,但无法币不一定无天,这也是国民政府费法币改金圆的重要原因。在当时的背景下,金圆券这个名称非常有诱惑力,它代表着国民政府用金本位代替银本位的一种尝试,这是和国际货币体系接轨最便捷的途径。而且,如果真如时任财政部长王云五所愿,美国的经济支援更够及时到位,国民政府能够如愿以偿地制造一些真正含金的硬币,金圆券的失败也许就不会来得这么快。当然,郭智仁讲话的时候并没有想这么多,但有一点是十分明确的,那就是,不管别人怎么样,他自己总是率先垂范的,他所带领的经济督察大队个个都是洁身自好的。作为手握经济大权的人,郭智仁连个新的烟斗都舍不得买,每天都是抽着最便宜的烟丝,女儿郭小雨的住院费他也负担不起,更别说打几针比黄金还贵的盘尼西林。

郭智仁为蒋家王朝鞠躬尽瘁,做事雷厉风行,但他并非不通情理。当亚东银行因为总经理侯安平被传讯而引发了挤兑风潮之时,郭智仁为了维护首都经济秩序,顾大局,识大体,及时地采取假释策略,并对侯安平晓之以理:"这几天你不在银行,外界可能有所耳闻,目前亚东银行的储户聚在银行门口,嚷着要见你这个总经理! 为了顾全大局,避免挤兑风潮,维护首都经济秩序的稳定,我们这就先放你回去!"(郑凯南、胡强,2011:327)侯安平被郭智仁的大仁大义所感动,即时返回亚东银行,避免了一场金融风波,并试图劝诫侯锦华别去上海抛售股票,只是因为侯锦华一意孤行才未能及时阻止。如果国民政府负责金融监管的人,个个都能像郭智仁这样风清气正,金圆券币制改革就不会输得那么惨。为了做好金圆券发行工作,国民政府确实成立过金圆券发行准备监理委员会(简称监理会),"委员有财政部次长李傥、主计部副主计长庞松舟、审计部次长蔡经藩、中央银行副总裁刘攻芸、浙江兴业银行董事长徐寄庼、全国商会主席王晓籁、全国银行业同业公会理事长李铭、全国钱业同业公会理事长秦润卿、全国会计师公会理事长奚玉书等9人,由行政院聘任,指定李铭为主任委员"(张秀莉,2008:122)。监理会成立的初衷,肯定是为了金圆券发行工作能够做得更好,可是,由于种种原因,监理会并没有有效发挥它应有的金融监管的作用。《金陵秘事》小说里也写到了这个机构,但颇具讽刺意味的是,在小说中,这个监理会的主任委员就是南侧海。把金融监管的重任交给全面负责金圆券发行具体事宜的人,那不是为了监守自盗大开绿灯吗?

《金陵秘事》中既有因为金圆券币制改革而交上厄运的人,也有借金圆券发行之机大发横财的人。前者包括南侧海、侯安平、秦兆旭、杨奇峰、白艳艳、郭智仁的妻子刘静宜。南侧海因为金融泄密案而难辞其咎,虽然最后被从轻发落,但毕竟也是一落千丈,再无往日的辉煌。侯安平可谓是赔了夫人又折兵,不仅损失了大量礼金,还白白搭上了白艳艳的性命,金圆券收兑指定银行的资格也没有拿到,真可谓是人财两空。秦兆旭因为充当侯安平的白手套而银铛入狱,还曾经因为用棋谱记录了行贿的细节而被人追杀。杨奇峰更是可怜,他本来是南侧海最信赖的人,"他是南侧海的心腹和大内总管,南侧海的大事小事、公事私事都经他的手去办。就连逢年过节、新张开业、竣工剪彩、方方面面给部长大人送来的礼金贺仪,他也能考虑周密,处理得妥妥帖帖。这些年,他把南部长不愿让夫人知道的这些'私房钱'都陆续存进了亚东银行,再由亚东银行把这些钱换成美金转存到瑞士的苏黎世银行"(郑凯南、胡强,2011:8 - 9)。就是因为南侧海太信任他,所以才让他主动接近乔瑞年,用向乔瑞年表达爱意的方式获取乔瑞年的信任,以便成为南侧海安插在乔瑞年身边的卧底。杨奇峰在充当卧底的时候迷失了方向,他对南侧海阻止他升迁的举措心怀怨恨,做出了背弃南侧海而投靠乔瑞年的错误决定。后来,由于他私吞礼金和杀害白艳艳的事情东窗事发,乔瑞年怂恿南侧海买凶做掉杨奇峰。杨奇峰被带毒的子弹击中,在向经济督察大队坦白后不治身亡。按照南侧海的说法,杨奇峰千不该万不该做的事,不是私吞礼金,不是狠心杀死白艳艳,而是背叛了他南侧海,竟然以小犯上,以揭露南侧海倒卖军火、黄金以及其他紧俏物资罪证相威胁,这种卖主求荣的小人实在不应该活在世上。

比杨奇峰还可怜的是小说中的两位女性,即越剧皇后白艳艳和郭智仁的妻子刘静宜。作为一代名伶,越剧皇后白艳艳本来可以依靠唱戏养活自己,还有戏班的一大群人,可她偏偏迷恋上了电影,就是因为她是侯安平的情人,她才能轻而易举地"在亚东银行贷了一笔款,自己成立了飞燕电影公司,而且花了不少力气刚刚制作完成了一步越剧戏曲电影《凤仪亭》。如今南京城大街小巷到处都贴着《凤仪亭》的电影海报,人人都记住了海报中巧笑倩兮、美妙绝伦的貂蝉"(郑凯南、胡强,2011:7)。如果是在和平年月,白艳艳说不定可以从此飞黄腾达,甚至可以和阮玲玉、胡蝶、周璇等大碗儿一决高下。可惜,她生不逢时,当她想向电影转型时,刚好是国民政府摇摇欲坠之时,军事上一败涂地,从一个团一个团地被吃掉,变成了一个师一个师地被吃掉,经济上也是千疮百孔,官员们忙于准备后路,普通百姓则忙着抢购物资,哪有闲情逸致来看戏曲改编的电影?侯安平安排秦兆旭去向白艳艳讨债,白艳艳被逼无奈,才在侯安平精心策划的把她卖给南侧海的卖身契签了名。进了静一斋后,白艳艳为了尽快赎身,早日出来唱戏,以便养活戏班的兄弟姐妹,她才轻信了杨奇峰劝她挪用南侧海礼金炒股发财的鬼话:"南部长让我把他的那些钱和礼物都拿回去,像从前一样,存进亚东银行。为了你,我可以小小地撒一个谎。我就说已经办好了,他一定不会生疑,然后,咱们合伙用他的钱当本钱做一笔短期的股票生意,只用几天时间,我就帮你让这些钱翻它一番!等你赚到了钱,我再把那些本钱替他存进银行!也就是说,只是在短短的几天时间里用人家送给部长的那些钱周转一下……"(郑凯南、胡强,2011:164)实践证明,杨奇峰根本就不会做股票,他是用左手倒右手的方式,假装给白艳艳分红,进而套取更多的本金。就是这个自称能在上海交易所呼风唤雨的杨奇峰,让白艳艳坠入了疯狂投资的漩涡。事情败露之后,杨奇峰狗急跳墙,把越剧皇后白艳艳送上了绝路。

小说中最无辜的女性投资者莫过于郭智仁的妻子刘静宜。她来自农村,文化水平不高,识字不多,对投资一无所知,对城市生活也一无所知。亚东银行会计主管廖福人知道拉拢郭智仁不容易,便把魔爪伸向了刘静宜。他让自己的妻子和刘静宜接触,约她到家里打牌,混得熟络之后,就主动提出可以帮刘静宜投资。由于一开始尝到了甜头,刘静宜就慢慢掉到了廖福人的圈套之中。她瞒着郭智仁和廖福人做生意,所谓的做生意,其实就是骗刘静宜入股亚东银行,分享红利,以便以此诬陷郭智仁,毁他一世的清白。廖福人还精心导演了郭智仁女儿被撞的闹剧,把自己包装成郭智仁女儿救命恩人的角色。出于感恩,刘静宜更加对廖福人深信不疑。刘静宜一步一步地步入了廖福人精心策划的所谓投资活动之中,她又在乔瑞年的哄骗之下,在一份不利于郭智仁的证词上签了字,因为她识字不多,不可能读懂证词里的文字。刘静宜原本是一个淳朴善良的农村妇女,却因为时代的捉弄,陷入商场和官场无休无止的勾心斗角之中。当她知道自己因为无知而陷丈夫于不义之中的时候,她选择了自杀,用极端的方式为郭智仁洗清了冤屈。

《金陵秘事》中借金圆券发行之机大发横财的人主要有两个:一个是侯锦华,一个是杜少,他们两个人狼狈为奸,无恶不作。侯锦华笃信富贵险中求的道理,在亚东银行落选之后,他冒着巨大的风险,面见南侧海,逼着他说出了金圆券发行的具体日期。就像历史上金融泄密案的主犯陶启明一样(小说中提到了陶启明泄密案),侯锦华连夜从南京赶到上海,联系杜少疯狂抛售纺织股票,狠狠地捞了一把大钱。杜少是侯锦华的大靠山,虽然小说中并未直接提及他的名字,但是,按照常理推断,杜少应该就是上海赫赫有名的杜月笙的儿子杜维屏。杜维屏仰仗着父亲的威名,恶意囤积居奇,把紧俏物资私藏在军火库里,结果还是被郭智仁逮了个正着。杜少逃亡国外,不久之后又改名换姓(化名为查理·冯)秘密回国,重新干起了囤积居奇的勾当。杜少汲取教训,想了个囤积居奇的新方法来对付经济督察大队的追查,他把货物装在车上,沿着沪杭铁路玩起了躲猫猫的游戏。一开始时,这一招还真的奏效,杜少靠着纸币贬值期间囤积居奇发了大财,他还在暗地里经营着烟馆的生意。

最后,我们再来说说《金陵秘事》中的金融泄密案。小说中提到了陶启明泄密案,也提到了陶启明的悲惨下场。作为财政部的机要秘书,陶启明知法犯法,利用自己偶然得到的金融机密,指使妻子抛售永纱股票,严重扰乱金融秩序,最后被绳之以法,明正典刑,这是大快人心的。可是,小说中的另一个罪大恶极的泄密者南侧海,最后却逍遥法外,另有任用,这样的处置如何能让人心服口服?再者,如前文所言,陶启明泄密案之所以从重从快地处理了,主要是因为他的案件正赶上风口浪尖,而且《大公报》等媒体推波助澜,不处置陶启明不足以平民愤。如果放在其他时间,金融泄密案也许就可以大事化小、小事化无了。小说中南侧海的心腹杨奇峰也有泄密的前科,由于他和亚东银行过从甚密,他"自然就成了亚东银行总经理侯安平的座上宾,继而成了关系密切无话不谈的'亲兄弟'。南侧海一直分管着金融口,侯安平为了巴结南侧海,对杨奇峰更是竭力逢迎,私底下没少给他塞钱。而杨奇峰为了投桃报李,就把国民政府对金融和经济的各项新政新举源源不断地透漏给侯安平"(郑凯南、胡强,2011:8-9)。杨奇峰最终得到了应有的惩罚,但那不是因为他泄露金融秘密,而是因为他得罪了他的主子,也就是小说中最大的金融泄密者南侧海。

讨论题目

(1)《金陵秘事》第38章提到了历史上著名的陶启明金融泄密案。请简要说明这桩金融泄密案的原委。

(2)郭智仁一贯以严厉著称,但当他得知因为总经理侯安平被传讯,亚东银行面临挤兑危机时,他是怎么做的? 你赞同他的这种做法吗?

(3)《金陵秘事》的第2章里有一句俗话:"有条有理,无法无天。"你知道这句话的意思吗? 这句话和小说中的经济状况相符吗?

(4)越剧皇后白艳艳以唱戏而闻名,但她却鬼使神差地迷恋上了电影,因为根据戏曲改编的电影《凤仪亭》而被人逼债。你如何评价她的这种投资行为?

(5)为什么说郭智仁的妻子刘静宜是小说中最无辜的女性投资者?

(6)秦兆旭在万般无奈之下,被迫充当了侯安平行贿的白手套,他用棋谱的方式把行贿的细节记录了下来,他为了那个记录着行贿细节的黑本子差点儿丢了性命。你如何评价秦兆旭的这种行为?

(7)亚东银行总经理侯安平,为了得到金圆券收兑指定银行的资格,不仅巨额行贿,而且把心爱的女人白艳艳拱手让给南侧海,最后却落了个赔了夫人又折兵的下场。你如何评价侯安平这个人物?

(8)仅就商业经营而言,你觉得侯安平和侯锦华哪个更适合做亚东银行的总经理? 为什么?

(9)《金陵秘事》中的铁娘子乔瑞年,表面艰苦朴素,连个水杯都舍不得换,暗地里却是想着给亲戚买宅院,帮有亲人在其中担任董事的美旗银行捞到金圆券收兑指定银行的资格。你如何评价这个人物?

(10)请简要总结一下1948年金圆券币制改革失败的原因。

附录

硕士生学期论文示例及点评

在教材中增设"硕士生学期论文示例及点评"附录的想法,得益于英语语言文学专业的一本通用教材(布赖斯勒,《文学批评》,第 3 版,高等教育出版社,2004 年影印版)。在那本教材中,每讲完一种批评理论,编者都会附录一篇学生论文(据悉,由于种种原因,这个我们读书时最喜爱的栏目在修订版中被删除了)。编写研究生教材的目的,是让学生尽快熟悉一个学科领域,并在此基础上培养他们的论文写作能力,这是责无旁贷的。要想培养写作能力,有针对性地选择学生论文进行点评,这应该是最行之有效的方法。

下面所收录的三篇论文,是笔者在 2023~2024 学年第 1 学期布置给所任教的班级的写作任务,任务是在一周内用开卷考查的形式完成的,是一次命题作文,题目是"《瓶中妖魔》与商品交换"。收录进本书时,提前征得了作者的同意。为了保护知识产权等原因,此处采用了匿名点评,并删除了原有的注释和参考文献。为了展现学生学期论文的原貌,除了标点、错别字、译名等略作改动,其他一律未做修改。特此说明。

《瓶中妖魔》与商品交换
学期论文(一)

摘要:史蒂文森《瓶中妖魔》中的瓶子不是普通商品,是价格低至人人可得的"稀罕物"。然而,有得必有失,得到即失去。瓶子实现愿望的能力赋予了其特殊的价值,但伴随的是道德和失去生命受炼狱折磨的风险。作为商品,它的转让价格受到限制就是在为人们的道德选择加码,本文着重分析《瓶中妖魔》中商品价值、商品交换和道德抉择问题。

关键词:《瓶中妖魔》;商品价值;商品交换;商品流通;道德抉择

商品指可以通过市场进行交换的物品或服务。在《瓶中妖魔》中,商品交换的市场是世界市场,这为瓶子的交换提供了更多的可能性,因为瓶子必须以低于原价的价格卖出,并且必须收取硬币，世界上有各种货币，货币间的汇率不同。与其说瓶子是一件商品，倒不如说是一种服务。只要得到瓶子，你的欲望可以得到无限满足。所以作者成功把一场简单的交易变成了世界范围内的人性道德标准大考验，把坚定而可贵的道德标准变成了与"魔瓶"相对应的等价物，魔瓶的价值取决于不同人的道德标准，魔瓶的流通体现的是不同人的道德抉择。

但商品交换一定是有得必有失，就算没有失也会面临失去的风险，同时道德也会受到挑战。有得必有失强调的是经济学中的机会成本，机会成本认为每次决策都伴随着为了选择某一商品或服务而放弃其他可能的选择，在分配有限资源时，人们需要衡量不同选择的机会成本去做出最明确的经济决策。在《瓶中妖魔》中，当你选择满足欲望时，你就需要承担瓶子卖不出去的风险，否则将与魔鬼为伍，下地狱，受地狱之火折磨。小说里面多数人都愿意承担这样的风险去实现自己对于美好生活的追求，这一点无可厚非。

瓶子作为商品同时具有交换价值和使用价值。使用价值是商品满足人类需求的能力，而交换价值是商品在市场上与其他商品交换的相对比例。瓶子作为"魔瓶"可以实现任何愿望，其使用价值达到最大值，但是市场上并没有与之对等的可以交换的商品，也就是等价物。因此小说中不同的人面对瓶子的价值时面临着不同的道德选择，所以决定瓶子价值的在一定程度上并不是瓶子本身，而是不同人的道德准则和欲望。对于道德标准高的人来说，瓶子这样的商品因其具有与魔鬼为伍的风险，即使瓶子所提供的服务的使用价值非常的高，也不会与魔鬼为伍。例如小说中有咳嗽病的老人，老人虽然一无所有，还有很严重的咳嗽病，但是老人高尚的道德标准却偏偏成了可以与瓶子的价值互相抗衡的等价物，这个时候魔瓶所拥有的使用价值失灵，而交换价值的主动权已经掌握到老人手里。经济学中商品的价值与个体对其效用的认知和期望密切相关，在小说中对于像基维这样的人来说魔瓶可以让其拥有完美的房子、爱人，魔瓶的使用价值就很大。对于科库娅来说，基维对自己的牺牲令其动容，而从基维手里把瓶子再次买出，挽救基维的灵魂不下地狱，受地狱之火折磨是科库娅做出的道德选择，是对魔瓶可以挽救爱人的期望。老人为科库娅动容，选择帮助科库娅从基维手里面买出来，是对科库娅真诚善良的美好品质的期望。水手选择将魔瓶留作自己用，不再进行流通和买卖，其实在无形中是以自己的道德和灵魂作为等价物进行了交换，但水手并不关心灵魂和道德，反而可以使魔瓶的使用价值发挥到最大。小说中魔瓶交换的是不同人的道德标准，其价值的高低也取决于道德标准，魔瓶流通的过程就是道德选择的过程。

整部小说，令人感动的是基本没有因为想要卖掉魔瓶而出现坑蒙拐骗这样破坏市场秩序的现象。每个人都很清楚得到或失去的东西都是明码标价。有一点我们不清楚的是基维把瓶子卖给老头的时候有没有跟老头说清楚利害关系。但原文是这样说的，"基维对于把魔瓶卖给可怜的老头这件事感到深深的内疚和羞愧"，由此可以推断出来基维可能没有像科库娅让老人帮忙从基维手中买出魔瓶，自己又按照约定把魔瓶从老人手中买出那么坚定高贵的品质。但凡科库娅是个有道德瑕疵的人,其完全可以不遵守约定,不再花钱从老人手里把魔瓶买出来。但是也正是科库娅的这种高尚的品质的渲染,对基维让水手把魔瓶从科库娅手里面买走,自己再花钱买入的时候。基维的抉择不再具有道德瑕疵,水手知道魔瓶的坏处,基维也愿意像科库娅那样花一生丁把瓶子买走,并且再也卖不出去。如果说小说中基维的爱是自私的,爱的只有自己的爱人科库娅,而爱人科库娅也是通过魔瓶得到的,那么老人的爱是一种大爱,老人具有很高的道德标准,从科库娅手里买回魔瓶,利用魔瓶捍卫的是人性中真善美的东西,这就是魔瓶对于老人的价值。拒绝与魔鬼为伍,治好自己的咳嗽病,是老人对底线的坚守,令人感动。

总之,《瓶中妖魔》将可以实现一切愿望并且唾手可得的魔瓶放在世界市场中,将世界变成了一个道德抉择的斗兽场。魔瓶交换和流通的过程就是人们做出道德选择的过程。不同的道德选择体现的是魔瓶不同的价值。魔瓶最后因为没有更小的汇率而卖不出去,或者说卖给最后一个顾客水手。一方面反映的是水手所接触的文化背景和价值观影响了其对魔瓶的价值判断,水手无惧下地狱的风险,所以可以最大程度发挥其使用价值,不被裹挟。另一方面假如有更小的汇率,水手也不打算再卖出去,这也体现了水手对于个人价值观的坚守,也值得尊敬。

点评:这篇论文的论点比较集中,主要聚焦商品价值、商品交换和道德抉择三个方面。作者提出了一些比较有趣的想法,比如,第一段中的"与其说瓶子是一种商品,不如说是一种服务"。再比如,最后一段中的"魔瓶交换和流通的过程就是人们做出道德选择的过程"。这两种提法是很有见地的。瓶子是一种商品,但更是一种服务,在小说中,魔瓶最主要的使用价值是满足人们的财富欲望,但也有例外,比如基维买回瓶子是为了治好麻风病,而美国船老大(作者将其称为水手)不肯售出瓶子是因为魔瓶可以满足他喝酒的欲望(这和财富梦想还是有差距的)。说魔瓶交换其实就是因为道德抉择,也是没错的。在基督徒的眼里,带着魔瓶下地狱,不仅仅是一种风险,更是一种道德考量。此外,作者提出的"机会成本"之说也是可信的。有得必有失,所谓的抉择,就是在得与失之间的权衡。文学与经济跨学科研究的论文,最重要的就是在文学和经济之间保持平衡,既要借用经济学术语,又不能把文章写成连经济学专业人士看了都头疼的怪东西。不借用经济学术语,简单地描述一下文学作品中的经济现象,那"跨学科"的提法就有点儿糊弄人。而一旦走向另一个极端,用"术语轰炸"的方式,把经济学术语硬生生地套在文学文本分析之上,把论文写得让人难以卒读,那也是"跨学科"论文的失败。这篇文章好就好在,作者借用了使用价值、交换价值、机会成本、市场秩序、等价物等较为规范的经济学术语,将其应用于文学批评,而论文读起来感觉很好,一看就知道这是文学论文,而不是那种"解构加重构,越看越难受"或者"文学套经济,越看越来气"的混合型论文。

学期论文(二)

摘要:在短篇小说《瓶中妖魔》中,作者史蒂文森向读者呈现了人们不断交易一个魔瓶的过程,一定程度上体现出商品等价交换的经济原则,但相较于现实生活中的商品交换过程还是有一定的区别,让它们产生差异的原因在于作者个人的文学观念与叙事技巧。

关键词:《瓶中妖魔》;史蒂文森;商品交换;叙事技巧

罗伯特·路易斯·史蒂文森(Robert Louis Stevenson, 1850~1894)是维多利亚时期最负盛名的苏格兰作家,是新浪漫主义的代表人物,《瓶中妖魔》这个短篇小说是他南太平洋小说代表作《海岛夜娱》中的一篇。

这个故事非常天方夜谭:夏威夷岛土著居民基维某天乘船到旧金山,在一个白人老人手里花50美元买来一个瓶子,瓶子中有个妖魔,可以满足人除了长生不老之外的各种愿望。但是这个魔瓶对应地也有很多缺点,首先这个瓶子必须在瓶子持有人过世之前卖掉,否则持瓶者就要永远留在地狱受到折磨,这对于有宗教信仰的人来说是无法接受的;其次,这个瓶子如果以原价出售,就会像信鸽一样回到原主人手中,所以几个世纪以来瓶子的价格一直在降,一开始数百万的瓶子到现在只要几十美元;而且这个瓶子在交易之前别人会因为它太便宜而怀疑它的作用,交易的时候则必须使用硬币。

从这个魔瓶的交易中,我们可以看见商品交换的影子。商品交换是商品所有者按照等价交换的原则相互自愿让渡商品所有权的经济行为:生产者让渡商品的使用价值而得到其价值,消费者反之付出一定价值的物品或者等价的钱币以获得自己所需物品的使用价值。假设这个瓶子是个商品,它经过妖魔的千锤百炼带到人间,它本身具有满足人愿望的使用价值,它在第一次交易的时候确实满足商品等价交换的经济原则,"顾客"以相同价值的钱币交换得到了这个魔瓶。

但是因为瓶子本身的缺点,或者说因为一种外在施加的"无形魔力",它必须以比原价更低的价钱才能转手于人的时候,交易似乎就无法满足这个经济原则了,因为这个魔瓶本身的价值在小说中看来其实不存在贬值的情况,它一直可以满足人的各种愿望,瓶体本身也不会损坏,没有发生本身使用价值的改变。排除钱币升值的情况,短时间内瓶子本身没有贬值,那么瓶子的价格也就不会降低,但是小说中却是每次都必须以低价卖出的情节设置。因此,可以看出小说中所呈现的商品交换与实际生活中的存在一定区别,让这两者之间产生差异的根本原因似乎存在于作者本身的文学观念与叙事技巧上。

在《传奇文学漫谈》中,针对当时小说对艺术想象力的忽视,史蒂文森认为故事就是读者的白日梦,作家必须充分发挥想象力,编造新奇有趣的故事来满足读者的好奇心。"随着想象力的提升……伟大的创作家展示了普通人白日梦的实现和神化。他的小说可能再现的是现实生活,但它们的真正标志是满足读者无名的渴望,服从白日梦的理想法则。"小说中,商品交换是现实,生丁较美元是更小的钱币单位也是事实;但是魔瓶永远不会消退的魔力是史蒂文森展示的"白日梦",而魔瓶以原价卖出会像信鸽一样回到原主人的身边也是想象力的体现,现实中不存在这样对等形式的商品交换,因此史蒂文森在小说中将其创造了出来以满足读者的好奇。

史蒂文森除了运用想象,他还用"偶然"给想象增加一些宿命感。作者运用巧合、突变、行动等戏剧手法点缀故事,达到一种"惊喜"的效果。小说中,基维卖出魔瓶后才发现自己得了麻风病,科库娅为爱瞒着基维自己买下魔瓶,以及最后船老大哪怕下地狱也要自己收下魔瓶等等,这一系列"偶然"的转折都将故事推向一个宿命的结局——基维与科库娅幸福地生活在一起。因此,要让这些偶然性成立,就必须在故事的背景中设置一些魔瓶的缺点,而且只有在越卖越便宜的情况下,也就是存在绝境的时候,才能让故事在充满悬念的紧张气氛中向前推进,才能在小说最后出乎意料地达到一种戏剧效果。

总的说来,小说中的商品交换与现实中的商品交换存在区别,让这两者产生差异的不是存在于小说中的无形魔法,而是作者刻意为之的细节设置,在想象力与偶然性的交叉作用之下,小说在最后一刻达到了一种较为圆满的结局。史蒂文森"具有一种难以捉摸、不切实际的性格,对文学艺术不那么世故,看似幼稚,实则是对冒险生活的热爱"。作为一个新浪漫主义者,史蒂文森用浪漫主义的手法建构了一个理想情境,辅以商品交换的点缀,真真假假、虚虚实实地组成了史蒂文森的小说《瓶中妖魔》。

点评:从文学与经济跨学科研究的角度看,这篇论文不如第一篇论文,作者对经济学术语的挪用不够多。但是,这篇文章也有它的优点,其中一个最突出的优点就是它凸显了小说的虚构性。这一点是很切题的,因为史蒂文森南太平洋小说的最重要特点就是虚构,《瓶中妖魔》的故事很吸引人,但故事不是真的。其中一个最大的漏洞,是可以用经济学或者历史方法去识别的,旧金山的老人说最早是祭司王约翰那样富有的人才有能力买下瓶子,而关于祭司王约翰的传说从 12 世纪就开始了,那个时候不太可能有人使用美元吧?作者紧紧抓住故事的虚构性,并将虚构世界的商品交换和现实世界的商品交换做了对比,进而解释魔瓶为什么使用价值未变而交易价格却一跌再跌这个独特的现象。当然,论文也有一点儿小的瑕疵:叙述学理论的引入有一种突兀感,因为在这篇文章中,叙述学和作者要论述的主旨是无法很好地对接在一起的。

学期论文(三)

摘要:《瓶中妖魔》围绕着魔鬼所带来的邪恶力量所展开,夏威夷小岛上的人们为了短暂的世俗的快乐冒着将要在地狱获得永久痛苦的危险,彼此之间交换着魔瓶。道德伦理和人性在小小的魔瓶的交换间体现得淋漓尽致。与此同时,史蒂文森并没有提供浪漫主义作品中的探索和相遇等丰富情节,更多的是突出太平洋文化在帝国主义的影响下呈现的是多样性的特点。帝国主义入侵太平洋小岛的同时,也为其卷入现代政治经济社会发挥了重要的作用。

关键词:《瓶中妖魔》;道德;帝国主义;太平洋文化

1963 年,F. R. 李维斯认为史蒂文森的小说在司各特的浪漫小说的"不良传统"上进对其进行了进一步的贬低。然而,艾格纳认为,史蒂文森对于小说现实性的真实描绘的弃绝是情有可原的,并且考尔德也称史蒂文森从来就没有否认过真实描述故事的重要性。事实上,史蒂文森正是使用了传统、文学与民间传说之间相互关联的形式传达自己的观点,在自己的现代性作品中加入魔法,迷信等元素去颠覆和扩大英国文学传统的边界。

《瓶中妖魔》跨越了地域和国家的界限,让读者眼花缭乱地看到异国他乡的童话景象,同时也检验了帝国主义文化主导地位的自满观念。魔瓶中的小恶魔满足了现在主人的所有愿望,唯独没有赐予永生。不过,瓶子必须在主人死前以低于先前价格的硬币卖出,否则他的灵魂就会被魔鬼永远夺走。故事的悬念在于,瓶子越来越不值钱,但在转手时却越来越难卖。人们要么不相信如此低廉的物质价位就能获得它的力量,要么对他们必须付出代价感到恐惧。民俗可以作为一种不稳定的文化权利工具来运作,小小的魔瓶作为商品在夏威夷岛民和帝国主义代表人物——美国船老大之间交换,一方面,它可以逃避殖民主义的遏制,给夏威夷人民带来财富,在岛民之间互通有无;另一方面它也是反对帝国主义者和殖民者的武器,在小说的结尾,最终也是美国人拿到瓶子,受到了魔瓶的诅咒。

史蒂文森对太平洋地区种族间关系的主要研究,也是他对帝国文学最重要的贡献。在这些作品中,没有帝国主义授权的代理人,没有殖民地的管理者,没有合法建立的殖民地的定居者。帝国主义在故事中虽然只是在以法属波利尼西亚的行政和纪律结构的形式上存在,但在意识形态层面,它是以殖民者的象征、话语和制度的形式存在的。帝国主义的权力不一定是单方面的。在这篇小说中,魔法和金钱都是殖民市场不可或缺的部分,这些魔幻的元素并不构成对现实的逃避;相反,它们有助于阐明殖民者与被殖民者之间的动态关系。正是魔瓶自身的诱惑,使得土著居民基维从美国旧金山一个白人老人手里买来瓶子,于是邪恶的贸易——以瓶子为代表的商品交换开始了,人们都喜欢魔瓶所带来的财富,但是没有人喜欢瓶子里面那个丑陋的恶魔。

史蒂文森对经济的兴趣与他对美国的热情有关。从他和所处的同时代人对美国和经济的态度来看,这一点无论是对史蒂文森的总体作品,还是对他在作品中逐渐形成的关于道德和财富的特殊观点,都具有相当重要的意义。买下这个小小魔瓶,也就意味着承担了相应的"义务",当人们买下魔瓶的那一瞬间,就必须承担差价,一美分可以分成大约两个法寻(farthing),一法寻可以分成大约两生丁(centime),以此类推,无论如何最终都会有穷尽的时候。最终基维和妻子都拥有了一个好的结局,因为他们身上都有愿意为所爱之人牺牲的美好品质,所以这个瓶子必须得继续卖出去.基维借助瓶子的力量得到了房子和财产,然而这一切却是以他叔叔的横死为代价,对此他一直心存愧疚,所以,在一开始,瓶子就被传递给了最不可能对它的诱惑作出反应的人,因此在小说的最后,美国船老大的死是自我毁灭的结果。

在《瓶中妖魔》中,史蒂文森批判地使用了浪漫主义元素以此展现帝国主义贸易和殖民地之间的相互影响,并且在此基础上,巧妙地使用一些形式和主题上的手段来探索和批判殖民者和殖民地之间商品交换的内在不稳定性。

点评:实事求是地讲,从文学与经济跨学科研究的角度看,这篇论文也不如第一篇论文,原因也是作者对经济学术语的借用不够多。但是,这篇文章也有它的长处,这个长处就是把经济学批评和后殖民批评比较好地结合在一起了。史蒂文森南太平洋小说的最重要作用,就是为后来康拉德的《黑暗之心》等小说做了铺垫。魔瓶是从美国人那里买来的,最后又是被美国人买走的,这一点很重要。此外,作者认真地调取了一些数据,比如美分(cent)和法寻(farthing)、生丁(centime)之间的货币兑换问题,这是值得肯定的。一点儿数据都不用,文学与经济"跨学科"就成了一个幌子,这也是目前经济学界对文学与经济跨学科研究最大的忧虑、最多的诟病。在目前的语境中,文学学者要想像经济学家一样地熟练地运用经济学理论,那是很难很难的,或者说,是几乎不可能的。但是,如果一点儿经济学的方法都不借用,那么,文学与经济跨学科研究,就会成为空架子,就会陷入"两头不讨好"的尴尬境地。

参考文献

1. 英文文献

[1] Anderson, Carol. "The Power of Naming: Language, Identity and Betrayal in *The Heart of Midlothian*." Shaw, Harry E. (ed.) *Critical Essays on Sir Walter Scott: The Waverley Novels*. London: G. K. Hall & Co., 1996:182 – 193.

[2] Arata, Stephen. "The Sedulous Ape: Atavism, Professionalism, and Stevenson's Jekyll and Hyde." *Robert Louis Stevenson*. Ed. Harold Bloom. Philadelphia, PA: Chelsea House Publishers, 2005:185 – 210.

[3] Bagehot, Walter. "The Panic." *The Finacial System in Nineteenth-Century Britain*. Ed. Mary Poovey. Oxford: Oxford University Press, 2003:321 – 327.

[4] Baker, Timothy C. *George Mackay Brown and the Philosophy of Community*. Edinburgh: Edinburgh University Press, 2009.

[5] Barber, Nicola & Patrick Lee-Brown. *Charles Dickens*. London: Evans Brothers Ltd, 2008.

[6] Bell, Ian. *Robert Louis Stevenson: Dreams of Exile*. Edinburgh: Mainstream Publishing, 1992.

[7] Benziman, Galia. "Transcending Melancholia: Mourning the Mother in *The Old Curiosity Shop* and *Dombey and Son*." *Dickens Quarterly*, 36.4(2019):305 – 317.

[8] Brown, George Douglas. *The House with the Green Shutters*. New York: McClure, Philips and Co., 1901.

[9] Buckton, Oliver S. *Cruising with Robert Louis Stevenson: Travel, Narrative, and the Colonial Body*. Athens, OH: Ohio University Press, 2007.

[10] Byrne, Katherine. *Tuberculosis and the Victorian Literary Imagination*. Cambridge: Cambridge University Press, 2011.

[11] Cameron, Ewen A. *Impaled upon a Thistle: Scotland since 1880*. Edinburgh: Edinburgh University Press, 2010.

[12] Çelikkol，Aye. *Romances of Free Trade：British Literature，Laissez-Faire，and the Global Nineteenth Century*. Oxford：Oxford University Press，2011.

[13] Cohen, Monica. "Maximizing Oliphant: Begging the Question and the Politics of Satire." *Victorian Women Writers and the Woman Question*. Ed. Nicola Diane Thompson. Cambridge: Cambridge University Press, 1999:99 – 115.

[14] Colley, Ann C. *Robert Louis Stevenson and the Colonial Imagination*. Aldershot: Ashgate, 2004.

[15] Cook, E. T. "Unsigned Notice." *Robert Louis Stevenson: The Critical Heritage*. Ed. Paul Maixner. London, Boston and Henley: Routledge & Kegan Paul, 1981:202 – 203.

[16] Courtemanche, Eleanor. *The 'Invisible Hand' and British Fiction, 1818 – 1860: Adam Smith, Political Economy, and the Genre of Realism*. Houndmills: Palgrave MacMillan, 2011.

[17] Crawford, Robert. *Scotland's Books: The Penguin History of Scottish Literature*. London: Penguin Books, 2007.

[18] Craig, Cairns. *The Modern Scottish Novel*. Edinburgh: Edinburgh University Press, 1999.

[19] Craig, Cairns. "Devolving the Scottish Novel." James F. English (ed.) *A Concise Companion to Contemporary British Fiction*. Oxford: Blackwell Publishing, 2006: 121 – 140.

[20] Critchley, Simon & Tom McCarthy. "Universal Shylockery: Money and Morality in *The Merchant of Venice*." *Diacritics*, 34.1(2004):3 – 17.

[21] Cunningham, William. *The Rise and Decline of the Free Trade Movement*. Cambridge: Cambridge University Press, 1905.

[22] D'Albertis, Deirdre. "The Dometstic Drone: Margaret Oliphant and a Political History of the Novel." *Studies in English Literature*, 4(1997):805 – 829.

[23] Davis, Philip & Brian Nellist. "Introduction." *Hester*. Eds. Philip Davis & Brian Nellist. Oxford: Oxford University Press, 2003:vii – xxvi.

[24] Dick, Alexander. *Romanticism and Gold Standard: Money, Literature, and Economic Debate in Britain 1790 – 1830*. Houndmills: Palgrave Macmillan, 2013.

[25] Dickens, Charles. *Dombey and Son*. London: Vintage, 2010.

[26] Dixon, Edmund Saul. "Banking." *Household Words*, 13(1856):427 – 432.

[27] Dryden, Linda. *The Modern Gothic and Literary Doubles: Stevenson, Wilde and Wells*. Houndmills: Palgrave Macmillan, 2003.

[28] Duncan, Ian. "Introduction." Scott, Walter. *Rob Roy*. Oxford: Oxford University Press, 1998:vii – xxviii.

[29] Edmond, Rod. *Representing the South Pacific: Colonial Discourse from Cook to Gauguin*. Cambridge: Cambridge University Press, 1997.

[30] Edmond, Rod. *Leprosy and Empire: A Medical and Cultural History*. Cambridge: Cambridge University Press, 2006.

[31] Farrell, Mareen A. "The Lost Boys and Girls in Scottish Children's Fiction." Brown, Ian (ed.) *The Edinburgh History of Scottish Literature*. Edinburgh: Edinburgh University Press, 2007:198 – 206.

[32] Fawcett, Henry. *Free Trade and Protection*. London: Macmillan and Co. 1878.

[33] Fielding, Penny. "Robert Louis Stevenson." Brown, Ian (ed.) *The Edinburgh History of Scottish Literature*. Edinburgh: Edinburgh University Press, 2007:324 – 330.

[34] Finn, Margot C. *The Character of Credit: Personal Debt in English Culture 1740 – 1914*. Cambridge: Cambridge University Press, 2005.

[35] Fitzgibbons, Athol. *Adam Smith's System of Liberty, Wealth, and Virtue: The Moral and*

Political Foundations of The Wealth of Nations. Oxford: Oxford University Press, 1997.

[36] Franklin, Michael J. "'Market-Faces' and Market Forces: [Corn-] Factors in the Moral Economy of Casterbridge." *The Review of English Studies*, New Series, 59,240(2008):426 – 448.

[37] Freedgood, Elaine. "Banishing Panic: Harriet Martineau and the Popularization of Political Economy." *The New Economic Criticism*. Eds. Martha Woodmansee & Mark Osteen. London and New York: Routledge, 1999:210 – 228.

[38] Freud, Sigmund. "The Uncanny." *The Standard Edition of the Complete Psychological Works*. Vol. XVII, Trans. James Strachey. London: Hogarth Press, 1955:217 – 229.

[39] Fry, Peter & Fiona Somerset Fry. *The History of Scotland*. London and New York: Routledge, 1982.

[40] Goh, Robbie B. H. "Stevenson's Financial Gothic: Money, Commerce, Language, and the Horror of Modernity in 'The Isle of Voices'." *Gothic Studies*, 10.2(2008):51 – 66.

[41] Gottlieb, Evan. *Walter Scott and Contemporary Theory*. London & New York: Bloomsbury, 2013.

[42] Gray, William. *Robert Louis Stevenson: A Literary Life*. Houndmills: Palgrave Macmillan, 2004.

[43] Griswold, Charles L. *Adam Smith and the Virtues of Enlightenment*. Cambridge: Cambridge University Press, 1999.

[44] Hanley, Ryan Patrick. *Adam Smith and the Character of Virtue*. Cambridge: Cambridge University Press, 2009.

[45] Hardy, Thomas. *The Mayor of Casterbridge*. London: Macmillan and Co. Limited, 1947.

[46] Hart, Francis Russel. *Scott's Novels: The Plotting of Historical Survival*. Charlottesville: The University Press of Virginia, 1966.

[47] Hart, Francis Russel. *The Scottish Novel: A Critical Survey*. Cambridge, MA: Harvard University Press, 1978.

[48] Henry, Nancy. "Ladies Do It: Victorian Women Investors in Fact and Fiction." *Victorian Literature and Finance*. Ed. Francis O'Gorman. Oxford: Oxford University Press, 2007: 111 – 132.

[49] Hill, Richard J. (ed.) *Robert Louis Stevenson and the Great Affair: Movement, Memory, and Modernity*. London and New York: Routledge, 2017.

[50] Hinchcliffe, Peter. & Catherine Kerrigan. "Introduction." Stevenson, Robert Louis. *The Ebb-Tide*. Edinburgh: Edinburgh University Press, 1995:xvii – xxxi.

[51] Houston, Gail Turley. *From Dickens to Dracula: Gothic, Economics, and Victorian Fiction*. Cambridge: Cambridge University Press, 2005.

[52] Hunt, Aeron. *Personal Business: Character and Commerce in Victorian Literature and Culture*. Charlottesville and London: University of Virginia Press, 2014.

[53] Hunter, Leeann. "Communities Built from Ruins: Social Economics in Victorian Novels of Bankruptcy." *Women's Studies Quarterly*, 39.3 – 4(2011):137 – 152.

[54] Inglis, Tony. "Introduction", Scott, Walter. *The Heart of Mid-Lothian*. London: Penguin Books, 1994:ix – l.

[55] James, G. P. R. *The Smuggler*. London: Smith, Elder and Co., 1845.

[56] Jolly, Roslyn. "Explanatory Notes." Stevenson, Robert Louis. *South Sea Tales*. Oxford:

Oxford University Press, 1996:259 - 289.

[57] Jolly, Roslyn. *Robert Louis Stevenson in the Pacific: Travel, Empire, and the Author's Profession*. Farnham: Ashgate, 2009.

[58] Kerr, James. *Fiction against History: Scott as Storyteller*. Cambridge and New York: Cambridge University Press, 1989.

[59] Kikendall, Stacey. "The Power of Vision in Charles Dickens's *Dombey and Son*." *Journal of the Midwest Modern Language Association*, 44.1(2011):65 - 82.

[60] Kilpatrick, James A. *Literary Landmarks of Glasgow*. Glasgow: The Saint Mungo Press, 1898.

[61] Knight, Alanna. *Robert Louis Stevenson in the South Seas: An Intimate Photographic Record*. Edinburgh: Mainstream Publishing, 1986.

[62] Kornbluh, Anna. *Realizing Capital: Financial and Psychic Economies in Victorian Form*. New York: Fordham University Press, 2014.

[63] Krueger, Alan. B. "Introduction." Smith, Adam. *The Wealth of Nations*. New York: Bantam Books, 2003:xi - xxv.

[64] Lauber, John. *Sir Walter Scott*. Boston: Twayne Publishers, 1989.

[65] Lang, Andrew. "An Unsigned Review." *Robert Louis Stevenson: The Critical Heritage*. Ed. Paul Maixner. London, Boston and Henley: Routledge & Kegan Paul, 1981:199 - 202.

[66] Lincoln, Andrew. "Scott and Empire: The Case of *Rob Roy*", *Studies in the Novel*, 34.1 (2002):43 - 59.

[67] Lincoln, Andrew. *Walter Scott and Modernity*. Edinburgh: Edinburgh University Press, 2007.

[68] Maclaren, Ian. *Beside the Bonnie Brier Bush*. New York: Dodd, Mead and Company, 1894.

[69] Martineau, Harriet. *Berkeley the Banker*. Vol.I - II. Hartford: A. Andrus and Son, 1843.

[70] Matus, Jill L. *Shock, Memory and the Unconscious in Victorian Fiction*. Cambridge: Cambridge University Press, 2009.

[71] Mayer, Robert. *Walter Scott and Fame: Authors and Readers in the Romantic Age*. Oxford: Oxford University Press, 2017.

[72] McCracken-Flesher, Caroline. *Possible Scotlands: Walter Scott and the Story of Tomorrow*. Oxford: Oxford University Press, 2005.

[73] McLaughlin, Kevin. "The Financial Imp: Ethics and Finance in Nineteenth-Century Fiction." *Novel: A Forum in Fiction*, 29.2(1996):165 - 183.

[74] McLynn, Frank. *Robert Louis Stevenson: A Biography*. London: Hutchinson, 1993.

[75] Menzies, Gavin. *1434: The Year a Magnificent Chinese Fleet Sailed to Italy and Ignited the Renaissance*. New York: William Morrow, 2008.

[76] Michie, Elsie B. "Buying Brains: Trollope, Oliphant, and Vulgar Victorian Commerce." *Victorian Studies*, 3(2001):77 - 97.

[77] Michie, Elsie B. *The Vulgar Question of Money: Heiress, Materialism and the Novel of Manners from Jane Austen to Henry James*. Baltimore, MR: Johns Hopkins University Press, 2011.

[78] Miller, Andrew H. *Novels behind Glass: Commodity Culture and Victorian Narrative*. Cambridge: Cambridge University Press, 1995.

［79］ Newman, Karen. "Portia's Ring: Unruly Women and Structures of Exchange in *The Merchant of Venice*." *Shakespeare Quarterly*, 38.1(1987):19 – 33.

［80］ Nicholson, Colin. *Writing and the Rise of Finance: Capital Satires of the Early Eighteenth Century*. Cambridge: Cambridge University Press, 1994.

［81］ Oliphant, Margaret. *Hester*. Oxford: Oxford University Press, 2003.

［82］ Owen, Stephen (ed.) *An Anthology of Chinese Literature*. New York & London: W. W. Norton & Company, 1996.

［83］ Peacock, Thomas Love. *The Works of Thomas Love Peacock*. Ed. H. F. B. Brett and C. E. Jones. Vol. vii. London: Constable, 1924 – 34.

［84］ Poovey, Mary. "Introduction." *The Financial System in Nineteenth-Century Britain*. Ed. Mary Poovey. Oxford: Oxford University Press, 2003:1 – 33.

［85］ Poovey, Mary. *Genres of the Credit Economy: Mediating Value in Eighteenth and Nineteenth Century Britain*. Chicago and London: University of Chicago Press, 2008.

［86］ Purchase, Sean. *Key Concepts in Victorian Literature*. Houndmills: Palgrave Macmillan, 2006.

［87］ Rivinus, Timothy M. "Tragedy of the Commonplace: The Impact of Addiction on Families in the Fiction of Thomas Hardy." *Literature and Medicine*, 11.2(1992):237 – 265.

［88］ Robb, George. "Ladies of the Ticker: Women, Investment and Fraud in England and America, 1850 – 1930." *Victorian Investment: New Perspectives on Finance and Culture*. Eds. Nancy Henry & Cannon Schmitt. Bloomington and Indianapolis: Indiana University Press, 2009:120 – 142.

［89］ Ross, Ian S. *The Life and Times of Adam Smith*. Oxford: Clarendon Press, 1995.

［90］ Russin, Robin. "The Triumph of the Golden Fleece: Women, Money, Religion, and Power in Shakespeare's *The Merchant of Venice*." *Shofar*, 31.3(2013):115 – 130.

［91］ Sandison, Alan. *Robert Louis Stevenson and the Appearance of Modernism*. Houndmills: Macmillan Press Ltd., 1996.

［92］ Scott, Walter. *The Heart of Midlothian*. Oxford: Oxford University Press, 1982.

［93］ Scott, Walter. *Rob Roy*. Hertfordshire: Wordsworth Editions Limited, 1995.

［94］ Scott, Walter. *Guy Mannering*. London: Penguin, 2003.

［95］ Shakespeare, William. *The Merchant of Venice*. Beijing: Foreign Language Teaching and Research Press, 1997.

［96］ Shell, Marc. *The Economy of Literature*. Baltimore: Johns Hopkins University Press, 1978.

［97］ Shell, Marc. *Money, Language, and Thought*. Baltimore: Johns Hopkins University Press, 1982.

［98］ Shell, Marc. *Art and Money*. Chicago and London: University of Chicago Press, 1995.

［99］ Smith, Adam. *The Wealth of Nations*. New York: Bantam Books, 2003.

［100］ Speirs, John. *The Scots Literary Tradition: An Essay in Criticism*. London: Faber and Faber, 1962.

［101］ Stevenson, Robert Louis. *Dr. Jekyll and Mr. Hyde*. New York: Bantam Books, 1981.

［102］ Stevenson, Robert Louise. *South Sea Tales*. Oxford: Oxford University Press, 1996.

［103］ Stiles, Anne "Robert Louis Stevenson's 'Jekyll and Hyde' and the Double Brain." *Studies* in English Literature, 46.4(2006):879-900.

[104] Tait, Peter Guthrie. Lectures on Some Recent Advances in Physical Science. Charleston, SC: Nabu Press, 2013.

[105] Thompson, James. Models of Value: Eighteenth-Century Political Economy and the Novel. Durham and London: Duke University Press, 1996.

[106] Uglow, Jennifer. "Introduction." Oliphant, Margaret. Hester. London: Virago, 1984:ix-xxi.

[107] Veitch, James. George Douglass Brown. London: Herbert Jenkins, 1952.

[108] Wagner, Tamara S. Financial Speculation in Victorian Fiction. Columbus, OH: The Ohio State University Press, 2010.

[109] Williams, Merryn. Margaret Oliphant: A Critical Biography. Houndmills: The Macmillan Press Ltd, 1986.

[110] Woodmansee, Martha & Mark Osteen (eds.) The New Economic Criticism. London and New York: Routledge, 1999.

2. 中文文献

[111] 布鲁,格兰特.《经济思想史》,第8版,邸晓燕等译,北京:北京大学出版社,2014年。

[112] 常江虹. 我们缘何而笑:《许三观卖血记》的新喜剧倾向,《小说评论》,1998年第2期。

[113] 陈嘉.《英国文学史》,第三卷,北京:商务印书馆,1986年。

[114] 陈乐. 从"注视"到"对话":谈余华从《现实一种》到《许三观卖血记》的转变,《浙江社会科学》,2000年第5期。

[115] 程光炜. 论余华的三部曲:《在细雨中呼喊》《活着》《许三观卖血记》,《中国现代文学研究丛刊》,2018年第7期。

[116] 狄更斯.《董贝父子》,王僴中译,上海:上海三联书店,2015年。

[117] 段莹,刘靓.《许三观卖血记》中的隐性祭祀仪式初探,《社会科学论坛》(学术研究卷),2008年第7期。

[118] 高亚萍. 关于中国经济体制变迁的思考:从《许三观卖血记》透视经济体制改革,《西安邮电学院学报》,2010年第4期。

[119] 何扬鸣. 试述王云五与金圆券的关系,《浙江学刊》,1994年第4期。

[120] 洪葭管. 法币崩溃与金圆券出笼,《中国金融》,1989年第11期。

[121] 洪特,伊格纳季耶夫(主编).《财富与德性:苏格兰启蒙运动中政治经济学的发展》,李大军、范良聪、庄佳玥译,杭州:浙江大学出版社,2013年。

[122] 胡协和. 从经济文化的角度看《子夜》与《上海的早晨》,《文学评论》,1991年第3期。

[123] 黄晖(主编).《中国文学的伦理学批评》,北京:北京大学出版社,2020年。

[124] 霍达.《穆斯林的葬礼》,北京:北京十月文艺出版社,2015年。

[125] 翦伯赞. 论十八世纪上半期中国社会经济的性质:兼论《红楼梦》中所反映的社会经济情况,《北京大学学报》,1955年第6期。

[126] 蒋晓璐. "在金融的上海呻吟":论《子夜》的金融与现代性,《文学评论》,2019年第6期。

[127] 柯南道尔.《福尔摩斯探案全集》(上中下),陈羽纶、丁钟华等译,北京:群众出版社,2014年。

[128] 孔令仁.《子夜》与一九三○年前后的中国经济,《文史哲》,1979年第3期。

[129] 李丹. 近代经济史视野下的《子夜》文学创作:以南京国民政府早期公债为中心的考察,《东岳论丛》,2012年第6期。

[130] 李欢.《许三观卖血记》中的身体观探微,《重庆文理学院学报》(社会科学版),2016 年第 4 期。

[131] 李今.论余华《许三观卖血记》的"重复"结构与隐喻意义,《中国现代文学研究丛刊》,2013 年第 8 期。

[132] 李琴芳.真实的"北平无战事":民国密档之金圆券泄密案,《档案春秋》,2015 年第 3 期。

[133] 李晓已,肖振宇.《穆斯林的葬礼》中的实物意象探究,《延边大学学报》(社会科学版),2018 年第 6 期。

[134] 李晓峰.冲突:宗教、文化抑或文明:重读《穆斯林的葬礼》,《当代作家评论》,2016 年第 3 期。

[135] 李岫.马拉默德的《伙计》与茅盾的《林家铺子》,《北京师范大学学报》,1986 年第 4 期。

[136] 林静声.从先锋的幻影走入"民间"的本真:论余华《活着》《许三观卖血记》中的父亲形象,《江苏师范大学学报》(哲学社会科学版),2018 年第 1 期。

[137] 刘炳善.《英国文学简史》,郑州:河南人民出版社,2007 年。

[138] 刘长荣,濮实.《红楼梦》与江南工商经济,《红楼梦学刊》,1992 年第 2 期。

[139] 毛泽东.《毛泽东选集》,第一卷,北京:人民出版社,1991 年。

[140] 茅盾.《林家铺子》,白烨、秦弓(选编),《二十世纪中国短篇小说精选》,北京:人民文学出版社,2005 年,第 42 - 79 页。

[141] 茅盾.《子夜》,南京:江苏凤凰文艺出版社,2018 年。

[142] 聂珍钊.《文学伦理学批评导论》,北京大学出版社,2014 年。

[143] 钱力.好的电视剧应能引发观众反思:导演楼健谈电视剧《金陵秘事》,《中国文化报》,2011 年 11 月 29 日,第 8 版。

[144] 申霞艳.血的隐喻:从《药》到《许三观卖血记》,《文艺争鸣》,2009 年第 8 期。

[145] 石佳,田泥.论余华消极的先锋叙事:以《活着》、《许三观卖血记》为例浅析,《中国文学批评》,2018 年第 4 期。

[146] 司各特.《中洛辛郡的心脏》,章益译,北京:人民文学出版社,1981 年。

[147] 司各特.《红酋罗伯》,李俍民译,上海:上海译文出版社,1983 年。

[148] 司各特.《古董家》,陈漪、陈体芳译,上海:上海译文出版社,1986 年。

[149] 斯密.《道德情操论》,蒋自强等译,北京:商务印书馆,2013 年。

[150] 斯密.《国富论》(上下卷),郭大力、王亚南译,北京:商务印书馆,2015 年。

[151] 宋剑华."乌镇"上的政治经济学:论茅盾《林家铺子》里的艺术辩证法,《东吴学术》,2017 年第 3 期。

[152] 宋剑华,詹琳.《许三观卖血记》荒诞而真实的苦难叙事,《齐鲁学刊》,2012 年第 2 期。

[153] 孙宗美,刘金波.《红楼梦》的经济叙事及其意义生成,《湖南工业大学学报》(社会科学版),2022 年第 5 期。

[154] 唐珊.余华《许三观卖血记》的身体叙事研究,硕士学位论文,华中科技大学,2008 年。

[155] 汪昌松.现代商品经济社会的宏观透视:《子夜》新探,《文艺理论与批评》,1992 年第 6 期。

[156] 王达敏.民间中国的苦难叙事:《许三观卖血记》批评之批评,《文艺理论研究》,2005 年第 2 期。

[157] 王新惠.论《穆斯林的葬礼》对月象玉象的创造性运用,《河南社会科学》,2011 年第 5 期。

[158] 王卫新.公平服务与公平贸易:《红酋罗伯》中的自由贸易书写,《外国文学评论》,2017 年第 1 期。

[159] 王卫新."女人怎会懂得银行业务":《海斯特》与 19 世纪英国的银行恐慌,《文学跨学科研究》,2019 年第 1 期。

[160] 王卫新."我们干脆在银行里等他":《化身博士》与信用经济,《外国文学研究》,2019 年第

5 期。

[161] 王卫新等.《苏格兰小说史》,北京:商务印书馆,2017 年。

[162] 王亚南.《红楼梦》现实主义的社会基础问题:试从中国地主经济封建的特点来理解《红楼梦》现实主义的社会历史根源,《厦门大学学报》(社会科学版),1955 年第 2 期。

[163] 王佐良,周珏良(主编).《英国 20 世纪文学史》,北京:外语教学与研究出版社,2006 年。

[164] 魏洪丘. 林家铺子:旧中国乡镇商业经济的基本模式,《上饶师专学报》,1996 年第 2 期。

[165] 文美惠."译本序",司各特,《中洛辛郡的心脏》,章益译,北京:人民文学出版社,1981 年。

[166] 吴景平. 金圆券政策的再研究:以登记移存外汇资产和收兑金银外币为中心的考察,《民国档案》,2004 年第 1 期。

[167] 吴景平. 上海金融业与金圆券政策的推行,《史学月刊》,2005 年第 1 期。

[168] 吴景平. 蒋介石与金圆券方案的出台:对若干档案史料的辨析,《民国档案》,2020 年第 3 期。

[169] 熊春凤.《红楼梦》中的经济管理学,《明清小说研究》,1992 年第 6 期。

[170] 杨帆. 论《林家铺子》的小资产阶级,《名作欣赏》,2014 年第 35 期。

[171] 杨慧莹,吴艳. 论《穆斯林的葬礼》的"纯美与纯情":"玉"的延续与"月"的重构,《大理大学学报》,2022 年第 5 期。

[172] 杨秀明. 从北京到麦加有多远:论《穆斯林的葬礼》中的性别与民族叙事,《民族文学研究》,2013 年第 4 期。

[173] 殷企平.《推敲"进步"话语:新型小说在十九世纪的英国》,北京:商务印书馆,2009 年。

[174] 余华.《许三观卖血记》,北京:人民文学出版社,2004 年。

[175] 张皓. 王云五与国民党政府金圆券币制改革,《史学月刊》,2008 年第 3 期。

[176] 张和龙. 文学与经济跨学科研究:理论溯源、历史理据与当下思考,《文学跨学科研究》,2019 年第 1 期。

[177] 张均. 柔弱者的哲学:《活着》、《许三观卖血记》阅读札记,《文艺争鸣》,2010 年第 3 期。

[178] 张秀莉. 金圆券发行准备监理委员会述论,《民国档案》,2008 年第 4 期。

[179] 张秀莉. 金圆券改革决策内幕考,《中国社会经济史研究》,2016 年第 2 期。

[180] 赵淑芳. 论《穆斯林的葬礼》的抒情性特征,《郑州大学学报》(哲学社会科学版),2010 年第 4 期。

[181] 郑会欣. 金圆券出台与金融泄密案,《社会科学》,2021 年第 12 期。

[182] 郑凯南,胡强.《金陵秘事》,深圳:海天出版社,2011 年。